Sólo tú

Sólo tú

JORDI SIERRA I FABRA

DESTINO

DESTINO INFANTIL & JUVENIL, 2012
infoinfantilyjuvenil@planeta.es
www.planetadelibrosinfantilyjuvenil.com
www.planetadelibros.com
Editado por Editorial Planeta, S. A.

Avda. Diagonal, 662-664, 08034 Barcelona
Primera edición: septiembre de 2012
ISBN: 978-84-08-00976-4
Depósito legal: B. 20.596-2012
Impreso por Huertas Industrias Gráficas, S. A.
Impreso en España – printed in Spain

El papel utilizado para la impresión de este libro es cien por cien libre de cloro y está calificado como **papel ecológico**.

Primera parte

BEATRIZ Y ROGELIO

Juntos podemos escapar de esta trampa.
Correremos hasta que no podamos más.
Nena, nunca volveremos.
Oh, ¿querrás caminar conmigo por el alambre?
Porque, nena, soy simplemente un jinete asustado y solitario.
Pero tengo que saber qué se siente.
Quiero saber si tu amor es salvaje.
Chica, quiero saber si el amor es real.
...
Porque los vagabundos como nosotros, nena,
nacimos para correr.

Born to run, BRUCE SPRINGSTEEN

Capítulo 1
BEATRIZ

El estanque de los Jardines del Poeta Eduard Marquina, más conocidos como Turó Parc, está cubierto de lotos. Una hermosa alfombra verde sobre sus aguas plácidas. Uno espera ver peces bajo esa oscuridad, pero nunca o casi nunca se vislumbran. Los habituales dicen que existieron, rojos y lánguidos. Los soñadores dicen que aún se ven. Los niños ya no los buscan. En los bancos que rodean el estanque se sientan ancianos de día y parejas por la tarde, antes de su temprano cierre. Y también al revés. Ancianos con cuidadoras de rasgos latinoamericanos y parejas que se arrullan en el silencio. Muy cerca, los propietarios de perros mantienen una extraña relación a través de sus animales. Hombres y mujeres que se citan sobre el verde tapiz alfombrado, y mientras unos juegan a cuatro patas, ellos se relacionan sobre dos, luciendo sus mejores ropas informales de la misma manera que sus mascotas muestran sus mejores y más cuidadas pieles. Los animales del Turó Parc, así como sus dueños, representan la nobleza del barrio, el sello de calidad, los aires del Caribe estival y de Baqueira en invierno. No en vano, el Turó está situado en una de las zonas más selectas de Barcelona.

No en vano es el parque más hermoso de la ciudad.

Lugar de pequeños silencios en mitad del fragor urbano que lo rodea, construido en 1934 por Nicolau Maria Rubió i Tudurí sobre 2,88 hectáreas de terreno por entonces alejado del centro, en zona de atracciones feriales.

Ella estaba arrodillada en el extremo sur del estanque, cerca de la zona de juegos infantiles. Llevaba la cámara digital en la mano, pero esta vez no tomaba fotos.

Esta vez las quemaba.

Contempló la primera.

Una pareja madura, sobre la cuarentena, quizá resabiada, herida por otras relaciones anteriores, pero dispuesta a probarlo de nuevo, porque el corazón siempre es una maquinaria capaz de regenerarse a sí misma. Se notaba en sus ojos cansados pero a la vez dulcemente tiernos. Y se notaba aún más en sus manos, llenas de caricias, y en sus besos, cargados de emoción.

Prendió el mechero, llevó la llama hasta la esquina inferior y la colocó sobre el papel.

Ardió de inmediato.

Y desapareció.

Nunca imprimía las fotos con papel bueno. Bastaba una hoja de papel vulgar y corriente, aunque el color, entonces, quedara desvaído. No importaba. La esencia de la foto no era el color, sino su contenido, la forma de los protagonistas, capturados en un instante feliz que determinaba el resto.

Ser o no ser quemados.

La segunda fotografía mostraba a una pareja muy distinta de la primera. Veintitantos, negra ella, blanco él, generosa ella, tímido él. Habían estado a punto de no pasar la prueba, pero finalmente un detalle significativo había sido determinante: la forma en que el chico sostenía la mano de la chica y la forma en que ella se abandonaba con ese gesto.

La delicadeza de lo infinito.

Tendrían un futuro probablemente difícil, pero esas manos lo decían todo.

Cuando le prendió fuego, una ráfaga de aire la empujó hacia el estanque y acabó en el agua antes de extinguirse del todo.

Le quedaba una fotografía, y se ensimismó en ella.

Por esta razón no se dio cuenta de que ya no se encontraba sola.

—Hola.

Levantó la cabeza. Estaba tan centrada en sus pensamientos que no se había apercibido de la presencia del extraño. Y desde luego era eso: extraño. Llevaba una vieja gabardina, aún viva desde su prehistoria, hasta los pies y anudada con una cuerda no menos vieja en la cintura. Calzaba unos zapatos gastados, sin calcetines, los pantalones del chándal le venían grandes, y su pelo había recibido la bendición del jabón en algún remoto tiempo del pasado, bastante lejano por su tono y aspereza. El rostro, sin embargo, era amable, de unos treinta años, ojos transparentes, labios marcados, nariz poderosa, quizá atractivo después de un baño y con otras ropas.

—Hola —respondió sin hacer caso de la apariencia, aunque ésta no engañaba.

—Necesito ayuda —dijo el aparecido.

—¿Y quién no? —sonrió ella.

—Mi nave espacial se ha estropeado.

Sostuvo su mirada.

—Ah.

—Es una nave muy buena, mucho, pero se me ha quedado sin gasolina. Si pudieras ayudarme... De lo contrario no podré regresar a mi planeta.

—¿Cuál es tu planeta?

—Urko, en la galaxia de Umán. —Señaló el cielo, hacia un lugar indeterminado—. Es muy bonito, como la Tierra. Estoy atrapado aquí y necesito volver a él, entiéndelo.

—Claro.

—¿Puedes ayudarme?

—¿Dónde está tu nave?

—Escondida. No iba a dejarla por ahí tirada. ¿Has visto *Regreso al futuro*? Ellos también esconden el coche. Sorprendería mucho ver una nave aparcada en medio de la calle, ¿no crees?

—Claro.

—Bastaría con un euro, aunque si tienes más...

—¿Con un euro llenas el depósito?

—No. —Le mostró una doble fila de dientes mal asentados y sucios mientras alargaba la vocal—. Pero no tienes aspecto de llevar mucho más.

—Ni tú de extraterrestre.

—¡Sssh...! ¡No levantes la voz!, ¿quieres? Los demás creen que soy un mendigo. Es mi disfraz terráqueo.

—¿Por qué un disfraz de mendigo?

—Pasa desapercibido. Nadie se fija en ti. Y me viene bien para pedir el dinero que necesito para volver a casa.

Lo curioso era que no parecía estar loco.

Bien lavado, incluso habría resultado muy atractivo.

Era atractivo.

Podía ignorarlo, decirle que no llevaba nada encima, pasar de él.

Pero no lo hizo.

—Sólo tengo un euro.

—Oh, estupendo —asintió el presunto extraterrestre.

Introdujo la mano en su bolsillo. Era cierto. Sólo llevaba un euro. Se lo tendió a su insólito compañero y él lo tomó con mucho cuidado, sin rozar siquiera uno de sus dedos.

—Si te toco, podría contaminarte con polvo cósmico y esas cosas —la informó.

—¿Y eso es malo?

—Nunca se sabe —dijo, revestido de misterio, mientras hacía desaparecer la moneda en las profundidades de uno de los bolsillos de su gabardina—. Hay gente refractaria y gente que se contamina por nada, aunque tú pareces de las primeras. Tienes aspecto de sana.

—Oh, sí.

—Bueno, pues... gracias.

—De nada, y suerte.

El mendigo se apartó de su lado. Uno, dos, tres pasos. Ella volvió a lo que estaba haciendo. Quedaba la tercera fotografía, aunque al otro lado del estanque acababa de aparecer una pareja que merecía ser fotografiada.

Vaciló.

No, primero terminar el ritual.

Fotografiar era captar la vida. Lo otro, perpetuarla.

Volvió a sentir la presencia del mendigo a su lado. Le llegó en forma de suave carraspeo, y también porque de refilón vio aparecer uno de los zapatos sin anudar.

Continuó arrodillada.

Esperó.

—¿Cómo te llamas?

—Beatriz.

—Yo Ziberaxes, aunque mi nombre terráqueo es Benigno. ¿Qué haces?

—Quemo fotos.

—¿Por qué?

—Porque el amor está en el aire, ¿no lo has notado?

Ziberaxes, alias Benigno, alzó la cabeza, como si lo olfateara.

—Qué extraños sois los humanos —suspiró—. Pero eso es lo que más me gusta de vosotros, vuestra inocencia.

Beatriz, de pronto, sintió envidia de él.

Algo extraño.

—¿Cuánto necesitas para llenar el depósito de tu nave?

—Bastante.

—Así que tienes para rato.

—Supongo que sí. Y está el problema de cómo hacerlo. No puedo ir a una gasolinera. Tendré que hacer muchos viajes cargando un cubo de aquí para allá.

—Suerte, Ziberaxes.

—Gracias.

Ya no hubo más.

El mendigo se alejó por segunda vez, serio y cabizbajo, y ella contempló la última fotografía. Era de una pareja muy joven, casi adolescente. Chico de cabello algo largo, labios seductores y cuerpo delgado. Chica de cabello corto, redondita de formas y ojos lánguidos. Estaban acaramelados al pie de uno de los árboles, cerca del acceso por la confluencia de las calles de Josep Bertrand y Ferrán Agulló.

Le prendió fuego, la sostuvo en la mano hasta casi el final y luego contempló cómo la última voluta del papel se elevaba por encima de su cabeza hasta extinguirse en el aire, sobre el estanque.

Se guardó la cámara digital en el bolsillo trasero del pantalón al entrar por la portería y renunció al ascensor por el simple hecho de que no se encontraba en el vestíbulo ya a punto. Siempre que decidía llamarlo y esperar, aparecía alguna vecina empeñada en hablar con ella y hacerle preguntas estúpidas, del tipo cómo iban los estudios o si ya tenía novio. Odiaba las conversaciones triviales, y las de ascensor eran las peores. Alcanzó su rellano, el tercero, pero de pronto se quedó quieta sin coger siquiera las llaves.

Miró la puerta.

Suspiró.

Y subió un piso más.

Elisabet le abrió la puerta vestida con su natural desparpajo e informalidad. Llevaba unos pantaloncitos exiguos, muy apretados, una delicia para los ojos de cualquier chico, y una camiseta no menos provocativa, recortada por debajo de los senos, que permitía apreciar su buen tipo y la belleza de su ombligo decorado con un discreto *piercing* de plata. Las dos eran morenas, pero el cabello de Elisabet tenía un tono más intenso y también era mucho más abundante.

—Hola, tía —la saludó con aire aburrido al verla en el quicio de la puerta—. Pasa.

Beatriz se coló dentro y cerró la puerta. Siguió a su amiga, que iba descalza, hasta su sacrosanto templo. Una vez en él saltó sobre la cama y se cruzó de piernas, mientras la recién llegada optaba por la silla de la mesa de estudio. El reproductor de música estaba a un lado, todavía encendido.

Lo tomó para ver qué estaba escuchando.

Una estridencia brutalmente desmedida le atravesó el cerebro.

Y a todo volumen.

—Joder... —rezongó.

—Son la hostia.

—No es más que ruido.

—Es lo que hacen: captar el ruido del mundo. Acaban de publicar su primer disco y arrasan. Se llaman Brainglobalnoise.

—Pues son una mierda, qué quieres que te diga.

—No empieces —la previno Elisabet.

—Es que no sé cómo puedes escuchar esto.

—Y yo no sé cómo tú puedes vivir anclada en el pasado, so antigua. Estamos en el siglo XXI, ¿o no te has dado cuenta?

—Yo soy una antigua, pero tú tienes el gusto en el culo.

—Mira, corta que no tengo un buen día.

—¿Ah, no? ¿Por qué?

—Ese imbécil de Ricardo...

—Pasa de él.

—No me vengas con gilipolleces.

Beatriz se encogió de hombros.

Y las dos se quedaron en silencio, como tantas veces, cómplices.

Aunque el espejo en el que se miraban la una a la otra a veces pareciera estar rompiéndose.

—¿Ya has comido?

—Ahora iba a descongelarme algo. —La dueña de la casa hizo una mueca de fastidio.

—¿Seguro?

—¿Qué te crees, que me he vuelto anoréxica?

—Te veo más delgada cada día.

—Tú lo estás más que yo.

—Pero es mi constitución.

—Apaga eso, ¿quieres?

Elisabet la obedeció y el reproductor dejó de sonar como telón de fondo de su conversación.

—He conocido a un tipo en el parque.

—¿Guapo? —se animó su amiga.

—Un mendigo. Se ha quedado sin gasolina para su nave espacial. Es del planeta Urko.

—Lo que faltaba —gruñó Elisabet.

—Era simpático.

—Te veo en una ONG, cuidando a todo tipo de especies raras. ¿Cómo puede ser simpático un mendigo que encima está loco? ¿A que le has dado algo?

—Un euro.

—¡Ay, tía, que cada día estás más zumbada! ¿Sabes lo que necesitas?

—No me lo digas.

—¡Un buen polvo, eso es lo que necesitas!

—Mira la experta.

Elisabet se envolvió aún más en su expresión de fastidio. Sus padres trabajaban, los dos. Desde la muerte de su abuela estaba sola en casa. Pero lo que hasta no hacía mucho había sido una bendición, poco a poco estaba dejando de serlo.

A través de la ventana se veían las casas de la otra acera, la del lado de los impares de Johann Sebastian Bach, el lado selecto de la calle.

O eso decían.

—¿No tienes la sensación de que está a punto de pasar algo que nunca llega? —preguntó Beatriz.

—Yo tengo la sensación de que nunca va a suceder nada —bufó su amiga.

—Pues sí que estás negativa.

La chica se encogió de hombros.

—¿Es sólo por Ricardo?

La respuesta tardó unos segundos en llegar.

—Anoche volvieron a discutir.

—¿Fuerte?

—Bastante, aunque sin pasarse.

—Ya, pero cada vez es peor, ¿no?

—Acabarán como tus padres.

—No digas eso.

—Yo lo noto. Todos los matrimonios pasan crisis, pero cuando aparecen los insultos, y los reproches son el pan de cada día... En el momento menos pensado llegarán a las manos.

—Tu padre es incapaz de...

Sonó el teléfono. No el móvil de Elisabet, sino el fijo de la casa, y antes de que Elisabet saltara de la cama y fuera a por él, su visitante ya sabía que era su madre, para preguntar si estaba allí, con ella, porque se hacía tarde y era hora de comer.

Lo que parecía imposible tan sólo un año antes, estaba sucediendo.

Cambiaban.

Las dos.

Y a una velocidad de vértigo que las separaba día a día, pese a tener prácticamente la misma edad, al filo de cumplir los dieciocho.

Elisabet se había vuelto frívola, insustancial, aplastada por una carga de indiferencia y hastío que la hacía estar en guardia y en contra del mundo en general, como si fuera la víctima de una conspiración universal encaminada a fastidiarle la vida. Ella en cambio parecía flotar en un universo paralelo, con la cabeza envuelta en una nube de algodón que le impedía sentirse segura y con los pies en el suelo. Hacía cosas que, para los demás, eran absurdas. Y quizá lo fueran, pero la hacían sentirse viva, diferente, mientras esperaba ese espacio propio en el que habitar.

¿O era ése, justamente, su espacio?

El de los bichos raros, como el mendigo del parque.

¿Qué sentido tenía fotografiar parejas y luego quemar las fotos de los elegidos?

¿O darle un euro a un marciano?

¿Se movía ella y el mundo estaba quieto, o era al revés?

Por lo menos, Elisabet la mantenía en contacto con la realidad. Su forma de vestir, de hablar, su música rabiosamente actual...

Llenó los pulmones de aire e introdujo la llave en la cerradura de la puerta. A pesar de que no hizo el menor ruido, en cuanto metió la cabeza por el quicio oyó la voz de su madre.

—¿Beatriz?

—Sí, mamá —se resignó.

—¡Pon la mesa, vamos! ¡He llegado tardísimo! ¿Se puede saber qué hacías arriba?

—¿Qué quieres que haga arriba? —se defendió dirigiéndose a su habitación—. Charlaba con Elisabet.

—Esa chica cada día está más loca. Ayer la vi con una ropa...

—¡No seas carca!

—Como te vea vestida de mamarracho...

Salió del cuarto tras dejar la cámara junto al ordenador y la impresora, y se detuvo en la puerta de la cocina, con los brazos cruzados.

—Para que te enteres, la que va de mamarracho hoy en día soy yo.

—¿Tú? —La mujer se movía a toda velocidad, haciendo tres cosas a la vez entre el microondas, la encimera y la ensalada a medio preparar sobre el mármol—. Tú vas descuidada, nada más, porque no te gusta pintarte ni maquillarte ni ponerte cosas a la moda. Y con lo guapa que eres...

—Pues si soy guapa no me hacen falta chorradas, digo yo.

—Venga, ¿qué haces ahí parada como un pasmarote? ¡Pon la mesa! ¡Mira la hora que es!

—Eres tú la que ha llegado tarde.

—¡Encima!

—¿Y Carlota?

—Ya sabes que está estudiando. No la molestes.

Se apartó de la puerta. No quería discutir. Pero era cierto: su madre llegaba cada día más tarde, tanto a la hora de la comida como a la de la cena, y su trabajo no era como para hacer horas extras.

Quizá tuviese a alguien.

La idea la excitó.

Era la primera vez que pensaba en eso.

Que su padre estuviera con otra era una cosa, pero que su madre, finalmente, hubiera aceptado las reglas del juego, otra muy distinta. Le resultaba imposible imaginársela en brazos de otro hombre.

¿Cómo debía de ser el amor a los cincuenta?

Su padre era feliz.

Las parejas que fotografiaba en el parque no siempre eran jóvenes. Acababa de quemar una foto de unos cuarentones amorosos.

Puso la mesa envuelta en sus pensamientos, y cuando la tuvo lista caminó hasta la habitación de Carlota. Su hermana pequeña, en plena adolescencia, tenía las cejas hundidas en uno de sus libros escolares. Había salido distinta, listilla, nada que ver con Luisa y con ella. Una empollona de cuidado.

—Cinco minutos —le advirtió.

La respuesta sonó algo así como «Mvalemmm».

Se metió en su habitación a la espera de la llamada materna. Miró su pequeño cubículo. Pasó la mano por encima del ejemplar de *Así habló Zaratustra* que estaba leyendo. Bueno, Carlota era la empollona, pero ella siempre sería la rara.

O al menos eso decían los que la veían leer a Nietzsche, o los que conocían sus gustos por la música de fines de los 60 y comienzos de los 70.

Abrió el libro al azar y se encontró con una frase que, como otras muchas veces, la emocionó sin saber por qué.

En todas las superficies he estado ya sentado.
A semejanza del polvo fatigado,
he dormido sobre los espejos
y sobre las vidrieras;
todas las cosas toman algo de mí,
ninguna me da nada, adelgazo y parezco casi
una sombra.

Dormirse sobre un espejo debía de ser como meterse en la propia alma y soñar.

Desde la boda de Luisa, pero muy especialmente tras la marcha de su padre, todo en la casa había cambiado. Las comidas y las cenas eran silenciosas casi siempre, como si rasgar el aire hiciera que volvieran los fantasmas. Como si expresar una emoción desenterrara las lágrimas ocultas tras las paredes o en las esquinas de los muebles. Como si las mismas palabras pudieran causar dolor, aunque fueran para pedir una rebanada de pan.

—¿Me pasas el pan?

Beatriz alargó la mano y le tendió el receptáculo ovalado a Carlota.

Pronto serían tías. Luisa estaba embarazada. Otra novedad.

—¿Estás bien? —le preguntó a su hermana pequeña.

—Sí, ¿por qué?

—Pareces ida.

—No te metas con tu hermana —la previno su madre.

—No me meto con ella —se defendió—. Me preocupo por ella, que no es lo mismo.

—Ya sabes que tengo exámenes —suspiró Carlota.

—Siempre tienes exámenes.

—La vida es un largo examen con pequeñas islas de descanso —se puso falsamente dramática la chica.

—Se te caerán las pestañas.

—¡Tu hermana tendrá estudios, algo que tú, al paso que vas...!

—Mamá, yo aprendo más leyendo libros que estudiando. De mí también dicen eso de las pestañas.

—¿Cómo se va a aprender más leyendo que estudiando? ¡Lo que no se estudia no se aprende! ¡Si no tienes una carrera...!

—Una carrera hoy no te garantiza nada mañana. —Puso el dedo en la llaga—. Mira la de gente con carrera que trabaja en algo que no es lo suyo y por una mierda de sueldo. Es mejor tener esto —se tocó la frente—, y buscarse la vida con ingenio.

—O sea que tú en cuanto acabes este año no vas a seguir estudiando.

—Es posible.

—¿Y qué harás, buscarte un trabajo?

—Quizá me tome un año sabático y me dé una vuelta por el mundo. La India, México, el Tíbet...

—¿Y quién te pagará todo eso, tu padre?

—Mamá, para viajar sólo hace falta un dedo; éste. —Levantó el pulgar de su mano derecha—. Se duerme en cualquier parte y se come lo justo.

—¡Y te violan y te matan en la primera cuneta!

—¡No seas dramática! ¡Tú apenas has salido de Barcelona y te crees que todo el mundo está loco!

—¡Es que lo está, Beatriz, lo está! ¿No ves la tele?

—No pienso irme a Irak o a Afganistán, ¿vale?

—¡Eres una soñadora!

Soñadora.

Idealista.

¿Por qué había tenido que irse su padre, que era el único que la comprendía? ¿Por qué no pudo haberse enamorado su madre de otro en lugar de hacerlo él?

Se sintió culpable ante esa idea.

No, la pregunta seguía siendo ¿por qué había tenido que pasar?

¿Por qué el amor era tan inquietantemente extraño?

Su padre también era un romántico, un romántico absoluto, y mucho menos pragmático que ella. Una vez había encontrado las cartas de amor dirigidas a su madre cuando estaba en el servicio militar. Y las había leído. Cartas llenas de pasión, de imágenes, de ensueños y promesas. «Quiero dormir todas las noches de mi vida a tu lado, quiero verte cada vez que apague la luz, y que al amanecer seas mi primera noción de la realidad.» ¿Cuándo, en qué momento había muerto eso? ¿Y por qué?

¿Tanto se cambiaba con la vida?

Su madre seguía hablando, pero ahora ella no la escuchaba.

Bloqueaba su mente muchas veces, y se aislaba.

—¿Queréis dejarlo? —oyó que decía Carlota con fastidio.

Terminaba los estudios. Llegaba el verano. Y no tenía ni idea de qué hacer.

Aunque, por lo menos, sabía muy bien lo que no quería hacer.

Le gustaba escribir en su blog.

No sabía quién leía sus pensamientos, quién entraba, a diario o no, en aquel rincón propio, unipersonal. Y tampoco le importaba. De vez en cuando aparecía un comentario remitido por algún lector anónimo. De vez en cuando alguien decía que estaba de acuerdo con ella o discutía alguna argumentación. De vez en cuando la mandaban al diablo por una opinión. Pasaba. Lo que le gustaba era escribir, expresarse, no mantener polémicas ni enzarzarse en discusiones con aquellos seres sin rostro escudados detrás de *nicknames* que podían ocultar cualquier identidad. Allí vertía sus inquietudes y no pretendía más. Era como hacer un diario, pero en lugar de ser secreto, lo publicaba; en lugar de manifestar sus detalles íntimos, los generalizaba.

Una forma de liberarse.

Había leído que si uno pone sus neuras en un papel, se ahorra el psiquiatra.

Cuando su padre se marchó, su madre tuvo que pasar por una terapia. Seis meses.

Y sabía que ya nunca volvería a ser la misma.

Estaba marcada.

Tecleó la primera palabra que se le ocurrió, y no se sorprendió de que viniera derivada de ese último pensamiento:

«Fracaso».

Luego escribió:

«El fracaso es un chicle que se te pega y del que ya no puedes deshacerte. Te impregna. Da lo mismo que te laves y te frotes y te rasques hasta dejarte la piel en carne viva. Siempre estarás pegajosa. Quizá con el tiempo acabes dominando esa sensación, o venciéndola, o aniquilando su rastro. Pero el fracaso no te llega una sola vez. Si te haces adicta a él, volverá. E igual que hay muchos gustos de chicle, hay muchas clases de fracaso. Es como el silencio. Un silencio de bosque no se parece en nada a un silencio de bebé dormido, y un silencio de noche en la cama junto a tu ser querido después de hacer el amor no tiene el menor parecido con un silencio espacial. El fracaso lo que sí tiene son colores. Rojo para la ira, verde para la vergüenza, amarillo para la humillación, azul para la derrota, blanco para la muerte... Si le ves la cara al fracaso, nunca la olvidarás. Y para vencerlo no está el éxito. Para vencerlo lo único que tenemos es la esperanza, la energía capaz de dominar el tiempo. En una película sube la música y en una serie de planos sucesivos vemos como el prota escribe un libro o como la chica supera un cáncer. En la vida real no hay música ni planos sucesivos que pasan en un abrir y cerrar de ojos. Un libro se tarda en escribir, y un cáncer se tarda en superar. Días y días, semanas y semanas, meses y meses; a veces, incluso años».

«El fracaso es la medida de nuestra resistencia.»

Dejó de teclear. Tenía la ventana abierta y por ella se coló la música que había escuchado en el reproductor de Elisabet. La música o lo que fuera.

Brainglobalnoise.

Lo que sintió en ese instante fue ira.

Unos desconocidos colándose en su intimidad para atacarla y desarbolar su sistema nervioso.

Se levantó de la silla y fue a la ventana. La suya no daba a la calle, como la de su amiga. Ella dormía en una de las habitaciones interiores. Buscó el origen de la música sin dar con él. Podía proceder de cualquier ventana. Pensó en gritar pero se contuvo. Cerró los ojos e intentó comprender y comprenderse. Comprender aquel sonido y la desmedida letra del tema, y comprenderse a sí misma en su negación del presente y de la realidad.

La diferencia era que ella conocía el pasado y Elisabet, no. La diferencia era que ella podía comparar, y el resto de chicos y chicas de su edad, no. Su amiga no tenía ni idea de quiénes eran Peter Gabriel, Jim Morrison, Neil Young, Van Morrison, Janis Joplin, Joni Mitchell o Patti Smith, ni siquiera monstruos como Leonard Cohen o Tom Waits. Bob Dylan decía que era un cadáver ambulante con voz de regadera.

Regresó al ordenador y se olvidó de «Fracaso». En su lugar tecleó otro enunciado:

«Razones y fundamentos para decir que Brainglobalnoise representan un salto a la prehistoria de la música».

Y escribió:

«Estoy escuchando, a mi pesar, pues la música se cuela por mi ventana, el sonido más odioso del momento...».

Capítulo 2
ROGELIO

El primer tema del CD, *Kontaminación*, ya sonaba en todas partes. Era el primer paso.

Pero sólo eso.

Con lo que se habían gastado en el lanzamiento, que sonara en todas partes era lo de menos. Lo duro venía ahora, asentarlo todo, conseguir que el segundo tema del disco fuera un éxito mayor, y espontáneo, y que la primera gira del grupo arrasara y generara un millón de fans.

Un millón.

Como si los tiempos no hubieran cambiado.

—¿Tú qué opinas? —le preguntó Nacho Pons.

Dejó que la pregunta flotara en el ambiente.

La mayoría de las canciones se parecían entre sí. Tres guitarras desatadas, una batería machacona, un bajo galopante y una voz, la del propio guitarra solista, gritando-cantando-rapeando según la parte del tema que interpretara. Habían bautizado su estilo como Trash-rap-hop-metal-hardcore. Otro exceso. Siempre le había parecido un sonido tremendista, pero buscarle una etiqueta... La mayoría de artistas eludían las etiquetas. Ellos, sin embargo, estaban dispuestos a ser diferentes.

A romper moldes.

—No estoy seguro —manifestó con voz inexpresiva.

—Pero la cosa está entre *Kaos* y *Makillaje radioactivo*, ¿no?

—¿Por qué lo dices?

—Bueno —su interlocutor hizo un gesto evidente—, la primera habla de las inquietudes de los jóvenes ante lo que se les viene encima, y la segunda, de esa chica enamorada que se deshace mientras espera que regrese su novio de la guerra termonuclear... Son actuales.

—«Actuales» no es la palabra más adecuada.

—¿En qué sentido lo dices?

—En el único posible.

—Las canciones que gustan a las adolescentes son siempre las que les afectan de manera personal, las que abordan sus pensamientos e intimidades.

—¿Y crees que el lamento de una chica a la que se le cae la cara a pedazos mientras espera que su novio vuelva de la guerra impresionará a una adolescente de ahora?

—Caray, Rogelio, parece como si no te gustara el disco, o peor, que no creyeras en el producto.

El producto.

Unos pocos años antes aún era el artista; como mucho, el proyecto. ¿Cuándo lo habían rebajado a la categoría de «producto»?

—Evidentemente, éste no es mi tipo de música. —Fue sincero—. Pero llevo toda la vida en esto y sé lo que funciona y lo que no, y esto nos va a funcionar.

—Más nos vale —suspiró Nacho Pons.

¿Cuándo no había conocido la música malos tiempos, aun en momentos de bonanza?

A veces, la sensación de que se llegaba al fin de una era se hacía tan persistente...

—Yo votaría por *Mezklas* —anunció de pronto.

—¿Ésa? ¿Por qué? Es la más suave de todo el CD.

—Pues por eso.

—¿No es mejor mantener el tono álgido?

—Lanzamos *Mezklas* como segundo tema, y si no funciona, tenemos a punto *Kaos* o *Makillaje radioactivo*.

—No podemos permitirnos un pinchazo con el segundo *single*.

—Los temas suaves, y no es que éste lo sea, aunque tiene momentos de calma, son los que asientan a las bandas.

—Tardan más en calar.

—Pero si calan, son la bomba. Y te repito que *Mezklas* no es precisamente una balada romántica.

Los dos ejecutivos se quedaron un momento en silencio. El despacho de Rogelio daba a la calle Calvet, así que el ruido del asfalto llegaba con nitidez hasta ellos. Pese a que la ventana estaba cerrada y disponía de un cristal doble, los cláxones no daban tregua. Muchas veces optaba por escuchar música sólo para poder aislarse y trabajar, aunque cada vez estuviese menos allí y más en la calle, haciendo otras actividades al margen del *marketing* y la promoción. Ya estaban en cuadro debido a los recortes de personal.

La piratería los devoraba más rápido que nunca.

El último disco de oro conseguido por Discos Karma parecía un lejano eco del pasado.

La puerta del despacho se abrió en ese instante.

—Rogelio... —anunció la voz de Pascual Iriarte abriéndola sin esperar su permiso—. ¡Ah, Nacho! —cambió el tono al verlo también allí—. Nos llama el *Boss*.

No era Springsteen. Era Marcelo Novoa, el director.

Los dos ejecutivos se pusieron en pie.

Hora de repasar temas.

Siempre al filo de la navaja.

Marcelo Novoa era uno de los veteranos, curtido en mil guerras. Había pasado por CBS, Polygram y Emi en los años de esplendor del rock antes de fundar su propia compañía discográfica; y en Barcelona, nada de caer en la tentación de irse a Madrid. Con su buen ojo, Discos Karma había conseguido tres éxitos consecutivos en su primer año, y otros diez en los cinco siguientes. Era el momento dorado de las pequeñas compañías, o las independientes, como se las llamaba todavía. Lo malo era que las multinacionales actuaban siempre como depredadoras. Cuando una pequeña compañía conseguía un éxito, afianzar a un grupo descubierto por ella, aparecía la correspondiente *major* dispuesta a poner una millonada sobre la mesa para llevárselo. O eso o tentar al cantante para que iniciara una carrera en solitario. Las pequeñas compañías tenían que reinventarse cada día, conseguir al menos un éxito al año. Una presión añadida que la mayoría no conseguía superar.

Con la piratería y las descargas ilegales de Internet masacrando el mercado, el futuro siempre era negro.

Aunque a cada momento aparecieran nuevas promesas, cantantes, grupos, que demostraban que la música nunca se terminaba, ni los sueños de quienes querían ser artistas.

Rogelio fue el primero en sentarse. Lo hizo frente al director de la empresa. Nacho y Pascual lo secundaron, uno a cada lado. Marcelo Novoa había superado los cincuenta con creces, pero se mantenía joven, con esa pátina de energía que siempre aporta el mundillo de la música. Nacho y Pascual andaban en la treintena. Sólo él se quedaba en esa indefinida tierra de nadie que era el final de la juventud y el comienzo de la madurez, con la frontera de los cuarenta ya a la vista.

—Vamos a lanzar *Makillaje radioactivo* como segundo *single* —les soltó el director de Discos Karma de forma contundente, en un tono que admitía poca réplica.

Nacho Pons miró a Rogelio de soslayo. Un gesto que no pasó inadvertido a su superior.

—¿Alguna objeción? —Marcelo Novoa lo miró.

—No —respondió Rogelio.

—¿Pero?

—Votaba por *Mezklas*.

—¿Por qué?

—Tiene un tono algo más... reposado. Esa parte que parece lenta incluso es melódica.

—¿Melódica? —Su jefe abrió unos ojos como platos—. ¿Y quién quiere algo melódico hoy en día? ¡Esa palabra incluso ha desaparecido del diccionario de la música! Brainglobalnoise es eso, Ruido Global y Cerebral. Caña. No creo que vayamos por ahí.

—El mercado siempre sorprende.

—El mercado hace lo que le decimos nosotros. ¿O crees que esa panda de descerebrados de quince años tiene criterio? Les hemos lanzado un grupo total, y van a querer música total. Si además imponemos una estética...

—Es mi opinión. Sólo eso.

—¡Coño, Rogelio, tu opinión! —estalló con sorpresa el hombre—. ¡La opinión del chico del súper me la trae floja, pero la tuya no! Se supone que eres el director de marketing y promoción. —Miró a los otros dos—. ¿Qué opináis vosotros?

Nacho Pons tragó saliva. Pascual Iriarte no movió ni un músculo. Los dos temían las explosiones de ira de su jefe. Y cada vez las tenía más seguidas.

—Yo estaba hablando con Rogelio de eso mismo ahora —dijo el primero.

—¿Y?

—Dudaba entre *Makillaje radioactivo* y *Kaos*.

—¿Por qué *Kaos*?

—Las dudas de la protagonista sobre el futuro...

—Eso es una mierda —lo desarmó—. Todo el mundo tiene dudas sobre el futuro, jóvenes y viejos, y musicalmente no es mejor que *Makillaje radioactivo*. Lo de la chica esa que se va descomponiendo mientras espera a su amor es mucho más fuerte. —Miró a Pascual Iriarte—. ¿Y tú?

—*Makillaje radioactivo*, sin duda.

—Entonces estamos de acuerdo.

—Sí —dijeron los dos que flanqueaban al jefe de marketing y promoción.

—¿Rogelio?

—Supongo que es un riesgo. Lo mismo que lanzar *Mezklas*.

Marcelo Novoa arrugó la cara.

—No te veo muy convencido —mascculló.

—Lo estoy, tranquilo.

—Si no crees en lo que vendes... no lo vendes, ya sabes mi teoría. —Mantuvo el rictus amargo en la boca.

—Marcelo, ¿recuerdas lo que te dije cuando me hiciste escuchar a Brainglobalnoise por primera vez?

—Joder si lo recuerdo.

—Ahora son nuestro lanzamiento estrella de este verano. Aceptamos el riesgo y ya está. Y como tú dices, vamos a por todas, descuida.

—Es que si no funciona, a donde nos vamos es a la mierda —sentenció categórico el director de Discos Karma.

—Eso lo dices todos los años, con cada lanzamiento.

—Y cada vez va a peor. ¿No miras las cifras de ventas o qué? Nos lo estamos gastando todo en Brainglobalnoise. Todo, Rogelio. Habrá que ajustar al máximo si queremos hacer un vídeo de apoyo para *Makillaje radioactivo*. O superamos los cien mil discos vendidos o...

Cien mil.

Cifras de «otros tiempos».

—Estamos consiguiendo mucho impacto, difusión; todo el mundo habla ya de Brainglobalnoise y de *Kontaminación*. Es nuestro lanzamiento más fuerte en años.

—Eso hay que traducirlo en ventas —apostilló Marcelo Novoa.

—Una cosa lleva a la otra. El Corte Inglés, FNAC, Discos Castelló... todos están reponiendo existencias. Basta con mirar en la Red. Ya hay muchas páginas dedicadas a ellos, y las revistas se pelean por tenerlos.

—Si hace falta, que se desnuden, ¿eh?

—Son unos desmadrados por sí mismos. No hará falta que los anime.

—¿Alguna famosilla de medio pelo que pueda salir en una foto con David? —señaló al cantante y guitarra del grupo, en primera fila del póster que presidía su despacho.

—De momento, ésa es su parte oscura. De puertas adentro aún tiene novia.

—¡La madre que lo parió! ¿Está loco o qué? ¿No le hablaste de eso?

—¿Qué quieres, que le diga que pase de su chica así, sin más?

—¡Como le dé a la niña por largar diciendo que es la novia de David, nos jode!, ¿estamos?

—En cuanto se metan en la gira, la cosa caerá por su peso, tranquilo.

—¿Tranquilo? ¿No sabes de qué va esto o qué?

Nacho Pons y Pascual Iriarte se removieron inquietos en sus asientos. A veces no entendían la rara amistad que unía al dueño de la discográfica con su director de *marketing* y promoción. Rogelio era el único que se atrevía con él. Pero nunca sabían si se peleaban o sólo discutían. El carácter fuerte y agresivo de uno chocaba con el más reposado y reflexivo del otro. Marcelo Novoa era todo espontaneidad, soltaba lo primero que le pasaba por la cabeza. Rogelio, en cambio, era mucho más ladino, astuto.

Cerebral.

Y casi misterioso, porque, de hecho, ninguno sabía mucho de él.

—¿Cuándo quieres lanzar *Makillaje radioactivo*? —preguntó.

—Una semana antes de que dé comienzo la gira. Bombardeo masivo en radio y a ver qué se puede hacer en la tele y en la prensa escrita.

—De acuerdo. —Rogelio se puso en pie antes de preguntar—: ¿Hay algo más?

Al cerrar la puerta de su piso y escuchar el silencio, se sintió a salvo.

Cada vez le ocurría más a menudo.

Y le preocupaba.

—Nada es igual a partir de los cuarenta —le repetía su padre.

Aún los sentía lejos, pero ya todo el mundo le hablaba de ello.

Como si de una maldición ineludible se tratara.

Rogelio fue a su habitación y se desnudó por completo. Dudó si tomar una ducha, porque el calor de la primavera ya era casi el del verano, y decidió que mejor no, era capaz de quedarse dormido bajo el agua. Llevaba tantos días estresado con el maldito lanzamiento de Brainglobalnoise que ni siquiera tenía ganas de salir. ¡Él!

Inaudito.

Se miró en el espejo de la habitación. Mantenía sus rasgos casi juveniles, su abundancia de cabello negro, su buen tono corporal y muscular. Todavía podía tener a cualquiera. O casi. La edad del DNI no siempre se correspondía con la física. La mayoría le echaba todavía treinta o treinta y pocos.

Pero no estaba preocupado por la edad.

Sí por lo que sentía.

Hacia su trabajo, hacia la música, hacia sí mismo.

Perdido en un horizonte muy difuso.

Abandonó su posición delante del espejo y cogió ropa cómoda, unos pantalones cortos y una camiseta vieja con la imagen de una cantante que habían lanzado cinco años antes. Un fracaso. Pero la camiseta era bonita pese a los muchos lavados y la pérdida de color. La camiseta y la chica.

Aún la recordaba allí mismo, en su habitación, la última mañana.

Su disco no funcionó, y ella acabó casándose y dejando la música.

Se dirigía a la cocina, en busca de algo fresco para beber, cuando sonó el teléfono. No el fijo de su casa, el móvil. Regresó a la habitación a por él y descolgó sin mirar el número de quien llamaba.

Se arrepintió al momento.

—Menos mal. Soy yo.

De todas las mujeres que conocía, de pronto, a la que menos quería ver, y con la que menos quería hablar, era Amalia.

Bastantes problemas tenía ya.

—Hola, Amalia.

—¿Dónde estás?

—Acabo de llegar a casa.

—Si lo hubiera sabido, habría podido estar ahí. ¿Por qué no me has llamado?

—Ya te lo dije. Estamos en pleno lanzamiento. Eso representa veinticuatro horas al día de actividad. Nos va la vida en ello.

—No me seas melodramático.

—Tú nunca tienes necesidad de mirar el saldo de tu cuenta del banco. Yo sí.

No hubo respuesta. Tampoco la esperaba. Amalia era de las que iban al grano.

—Mi marido no estará este fin de semana, se marcha el viernes. —Su tono se hizo conciliador y provocativo—. ¿Te imaginas? Podemos pasar dos noches juntos.

Cerró los ojos.

—No va a poder ser —dijo.

—¿Cómo que no...? —estalló la alarma en la voz de la mujer.

—¿Cómo he de decírtelo? Tengo trabajo con el grupo.

—Rogelio...

—Amalia, por Dios...

—¿Qué pasa?

—Nada.

—¿Crees que me chupo el dedo? Sé cuando un tío me da largas. ¿Te ha bastado con un par de revolcones? ¿Es eso? ¿Suficiente para ti? Porque para mí no lo es, ¿sabes? ¿O te crees que hago esto con el primero que pasa?

—No han sido revolcones.

—¡Pues claro que no lo han sido! ¡Mierda...! —Pareció a punto de echarse a llorar—. Mi madre me decía siempre que no me enamorara de hombres guapos.

—No hables de amor. —Se estremeció.

—¿Por qué no?

—Porque todo el mundo habla de ello sin saber qué es.

—Todo un experto, ¿eh?

—Mira, Amalia... —quiso ser sincero.

—Quiero verte el viernes, como mucho el sábado —dijo ella, categórica, sin dejarle terminar lo que iba a decir.

—No puedo.

Solía cometer errores. Casi todos con las mujeres. A veces era necesario parar y reflexionar.

—¿Es por lo que pasó la última vez?

—Tu marido casi nos pilla.

—Se va a Londres. Eso no está aquí al lado. No es Madrid, con AVE y Puente Aéreo. No habrá accidentes.

—Amalia, de verdad, no puedo.

La pausa fue muy breve.

La voz, seca.

—Entonces vete a la mierda, querido —dijo ella antes de cortar la comunicación.

La conversación con Amalia le acababa de dejar un pésimo sabor de boca.

Y algo más: un creciente deseo.

Había estado a punto de sucumbir. Pero no pensando en el sábado o el domingo, sino en el momento.

Siempre aquel anhelo sexual.

Rogelio se pasó una mano por los ojos y continuó con el móvil en la otra. Vaciló una sola vez. Luego caminó hasta la sala, se sentó en una de sus butacas de diseño, de piel negra, y buscó en la memoria el número que deseaba.

La única que podía satisfacerlo realmente aquella noche.

Porque de lo que estaba harto era de compañías insustanciales, efímeras.

Esperó unos segundos, tono tras tono, hasta que después del último oyó la voz femenina.

—Hola, déjame tu mensaje.

No lo hizo. Cortó. Tras ello arrojó el teléfono a la otra butaca.

Contempló la sala. El televisor de plasma, el reproductor de CD, el grabador y reproductor de DVD, los altavoces, la colección de películas y discos, los pequeños detalles de su entorno, las fotografías con algunas estrellas de la música, los cuadros, los pósteres, los premios...

El vacío.

No le apetecía ver nada, ni la tele ni una película. Su ánimo estaba por los suelos. Y tampoco se sentía con ganas de salir. Eso implicaba volver a vestirse, y acabar en un bar o un club por el simple hecho de ir a alguna parte. Le pesaba su casa, pero más, la existencia vacua de un mundo al otro lado de aquellas paredes.

Se incorporó y caminó hasta el pequeño despacho habilitado en el piso. Una mesa de trabajo y dos ordenadores, uno fijo y otro portátil, más dos impresoras, se asentaban sobre ella. A un lado, otro equipo de sonido y más CD. Casi nunca los utilizaba. Era bueno en lo suyo, vender y promocionar, pero reconocía que no tenía mucha idea de música. Apenas le importaba. Olfato y nada más. Estaba en el negocio por una mera casualidad. Era el mundillo con más chicas guapas. Eso siempre pesó al comienzo.

Se sentó delante del ordenador y lo conectó.

La espera lo consumió y lo inundó de más y más mal humor.

Cuando apareció su escritorio con todos los iconos, dirigió el ratón hacia el buscador de Safari y lo activó. Otra corta espera. Una vez hubo entrado, tecleó el nombre del grupo.

Sólo quería ver cuántas páginas lo llevaban ya incorporado o lo citaban.

En la pantalla del ordenador apareció citado en las primeras diez de un total de más de cien mil. Eso no significaba, obviamente, que el grupo ya fuera tan famoso. El término Global Noise también pertenecía a un movimiento musical internacional y a sus muchos derivados. Pero era una buena señal.

Inició un recorrido por algunos foros, para tomar el pulso a la opinión directa del público.

Y comenzó a sonreír.

«Son lo más fuerte, lo más potente. Por fin un grupo que nos sacude y nos saca del muermo en que vivíamos», «Mi cerebro estaba en encefalograma plano desde hacía mucho. Ahora ellos han desatado una tormenta que me alimenta de adrenalina y mala leche. Salgo de casa dispuesto a comerme el mundo», «Brutales, conmovedores, sinceros, directos. Verdadera música del siglo XXI», «Es hora de romper con todo, con el pasado, incluso con la jeta de tus viejos. ¡Revolución Brainglobalnoise!», «El nombre es demasiado largo, propongo que se acorte con las siglas BGN»...

Eso último lo habían pensado, pero para más adelante.

Los fans se adelantaban siempre.

—Ése igual nos pide derechos —rezongó.

Por si acaso, mejor registrarlo. Había que curarse en salud. Lo propondría por la mañana.

Más comentarios.

«¿Qué hace una canción como *Mezklas* en medio de un disco tan bueno? ¿Una concesión? Sólo faltaría que lo lanzaran en *single*. Esa musiquita de la mitad, tan amariconada... ¿Seguro que eso es de ellos?», «¡Viva el Reino de la K, *Kontaminación, Makillaje radioactivo, Kaos*!», «Música, estética, imagen, y qué pedazo de cantante. Voy a darle puerta a mi novio»...

Entró en un par de foros más. Estaba dejando de atormentarse, de pensar en el amor de su vida, de tantas y tantas cosas nocivas que lo asolaban. Todos decían más o menos lo mismo. Brainglobalnoise ya estaba en sus horizontes. Como mucho, un par de comentarios negativos, pero simples: «Esto no es música», «Ideal para ponerlo mientras vomitas o para producirte el vómito», «Si ésta es la música del futuro, para, que me bajo». Poco más.

Continuó navegando, pasó los diez primeros, los diez segundos, llegó a la tercera tanda...

Entonces se encontró con aquel comentario.

«Razones y fundamentos para decir que Brainglobalnoise representan un salto a la prehistoria de la música.»

Sonaba diferente.

Entró en la página y se encontró con un blog.

«El Blog de Beatriz.»

Lo primero que le sorprendió fue la fotografía de ella.

Era más que guapa, excelsa o inquietante. Era exquisita.

Contempló aquel rostro juvenil, abierto y espontáneo, el cabello largo, la profundidad de los ojos, la línea marcada y sugerente de los labios, la intensidad y la proyección de la barbilla, el óvalo perfecto del rostro. No se veía nada más. Era un primer plano. Y posiblemente un primer plano escogido.

A lo peor no era tan guapa, o la foto era antigua.

En cuanto a la edad...

Joven, sí, pero ¿cuánto?

Veinte, veinticinco..., ¿o tal vez una adolescente retocada con Photoshop?

Dejó de colgarse de la fotografía que presidía el blog y buscó el comentario dirigido a su grupo. La tal Beatriz escribía prácticamente a diario. Y opinaba de todo. Leyó algunos párrafos y lo primero de lo que se dio cuenta fue que escribía muy bien. Buena construcción de frases, inteligencia, planteamientos sólidos... Alguien solitario, pero nada despreciable. La Red deparaba ese tipo de sorpresas. Por eso valía la pena echarle un vistazo de vez en cuando.

Encontró la entrada de Brainglobalnoise.

De aquel mismo día.

Increíble.

Centró sus ojos en el texto y empezó a leer.

«Estoy escuchando, a mi pesar, pues la música se cuela por mi ventana, el sonido más odioso del momento. Se llaman Brainglobalnoise y son el último aporte del maltrecho mundo del negocio musical para conseguir lo que mejor saben hacer: sacar pasta del inconformismo natural de los jóvenes, a los que basta en muchas ocasiones con proporcionar un poco de ruido envuelto en unas letras presuntamente provocativas, para que se crean que con ello han llegado al máximo de la modernidad. Esos mismos jóvenes no entienden que la industria discográfica la dirigen momias que se perpetúan como mejor pueden, por más que los artistas nuevos parezcan siempre jóvenes, rebeldes e inconformistas como la mayoría de su público.

»Brainglobalnoise son cinco chicos acordes con lo que se espera de un grupo, y tanto da que sean rockeros, hiphoperos o lo-que-sea-eros. Pose, imagen, uno rubio, otro moreno, otro negro, uno con el pelo corto, otro largo, uno vistiendo de Custo degradado, y otro, de Toni Miró sufrido, etc. Lo suyo son los decibelios en grado superlativo, algo que ya hacían los Ramones o Motorhead, por citar bandas lo suficientemente opuestas, con más clase y sentido hace muchos años. Pero claro, ¿sabrán David M. y los suyos quiénes eran ésos? Lo dudo. La moda consiste en coger todos los géneros más o menos actuales, mezclarlos e ir de innovadores. Fijaos en su propio nombre: unen Brain —cerebro—, con Global —se traduce igual—, y Noise —ruido—. Por lo menos son sinceros. Lo de que hacen ruido está muy claro. Ruido por la cara. Ruido para atontar en una discoteca y favorecer que los buscadores de sensaciones se atiborren de pastillas. O eso, para aguantarlos dos canciones seguidas, o morir de una arritmia cardiaca.

»Brainglobalnoise no han venido a revitalizar nada ni a salvarnos de nada. Han venido por la pasta, y su compañía los ha lanzado por lo mismo. No es un grupo honesto. Es un producto. Si fueran coherentes, no harían esta música asesina, no nos lastimarían los oídos con sus gritos, no atentarían contra el sentido común salpicando de kas sus "transgresoras" letras —luego habrá quien en un examen ponga *kaos* con k y se lleve un suspenso, por idiota—; si lo fueran, entenderían que ritmo y melodía son la base de una canción, y que lo uno sin lo otro se cae, y por supuesto, no pretenderían que los jóvenes son estúpidos, por mucho que, de pronto, parezcan tener cientos, miles de adeptos "que los estaban esperando". Kurt Cobain se suicidó porque tomaba los sentimientos ajenos, las lágrimas de sus fans, y las convertía en letras y canciones con las que se forraba. Eso le pesaba. Lo dijo antes de morir. Fue sincero, aunque no era necesario que se matara. Bastaba con cambiar, buscar otra fuente de inspiración, o dar todo su dinero a causas nobles si tanto le dolía. Brain... etc. trata de hacer lo mismo, ahondar en el inconformismo para sacar su tajada, pero sin clase, y con el patetismo de hacernos ver que van en serio.

»Si me escribes para insultarme, pasa. No me afecta. Si estás de acuerdo, no hace falta que me lo digas. Después de todo, este blog no es más que una voz solitaria predicando en el desierto. Pero si tu caso es el segundo, tu voz solitaria y la de alguno más quizá abran los ojos a otros muchos. Háblalo en la calle. No te calles. Lucha contra el ruido, el de ellos o el de tu entorno. El ruido que nos atonta y no nos deja pensar y que, a veces, nos obliga a refugiarnos en casa y escribir blogs como éste.

»En todo el disco de Brain... etc. sólo hay veinte segundos aprovechables: la parte menos agresiva de *Mezklas*. Pero claro, eso debió de ser una casualidad. Nadie va a notarlo.

»Feliz vuelta a la prehistoria.»

Tuvo que leerlo dos veces.

Una para dominar la ira. Otra para paladear cada palabra.

Porque, a fin de cuentas, lo que decía la tal Beatriz era verdad, y eso dolía.

Sobre todo le dolía a él.

Alguien había escrito sus propios pensamientos.

Silenciados en el fondo de la necesidad.

Volvió a mirar la foto. El tono epistolar no era el de una mujer de veinticinco. Veinte tal vez. Incluso menos. Pero la foto...

No apartó sus ojos de ella durante dos o tres minutos.

—¿Quién eres? —le preguntó.

Aquella fascinación súbita...

Ni siquiera sabía por qué.

Paseó por la página. Leyó fragmentos de otros textos. La mayoría, sobre el tema que fuese, acertados y coherentes. En la parte inferior encontró más accesos a otras ventanas. Uno era de fotos de la protagonista, aunque en ninguna la calidad de la imagen era mejor que la que presidía el blog. Siempre se trataba de retazos de sí misma, la mayoría desenfocados o sesgados. Primeros planos o de medio cuerpo. La esbeltez podía apreciarse, pero poco más. En todo caso, las manos eran perfectas, preciosas. Quien fuese la tal Beatriz era aficionada a la fotografía. En otro acceso se derivaba al lector hacia YouTube. La chica, además, hacía montajes con fotos y música.

También encontró lo que estaba buscando.

Una dirección para responder a los comentarios del blog. Y libre. No era necesario registrarse ni dejar huella.

Rogelio comenzó a teclear.

Capítulo 3
BEATRIZ

La guitarra, en las manos de Gonzalo, parecía una caja de música.

Él la acariciaba, sus dedos apenas si rozaban las cuerdas, pero el sonido, la cadencia armónica, fluía con una intensidad y una belleza únicas.

Además estaba su voz.

Íntima.

Tan sugerente.

Le había hablado de aquel poema de *Así habló Zaratustra*, el que contenía la frase «Dormido sobre los espejos», y acababa de componer una canción preciosa, con una letra que giraba en torno a la turbulencia del amor, el deseo, la pasión y la furia, aunque no lo hiciera de forma directa, sino velada. No le bastaba con arrancar la música de aquellas cuerdas. También era capaz de trenzar palabras con aquel sentido tan especial.

Era un don.

Por más que Gonzalo fuese tan perfeccionista, o tan inseguro, o tan tímido, o tantas cosas a la vez.

Hoy, dormido sobre los espejos,
he soñado que abrazaba tu cuerpo
y le hacía el amor a tu alma.
Hoy, acariciado por el reflejo de tu ser,
he recordado todas las noches de mi vida
en las que fuiste mía y te diste a mí.
Hoy, callado y silencioso sobre la luz,
te he dicho que te quiero en soledad
deseando despertar al otro lado.

Hoy, dormido sobre los espejos,
quería que ellos fueran nuestra cama
mecido por el reflejo de mis sueños.
Hoy, susurrando tu nombre en un rezo,
he sentido todo el dolor de tu ausencia
perdido de nubes y esperanzas marchitas.
Hoy, al despertar de este pasado,
he visto mi sombra transparente
caminando descalza hacia la muerte.

Cuando la última nota se extinguió en el aire, Beatriz tuvo que bajar aquel nudo albergado en su garganta.

—¿Qué tal? —esperó el chico.

—¿Lo preguntas en serio?

—Claro.

—Gonzalo, es... genial. ¿Acaso no lo ves?

—Tú eres mi amiga.

—¡Soy tu amiga, pero no estoy sorda, y tengo buen gusto, tú lo sabes!

—¿De verdad te gusta?

—¡Es la mejor canción que has escrito hasta hoy!

—Me dijiste lo mismo de las dos últimas.

—¡Porque es verdad, cada una ha superado a las otras! Has encontrado el punto, el equilibrio entre letra, música y voz. ¡No deberías esperar más!

—Yo pienso que todavía no estoy preparado.

—¡Y un cuerno! —gritó—. Lo estás, aquí y ahora. ¿Qué quieres, aguardar a los treinta? Ahora mismo encandilarías a la gente, derretirías a las fans.

Gonzalo se echó a reír.

—¡Oh!, ¿tendría fans?

—A patadas, y de ambos sexos.

—Eso no me iría mal —musitó con un deje de tristeza.

—Graba un disco y no se te va a resistir nadie.

—Preferiría que al menos algunos no se me resistieran por mí mismo. —Cerró los labios en un gesto de impotencia antes de agregar—: ¿Qué quieres, que vaya a un concurso de la tele? ¿A «Tú sí que vales»?

—¡No! Eso es pan para hoy y hambre para mañana. ¡Déjame colgar algo en YouTube!

—La palabra *colgar* me sigue sonando sospechosa. —Se llevó una mano a la garganta.

—Yo te hago el montaje. Soy buena. Haré una especie de vídeo con imágenes y tu canción.

—¿Esta canción?

—Sí.

—No sé, Beatriz.

—¿Cuántas canciones llevas compuestas: cien, doscientas? ¿A qué esperas? Podrías lanzar dos o tres discos sólo con las mejores. La mayoría de artistas jóvenes todavía recuperan temas hechos en sus primeros años en su tercer álbum. ¡Tú tienes para la tira!

—A ver qué pasa este verano.

—¡No, a ver qué pasa ahora! ¡Déjame que te haga ese vídeo para YouTube!

Si algo había aprendido en sus años de amistad, era que a ella no podía decirle que no. Resultaba imposible.

Bastaba con mirar su determinación, la fuerza de sus ojos, la furia de su voz.

—Te lo grabo en MP3 y te paso una copia en un *pendrive* —se rindió.

—Bien —asintió la chica alargando la «e».

—Mañana o pasado —quiso advertirle—. Quiero hacerle unos arreglos.

—¡Pero si está bien así!

—Oye, que es mi música y mi letra, ¿vale?

—Vale. Cántamela otra vez.

—Luego.

—¿Te da vergüenza o qué?

—Mi madre acaba de llegar, ¿no has oído la puerta? Después te vas y me pide que se la cante a ella, y eso sí me da corte. Sobre todo, si la letra habla de amor o de cosas más o menos picantes.

Ésa sí era una razón de peso.

Beatriz frenó la excitación que la canción acababa de producirle.

Miró el ordenador de Gonzalo y le preguntó:

—¿Has conseguido bajarte ya el disco de Fotheringay?

—No, no lo encuentro.

—Maldita sea —lamentó—. No creí que fuera tan raro. Aunque supongo que por eso es una joya difícil de encontrar.

—Pero es que es de 1970.

—¿Y qué? Discos más antiguos pueden bajarse sin problemas. ¡Qué pena que Sandy Denny sólo grabara ese álbum con ellos por falta de éxito! Supongo que la sombra de Fairport Convention era demasiado alargada y poderosa. Esas canciones..., esa voz... Y más aún: qué pena que muriera tan joven.

—Supongo que sabes de qué.

—Se cayó por la escalera de su casa y tuvo una hemorragia cerebral. Eso fue en abril de 1978. Llevaba años siendo la mejor voz femenina británica, algo inaudito tratándose de una cantante folk.

Gonzalo la miró y la admiró.

—Alucinante —dijo.

Beatriz se encogió de hombros.

—Eres una enciclopedia con patas, y encima tienes un gusto exquisito —ponderó él.

—Lo que pasa es que he nacido demasiado tarde, fuera de tiempo. A veces me siento desenfocada, como aquel personaje de una película de Woody Allen. La mejor música se hizo entre 1968 y 1973 y yo me la perdí en vivo y en directo. Una putada.

—Pues yo no me quejo.

—Tú tenías que haber sido trovador en la Edad Media.

—¿Estás loca?

—¿No te habría gustado?

—¡En la Edad Media sólo se lo pasaban bien los reyes, que hacían lo que les daba la gana; los demás a pringar, en guerras, pestes...! ¿Trovador? A veces sí que creo que estás loca.

Se echaron a reír de buena gana. Y mientras lo hacían, Beatriz supo, una vez más, que únicamente con él se sentía cómoda, a gusto, libre y feliz.

Su amigo.

Por esa razón, al acabar el estallido emocional, se atrevió a preguntarle:

—¿Qué tal con Carlos?

El rostro de Gonzalo perdió luminosidad y se oscureció bajo una lluvia de cenizas. Ella se arrepintió al momento de haber sacado el tema.

—Normal. —El chico se encogió de hombros.

—Pero...

—Aún no ha descubierto su sexualidad, eso es todo.

—¿Estás seguro de que es...?

—Sí.

—¿Cómo puedes estarlo?

—Porque lo sé, porque yo ya pasé por ello y superé esa fase, o quizá porque me engaño a mí mismo y quiero creer que es así, vete a saber.

—Prométeme una cosa.

—¿Qué?

—Que tendrás cuidado.

—Lo tengo.

¿Cómo decirle que era demasiado vulnerable? ¿Cómo advertirle que tener cuidado no lo era todo, porque los sentimientos siempre se desbocaban y se precipitaban hacia los abismos del dolor? ¿Cómo evitar que le hicieran daño, justamente a él, que era el ser más inocente que jamás hubiera conocido?

Intentó cambiar de tema, con rapidez.

—Cántamela otra vez, venga, aunque sea en voz baja. —Se sentó en cuclillas y le demostró que no pensaba rendirse fácilmente.

La salida de clase era a veces tranquila; y otras, caótica, como aquélla. La proximidad del verano, a pesar de los últimos exámenes y el nerviosismo, hacía que la adrenalina se disparase. Además, la primavera era peor que cálida: sofocante. De la noche a la mañana, los cuerpos femeninos parecían competir por ver quién llevaba menos ropa, la falda más corta, la blusa más escotada, la prenda más liviana. Media docena de noviazgos inesperados daban la razón a los que defendían viejas frases arquetípicas como aquella de que «la primavera la sangre altera». Incluso chicas y chicos que se mostraban antagónicos, de pronto se rendían al amor. Adiós a las pullas, las bromas bien o malintencionadas, el radicalismo masculino y el desparpajo femenino. Las sorprendentes parejas que caminaban al mismo son motivaban el pasmo de unos y el «ya lo decía yo» de otros. El verano gritaba libertad.

Y la locura se desataba.

Beatriz era de las que no corría. A los doce había resbalado en un día parecido, y la rotura de su brazo izquierdo la sumió en la depresión de un verano amargo. La experiencia unida a la serenidad. Tampoco tenía ninguna prisa.

A veces le preocupaba realmente su pragmatismo, su seriedad.

Mucho peor que ser vieja a los ochenta era serlo a los diecisiete.

Siempre había deseado ser mayor de edad, y ahora que se encontraba a un paso de conseguirlo, lo que sentía era respeto. Hasta ese momento, su vida dependía de sus padres, de un entorno más o menos familiar. En cuanto los cumpliera, dependería de sí misma, por más que continuara a expensas del dinero de su padre o de las ataduras de su madre. Las decisiones ya le pertenecerían por completo. Sin margen de error.

Un pequeño gran paso.

Y definitivo.

Caminó hacia la salida del instituto y antes de alcanzarla se tropezó con Maribel. Habían realizado algunos trabajos juntas, sobre todo en literatura, por amor hacia el mismo tipo de autores y de libros. Pero ése era el único punto común. Desde entonces, Maribel sufría los envites y cambios propios de un horizonte inestable, a la búsqueda de espejos.

—¿Has escuchado a Brainglobalnoise? —le soltó de buenas a primeras.

—Qué remedio.

—¿Cómo que qué remedio? —se sorprendió Maribel.

—Están en todas partes. Un comecocos.

—Tía, es que son geniales.

—Ya. —Le mostró todo su escepticismo.

—¿No me digas que no te gustan?

¿Le decía la verdad?

Pues sí.

—Son artificiales, comerciales...

—¡Eh, eh! —la detuvo su compañera de clase—. ¿Hablas en serio? ¿Te refieres a Brainglobalnoise? ¿Cómo van a ser comerciales si hacen una música radical y antisistema?

—Si fueran antisistema, no sonarían a todas horas en la radio ni se estarían convirtiendo en un producto de consumo masivo.

—O sea que sigue siendo mejor todo lo de antes.

—Un tiempo irrepetible es eso: un tiempo irrepetible. No se trata de ser mejor o peor.

—Tía, no te entiendo. —La cara de Maribel era un poema—. ¿Seguro que tienes diecisiete años?

—¿Qué pasa? Una cosa no tiene por qué gustarle a todo el mundo. A mí, ésos me parecen unos mierdecillas oportunistas y nada más.

La cara de poema se convirtió en pasmo.

—Debes de ser la única —manifestó la chica—. Están arrasando. Era lo que esperábamos.

—Una luz en la oscuridad.

—Exactamente.

—Bien, adelante. Yo paso.

—Pues vale.

Acababa de perder no a una amiga, porque no lo eran, pero sí a una compañera. Estaba cavando zanjas a su alrededor, aislándose aun antes de acabar el instituto, cosa que sería realidad en unos días. ¿Qué le costaba contemporizar, ser menos radical, tratar de integrarse en...? ¿Dónde?

Odiaba ser parte de una masa amorfa y descerebrada.

El pensamiento único.

Coca-Cola, McDonalds, Nike...

—Escúchalos bien —le recomendó Maribel con un deje de lástima en la voz.

—Vale —sonrió Beatriz con aspecto cansino.

Se separaron al llegar a la calle.

Y el abismo aumentó a medida que caminaban en direcciones contrarias.

Su padre vivía relativamente cerca de Johann Sebastian Bach, en Josep Tarradellas, cerca de la estación de Sants. Era un edificio viejo pero cómodo. El piso era el de Mati, «la nueva», como la llamaba su madre. Ella también se había separado de su marido. Dos mitades rotas que volvían a ser felices tras haberse encontrado. Muy felices. Bastaba con observar a su padre. Había recuperado la sonrisa y las ganas de vivir, de seguir adelante. El hombre derrotado que recordaba de los últimos tiempos en su casa se había transformado en una persona nueva, radiante. Su padre siempre había sido muy cariñoso. Y Mati era perfecta para él.

Aunque al comienzo le doliera reconocerlo.

Llamó al timbre de la puerta tras colarse directamente en el edificio al encontrar la del vestíbulo abierta y oyó la voz de Teresa al otro lado.

—¿Sí?

—Soy yo, Beatriz.

La hija de Mati abrió la puerta y no se detuvo ni un segundo tras hacerlo. Dio media vuelta mientras le decía:

—Pasa.

Fue tras ella. Teresa tenía trece años y las inseguridades propias de su edad. Era agradable, tierna, pero con complejos que empezaban a fastidiarla. El principal, el exceso de pecho. Llevaba hierros en los dientes y vestía con espíritu de tribu aunque mantenía cierta irreverencia y pose de combate. Cuando fruncía el ceño parecía feroz. Cuando sonreía era un ángel. Beatriz la encontraba atrevida, guapa y chispeante. Teresa se sentía todo lo contrario y la envidiaba a ella. Era la hermana mayor que no tenía.

La adoraba.

—No están, pero ya no creo que tarden —la informó metiéndose en su habitación.

Beatriz continuó tras ella.

—¿Qué tal?

—¡Puaf! —Fue expresiva—. Exámenes.

—Dímelo a mí.

—Tú terminas ya —expresó con envidia—, y no tienes que dejarte las cejas para, como mínimo, aprobar. Yo, en cambio...

Se sentaron en la cama, las dos. Las paredes de la habitación estaban llenas de pósteres de cantantes más o menos guapos y de algún que otro deportista. Apenas si quedaba espacio. En un panel de corcho se distribuían algunas fotografías personales. En una se las veía a las dos, abrazadas, riendo como locas.

Su padre se había ido con Mati hacía cinco años.

Y la única que no lo había superado era su madre.

—¿Qué harás este verano?

—Reflexionar —dijo Beatriz.

—¿Y eso es bueno o es malo?

—Es lo único que tengo.

—Ya.

—¿Tú tienes claro lo que harás cuando acabes de estudiar?

—Me gustaría ser periodista, cada día le veo más sentido.

—No está mal.

—Es genial... si lo consigues, por supuesto, y si trabajas en un periódico de verdad, o en la tele, o te vas de corresponsal a alguna parte del mundo. Pero supongo que ésa es la parte romántica que les gusta a todos. —Chasqueó la lengua—. Tú también podrías ser periodista, con lo bien que escribes.

—Gracias.

—Aunque tu último comentario en el blog...

—¿Qué pasa?

—¡Te cargas a Brainglobalnoise!

—¿Tú también? —La miró asustada.

—¿Yo también qué? Son geniales.

—Son basura.

—¡No digas eso!

Imposible luchar contra una fan. No hay nada más fuerte que la creencia y el amor de una fan por su cantante o grupo favorito. Es el amor supremo. En la adolescencia, por fin se tiene algo en que creer. Algo que se cree sólido. Tratar de inmiscuirse es buscarse su enemistad. Se aferran a ello en cuerpo y alma. En Inglaterra, cada vez que un grupo famoso se separa, se establecen teléfonos de ayuda para las fans, porque el grado de suicidios aumenta y las depresiones se convierten en habituales. Cuando una fan pone su vida entera al servicio de una causa, y esa causa se rompe, a veces llega el fin del mundo. Esos cinco chicos guapos y privilegiados que de pronto se tiran los trastos a la cabeza y dicen odiarse, sacando a relucir las miserias del grupo, causan más estragos que un divorcio paterno. Es como decirle a alguien que todo aquello en lo que creía no era verdad, que mientras sonaban las canciones y parecían felices, mentían y se reían de todo. Había sucedido una y otra vez, con New Kids on The Block, Backstreet Boys, Take That... Cada generación pensaba que «su» grupo era distinto, y también que sería eterno.

—Lo siento, pero no me gustan. —Fue sincera.

—¿Los has escuchado bien?

—Lo intento, pero hacen tanto ruido...

—¡Es lo que expresan, el ruido global, el caos, pero por encima de él cantan y expresan la rabia, la furia capaz de romperlo todo!

No tenía ganas de reír. No allí, en su habitación. Tampoco quería frustrarla. A ella menos que a nadie. Cuando su madre se había unido a su padre, Teresa tenía ocho años. Una edad incierta. Ya casi no veía a su padre biológico, porque era un alcohólico. Su pasado había sido bastante amargo. Ahora los tres vivían felizmente.

Algo que no podía decir Beatriz. Con su madre anclada en el pasado.

—¿Quieres que los oigamos juntas? —le propuso Teresa.

Iba a rendirse, por no herirla, dispuesta a buscar una flor en la basura, pero en ese momento las dos oyeron el ruido de la puerta del piso abriéndose.

Se sintió salvada por la campana.

Beatriz y Teresa se levantaron de la cama para acudir en busca de su padre y de su madre, respectivamente.

Al llegar a casa fue directamente a la habitación de Carlota.

La encontró pegada a un libro, como era habitual, con la cabeza apoyada en las dos manos y los codos hincados en la mesa. Su hermana pequeña ni levantó la vista para mirarla. Pronunció apenas un difuso:

—¿Qué?

—Papá te manda un beso.

Eso sí hizo que la chica se enfrentara a sus ojos.

—¿Has ido a verlo?

—Sí, claro, ya sabes que voy cada semana.

No hubo respuesta, y de alguna forma, en ese instante, Beatriz vio en Carlota el reflejo de Teresa. Una tenía ocho años y la otra nueve cuando se produjo el cambio en sus vidas. Teresa había sustituido un padre por otro. Carlota lo había perdido.

Y, fiel aliada de su madre, todavía no lo había perdonado.

Quizá nunca lo hiciese.

—Estará tan pancho.

—Está bien —la corrigió Beatriz.

—Pues bueno. —Se dispuso a seguir estudiando.

—Deberías ir a verlo.

Consiguió detenerla de nuevo.

—No pienso ir a esa casa —dijo con firmeza.

—Lo que pasó entre papá y mamá es asunto suyo; nosotras...

—Lo que pasó nos afecta a todos —puntualizó ella—. Nos abandonó —dijo remarcando el «nos»—. Prefirió la frivolidad y el sexo antes que una familia y sus hijas.

—No sabes cómo piensan ni cómo son los mayores. No juzgues.

—Me importa un pito cómo piensen y cómo sean los mayores. Era mi padre, y nos jorobó a todas. Escogió a ésa. Muy bien. Yo no tengo por qué hacerlo.

—Pareces mamá.

Carlota la taladró con la mirada.

Catorce años de rebeldía.

Y por lo menos, ideas propias, aunque fuesen equivocadas y estuviesen influenciadas por la figura materna.

—Siempre será nuestro padre —dijo Beatriz.

—Era tu ídolo. —La voz de su hermana pequeña se hizo mucho más dura e inflexible—. Tú se lo perdonarías todo. Para ti, papá era... como Dios, pero para mí sólo era eso, un padre, alguien al que necesitaba. Lo viviste con doce años, pero yo tenía nueve.

—Fue duro para todas.

—Fue un palo, y los palos dejan huellas y cicatrices, así que no me vengas de mensajera de la paz.

—Pregunta siempre por ti.

—Pues menos mal.

—Incluso Luisa lo ve.

—Pero no va a esa casa.

—No —reconoció.

—Déjame estudiar, ¿quieres? —La invitó a irse.

—Carlota...

Su hermana estalló.

—¡Mierda, Beatriz, engañó a mamá, con una más joven, como todos!

—¡Ya no tenían nada en común! ¡Esas cosas pasan! ¿Qué querías, que vivieran juntos y se amargaran la vida el uno al otro? Ahora, al menos uno es feliz, y mamá podría serlo si dejara su resentimiento y se diera una oportunidad.

—¿Una oportunidad con otro? ¿Te refieres a eso? ¿Quieres a un tío asqueroso aquí, en casa? ¡Pues yo no!

—¡Tenemos que ayudarla!

—¡No así! ¡Mamá por lo menos es coherente con sus ideas y con lo que siente! Y tú..., tú... —Pareció no encontrar las palabras adecuadas, batida por los huracanados vientos de su furia—. ¡Tú eres más rara que un perro verde, hermanita, no sé cómo puedes pretender dar lecciones de nada a nadie!

—Yo sólo intento...

—¡Que haya paz y armonía, que todo el mundo sea feliz, que se viva la vida siempre pase lo que pase, que haya esperanza! ¡Oh, sí, Miss ONG! —El grito la sacudió de arriba abajo—. ¿Quieres dejarme estudiar de una maldita vez?

Vaciló un simple segundo.

El rostro de Carlota lo decía todo.

Soltó una bocanada de aire, ahogó las lágrimas que afloraban en sus ojos y se retiró de la habitación cerrando la puerta a su espalda.

El puñetazo de una mano sobre la mesa fue el último de los sonidos que oyó además de sus pasos por el pasillo en dirección a su habitación.

Al entrar en su blog no se sorprendió de que hubiera varias respuestas sobre su comentario acerca de Brainglobalnoise. Una cosa era hablar de temas dispersos, y otra muy distinta meterse con algo que estaba de moda, sentar las bases de una polémica, disparar con fuego verbal de verdad sobre un nuevo icono juvenil. Había comentarios del tipo «No tienes ni idea, tía», «Vete a un asilo, vieja» y «¿Qué sabrás tú de música? Los Beatles murieron hace más de cuarenta años. ¿Te has enterado de que estamos en el siglo XXI?». Pero lo que más la sorprendió fue un texto largo, muy largo de alguien que ni la insultaba ni parecía un simple fan. Un adulto, con lenguaje adulto y puntos de vista adultos. Un verdadero contrincante.

Y se sentía peleona.

Leyó aquel texto.

«Me sorprende tu punto de vista. Tu fotografía no revela la edad que tienes, pero incluso eso es lo de menos. Hablamos de música, de unos artistas, de unas personas que ofrecen lo que hacen a la consideración del público. Y es normal que ese arte no guste a todo el mundo por igual. La uniformidad a veces es mala. Es bueno que haya puntos de vista diferentes. Sin embargo... ¿No era Elvis Presley el que decía en un disco que "50 millones de fans no pueden equivocarse"? Brainglobalnoise responden a una inquietud de hoy, rabiosamente actual. Vivimos en tiempos difíciles, con subidas del petróleo, crisis, hambrunas, desplomes bursátiles... Y la juventud se enfrenta a un futuro siempre incierto, cargado de miedos. Lo que hace Brainglobalnoise es plantarse y gritar, muy fuerte, que algunos están hartos, y que de la insatisfacción ha de surgir la rebeldía que rompa con lo establecido. Porque de eso se trata, de romper. Ya hay bastantes cantantes guapos que le cantan al amor, y muchos grupos que rockean o rapean, pero con letras pasadas de moda en el primer caso o machistas en el segundo. Brainglobalnoise buscan su espacio, nada más. Y a juzgar por la respuesta del público, lo están consiguiendo.

»Cada tiempo tiene su música, y cada música tiene su tiempo. ¿Hubo hippies porque alguien tenía que enfrentarse a la guerra de Vietnam, o la guerra de Vietnam facilitó que apareciera el movimiento hippy, con su pacifismo, y que de él derivara una música propia? ¿La crisis petrolera de 1973 desplomó el rock y facilitó la aparición del punk, o fue la insatisfacción de aquella generación la que quiso volver a los orígenes porque el rock se había vuelto sofisticado y había perdido su alma rebelde? A Brainglobalnoise probablemente los juzgará la historia, y no por sus ventas o su éxito, sino por su legado. Deberías respetar eso. Deberías respetar a unos chicos que tratan de ser honestos y exponen su arte a la consideración pública. Tú, con tu blog, también expones tu manera de ser, pero no es lo mismo. Piénsalo, querida bloguera.»

Firmaba «Rogelio».

Sonrió.

Encontrar a un adversario que estuviese a la altura siempre era bueno.

Quería hacer un pequeño vídeo para YouTube. Poner de fondo *Kontaminación* y montar unas imágenes duras, durísimas, sobre ese fondo musical. Pero no para sublimarlo, sino para que el espectador se diera cuenta de la falacia de la letra.

Leyó el texto por segunda vez, y se detuvo en algunas de las frases más significativas.

«Brainglobalnoise buscan su espacio, nada más. Y a juzgar por la respuesta del público, lo están consiguiendo», «50 millones de fans no pueden equivocarse», «Cada tiempo tiene su música, y cada música tiene su tiempo», «A Brainglobalnoise probablemente los juzgará la historia, y no por sus ventas o su éxito, sino por su legado», «Deberías respetar a unos chicos que tratan de ser honestos y exponen su arte a la consideración pública»...

—¿Buscar un espacio que, a juzgar por la respuesta del público, están consiguiendo? ¡Publicidad y una campaña masiva de alienación! —gritó para sí misma—. ¿Música de este tiempo? ¿Los juzgará la historia? ¿Legado? ¡No pasarán a la historia, ni dejarán ningún legado, por Dios! ¡Desaparecerán, como todos los productos de mercado sin una base! ¿Chicos honestos que exponen su arte? ¿Arte?

Comenzó a teclear en su blog, animada, dispuesta a dar guerra.

Había sido un día proclive a ello.

Capítulo 4
ROGELIO

Cuando entró en el bar, Juan Pablo ya lo estaba esperando.

—¡Rogelio!

Se dirigió hacia él, y al fundirse en su abrazo, se quitaron el polvo de sus respectivas espaldas al palmeárselas con energía. Luego se sentaron mirándose el uno al otro como si hiciera un millón de años que no se veían, algo que de todas formas no dejaba de ser bastante cierto. Era su amigo, su mejor amigo, pero a veces la vida los empujaba en direcciones opuestas.

Juan Pablo, casado y feliz, esperaba su segundo hijo.

Algo impensable en él.

—¡Cabrón, qué bien te veo!

—¡Mira quién habla, el papá!

Se sentaron a la mesa y Rogelio pidió una cerveza sin alcohol ante la mirada escéptica de su amigo.

—Tengo que volver al despacho —se justificó.

—¿Y todo aquello de sexo, drogas y rock and roll?

—El rock dicen que lleva años muriéndose, pero no

se deja enterrar, las drogas nunca me han gustado, y el sexo...

—¡Huy, huy, huy! —Juan Pablo puso cara de espanto—. No te estarás volviendo mayor, ¿verdad?

—Soy mayor.

—¡No me jodas!

—Tal y como está el mundo del disco...

—Mucha presión, ¿eh?

—Total.

—Pero siempre ha sido así.

—No, ahora es distinto. Antes había competencia, pura y dura. Ahora la piratería nos mata, Internet nos ahoga, vender un puto disco representa romperse los cuernos, y no te digo nada colocar a un artista.

—Pues ese último lanzamiento vuestro se oye por todas partes.

—Como que nos la jugamos con él. Si no funcionan... Este país parece tercermundista en muchas cosas. En el tema de la piratería y las descargas ilegales estamos a la altura de los peores. Ver a los del top manta campando impunemente por todas partes te subleva. A veces dan ganas de coger un trabuco y emprenderla a tiros con ellos.

—Así que Discos Karma también siente la crisis.

—Cada año es peor. Depender de unos niñatos que se creen la hostia y por los que hemos apostado a fondo es...

—Joder, macho.

—No hablemos de música, ¿quieres? Los buenos tiempos son cosa del pasado. Esto se ha convertido en un ejercicio de supervivencia. Un simple trabajo.

—Poco entusiasmado te veo.

—Es lo que hay.

Aterrizó la cerveza. Esperaron a que el camarero se retirara y Rogelio le dio un primer sorbo largo. Le gustaba el sabor amargo de esa primera ingesta. Juan Pablo hizo lo mismo con la suya, que ya estaba a la mitad. Luego mantuvieron unos segundos de sonriente silencio, observándose el uno al otro, antes de que su amigo volviera a romperlo para preguntarle:

—¿Estás con alguien?

—No.

—¿No? —Le extrañó.

—Caray, ¿qué pasa?

—Es que me sorprende.

—Pues no sé por qué. Vivir con una mujer no es fácil.

—Pero sales con alguna.

—Tampoco.

—No me refiero en plan fijo, sino...

Rogelio hizo un gesto ambiguo.

—Quieres ponerme los dientes largos —interpretó Juan Pablo—. Mojas cada noche con una distinta.

Logró hacerle reír.

—Que no, que ya no es eso. Yo no tengo una mujer como la tuya. Ojalá.

—Me llevé a la única, mira tú.

—Pues casi. Al menos, de las pocas. Cuando murió Pilar...

—Aún no la has olvidado.

No fue una pregunta. Fue una afirmación.

Y aunque Juan Pablo conocía la historia, su amigo se la recordó.

—No creo que haya dado pie con bola desde aquel maldito accidente —suspiró en tono sombrío—. Cometí aquel error, irme a vivir con Elena, más por necesidad que por otra cosa, y salió tan mal como cabía esperar. Concetta pudo haber sido la salvación, la esperanza, pero era un alma libre, inquieta. Comprendió que no había futuro y se marchó. Tal vez por eso todo fue sexo y muy poco compromiso. Desde entonces...

—¿Nadie nadie?

—Dejé de tirarme a las niñas que aspiraban a ser estrellas y a grabar un disco al conocer a Pilar. Me hizo sentar la cabeza, aunque aquéllos sí eran buenos tiempos en el mundo de la música. Después de Concetta... He estado saliendo incluso con una mujer casada, una bomba lujuriosa en la cama, que ahora no me deja en paz, tipo *Atracción fatal*, y hasta hay una que me persigue con ánimo redentor, una buena chica, Aurora, a la que no quiero dar cuerda, porque me ha salido una especie de conciencia que no veas.

—¿Crisis de los cuarenta?

—Coño, tú, que me falta bastante para eso.

—No tanto.

—Pues no es la crisis de los cuarenta —quiso dejarlo bien claro—. Ni había pensado en eso. Me faltan dos años.

—Y sigues siendo un tío guapo —bromeó Juan Pablo—. ¿Qué tal la familia?

—¡Uf! —Alzó ambas manos en señal de impotencia—. Ésa es otra historia, ya lo sabes.

—¿Todo igual?

—Todo igual. Mi padre en plan plasta y el resto... Mañana precisamente tengo comida familiar, porque las viejas costumbres no cambian. Es sábado y toca. Y que no se me ocurra no ir.

—Macho...

—Anda, cuéntame lo gorda que está tu mujer con el embarazo y si todo va bien, y qué tal la niña, y todo lo que se te ocurra, que necesito un chute de normalidad y realidad. —Retomó la cerveza para darle un segundo y prolongado sorbo.

La discoteca ya estaba animada y a tope a pesar de la hora, poco más de medianoche. Faltaba bastante para el momento álgido, las crecidas sonoras y el desmelene adrenalítico producido por la combinación de música, bebida y, en algunos casos, alguna pastilla u otra droga, pero no estaba dispuesto a esperar a las dos o las tres de la madrugada para verlos in situ. De hecho, ni tenía ganas de estar allí.

No en esos días, por la inexplorada razón que fuese.

Alcanzó la cabina del disc jockey sin problemas, a pesar de que casi siempre la rondaban pequeños grupos de chicos y chicas dispuestos a hablar con él o hacerle peticiones, y llamó un par de veces antes de que la rubicunda faz de Fuzzy-Z asomara por el cristal lateral. Al reconocerlo cambió de expresión y le abrió la puerta para que entrara en su sacrosanto templo. Antes de hablarle volvió a sus dos platos para producir una excitante mezcla, subir la temperatura y soltar el nuevo tema introduciéndolo a un muy alto nivel de bajos y batería.

En la pista, la gente levantó los brazos y se puso a gritar y a dar saltos.

—¡Rogelio!, ¿cómo te va?

—Bien.

—Buen ambiente, ¿eh?

—Genial. Eres el mejor.

—He estado experimentando cosas nuevas —sonrió feliz.

Era de los buenos, ciertamente. Jamaicano, nada rasta porque estaba rasurado al cero, con medio cuerpo tatuado y una imagen espectacular. Sudaba de placer en su pequeño universo sónico.

—¿Puedes ponerme *Kontaminación*?

—Ahora no. No encaja. Dame cinco minutos y derivaré hacia eso.

—Vale, gracias.

—¿Cómo va?

—Está pegando mucho.

—Son buenos, potentes.

—Eso creemos.

—Chao, colega.

Salió del receptáculo. Una chica lo miró de arriba abajo como si fuera un monstruo antediluviano. Llevaba el pelo corto en la parte derecha y largo en la izquierda, con mucha sombra de ojos, aunque no parecía del tipo siniestro, sino más bien una mezcla de emo y nueva tendencia. Vestía una blusa ajustada, sin sujetador, de forma que los pezones se marcaban con rotundidad. Los pantalones sí eran anchos. No era fea, pero tampoco guapa. Tenía los labios muy rectos, sin carne.

Regresó a la parte de abajo y caminó hacia el bar. Ver la reacción de la gente cuando Fuzzy-Z pusiera el tema era parte de su trabajo. Por eso estaba allí, en la discoteca de moda. Antes de alcanzar la barra se encontró con Maggie. En realidad se llamaba Margarita, pero no le gustaba y había optado por su «anglosajonización».

La besó en la mejilla y apenas si entendió lo que le decía.

A su lado apareció otra mujer.

Veinteañera, sexy, rotunda.

—¡Ésta es Penélope! —le presentó Maggie.

Dos besos más en las mejillas.

Y de pronto estaban solos, frente a frente, atrapados por el vértigo de su entorno, porque Maggie ya no quedaba a la vista.

—¿Quieres tomar algo?

—De acuerdo —aceptó ella.

Pensó que lo había hecho por salir del paso, por educación, por decir algo, pero su instinto rara vez le hacía actuar así.

O sea que era porque le gustaba.

Una mujer atractiva, deseable, ojos verdes, mirada intensa, cabello corto y rojo, labios pintados del mismo color y sugerentes, cuerpo endiabladamente vital, el pecho justo, excitante.

Tenía un buen revolcón.

Se lo planteó.

No iba de caza, pero se lo planteó, como buen depredador.

O al menos ésa era su fama, su pasado.

¿Quería liberarse de esa fama o seguía enganchado? ¿Cuántas noches llevaba durmiendo solo últimamente? En otras circunstancias, el juego de la seducción era simplemente eso: un juego. El premio: pasar una noche con aquella maravilla. Ahora se hacía otras preguntas, algunas inesperadas, sorprendentes. Y se sentía cansado. Vacío. El juego a los veinticinco, los treinta, incluso los treinta y cinco, era una forma de sentirse y mantenerse vivo. Ahora, a un suspiro de una madurez que no buscaba ni sentía pero que empezaba a pesarle...

Penélope parecía esperar.

Como si ella también lo hubiese valorado ya y tomado una decisión.

Le sirvieron las dos bebidas en la barra. Le entregó uno de los vasos a la mujer. Se miraron a los ojos, brillantes y chispeantes los de ella. Precavidos los de él.

—¡Maggie me ha contado que estás en el mundo de la música!

—¡Sí!

—¡Interesante!

—¡Depende!

Hablaban a gritos, aproximando alternativamente sus labios al oído del otro. Después del breve intercambio bebieron un sorbo de sus vasos. En ese momento, el disc-jockey pinchó *Kontaminación*. El cambio de actitud en los danzantes fue evidente. De nuevo brazos en alto, de nuevo gritos, de nuevo un clímax, no de locura pero clímax al fin y al cabo.

Funcionaba.

Se sintió aliviado.

No era un tema para discoteca, pero si funcionaba es que servía igualmente.

—¿Te gustan? —le preguntó a su compañera.

—¡No! —Fue rotunda.

—¡Son míos!

Ella pasó del tema.

—¿Tienes algo?

Rogelio supo a qué se refería.

—¡No, nada, lo siento!

Penélope pareció sentirse desencantada.

Y él más cansado.

—¡Tengo que irme! —se despidió.

Se besaron en la mejilla, de forma fría. No hubo más miradas. Penélope había perdido ya el interés por él. Se quedó con su vaso y sus hermosos ojos derivaron hacia otros límites. Rogelio se arrepintió un último segundo. Aquel cuerpo, aquellos labios, bien habrían merecido algo más.

Por eso, al llegar a la calle se sintió frustrado.

Inquieto.

Miró la hora, el móvil. Amalia debía de estar sola, con el marido en Londres. Le bastaba una llamada y...

¿Y qué?

¿Más errores?

La inquietud no menguó, la rabia se hizo furia. Subió a su potente moto y mientras se dirigía a su casa se preguntó una y mil veces más qué le estaba pasando.

Odiaba las comidas familiares de los sábados, pero en ocasiones no tenía ganas ni energía para escaquearse. Luego la oleada de reproches de su madre pasaba factura, y el tono de su padre se hacía aún más cortante de lo que ya era habitualmente. Sentirse la oveja negra era una cosa. Que se lo restregaran por la cara, otra.

Rogelio miró a su padre, Jerónimo Muntadas, sesenta y siete años, el industrial implacable, el hombre que se había hecho a sí mismo surgiendo de la nada, todo un carácter, mano dura, temple de hierro. A su lado, su madre era toda discreción no exenta de clase. Jerónimo Muntadas se había casado con una Soler i Cadafalch, nada menos. El joven había dado el gran salto al pillar a la hermosa Montserrat. Ambos presidían siempre la mesa, uno en cada extremo. A la derecha del cabeza de familia, los dos hijos, Rogelio y Marcos. A la izquierda, su hija Martina y la mujer de Marcos, Sonia. La hija de ambos, de apenas tres años, dormía la siesta.

Todo perfecto.

O casi.

—¿Es verdad lo que dicen los periódicos?

—¿Qué dicen? —preguntó Rogelio después de que su padre se dirigiera a él.

—Que el mundo del disco está acabado, que se hunde, que la piratería ya le ha clavado la estocada final.

—El mundo del disco lleva años hundiéndose y nunca ha pasado nada —quiso aclararle—. Es como un corcho. Siempre acaba flotando.

—Pues no es eso lo que cuentan, y te aseguro que me lo he leído a fondo.

—Hay una crisis mundial...

—Las compañías discográficas cierran —lo interrumpió como solía hacer en muchas ocasiones—. Eso las de Madrid. Encima las de Barcelona...

—Discos Karma es sólida.

—¿Qué harás si pasa algo? —Y como si no estuviera hablando de algo grave y serio, se dirigió a su hija para pedirle—: ¿Me pasas la salsa, por favor, cariño?

Martina lo hizo, en silencio, sin dejar de mirar a Rogelio.

—No pasará nada —dijo éste.

—En el mundo de los negocios esta frase no sirve. Siempre puede pasar algo. ¿Qué harás si es así?

—Tengo contactos.

—¿Contactos? ¿Qué clase de contactos?

—Jerónimo... —quiso intervenir Montserrat desde el otro lado de la mesa.

Su marido no le hizo el menor caso. Esperaba la respuesta de su hijo mayor.

—Amigos en la televisión, la radio, entre muchos artistas importantes...

—¿Sabes qué te digo? —El tono era contundente—. Que el día que decidas de una vez venirte conmigo y con tu hermano, igual es tarde.

—Jerónimo, ¿otra vez con esto? —habló más alto y con más fuerza Montserrat Soler—. ¿Quieres acabar de comer en paz?

—¡Si es que es como para preocuparse, mujer!

—Yo no lo hago. —Su voz quiso ser normal.

—¡Tú nunca te has preocupado por nada! ¡Pero antes eras un crío y ahora no!

Pareció que iba a estallar la tormenta. Una más. Montserrat se envaró, asustada. Todos miraron a Rogelio. Nadie se atrevió ya a pronunciar una palabra para apaciguar los ánimos.

El hijo mayor continuó comiendo el postre.

Puro chocolate negro.

Delicioso.

—Me preocupo por mi trabajo —dijo finalmente, con calma, despacio, conteniéndose—. Y soy muy bueno en lo que hago. Bueno y capaz. —Miró a su madre y agregó—: Mamá, este chocolate es increíble.

Pareció desarmar al cabeza de familia.

Jerónimo Muntadas abrió la boca. Sólo eso.

Luego volvió a cerrarla.

Sus ojos bastaban, pero nadie estaba ahora pendiente de ellos.

—¿Tomamos el café viendo los vídeos de la fiesta de Lidia que han traído Marcos y Sonia? ¡Estoy deseando verla! —propuso Montserrat levantándose rápido.

Sonia fue la primera en secundarla. Después lo hicieron Martina y Marcos. Rogelio acabó el postre, midiendo cada gesto, sin hacer caso de la inquisitiva mirada de su padre. Él fue el penúltimo en incorporarse. El dueño de la casa se quedó solo en la mesa.

Fue antes de llegar a la sala cuando Martina retuvo a su hermano mayor por el brazo.

—Gracias por no estallar hoy —le cuchicheó.

—No vale la pena. Es lo que quiere. Poder gritarme. —Puso cara de resignación—. ¿Y por qué las gracias? ¿Qué pasa hoy?

—Todavía nada, pero...

No continuó caminando. Oteó el panorama para comprobar que estuviesen solos. Por si acaso, se la llevó unos metros más allá, fuera de la sala y del comedor. Martina siempre había sido una de sus debilidades. Ella lo adoraba, y él habría matado por su hermana pequeña. A sus treinta años era a veces un misterio, tan discreta, tan callada, tan insegura y tímida.

—¿Qué pasa? —quiso saber.

—Ya te lo contaré.

—No, ahora —apremió terminante.

Martina bajó los ojos. Una sombra rojiza arreboló sus mejillas. Cuando volvió a enfocarlo con ellos, sonrió llena de encanto y ternura. Una mirada dulce teñida de susto.

—Estoy saliendo con alguien desde hace tres meses.

—¿Estás enamorada?

—Sí.

—Bien, eso es... fantástico, ¿no? —Vaciló al ver la expresión de Martina.

—Depende.

—¿De qué?

—Se lo dije a mamá y... Bueno, esta noche le tocaba a papá, por eso no quería que se enfadara contigo. Quiero traerlo la semana que viene.

—¿Qué te respondió mamá?

—Que ser plato de segunda mesa es una vergüenza y que debería haber aspirado a algo mejor.

—¿Es...?

—Está divorciado, sí, y tiene una hija de diez años y un chico de siete. —Martina sucumbió a la emoción dejando que dos lágrimas asomaran por las compuertas de sus párpados.

La noche anterior tenía la sensación de haber huido de la discoteca y de la tal Penélope. Ahora, en la del sábado, la sensación era la de ser un caracol y esconderse en casa.

Se miró en el espejo del cuarto de baño.

Se miraba mucho en él últimamente.

Era el mismo, y sin embargo las fotografías mostraban el paso del tiempo, el cambio. Y no tan sólo las fotos de los veinte o veinticinco, sino también las de los treinta o los más recientes treinta y cinco.

¿Por qué no era como su hermano, dócil, manejable, heredero ideal de la fortuna de los Muntadas cuando Jerónimo Muntadas decidiera abandonar este mundo?

¿Y por qué saltaba de un tema a otro, en mitad de su caos mental —¿o era kaos?—, pasando de sentirse solo y hecho una mierda a los problemas con su familia?

—Tienes una depre —se dijo.

¿Cuáles eran los síntomas de una depresión? ¿Rechazar la posibilidad de ligar con una tía buena? ¿Así de fácil?

¿No podía ser, simplemente, que no le apeteciera?

Desde que le había hablado a Juan Pablo de Pilar, era como si ella hubiera vuelto a su cabeza. Eso si es que alguna vez se había ido.

Abandonó el cuarto de baño y caminó sin rumbo por su propia casa. Tan sin rumbo que en lugar de en la sala acabó encontrándose en su despacho, frente al ordenador. Su imagen le hizo recordar el blog de aquella chica, Beatriz.

Se sentó en la silla, lo conectó y esperó a que la pantalla se iluminara para acceder a Safari y de ahí a la web de la tocapelotas.

Lo único que no quería hacer era mirar la foto de Pilar, siempre presente allí cerca, en un extremo del mueble de la pared de atrás, sonriente para la eternidad en aquella fracción de segundo atrapada por la cámara.

La respuesta de la incordiante bloguera estaba allí.

Muy bien escrita, de nuevo. Y razonada.

Además, parecía entender de música. Mucho más que él.

«¿Me hablas de música y de tiempo? ¿De verdad? ¿Me hablas de hippies, de historia, de motivaciones? ¿Sabes TÚ algo de todo eso? Porque si lo supieras, si de verdad conocieras La Historia, con mayúsculas, y apreciaras La Música, de nuevo con mayúsculas, te darías cuenta de lo que es Brainglobalnoise para esa historia, y comprenderías que ellos no van a ser más que una cagada de mosca en mitad de la propia mierda que van a generar. Si ésta es la música que nos merecemos, es que no merecemos ni estar aquí ni llamar a este momento «nuestro momento». ¿Qué somos? ¿Acaso hemos perdido el gusto y el sentido común? ¿Por qué no te lees la «Historia de la Música Rock» y entiendes de qué va esto? Cada época ha tenido sus productos comerciales. ¡Los Beatles eran eso en su comienzo, de 1962 a 1965, pero luego supieron crecer y cambiar hasta llegar a convertirse en los más grandes! ¿Crees que Brainglobalnoise puede hacer algo así? Dicen que en el país de los ciegos, el tuerto es el rey. ¿Y en el país de los tontos? ¿El rey es el menos tonto o el que nos toma por más tontos a los demás? ¿Sabes tú por qué el pop murió en 1968?, ¿por qué entonces emergió el más fabuloso sonido jamás imaginado con los grandes conjuntos de la historia?, ¿por qué de 1969 a 1973 la música lo cambió todo?, ¿y por qué desde la crisis energética derivada de la cuarta guerra árabe-israelí de octubre de 1973 todo se fue al traste? ¿Sabes por qué apareció la música disco, y las nuevas corrientes de los años 80?, ¿y qué es el AOR, y de qué forma se originó el rap primero y el hip-hop después? ¿Lo sabes? Si lo supieras, comprenderías la diferencia entre un artista y un producto de consumo. Dios... ¿por qué los grandes "booms" mueven a pensar que van a ser eternos y los pequeños aspiran a la gloria?»

Aquella chica le encendía la sangre.

Era una buena luchadora.

Quizá necesitase eso.

Aunque se tratase de una loca con un blog.

Volvió a mirar las fotos, tratando de hacerse una idea de su edad. ¿Y si era una cría de quince años? ¿Y si, por el contrario, tenía por lo menos veinte o más? Desde que lo había descubierto, se sentía hechizado por aquel rostro. Como un adolescente viendo el póster de una chica maravillosa e inalcanzable. Los ojos, los labios, el rostro... todo desprendía una magia que lo envolvía.

Casi ni se dio cuenta de lo que escribía:

«¿Quieres venir a verlos el sábado próximo a Razzmatazz?».

¿Estaba loco?

Llevó el cursor al botón de envío y lo pulsó.

Sí, estaba loco.

Acababa de invitar a una desconocida, una opositora de Brainglobalnoise, quizá una imbécil, o más probablemente una cría, a salir con él.

Miró la pantalla del ordenador.

La foto de la tal Beatriz.

Su tío Ismael decía que la diferencia de edad ideal entre un hombre y una mujer era de doce años.

Había muerto de un infarto, a los setenta y dos, en la cama con una chica de veintisiete.

El timbre de la puerta lo arrancó de su abstracción mental.

Comprobó la hora. Ni muy tarde para ser una visita fuera de lugar ni tan temprano como para que no resultara inesperada. Fuese quien fuese.

Caminó hasta el vestíbulo de su piso. El timbre era el de

la puerta, no el del telefonillo de abajo. El conserje había dejado subir a su visitante porque lo conocía o...

¿O qué?

El impacto que le produjo ver a Amalia fue demoledor.

—¿Qué estás haciendo aquí? —No ocultó su pasmo.

Ella no le respondió. Pasó por su lado, ligeramente tambaleante, y no se detuvo hasta sentirse a salvo dentro del piso. Entonces lo miró, mitad retadora, mitad burlona, con sus ojos brillantes.

—He venido a follar —le dijo.

Propio de ella.

—Vete, por favor —le pidió.

—No. Y si me echas, grito. Te monto un pollo con tus vecinos del que ya no sales en la vida.

—Estás borracha.

—Lo suficiente como para perder mi dignidad por ti, pero no lo bastante como para que no podamos montárnoslo de puta madre. Y desde luego lo que sí estoy es caliente.

Dejó caer su falda al suelo para que él viera que no llevaba bragas.

Cuando quería, era algo más que agresiva. Era sucia.

Pero también convincente.

Abrió los ojos con la primera claridad del día.

Quería seguir durmiendo, le pesaban los párpados, le dolía incluso el cuerpo por la turbulencia del bis a bis sexual mantenido con su ninfómana visitante nocturna. Pero le bastó con volver la cabeza y verla a ella a su lado para no intentarlo de nuevo. Sabía que en cuanto Amalia despertase volvería a la carga si lo tenía a su alcance.

Y no es que ya no le gustase. Es que no quería.

No sentía nada.

A pesar de lo sucedido.

—Mierda... —suspiró pasándose una mano por los ojos.

Otra cagada más.

La enésima.

Se levantó de la cama con mucho cuidado, para no agitarla. Amalia dormía desnuda, boca abajo, luciendo su cuerpo de mujer al límite, operada con cuidado, con retoques todavía no demasiado evidentes que sólo afectaban a partes secundarias. Aún le faltaba para liposuccionarse el abdomen o hacerse subir los pechos y el trasero. Nunca le había dicho su edad. Le calculaba en torno a los cuarenta y cinco, pero a veces no le parecía extraño que llegara a los cincuenta. Y era mucha mujer. Un pedazo enorme de mujer.

Rogelio se sintió mareado.

Más y más asqueado.

Caminó desnudo hasta salir de la habitación. Primero fue al cuarto de baño, a aliviarse. A continuación se lavó la cara y ni siquiera se la secó. Las manos sí. Su siguiente visita fue a la cocina, para beberse un zumo de naranja fresco. Hacía calor, mucho calor, y nunca ponía el aire acondicionado por la noche. Así que dormir acompañado le había supuesto un plus. La idea de vestirse y marcharse antes de que ella despertara no le sedujo. No quería huir de su propia casa. Lo que tenía que hacer era hablar con ella, decirle que se había terminado, que los dos habían llegado a un punto sin retorno. Ya no quería sexo por sexo.

Esa idea lo atravesó.

Entonces, ¿qué quería?

Pasó por delante de su despacho. El ordenador seguía conectado, porque horas antes no había tenido tiempo de apagarlo, con Amalia prácticamente colgada de su cuello. Entró y se encontró sentado en la silla. Nada más tocar el ratón la pantalla se iluminó.

Quizá hubiera una respuesta de la bloguera.

Quizá lo enviara a la mierda o quizá incluso aceptara su propuesta.

Quizá.

No había nada.

Apagó el ordenador y continuó sentado en la silla.

No supo el tiempo que pasó allí, inmóvil, pero desde luego fue mucho, porque cuando reaccionó, al escuchar la voz de su «invitada», el día hacía ya rato que había empezado a andar.

Capítulo 5
BEATRIZ

Quemaba la última de las fotos del día cuando vio al otro lado del estanque al mendigo que pedía dinero para llenar de gasolina el depósito de su nave espacial.

Él también la había visto a ella.

La foto se retorció sobre sí misma, devorada por la llama que barrió y convirtió en cenizas los rostros de los dos jóvenes de mirada lánguida atrapados en su descolorida superficie de papel. Uno era rubio, el otro, moreno; los dos inocentes, los dos hermosos. Se habían ocultado largo rato antes de que ella pudiera tomarles aquella imagen con el zoom, desconfiados, aún temerosos de mostrar su amor en público, como si los tiempos no hubieran cambiado lo suficiente.

Tal vez no hubiesen cambiado tanto.

Por el momento.

A algunas parejas las veía a menudo, a otras menos, y a otras ya no las recuperaba. En aquellos meses sólo había sorprendido a una formada por dos chicas y a tres formadas por dos chicos. Quizá el Turó Parc, el barrio, no fuera el más idóneo para la libertad.

Las cenizas de la última foto desaparecieron como las de las tres anteriores, y de ellas quedó únicamente el recuerdo.

El mendigo ya estaba allí.

—¿Tienes un euro hoy?

—No, lo siento.

—Pues es una pena. —Hizo un gesto de contrariedad—. La gasolina está subiendo tanto de precio que a este paso...

—Aquí tampoco se está tan mal.

—Pero no es lo mismo.

—Tienes razón: nada como en casa.

Los dos miraron el estanque unos segundos en silencio. Beatriz continuaba sentada en el suelo, en cuclillas. No lo esperaba, pero ya no pudo hacer nada cuando su compañero se arrodilló a su lado. Sólo faltaría que alguien la viera en semejante compañía y se lo contara a su madre. Le daba algo.

—¿Sigues quemando fotos?

—Sí.

—¿Porque el amor está en el aire?

—Ya te lo dije.

Ziberaxes, alias Benigno, pareció olfatearlo.

—Yo no huelo nada.

—El amor no huele.

—Mi novia sí olía, y muy bien.

—¿Tuviste novia?

—En Urko. Era muy bonita.

—¿Qué le pasó?

—Tuve que dejarla para hacer el viaje.

—Cuando vuelvas, te reencontrarás con ella.

—Cuando vuelva habrá pasado mucho tiempo, porque

no se mide igual aquí que allí. Ella será muy vieja, se habrá casado y habrá tenido nueve hijos.

—Nueve.

—Es lo que dice la ley. —Pareció cansarse de hablar de su planeta porque señaló la cámara digital que asomaba por el bolsillo trasero de los vaqueros de Beatriz—. ¿Vas a contarme por qué haces fotos y luego las quemas?

—Me gusta.

—¿Y qué sentido tiene?

—Juego a ser bruja —le sonrió con misterio.

—Vamos, dímelo —protestó el mendigo.

Lo hizo.

—Fotografío parejas de enamorados por el parque. Sólo por el parque. Luego las paso al ordenador y las estudio. Aquellas en las que veo que se aman, y que ese amor va a durar, las imprimo y vengo aquí a quemarlas.

—¿Por qué?

—Convierto su esencia en fuego, luego en humo, en eternidad. Es una forma de atrapar su amor y hacerlo eterno.

—¿Sólo aquellas en las que ves que se amarán para siempre?

—Para siempre es un tiempo muy largo, pero digamos que sí.

—Estás loca.

Beatriz se encogió de hombros.

—Soy la presidenta de mi ONG amorosa —dijo.

—Loca de remate.

—Yo no tengo una nave espacial sin gasolina para volver a Urko. —Se sintió mala.

—No sólo es la gasolina. —Bajó la cabeza sin captar la

intención de su compañera—. También se me ha estropeado por la falta de uso.

—Eso sí parece grave.

—No lo sabes tú bien. Se necesitan potenciómetros y esas cosas.

—Esas cosas.

—Es una tecnología muy sofisticada.

—¿Me llevarás a Urko cuando esté reparada?

—¿Vendrías? —se sorprendió.

—Sí.

—No te creo.

—Si aparecieran los marcianos ahora mismo, les pediría asilo político.

—Los marcianos no existen, tonta —dijo él expandiendo una sonrisa.

—¿Los urkomanos sí?

—Urkomitas —la rectificó.

—Ah, perdona.

En uno de los bancos próximos había una pareja con las manos entrelazadas, hablando animadamente. En otro, más alejado, una segunda con el chico pasando un brazo por encima de los hombros de la chica, en silencio. Caminando cerca de la salida de la plaza San Gregorio Taumaturgo, una tercera que compartía un helado.

—¿Cómo sabes que se amarán para siempre? —preguntó el mendigo.

—Lo interpreto al ver la foto.

—Pero todos parecen quererse.

—Quererse ahora no significa que la cosa les funcione más adelante.

—¿Y las fotos te revelan eso?

—Por los detalles. Una mirada, un gesto, una mano, una sonrisa. Capturo un momento, pero en una foto lo es todo. Llámalo intuición. Ellos no lo saben pero he sellado su amor, aunque siempre depende de ellos mismos, claro.

—¿Nunca has visto a un chico con otra o a una chica con otro?

—No.

—¿Has tomado fotos hoy?

—Sí.

—¿Puedo verlas?

—No. Si las ves y comentas algo podrías interferir, y además aquí se ven pequeñas. Los detalles se captan en el ordenador. Lo siento.

—¿Cuánto hace que te dedicas a esto?

—Unos meses.

—¿Guardas todas las fotos en el ordenador?

—Todas, las que imprimo y quemo, y las que no. A lo mejor un día hago un libro.

—Tengo que irme —anunció de pronto Ziberaxes, alias Benigno.

Beatriz siguió la dirección de su mirada. Por el otro lado del estanque caminaba uno de los cuidadores del parque. No lo había visto, pero el mendigo debía de haber tenido algún que otro tropezón con él.

En un abrir y cerrar de ojos ya no estaba allí.

Continuó sentada en el suelo.

Extrajo su cámara.

Una, dos, tres, fotografió a las tres parejas: la habladora, la silenciosa y la del helado, sin que ninguno de los seis implicados se diera cuenta.

Las tres parejas eran muy distintas, y no sólo en lo físico.

La de los habladores era muy expresiva, los dos tenían los ojos brillantes, encendidos, y sus bocas reflejaban parte de lo que sentían. Eran bocas grandes, abiertas y risueñas. Bocas comunicativas. La pareja silenciosa, en cambio, ofrecía un punto de tristeza y amargura, como si una oculta culpa quisiera aflorar en uno de los dos mientras el otro esperaba el veredicto de su corazón. Sus miradas estaban perdidas; sus cuerpos, ligeramente vencidos. Desprendían soledad. La tercera, la que compartía el helado, recuperaba las esencias de la primera. El cucurucho lo sujetaban ambos, primero él, luego ella, con su mano encima. Disfrutaban del hecho de compartir, no del de comer el helado, porque lo importante no era eso, sino degustarlo ambos y mezclarlo en sus gargantas y sus labios con los consiguientes besos.

En la pantalla del ordenador, cada una de las imágenes le comunicó algo distinto.

Desde que había descubierto que jugar al amor era excitante, se sentía mitad bruja mitad juez, en parte espectadora privilegiada de lo cotidiano, en parte intrusa de los secretos ajenos. Todo había comenzado un día de fines de diciembre del año anterior, al estrenar su cámara digital, regalo de Navidad. Fotografió a una pareja por casualidad, sólo porque la ropa de ella le parecía divertida. Caminaban uno al lado del otro, sin rozarse siquiera, hablando distendidamente. Cuando vio la foto ampliada en la pantalla, se dio cuenta de algo que quizá ellos todavía ni sabían: que estaban enamorados. Fue un ramalazo, una sensación, como si un aura celestial los envolviese. Tres días después volvió a encontrárselos, y ahora iban ya de la mano, mirándose tiernamente, besándose con la dulzura de lo extraordinario, el mazazo que acababa de cambiarles la vida. Comprendió que la foto se lo había revelado y que esa imagen tan poderosa ya era eterna. Quemarla era convertirla en energía. Así que empezó a fotografiar parejas, a guardar sus imágenes en el ordenador, y a imprimir y quemar aquellas que le transmitían la misma sensación de la primera.

De las tres de aquel día, la primera y la tercera prometían.

La segunda no.

Era una fotografía sin alma, triste.

Imprimió la de la pareja habladora y la de la pareja del helado. En las dos había un denominador común: era el chico el más luminoso, el más radiante. Una vez leyó que si en una relación el hombre ama más que la mujer, el éxito está asegurado, por ser el hombre, casi siempre, la parte más débil del eslabón sentimental. Las mujeres aman siempre de manera generosa y entregada. Pero son ellos los que deciden, los que se cansan, los que pueden cambiar debido a su instinto.

Desde aquella primera foto, de pronto, de manera harto inesperada, la Beatriz que creía conocer, la que anidaba en sí misma, se le había revelado como una romántica.

Y no le molestaba, al contrario.

No le iba a venir mal al mundo una romántica más.

Aunque ése fuera su secreto.

Terminó de estudiar las fotos y se metió en Internet para echarle una ojeada al blog. No iba a escribir nada, no tenía ganas ni cosa alguna que decir, pero desde que había desatado la polémica en torno al grupo se sentía peleona, y le gustaba ver tanto los mensajes de apoyo como los que la ponían a parir.

Y allí estaba él.

Lo podía esperar todo menos aquello:

«¿Quieres venir a verlos el sábado próximo a Razzmatazz?».

Se quedó perpleja.

Una invitación, y a través de la Red.

—¿Quién eres? —le preguntó a la pantalla del ordenador.

Se lo dijo a Elisabet mientras ella acababa de secarse el pelo.

—Un pirado me ha invitado a ver el concierto de Brainglobalnoise el sábado en Razzmatazz.

—¿Un pirado? ¿Qué pirado?

—Uno, por Internet.

Su amiga apagó el secador y la observó.

—¿Chateas?

—No. Escribí acerca de ellos en mi blog y uno se puso en plan serio a defenderlos. El resto o me ataca o me apoya, pero éste es diferente.

—¿Y es un tío?

—Creo que sí.

—¿Un tío tío?

—Al menos no parece un descerebrado. Y si me invita... Quiero decir que ya no hay entradas. Lo he mirado. Ha de ser alguien que esté dentro, ya sabes.

—No, no sé. —Elisabet seguía seria—. ¿Irás?

—No.

—¿Por qué?

—¿Estás loca? Si no me gustan.

—Lo digo por él, no por ellos.

—¿Quieres que tenga una cita a ciegas?

—Suena excitante.

—Ni hablar. ¿Tú irías?

—Yo sí.

—¿Y si es un crío de quince años, o peor, un sátiro de cincuenta?

—Tía, que es para ir a un concierto lleno de gente.

—Ya, y te drogan y despiertas en Tailandia a punto de ser subastada ante una pandilla de babosos.

—Ves demasiadas películas. —Elisabet arrugó los labios y levantó las cejas—. Vamos juntas. Dile que somos dos. A mí sí me gustan, ya lo sabes. Mataría por una entrada.

—No.

—¡Venga ya, mujer! ¡Ni siquiera sabía lo de Razzmatazz! ¡De haberlo sabido me habría ido a partirle la cara a quien fuera por pillar una entrada! ¡Es mi oportunidad, y la tuya de hacer algo excitante! ¡Matamos dos pájaros de un tiro! —Sus ojos se agrandaron todavía más—. ¡A lo mejor sí es alguien que está metido en el rollo y luego nos los presenta! ¡Podría conocerlos!

—No te flipes.

—Pero ¿tú has visto a David? —Señaló al cantante del grupo en el póster de la habitación—. ¿No es una monada?

—Una monada que escupe mierda por la boca.

—¡Ay, cállate! —Su amiga puso cara de asco, pero no por lo de la mierda, sino por el desprecio mostrado por ella hacia el oscuro objeto de su deseo—. No sé cómo te aguanto.

—No, soy yo la que no entiende cómo te aguanta a ti.

—Porque soy la voz de tu conciencia, tu otro yo, tu complemento vital —la apuntó con un dedo acusador Elisabet.

—No me fío de esas cosas.

—¡Tú misma has dicho que parece diferente, que no suena a descerebrado! ¡Venga, vamos juntas! ¡Díselo!

Seguía sin tenerlo claro, auque si se lo había dicho a ella, quizá fuera por esa razón: para que la animara y la empujara. Desde que viera el mensaje, no se lo quitaba de la cabeza.

«¿Quieres venir a verlos el sábado próximo a Razzmatazz?»

Tan directo.

—Tengo que preparar el examen de mañana —dijo, iniciando la retirada.

—Eso, escaquéate.

—No me escaqueo. Lo pensaré.

—¡No lo pienses, hazlo!

Ya estaba en mitad del pasillo, casi en la puerta del piso.

—Vale —suspiró.

—¡Hazlo o dejo de ser tu amiga y te quedas sola! —la amenazó Elisabet.

De alguna forma, íntima, intensa, eso le dolió.

No por perderla a ella, sino porque realmente era así, estaba sola.

Se alegró de encontrarse a Gonzalo justo a la salida del instituto, esperándola.

Elisabet era su flagelo, pero él era su soporte anímico.

—¡Hola! —lo inundó con una sonrisa feliz.

—Hola —la secundó iluminando también su cara—. Pasaba por aquí y he visto que empezabais a salir...

No era la primera vez que lo hacía, aunque sus horarios y sus caminos fueran algo dispares. Todo dependía de si Gonzalo tomaba el autobús o el metro para ir a casa. Antes de dar el primer paso, algunas de sus compañeras pasaron por su lado observando, especialmente a él, con atención.

—Chao, Bea.

—Adiós.

—¿Qué tal el examen?

—Bien.

—Suerte.

Se alejaron cuchicheando sin el menor disimulo. Tampoco ocultaron algunas risas que, al llegar a la esquina, se convirtieron en carcajadas abiertas.

—Vaya —suspiró Gonzalo.

—Que un chico vaya a buscar a una chica siempre representa una pequeña gran conmoción —le advirtió—. Además, te encuentran monísimo.

—¿En serio?

—Fijo.

—No sabía que podía causarte problemas...

—¿Qué dices? Es todo lo contrario. Que aparezcas de vez en cuando refuerza mi ego. Lástima que ya se acabe todo esto. —Señaló el instituto mientras echaba a andar—. Venga, vámonos.

Salían más chicas que los miraban sin el menor disimulo. Algunas, las que la conocían a ella, incluso dándose codazos unas a otras.

—Aquí muchas alardean de novios y de ligues, y la mitad no son más que fantasías, aunque también hay mucho pendón desorejado suelto. Cada vez que una se estrena sólo le falta colgarlo en el tablón de anuncios.

—¿Estrenarse? ¿Te refieres a...?

—Sí.

—Pensaba que eso era cosa de tíos exclusivamente.

—Yo creo que nosotras somos más desmadradas, o al menos nos estamos desmadrando más y más rápido, para pillaros.

Cruzaron la calzada más allá del paso de peatones, aprovechando que no circulaba ningún coche en ese momento. Beatriz observó a su amigo de reojo. Como heterosexual, a veces pensaba que era un desperdicio, porque sus compañeras tenían razón: era mono, aunque quizá esa palabra no le hiciera justicia. Gonzalo superaba ese término tan infantil. Era guapo, muy guapo, y desprendía paz, armonía, calidad humana. Su buen gusto, su inteligencia, su don para la música, todo lo convertía en un ser especial del que se sentía orgullosa de ser amiga.

—¿Puedo preguntarte algo personal?

—Claro.

—¿Has besado alguna vez a una chica?

—No.

—Entonces ¿cómo sabes que no te gusta?

—Porque lo sé. Uno besa a alguien si siente el deseo de hacerlo, el impulso, y yo nunca he sentido eso con una chica. ¿Has besado tú a una?

—No.

—¿Lo harías?

Pensó en Elisabet.

—No —admitió.

—¿Lo ves?

—¿Y si te besara una a ti?

—Ni...

Fue espontánea, impetuosa y absurda, pero lo hizo.

Se colocó delante de él y lo besó en los labios, aunque sin la energía ni la pasión de un beso real. Todavía estaba a la vista de muchas de las alumnas del instituto.

—¿Qué tal? —Lo miró con cara de chica mala ante su desconcierto.

—¿Por qué lo has hecho?

—Porque somos amigos, y los amigos se besan.

—¿Querías que te vieran ellas? —Hizo un gesto hacia la otra acera mientras superaba el rubor de sus mejillas.

—Bueno, dicen que soy rara, una *friki*, y tienen razón. Pero no, no lo he hecho por ellas. Quería ver qué cara ponías.

—¿No irás a pensar eso que dice mucha gente, que un gay se cura con un buen polvo o cuando una tía lo coge por su cuenta y lo arregla?

—No.

—Porque no es verdad, ¿sabes?

—Lo sé, tranquilo. —Se sintió culpable—. ¿Te ha molestado?

—Podrías haber avisado.

—Entonces no habría tenido gracia.

—Estás como una cabra, pero supongo que por eso somos amigos y te quiero tanto —sonrió de nuevo él.

Elisabet decía que era su nexo con la realidad. Quizá ella fuera el nexo de Gonzalo.

Continuaron andando.

Y tardaron casi un minuto en recuperar su conversación.

—¿Te molesta que crean que eres rara?

Beatriz se encogió de hombros.

—No lo eres.

—Gracias.

—Especial y diferente, sí. Rara, no. Simplemente sigues tu instinto y dejas libertad a tus impulsos. Yo entiendo eso porque mi parte artística es parecida, aunque la personal esté a años luz. Cuando escribo un poema o compongo una canción me siento libre, capaz de todo. En cambio, a nivel humano...

—Eso es lo que te hace único y diferente, y lo que te hará triunfar como cantante y compositor.

—Mucha moral tienes tú.

—Algún día escribirás una canción sobre mí y me darás las gracias.

La miró de reojo.

Otra docena de pasos, otra esquina. Se detuvieron en el siguiente semáforo para cruzar la penúltima calle y llegar a la frontera del Turó Parc.

—Pasado mañana veré a Carlos a solas —dijo Gonzalo de pronto—. Hemos quedado.

—Eso es bueno, ¿no?

—No voy a esperar más. Se lo diré.

—¿En serio? —Su voz mostró la expectación que sentía.

—Sí.

—Ten cuidado.

—Claro.

—Se necesita mucho valor para eso.

Declararse siempre requería valor. Hacerlo a una persona del mismo sexo, del que ni siquiera sabía si era gay aunque lo intuyera, o lo creyera, o lo deseara, precisaba mucho más.

—Saldré de dudas —dijo Gonzalo, decidido, aunque a la hora de la verdad seguro que acabaría hecho un flan, sudoroso y tartamudeante.

Salir de dudas.

Siempre esa incertidumbre vital.

—Suerte —le deseó Beatriz.

Iba a necesitarla.

Su madre no había llegado. Carlota tampoco estaba. Quizá cuando acabasen los exámenes todo volviera a ser un poco normal. Pero la idea de que su madre tuviese algo y por eso se retrasase cada vez más continuaba excitándola. Si Carlota no había perdonado a su padre por haberlas dejado por otra, ¿cómo se tomaría que su madre metiese a otro hombre en sus vidas? ¿Y Luisa?, ¿qué diría la casada de la familia?

Fue directa a su habitación para dejar los libros y recoger la cámara y las fotos impresas. No pensaba mirar su blog. Quería ir al Turó Parc antes de que aparecieran su madre o Carlota. Sin embargo, oyó claramente en su cabeza la llamada, el grito de su instinto, la voz de su sexto sentido o lo que fuera que la obligó a sentarse delante de la pantalla.

Vaciló un instante.

Luego lo conectó y esperó.

No había contestado al misterioso defensor de los Brainglobalnoise. Seguía dándole vueltas a la cabeza, enfrentada a la animadversión que le producía el grupo y a la curiosidad que despertaba en ella el responsable de aquellos textos y la invitación para ir a verlos en directo. Un espanto y un misterio.

¿De qué lado inclinarse?

Elisabet la mataría si no iban.

Y ella misma, quizá, se arrepintiese de no haber abierto aquella puerta inesperada en su monótona existencia.

Entró en su blog.

Y vio el mensaje.

Esta vez mucho más directo.

«Me llamo Rogelio. Soy de la compañía discográfica de Brainglobalnoise. Tus opiniones me han... preocupado. Quiero que los escuches en directo. Anímate. Éste es mi mail personal, para que no haya malos entendidos.»

Su correo electrónico cerraba el mensaje.

Un tipo mayor, probablemente, un ejecutivo, alguien fuera de su onda y de su rollo.

Y aun así...

Leyó dos, tres veces más el mensaje, buscando sentidos ocultos.

Encontró sólo uno.

¿Por qué un ejecutivo discográfico se preocupaba de la opinión de una sola chica?

Capítulo 6
ROGELIO

La actuación en Razzmatazz era la presentación del grupo en Barcelona. Eso significaba un plus. Un enorme plus. Medios de comunicación, invitados especiales, la apuesta a cara o cruz de un directo que ellos estaban puliendo, perfeccionando y ensayando al milímetro, aunque en el mundo de la música eso fuera casi imposible, porque una vez en escena todo podía suceder... Y no es que la opinión de la crítica importase mucho, pero pesaba. La mayoría de ocasiones, cuanto más éxito tuviera un artista, más ventas discográficas y más fans enloquecidas arrastrase, menos merecía la consideración de los llamados expertos, dispuestos a buscar tres pies a un gato de cinco. Los palos casi nunca mermaban el entusiasmo de los fieles, ni bajaban las ventas, aunque sentaban mal, abrían brechas, sembraban dudas. Mimar a los medios significaba arrastrarse ante ellos, poner buena cara, fingir que no pasaba nada, y si pasaba, que no era importante, sólo parte del juego. Enviar dos entradas a un crítico a sabiendas de que iba a cargarse al artista dolía. Y si pedía otra para la hija, o un amigo, o quien fuera, todavía más. Se creían dioses y no eran más que aprendices, sin idea de lo que estaban haciendo, algunos muy entusiastas y locos por la música, pero otros, simplemente, trabajando en esa sección del periódico o la radio por necesidad. Razzmatazz tampoco era un Palau Sant Jordi o un Palacio de los Deportes. Con su aforo medio, enfrentaba al artista de forma muy directa con los espectadores.

Y a veces se daba cuenta de que Brainglobalnoise aún estaban verdes para el cara a cara con el público.

Incluso él.

¿Le quedaba algo por hacer, alguien a quien llamar?

Lo repasó una vez más. Mental y físicamente. La lista de invitados, las entrevistas previas, los detalles...

Rogelio se llevó una mano a los ojos y se dijo que ya estaba bien. Punto. Hora de ir a casa y descansar, desconectar. Necesitaba una buena película. Una evasión completa. Lástima que, últimamente, en el Plus no ofrecieran demasiadas obras de calidad o decentes comedias de evasión. Las repetían mil veces, y cuando no daban fútbol, pasaban series idiotas en horario de *prime time*.

También podía ir al cine, claro.

Al cine solo.

Se incorporó tras apagar el ordenador y caminó hacia la puerta de su despacho. La cerró sin hacer ruido, ensimismado, envuelto en sus pensamientos. No quedaba nadie en las oficinas. Todos se largaban pronto. El único imbécil era él.

Él y Marcelo Novoa, por supuesto.

Por algo era el dueño.

Vio luz por debajo de la puerta de su despacho. Podía

irse sin más. Adiós. Pero también era posible que el amo y señor de Discos Karma tuviera algo que preguntarle o decirle. No se habían visto en todo el día. Lo de Razzmatazz imponía mucho. Así que cambió de rumbo y encaminó sus pasos hacia allí, deslizando sus pies por encima de la vieja y gastada moqueta.

No llegó a golpear la puerta con los nudillos.

La voz llegó nítida hasta él.

—No, Constantino, no. La cosa no está bien. Esto ya no tiene solución y... ¡Pues claro que me jode! ¡Karma es mi vida! Pero este maldito mercado se ha ido a la puta mierda...

Rogelio contuvo la respiración.

Todos se habían ido.

Incluso él ya tenía que estar fuera.

Marcelo Novoa continuó hablando con Constantino Oleguer, el fabricante de sus discos.

—Ya no depende del lanzamiento de Brainglobalnoise, ésa es la cuestión. Bueno, si vendiéramos un millón de discos... —Soltó un bufido irónico—. Hacemos aguas por todas partes, estamos en cuadro, los costes, la competencia... Es el fin, ¿comprendes? El fin. Todas han caído, y por Dios que yo me he resistido, pero...

Quiso escuchar los latidos de su corazón, pero no los encontró.

Pensó en su padre.

Esperando su fracaso.

—La oferta de BMG Ariola es buena, muy buena dadas las circunstancias. Si no les he dicho que sí es porque me la juego con Brainglobalnoise. Si funcionan, Discos Karma vale más, eso está claro. Nuestro fondo de catálogo es bueno, pero con un grupo puntero de moda... Lo malo es que no podré darles largas mucho más allá del verano... ¡Por supuesto que es un riesgo! ¿Cuándo no me la he jugado yo? ¡Soy un veterano en esto!

BMG Ariola.

Uno de los gigantes de la industria.

Continuó quieto, clavado delante de aquella puerta.

—Nada tiene sentido... —Las pausas eran cada vez más largas, mientras hablaba su interlocutor—. ¡Coño, siempre quise...! —Un suspiro, un largo lamento—. Vale, sí, es lo práctico, lo coherente; pero que se quede con Karma un dinosaurio de la industria... ¡Siempre creí que esta compañía era especial, diferente!

No quiso escuchar más.

No era necesario.

Rogelio dio media vuelta. De nuevo, la vieja moqueta engulló el sonido de sus pasos. Alcanzó la puerta y la cruzó como si lo hiciera por última vez.

Ni siquiera supo cómo llegó a la calle, ni de qué forma apareció el móvil en su mano.

Esperaron a que el camarero tomara sus pedidos y se retirara. Ensalada César y trucha para ella. Raviolis al pesto y *steak tartar* para él. La mesa estaba situada en un rincón apartado, discreto, y la iluminación era la apropiada. Un restaurante íntimo. Ninguna sensación de agobio, con otras parejas apretadas y casi encima unas de otras. Espacio. Por si fuera poco, la comida era excelente, y en su justo punto de cantidad. Una elección que ellas siempre agradecían.

Ellas.

—Bueno, aquí estamos —dijo Aurora.

Rogelio tomó su copa de vino. Esperó a que su acompañante hiciera lo mismo. Las entrechocaron en el aire y luego las aproximaron a sus bocas. Los labios de la mujer dejaron una huella rosada en la suya. Una huella que a él se le antojó excitante.

Aurora estaba radiante.

—Sinceramente, tu llamada me ha pillado... Bueno —hizo un gesto expansivo—, apenas si me ha dado tiempo de arreglarme un poco.

—Estás muy guapa.

—Gracias. —Ladeó la cabeza con coquetería.

—Hacía mucho que te debía esta cena.

—No me debes nada, faltaría más.

—Ya sabes que tengo un trabajo muy absorbente.

—¿Qué tal vuestro último lanzamiento? Los oigo por todas partes, se están poniendo de moda.

—Van bien. —Seguía con la copa en la mano, así que le dio un segundo sorbo—. Es un producto claro.

—Producto, huy —se estremeció ella.

—Todo es un producto. —Sus ojos se convirtieron en rendijas—. Yo vendo lo que tú necesitas, tú compras lo que yo vendo. Y si no lo necesitas, la publicidad hace que pienses que sí, que sin ello no existes, o vales menos, o estás fuera de onda.

—Pero dicho así es muy frío.

—¿La última romántica?

—Pues quizá sí. ¿Piensas que es algo malo?

Se detuvo. Se calmó. Tercer sorbo a su copa de vino. La había llamado él. Si se ponía estúpido, borde o agresivo, adiós a su oasis de paz en mitad de la tormenta. Además, Aurora no lo merecía. Era realmente un encanto, la ternura personificada.

Estaba enamorada de él.

Jugaba con ventaja, sí, ¿y qué? Ella quería algo, y él necesitaba algo. No había más que unir ambas cosas.

No la quería, no la deseaba, pero estaba realmente guapa.

Y tan risueña...

—No, no es malo ser romántico —suspiró—. Es el mundo entero el que parece haber perdido esa capacidad.

—Depende de cómo lo mires.

—¿Siempre has sido tan positiva?

—Sí.

—¿No te han hecho daño?

—Muchas veces, ¿y qué? No puedes ir devolviendo los golpes sólo por eso. Si cada cual aporta algo positivo, siempre habrá una esperanza.

—¿Qué edad tienes? —fue grosero.

—Treinta.

—La edad de la plenitud en una mujer.

—¿Cuál es la vuestra?

—Ni idea. ¿Los veintitrés?

Aurora se rió. Echó la cabeza hacia atrás y dejó que su cabello se desparramara por encima de sus hombros. Tenía un cuello largo y bonito, la piel muy blanca. Su belleza sin embargo era discreta, no llamaba la atención. Era la última mujer a la que, en un golpe de vista, en una primera impresión, habría mirado. Sólo al conocerla se la apreciaba.

Ni siquiera recordaba cuándo se habían conocido exactamente, ni de qué forma supo que ella se había colado por él.

¿Qué le había dicho a Juan Pablo?

Recordó sus propias palabras:

«Dejé de tirarme a las niñas que aspiraban a ser estrellas y a grabar un disco al conocer a Pilar. Me hizo sentar la cabeza, aunque aquéllos sí eran buenos tiempos en el mundo de la música. Después de Concetta... He estado saliendo incluso con una mujer casada, una bomba lujuriosa en la cama, que ahora no me deja en paz, tipo *Atracción fatal*, y hasta hay una que me persigue con ánimo redentor, una buena chica, Aurora, a la que no quiero dar cuerda, porque me ha salido una especie de conciencia que no veas».

No quería «dar cuerda», una «buena chica», con «ánimo redentor»...

Y ahora estaba allí, con ella.

Dispuesto a olvidarse de su conciencia.

Apuró la copa de vino.

Tenía el estómago todavía vacío, pero alargó la mano para tomar la botella del cuenco plateado y cargado de hielo que el camarero había dejado junto a la mesa.

—¿Te sirvo? —le preguntó a Aurora prescindiendo de que ella todavía tuviera su copa casi llena.

Se tambaleó al salir del restaurante y trastabilló dos pasos antes de sujetarse en el dintel de la puerta. Aurora levantó las manos, para sujetarlo, pero no llegó ni siquiera a rozarlo. Por entre las pesadas brumas que inundaban su mente, forzó una sonrisa y exclamó un leve:

—Coño.

—Rogelio, ¿estás bien? —se interesó su compañera.

—Sí, ¿por qué?

—Me parece que has bebido demasiado... —No completó la frase.

—No te preocupes, yo controlo.

La moto estaba en la acera. Era la más grande y poderosa, la de mayor cubicaje, la mejor cuidada. Parecía recién salida de la tienda. Rogelio se detuvo y la acarició igual que si fuera una mujer delicada.

—¿No pensarás ir en moto? —volvió a preocuparse Aurora.

—He traído un casco para ti.

—No creo que estés en condiciones de manejarla.

Centró en ella la vaporosidad de sus ojos. De noche, después de cenar, bebido, incluso se le antojó excitante. Su necesidad aumentó hasta dispararse.

Aunque entonces, ¿por qué había bebido tanto?

¿Para matar hasta el último atisbo de responsabilidad?

—Eres una mujer inquietante —farfulló.

—No soy inquietante —negó Aurora con tristeza.

—Estás muy guapa esta noche.

—Ya me lo has dicho, tres veces.

—Ven.

—No —se resistió—. No voy a dejarte conducir.

—¿Quieres que deje la moto aquí?

—Sí.

—Las roban. Nunca la dejo fuera de mi garaje.

—Ven por ella mañana.

—¿Vamos en taxi?

—Sí.

Se resignó.

—Bueno.

Bajaron de la acera y pasaron entre dos coches aparcados. El tráfico era escaso por la calle y también por la zona, y en ninguno de los dos sentidos se veían taxis. Quedaron muy juntos, y el aroma de Aurora se le pegó en la nariz.

Eso lo excitó.

Por fin.

Entonces la atrapó, le hizo dar la vuelta y la besó.

Aurora lo aceptó al comienzo. Parecía esperarlo, o desearlo, o ambas cosas a la vez. Pero sólo fueron unos segundos. La forma del beso, la avalancha de su cuerpo, quizá el gusto a vino...

Acabó interponiendo sus manos, hasta apartarlo, con suavidad no exenta de firmeza.

—No —musitó.

—¿No qué?

—Así no.

—¿Así cómo?

—Estás bebido, Rogelio. —Sus ojos destilaron tristeza.

—No estoy borracho.

—Yo no he empleado esa palabra. He dicho bebido.

—No seas tonta.

—¿Por qué me has llamado esta noche, tan tarde, inesperadamente?

No tuvo que responderle. Un taxi pasó por delante de ellos en ese instante. Rogelio levantó la mano en un gesto instintivo, como si tuviera prisa.

—Vamos.

—No, espera...

—Vamos, mujer.

La empujó hacia la portezuela que el mismo taxista había abierto desde dentro. Primero entró Aurora, después él. Ella todavía se estaba acomodando cuando Rogelio le dio al conductor la dirección de su propia casa.

—No arranque, por favor —le pidió Aurora.

—¿Que pasa ahora?

—¿Tu casa?

—¿Prefieres ir a la tuya?

—Ni siquiera me has preguntado. —Sus ojos estaban anegados en lágrimas.

—Bueno, pensaba...

Ya no hubo más. Fue demasiado rápido para él y su embotada mente. Para cuando quiso darse cuenta, Aurora ya había bajado del taxi por la otra puerta y corría más que caminaba calle abajo, haciendo imposible que la alcanzara.

La ducha fría le había arrebatado el sueño y despejado la mente, pero no le había arrancado el cansancio, ni la sensación de haberse comportado como un maldito capullo.

En la mayoría de las derrotas, dos palabras resumían lo irremediable de las mismas: demasiado tarde.

Se movió como un perro enjaulado por su casa, arrepintiéndose de haber tomado la ducha aunque la necesitaba. Habría sido mejor dejarse caer en la cama y cerrar los ojos, echarle la persiana a la mente y pasar de todo. Total, una resaca matutina no era nada del otro mundo. Pero ya estaba hecho. Y llamar a Aurora no le serviría de nada. Mejor esperar.

Esperar.

Ni siquiera podía gritar, porque en mitad de la noche los vecinos eran capaces de llamar a la policía.

¿Estaba empezando a destruir cuanto tocaba?

Se acercó a la ventana. La noche ofrecía su manto oscuro al otro lado. Un manto hecho de misterios y secretos, silencio y calma. La noche serenaba las iras del día, pero a su vez preludiaba el regreso de la vida cada mañana. Un ciclo eterno. Días de desconcierto. Noches de recelos. Se le escapaba algo, el aire de los pulmones, la lluvia entre las manos, la realidad en la agitación.

Le dio la espalda a la ventana, y al televisor, y a su equipo de música.

Acabó sentado delante del ordenador, como casi siempre en los últimos días. Era su puerta de acceso al más allá. La televisión ya no. El ordenador sí. Su comunicación con el mundo. Se relacionaba a través de él y gracias a él percibía sensaciones y emociones. Igual que de una amante complaciente.

Lo puso en marcha y abrió su correo electrónico.

Beatriz.

Estaba allí.

La misteriosa mujer del blog.

«Turó Parc. Mañana 7 pm. Estanque.»

Segunda parte

LOS CÍRCULOS

No tienes que amarme
sólo porque
tú seas todas las mujeres
que yo siempre he querido.
Nací para seguirte
cada noche,
mientras yo soy todavía
los muchos hombres que te aman.

You do not have to love me, LEONARD COHEN

Capítulo 7
CONTACTO

Los días ya eran largos, luminosos, tan cálidos que incluso a aquella hora el calor se hacía notar. En invierno, la vida en el parque se terminaba muy temprano, a las seis de la tarde. En la parte final de la primavera y en verano todo cambiaba. Apetecía el paseo entre los árboles, sentarse en un banco, tomar un refresco en el pequeño y discreto bar del otro lado, incluso ver los juegos infantiles en la zona de los columpios. Los perros eran más bonitos, y sus dueños brillaban más con los primeros reflejos dorados en su piel.

Beatriz miró la hora.

Las siete menos un minuto.

—No vendrá —susurró.

¿Por qué tenía que hacerlo? Un desconocido no acudía a citas a ciegas. Y menos un desconocido que ocupaba un cargo en una compañía discográfica. La había invitado a un concierto, sí, ¿y qué? Una cosa era el concierto y otra muy distinta quedar sin más en un lugar abierto. Dos extraños.

Ni siquiera había respondido a su mail.

Entonces, ¿qué hacía allí?

¿Su instinto?

Miró arriba y abajo del estanque. El urkomita llevaba días sin aparecer. Quizá estuviese ya en su planeta, o hubiera cambiado de parque, o su presencia continua en un lugar tan selecto hubiese acabado por poner a todos los cuidadores en pie de guerra y alerta máxima.

Quizá el Turó Parc no fuese un parque público, sino un jardín de élite colgado del paraíso en la zona alta de Barcelona.

Llevaba la cámara, pero ninguna foto para quemar. No era el momento. Se la colocó a la altura del ojo, porque tanto podía enfocar por la pantallita de la parte de atrás como por el visor habitual de las máquinas antiguas si lo deseaba, y oteó el panorama, empleando el zoom para ver con mayor nitidez y proximidad a las parejas que se movían como almas sin rumbo por los alrededores.

Una, formada por dos adolescentes muy jóvenes, mucho más que ella, le llamó la atención. La chica apenas si tendría trece años. Él, catorce, quince a lo sumo. Se les veía muy tiernos, inocentes, pero ya jugaban al amor, tal vez a hacerse daño sin ser siquiera conscientes de ello, porque el amor, tarde o temprano, pasaba factura, y más a esa edad. El chico la besaba en el cuello, la oreja, la mejilla, camino de sus labios, y ella se dejaba hacer, mitad asustada, mitad feliz, mitad entregada, mitad...

Los fotografió.

Dudaba de que llegara a quemar esa foto, pero la tomó.

Las siete y un minuto.

Continuó su recorrido.

Otra pareja, veinteañeros, discreta y bonita la parte femenina, esquelética y casi cómica la masculina. Ella iba muy elegante y cuidada, él parecía recién caído de un árbol. Y sin embargo sus miradas no sabían de estéticas, sólo reflejaban sentimientos, la ceguera propia del amor.

Otra instantánea.

No la examinó, mantuvo la cámara pegada a su ojo, con el zoom al máximo, recorriendo el mundo al otro lado del estanque. Unos ancianos que contemplaban el agua, una criada filipina que cuidaba de un niño, una pareja madura...

Hasta que se detuvo.

Él la estaba mirando.

Rogelio, quizá.

No había querido llegar antes de las siete. Se había entretenido dando un paseo por Pau Casals y la entrada del Turó Parc. Temía que si se asomaba a la zona del estanque y ella lo veía rondando ya por el lugar, luego sería peor. Ahora eran las siete y dos minutos.

Estaba allí.

Y la única mujer solitaria era una chica joven, sentada en cuclillas frente al lago, justo al otro lado de donde se encontraba él. Una chica que no podía identificar como la Beatriz del blog porque mantenía una cámara digital pegada a su rostro.

Todavía podía dar media vuelta y largarse.

Todavía.

No lo hizo.

La chica de la cámara parecía joven, mucho, demasiado. Quizá no una adolescente, pero sí alguien situado en la frontera.

Su corazón, inexplicablemente, se aceleró.

—¿Cuántas idioteces más tienes que cometer para que reacciones? —se preguntó en voz alta.

Sus pies habían echado raíces. Intentó moverlos pero no pudo. Era una estatua. Muy cerca tenía a una criada filipina que cuidaba a un niño, a una pareja de ancianos que contemplaba el estanque con la serenidad de su edad, y a otra pareja de edad madura dando su último paseo antes de recogerse en casa.

La cámara lo enfocó a él.

Y Rogelio supo que se trataba de ella, de Beatriz, observándolo por primera vez.

Beatriz bajó la cámara al darse cuenta de que él también la miraba a ella. Fue un acto reflejo, condicionado al impacto de haber sido sorprendida, pero en modo alguno rápido o violento. La cámara acabó en su regazo, ajena, perdida como instrumento de apoyo o elemento de distracción. De lado a lado del lago de aguas oscuras repleto de lotos verdes, una y otro se contemplaron por espacio de cinco segundos.

Una eternidad.

Quizá menos.

Hasta que él echó a andar.

Lo hizo por la parte de arriba, a la izquierda de Beatriz, despacio, primero sin apartar la vista de su objetivo, después, en un par de ocasiones, centrando su atención en el camino, la pequeña acera de piedras que bordeaba el estanque. En ambas retomó la dirección de sus ojos para fijarlos en ella.

Se sintió atravesada.

Comenzó a intuirlo, a verlo mejor, a apreciar los detalles, cuando él hubo realizado la mitad del recorrido. Tenía aspecto de ejecutivo, pero no de traje y corbata. Ejecutivo moderno, informal, con cierta clase. La ropa era comedida, de marca, pantalones vaqueros impecables, zapatos del tipo Sebago, camiseta de manga larga arremangada hasta la mitad del brazo, buen tipo, atlético sin pasarse, buena planta, guapo.

Muy guapo.

O al menos eso le pareció a ella.

Cinco metros.

Los ojos eran muy bonitos, tristes, expectantes, profundos. La mandíbula recta, las orejas pegadas al rostro, el cabello perfectamente cortado y un poco largo, rebelde. Las manos preciosas.

Se fijó en ellas.

Finalmente, la edad.

Unos treinta y cinco, treinta y siete...

Volvió a respirar en el momento en que él se detuvo delante de ella.

Rogelio no sabía si iba demasiado despacio o demasiado de prisa. Su corazón latía con fuerza, y eso sí era evidente. Le cortaba el aliento. De hecho se sentía igual que en su primera cita, a los dieciséis años, cuando quedó con aquella preciosidad rubia que luego resultó ser absolutamente tonta. Cada metro ganado lo aproximaba a su destino. Cada paso lo sumía en un océano de preguntas sin respuesta e inquietudes mal medidas. Pero ya no podía apartar los ojos de ella. Beatriz no era una mujer, era una chica joven. Tampoco una adolescente, pero sí alguien fuera de su mundo, como la Luna en relación a la Tierra.

Sin embargo...

Todo lo intuido en las fotos del blog estaba allí. Todo lo visto se hacía realidad. No sólo era bella, era hermosa, con todas las connotaciones que la palabra contenía. El cabello despeinado que le confería un halo de excitante sensualidad; los ojos turbios, casi líquidos, transparentes y con cierto aire de languidez; los labios carnosos; el perfecto óvalo del rostro; el cuerpo delgado, moldeado ya por una mano celestial a pesar de que llevaba vaqueros y no podía verle las piernas; las manos exquisitas...

Se preguntó qué edad tendría.

Dieciocho, diecinueve, veinte a lo sumo, no más.

Una locura.

Su figura era como la de una esperanza hecha vida, luminosa, armónica.

Ni siquiera las fotos del blog se le resistían.

Los últimos cinco metros fueron un abismo. Intentó sonreír y la sonrisa se le congeló en los labios haciéndole parecer estúpido. La ropa con la que se cubría era informal, mucho, pero con su propio sello y desparpajo. No se había arreglado para una cita, como él.

No era una cita.

¿O sí?

Antes de detenerse frente a ella pensó en sus pies.

Seguro que los tenía muy bonitos.

Perfectos.

—Hola —la saludó—. ¿Eres Beatriz?

Continuó sentada en el suelo, mirando hacia arriba, sin saber si ponerse en pie o esperar.

—¿Rogelio?

—Sí.

Alargaron la mano y se la estrecharon. Él sintió la suya muy fría. Ella, la del aparecido, muy cálida. El contacto fue electrizante debido a ello. También mucho más largo de lo habitual. Rogelio examinó el suelo. Pareció dispuesto a sentarse a su lado.

—¿Vamos al banco? —le propuso Beatriz.

—Sí, mejor —le agradeció.

—¿Me ayudas?

Se arrepintió al instante de habérselo pedido. Podía levantarse solita, no era una princesa ni tenía ningún problema. Volvieron a tocarse a través de sus manos. La de Rogelio fuerte, firme. La de ella blanca. Los dedos de una desaparecieron entre los del otro. Los dos tiraron con fuerza. Más que incorporarse dio un salto. Tan fuerte y ágil que se quedó casi pegada a él, separados por apenas unos centímetros de distancia.

Pudieron verse sin barreras, olerse, sentirse.

Rogelio también se fijó en su estatura, casi tan alta como él.

Beatriz en su nerviosismo.

Reaccionaron como si nada hubiera sucedido, como si él no la hubiese aspirado para embeberse de su aroma y ella no hubiese abierto en canal su alma. El banco quedaba a tres metros, y estaba vacío. Milagrosa o sorprendentemente vacío. Ella fue la primera en sentarse. Luego lo hizo él, a su izquierda. Beatriz apoyó la espalda en la madera. Eso hizo que Rogelio tuviera que quedarse de medio lado para poder verla, aunque cabalgó una pierna sobre la otra y eso distendió su figura.

Beatriz tuvo ganas de reír.

De pronto.

—Puedes echar a correr si quieres —dijo.

—¿Por qué iba a hacer eso? —se sorprendió.

—¿Qué esperabas encontrarte?

—Ni idea —intentó parecer sincero.

—Tengo un blog, y puedo ser una tía loca e imprevisible.

—No me pareces loca.

—¿E imprevisible?

—Eso sí —reconoció forzando una sonrisa que acabó asentándose en su rostro cuando la de ella lo acompañó.

Una sonrisa que iluminó el mundo entero.

—¿Qué miras? —se mosqueó Beatriz.

—Nada.

—No soy un marciano, ¿vale?

—Comprende que es una situación insólita. Te metes con mi grupo, te contesto, me contestas, te invito a verlos, me propones una cita previa...

—Éste es un lugar precioso para las citas, previas o no.

—Casi nunca he entrado en el parque, y eso que Discos Karma está aquí mismo, en Calvet.

—¿Eres un pez gordo?

—¿Yo? ¡No!

—Tampoco tienes pinta de botones.

—Soy el director de marketing y de promoción. —Levantó una mano para agregar—: Pero que no te asusten los cargos porque son meramente ilustrativos. En una empresa de cinco trabajadores todos somos directores de algo.

—¿Y tanto te preocupa lo que una simple chica opine de tus Brainglobalnoise?

—No son míos.

—Ya sabes a qué me refiero.

—Son buenos chicos —quiso defenderlos—. Han encontrado una línea, no hay nadie que haga algo parecido, y han tirado por ahí. Buscan su espacio, como todo el mundo. ¿Por qué no te gustan?

—Son falsos, su pose, su música, su mensaje, todo.

—Muy dura, ¿no? Y radical.

—Están consiguiendo fans a patadas, así que... ¿qué más da?

Rogelio consiguió apartar los ojos de ella un instante. Miró al suelo, buscó las palabras adecuadas. No le resultó fácil. No parecía el mayor de los dos, el hombre experimentado y curtido. Había algo en la aparecida que, de momento, le podía. Tenía el desparpajo de la edad, pero también una extraña serenidad. Era un universo por explorar.

Explorar.

La palabra lo sedujo.

—Tal y como está el mundo del disco, te diré una cosa: todo cuenta. Tú no pareces una fan...

—No lo soy.

—Déjame terminar. —Levantó una mano—. Iba a decir que no pareces una persona que se entusiasma fácilmente ni se carga a quien sea sin más. Tú razonas las cosas, y eso es importante. Tanto da que en tu blog entren cien como mil personas. Quizá no te habría contestado si no fuera porque lo que está en juego no es el futuro de Brainglobalnoise, sino el de Discos Karma.

—¿Ah, sí?

—¿Crees que los tiempos de abundancia siguen?

—No, ya sé que no. Crisis, piratería...

—Pues eso.

—¿Y por qué sacáis basura en lugar de buscar algo bueno de verdad?

Se sintió irritado.

—¡No son basura!

—Mírame a los ojos.

—¿Qué?

—Mírame a los ojos y dime que no son basura, que a ti te gustan.

—¡Tanto da si me gustan a mí o no! ¿Quieres que una empresa discográfica practique la censura y sólo escoja lo que piense que vale la pena? ¡Ha de haber de todo, y todo el mundo merece su oportunidad!

—Eso es cierto —asintió Beatriz.

Sostuvieron las miradas.

Y sucedió algo.

Justo en ese momento.

Algo que lo cambió todo.

Ella se sintió momentáneamente culpable, extrañamente protagonista de algo no deseado pero que ya estaba allí, instalado entre los dos. Él, en cambio, lo que se sintió fue náufrago de aquella sinceridad, como un pez atrapado en una red de la que ya no sabía de qué forma escapar... si es que deseaba hacerlo.

Beatriz era auténtica.

Y eso, atravesando un océano de dudas como el que atravesaba, lo impactó y lo conmocionó.

—¿A qué te dedicas? —le preguntó Rogelio.

Habían terminado de hablar de Brainglobalnoise, por lo menos de momento. Los dos lo aceptaron tácitamente, aliviados.

—Estudio segundo de bachillerato. Acabo este año.

—¿Vas... a la escuela?

—Si quieres llamarlo escuela...

La siguiente pregunta, qué edad tenía, murió en sus labios.

—¿Vives aquí cerca?

—En Johann Sebastian Bach.

—¿Pares o impares? —Sonrió de nuevo.

—¿Tú también?

—Era una broma.

—Pares —suspiró—. No soy tan pija.

—No creo que lo seas.

—Tú sí.

—Vale, gracias.

—Todos los del mundillo discográfico lo sois, siempre con estrellas y todo eso. Desde fuera parece algo irreal.

—Pues no lo es, auque supongo que a nivel de artistas como Springsteen o U2... ¿Sabes algo de ese mundillo?

—Lo suficiente.

—¿Cómo?

—Leo.

—Vaya por Dios, ¿y eso es todo?

—¿Tú no lees?

—Las revistas no dicen más que mentiras, se inventan cosas, se montan sus propias películas...

—Me refiero a libros.

No supo qué decir, y optó por la verdad.

—No, no mucho.

—O sea nada.

—No tengo tiempo.

—Pues debes de tener la cabeza muy dura y seca, hermano.

—¿Tú qué lees? —Pasó por alto su pulla, y la forma en que le acababa de decir lo de «hermano».

—Poesía, novela, pensamiento...

Una listilla. Rogelio no supo si estrangularla o seguir hablando con ella. Lo malo es que era la listilla más guapa y sexy que jamás se hubiera echado a la cara. Algo lo retenía allí, su influjo, aquellos ojos, la esencia que desprendía su piel, sus labios de seda. No era una Lolita. No parecía una Lolita. Pero el morbo resultaba imposible de evitar.

¿Por qué no le daba las invitaciones para Razzmatazz y se iba?

¿Por qué tenía que irse?

Beatriz lo atravesó con su mirada.

—En tu blog hay fotos muy buenas —dijo él.

Era la primera persona que le decía que sus fotos eran buenas. Casi sintió deseos de gritar.

—Gracias.

—¿Es casualidad o practicas?

—Practico.

—¿Quieres dedicarte a eso?

—No lo sé.

—¿No lo sabes?

—No, no lo sé. No tengo ni idea de lo que quiero hacer. De momento, quizá me haga falta un curro a partir de septiembre, o este verano. ¿Tienes algo?

—¿Trabajarías en la compañía discográfica del grupo que aborreces?

—No los aborrezco. Cada cual tiene su rollo —manifestó con cansancio—. Es sólo que no es el mío y que me parecen un montaje, ya te lo he dicho.

—No lo son —insistió él.

Volvían a hablar de Brainglobalnoise, muy a su pesar.

—¿Y todo lo que estáis haciendo para metérselo a la gente por los ojos y los oídos?

—Se llama publicidad.

—Así de fácil.

—Todo el mundo vende algo.

—Un poco triste, ¿no?

—¿Por qué tienes tú un blog?

—Para expresarme, porque yo no tengo una discográfica detrás, para no quedarme aislada en casa, sin voz, para gritarle a la gente lo que pienso, para dejar una huella... ¿Quieres más?

—¿Cómo sabes que a la gente le interesa lo que tú piensas?

—Es que ésa es la gracia: ni lo sé ni me importa. Entrar en Internet es opcional. Hacerlo en mi blog lo es aún más. Y leerlo no digamos. Pero yo sí sé que está ahí. La Red ha hecho que dejemos de ser anónimos.

—Tampoco yo obligo a nadie a comprar a mi grupo.

—Tú sí. Eres director de marketing y promoción. Tú les dices: «Si no los conocéis, no estáis en la onda. Si no tenéis el disco, os falta algo». En los años 60 del siglo pasado, Brian Epstein lanzó a los Beatles en Estados Unidos mediante una campaña *hype* demoledora, «¡Que vienen los Beatles!». Creó un estado de ansiedad global.

—Jesús...

—¿Qué?

—¡Los 60!

—¡Los 60 y los 70, sí! Ahí se fraguó todo.

—Eres una enteradilla.

—Soy una experta. ¿Tú no?

Rogelio se encogió de hombros.

—No me digas que trabajas en esto como podrías estar en otra cosa. —Beatriz abrió los ojos.

—No.

Lo estudió de pronto, más allá de lo que su máscara de ejecutivo le permitía ver o intuir. Con aquel «no», de hecho se había desnudado a sí mismo, abriendo una brecha por la que ella podía asomarse a su interior. No era la palabra en sí, sino la forma de pronunciarla, el tono de los ojos al decirla, la posición del cuerpo, ligeramente derrotado, al expulsar la última ráfaga de aire de los pulmones.

—Querías ser cantante pero no tenías talento, y además eras demasiado perezoso para estudiar guitarra o piano, así que te metiste en la industria por la puerta de atrás.

Lo recibió como un disparo.

Directo a su mente, a su centro de gravedad.

Touché.

¿De dónde había salido?

—¿Por qué no añades que lo que quería era triunfar y darle con un canto en los dientes a mi familia, aunque tampoco tenía mucha idea de música ni de toda esa historia que tú pareces dominar tan bien?

—Así que he acertado.

—Digamos que en parte.

—En todo.

—No en todo. Nunca he sido perezoso. Creía tener buena voz, buena planta, pero era un negado para tocar algo.

—Lo siento. —Inició una especie de retroceso.

Fue el lapso de tiempo más largo que estuvieron sin hablar.

Aunque sus miradas decían mucho más.

Beatriz sentía la mente súbitamente en blanco.

Rogelio quería tocarla.

Eso lo desconcertó aún más, sobre todo después de la triste experiencia con Aurora. Tocarla y tal vez... No, tal vez no: tocarla y besarla.

Sentir aquellos labios.

Pensó que era lista. Demasiado. Lista y peligrosa. Lista por su intensidad y peligrosa porque ni siquiera debía de ser consciente de su potencial. Desprendía una aureola de inocencia que turbaba. Y los ojos. Y los labios. Y el cuerpo. Estaba atravesado por fuerzas desconocidas y se sentía transparente. No dominaba la situación. La dominaba ella.

Era hora de irse.

Tenía miedo.

—Tengo que irme —dijo Beatriz robándole la iniciativa, adelantándose a su propia acción.

—Espera... —Quiso retenerla.

—¿Aún quieres que vaya al concierto el sábado?

—Sí.

—Vale. —Beatriz se puso en pie.

No tenía más que darle la entrada y despedirse. Fin de la historia. No tenía más que meter la mano en el bolsillo y ponerse en pie y darle un beso en la mejilla y...

—¿De verdad quieres ir?

—Sí. Quizá cambie de opinión. Ahora que te conozco, quiero darles una oportunidad. ¿Te parece?

—Claro.

—¿Dónde quedamos?

—Allí mismo, en Razzmatazz.

—¿Puedo llevar a una amiga?

—Ningún problema.

—¿A qué hora?

—¿Qué tal si vienes antes y ves el *backstage* y todo eso? Pregunta por mí en la puerta si no me ves fuera. Dejaré tu nombre en una lista.

—Vale. —Dio un paso atrás.

Rogelio se levantó, pero ya era tarde.

No se dieron un beso en la mejilla, ni la mano. Beatriz ya había dado un segundo paso, aunque seguía de cara a él.

—Vendrás, ¿eh?

—¿Tengo cara de ir por ahí jugando y quedando con la gente para luego no aparecer?

—No —reconoció.

—¡Hasta el sábado!

—¡Rogelio! ¡Recuérdalo! —gritó cuando ella ya estaba a unos diez metros.

El silencio en el parque se hizo entonces enorme.

Beatriz sintió los ojos de Rogelio hundidos en su espalda mientras caminaba, alejándose de su proximidad. Unos ojos de fuego que la atravesaban, la quemaban, pero que también la acariciaban. Su cuerpo, su mente...

Pensó en acelerar el paso, correr incluso.

Lo mantuvo tal cual.

Hasta levantó la cabeza, desafiante, porque de pronto notó que se movía encorvada, con la vista fija en el suelo, aturdida y empequeñecida.

Todo terminó al salir por la puerta que daba a la plaza San Gregorio Taumaturgo, en la confluencia de las calles Josep Bertrand y Francesc Pérez i Cabrero. Entonces recuperó el aliento y pudo sentirse libre.

Una extraña libertad.

Miró hacia atrás. Por entre los barrotes de la cerca y el follaje de árboles y plantas, vislumbró a Rogelio, todavía de pie, como una estatua de sal, convertido en un diletante a la espera de una energía capaz de moverlo e impulsarlo.

Ni siquiera sabía cómo había resistido tanto.

Con aquella entereza.

Y era tan extraño...

Todo.

Algo acababa de suceder, y lo sabía, y le daba miedo. Algo inexplicable por desconocido. Algo incontrolable.

Algo hermoso y terrible a la vez.

Capítulo 8
REACCIONES

A Elisabet le cambió la cara al verla. Dejó de mascar chicle y se quedó en la puerta como si esperara el veredicto de un examen de matemáticas decisivo. Beatriz no quiso prolongar su ansiedad caminando hasta el refugio de su habitación. Sabía que su amiga estaba sola.

—Acabo de estar con él.

—¿Y qué? ¡Cuenta, cuenta! ¿Qué tal?

—Bien.

—¿Eso es todo? ¡Venga, con pelos y señales! —Tiró de ella para meterla en el piso y cerró la puerta de golpe, haciendo retumbar las paredes de la casa—. ¿No venía en plan fiera? ¿Vamos a ir al concierto? ¿Es un tío legal?

—Es... interesante —divagó de la forma más inconcreta posible.

—¿Interesante? ¿Y ya está? ¿Qué te ha dicho?

—Hemos hablado del grupo, le he expuesto mi punto de vista y él, el suyo. No estaba enfadado por mi ataque. De hecho, es bastante encantador.

—¡Ay, Dios!

—¿Qué?

—En tu vida has empleado esa palabra para definir a un tío.

—Es que es muy atractivo.

Elisabet la miró de hito en hito. Seguían de pie, entre el recibidor y el pasillo.

—Ésa tampoco te va, aunque es más normal. A ver. —Se puso seria y grave—. Un tío está bueno o es un callo.

—Está bueno.

—O sea que no es...

—Tiene unos treinta y muchos.

—¡Joder!

No supo si lo decía porque le parecía mucho o porque lo aprobaba, sin más.

—Pero daba la impresión de estar tenso.

—Hombre, acude a una cita con una desconocida, que pone a parir a su grupo, y resultas ser tú...

—Todavía no sé de qué va.

—¿Él o el rollo que os habéis montado?

—Las dos cosas.

—Anda, ven.

La cogió de la mano y tiró de ella hasta llegar a su habitación. Una vez en su refugio, la empujó sobre la cama y se sentó a su lado. Elisabet ya iba descalza. Beatriz se quitó los zapatos para poder sentarse en cuclillas, como le gustaba. El primer conato de ansiedad por parte de la dueña de la casa había cesado. Pero no el resto.

—¿Por qué has dicho «¡joder!» cuando te he comentado lo de la edad?

—Porque es un palo, ¿no?

—¿Un palo?

—Bueno, ya sé que los de nuestra edad no te gustan por tontos, y que los de veinte tampoco porque todavía andan indefinidos, pero treinta y muchos...

—No seas simple.

—¿De verdad está bueno?

—Como un queso.

Se miraron fijamente y, de pronto, rompieron a reír, con fuerza, con ganas, con tanta energía que acabaron dobladas sobre sí mismas y llorando, sin poderse contener. Una explosión que se prolongó por espacio de un minuto o más, hasta que la calma volvió a ambas y buscaron la serenidad acompasando sus respiraciones.

—Como un queso —repitió entonces Elisabet.

—Él tampoco dejaba de mirarme como si fuera la primera chica que veía en la vida.

—Es que seguro que eres la primera chica que ve en su vida. La primera como tú, claro.

—¿Qué soy, un espécimen único?

—Lo habrás dejado embobado. Esos ejecutivos...

—No tenía pinta de ejecutivo.

—¿Y de qué tenía pinta?

—No sé. Parecía inseguro, algo pardillo.

—Mírala a ella.

—No, si yo también debo de haberle parecido algo así, pero bueno... Yo tengo diecisiete años, ¿no? —Puso cara de pérfida—. La experiencia debería correr a su cargo.

—Pero ha habido buen rollo, ¿no?

—Sí.

—O sea que vamos al concierto.

—Sí.

—Y allí volveréis a veros.

—Sí.

—Eres la leche.

—Por una vez viviremos una experiencia desde dentro. Quiere que lleguemos antes para enseñarnos el *backstage*.

—¿Me presentará... al grupo?

—Sí.

—¡Qué fuerte, tía, qué fuerte!

—Pero te pido un favor.

—¿Cuál?

—No hagas el burro con ellos ni te pases con él.

Elisabet la taladró con una de sus miradas aceradas, falsamente duras.

—Define «no hagas el burro».

—Tú ya me entiendes.

—Huy —musitó con exquisita suavidad.

—¡Venga, no seas gilipollas!

—Te conozco.

—Nadie me conoce, ni yo.

—Yo sí —insistió su amiga—. La Bella y la Bestia. Ha habido química.

—Un tipo así tiene a las que quiere, y seguro que anda con una modelo o alguien despampanante.

—Beatriz...

—¡Eres una plasta! —Volvió a reírse mientras saltaba de la cama dispuesta a irse a su casa.

Laia, la mujer de Juan Pablo, se movía con la singularidad de todas las embarazadas, con el abdomen por delante, el cuerpo echado hacia atrás, los pies abiertos, en busca de estabilidad. Decían que las investía una extraña belleza, que cambiaban, pero que algo las hermoseaba a pesar de su deformidad. No era el caso de Laia. O tal vez fuera que con un segundo embarazo las cosas ya no eran igual que con el primero.

—¿Qué nombre le pondréis? —preguntó Rogelio.

—Enrique —dijo Laia.

—Le pusimos Marta a la niña por mi madre, y ahora toca quedar bien con los padres de ella —agregó su amigo.

—Tampoco se trata de quedar bien —protestó la mujer—. Tú tienes una tía que se llama Marta. Nos gustaba el nombre y ya está. Y Enrique también es bonito.

—Todo el mundo acabará llamándolo Quique.

—Pues no. Lo llamarán como lo llamemos nosotros y luego, de mayor, ya será cosa suya. —Se dirigió a su invitado para preguntarle—: ¿Quieres más helado?

—No, gracias. Estoy lleno.

—¿Café?

—Mejor no. A estas horas...

—Tengo descafeinado de máquina.

Lo evaluó.

—Bueno, de acuerdo —se rindió al placer.

Laia salió del comedor para dirigirse a la cocina, siempre con su paso regular, monótono, oscilante. Los dos hombres se quedaron solos, frente a frente, con los restos de la cena dispersos por la mesa. Sus miradas convergieron un momento y ninguno de ellos exteriorizó lo que pasaba por su mente en ese instante cuando, de pronto, hablaron a la vez.

—Tu mujer cocina de miedo —dijo Rogelio.

—Se te nota cansado —dijo Juan Pablo.

Rieron.

—¿Por qué te crees que estoy ganando peso? —suspiró el anfitrión en respuesta al comentario de su invitado.

—Estoy bien —negó el otro para tranquilizar a su amigo.

Continuaron con sus pensamientos.

Rogelio sabía que los casados envidiaban la independencia y libertad de los solteros, el hecho de poder salir con una y con otra, y acostarse con todas. Juan Pablo sabía que los solteros envidiaban la estabilidad y el sosiego de los casados, disponer de un hogar, tener unos hijos que les cambiaban la vida para siempre. Y en el caso de ambos, probablemente, era cierto, aunque con una diferencia: Juan Pablo era el tipo más feliz del mundo, y se le notaba. Estaba encandilado con su esposa.

Aquella Laia juvenil y tierna que lo había embelesado.

—¿Todavía estás con la presión del lanzamiento?

—Sí. El sábado se presentan en Barcelona y ya sabes cómo son esas cosas.

—Pues me alegra que hayas aceptado venir a cenar. Al menos te distraes un poco.

—Lo necesitaba, aunque he estado poco hablador, ¿verdad?

—Laia habla por todos —sonrió Juan Pablo.

—Te he oído. —Les llegó su voz un segundo antes de que ella entrara en el comedor con los cafés.

—No lo decía en plan crítica —se defendió su marido.

—¡Hombres! —rezongó ella poniendo voz de bruja.

Dejó los cafés en la mesa pero no pudo sentarse. Por la pequeña pantallita del avisador colocado junto a la mesa, oyeron el llanto de Marta, agitada en su habitación. De forma inconcreta se oyeron palabras como «agua», «papá»...

Se movilizaron los dos.

Rogelio se quedó solo, acompañado de una sonrisa irónica.

No, no había estado muy hablador.

No dejaba de pensar en la chica del parque, la del blog, Beatriz.

Llevaba veinticuatro horas sin poder quitársela de la cabeza.

¿Qué le pasaba ahora? Había conocido a una cría. Eso era todo. Dieciocho o diecinueve años. Una cría. Inteligente, sí. Despierta, sí. Diferente, sí. Pero ¿cuánto hacía que no hablaba con una chica de esa edad? Les vendía discos, pero no hablaba con ellas. Y si lo hacía, no las escuchaba. Eran marcianas.

Beatriz, no.

Una mujer atrapada todavía en la primera juventud.

De acuerdo, sí; ¿con cuántas se había acostado años atrás? Quizá no tan jóvenes, pero sí de veinte como mínimo. Fuensanta los acababa de cumplir, aunque no le dijo la edad hasta después de hacerlo. La diferencia era que él, entonces, tenía veintitantos. Maribel estaba en los veintidós, y lo mismo Helena, y aquella pelirroja de Nashville... ¿Cómo se llamaba?

Lo había olvidado.

¿Y por qué tenía que pensar en eso ahora?

Beatriz parecía tan fresca, tan auténtica, tan diferente.

—Estás desorientado —se dijo en voz alta.

—¿Hablas solo?

Juan Pablo estaba allí de nuevo, delante de él.

—No, no —se evadió como pudo.

—Estás abstraído —asintió su amigo con actitud crítica.

—¿Cómo os conocisteis Laia y tú? —preguntó de pronto.

—¿No lo recuerdas? —se extrañó Juan Pablo mientras se sentaba dispuesto a contárselo con todo el orgullo de un hombre enamorado.

Las últimas clases eran las peores.

Más que un muermo, eran tristes. Días inservibles y vacíos. Todo estaba hecho; los exámenes listos a falta de uno puesto el lunes, para jorobar; el curso quemado, los profesores con ganas de perderlos de vista y los alumnos con ganas de olvidarse de ellos. Ni siquiera la promesa del verano y las vacaciones mejoraba el ambiente. Una tensa, muy tensa calma envolvía el aire, irrespirable a veces, pesado otras. Era como una delicada tregua en la que cada cual jugaba un papel.

José María Buendía era el peor.

Precisamente el de lengua.

Sus discusiones habían sido épicas a lo largo del curso. Según él, ella era una díscola, una «tocapelotas», una provocadora que iba siempre a contracorriente. Según ella, él era un pésimo profesor, un correveydile, un educador sin personalidad, ceñido siempre a la norma, al libro de texto, sin valor para dar una opinión propia. Y además, aferrado a los clásicos. *La Celestina* era inamovible. El resto no valía para nada. La literatura había dejado de existir después del siglo XIX. Como mucho, después de la Generación del 27.

Tanto vacío mental...

¿Cómo podía dar clase de lengua y literatura un tipo que no leía nada, que repetía año tras año los mismos textos para no tener que leer siquiera uno más?

¿Qué clase de amor por la vida y por el arte era aquél?

Habría querido ahorrarse el encuentro, pero José María Buendía lo hizo imposible. Curioso apellido. Era evidente que no iba a soltarla así como así, que estaba dispuesto a amargarla hasta el último minuto.

—Blasco.

Se detuvo apretando las mandíbulas y dejó salir del aula a los que iban por detrás de ella. Había tratado de pasar inadvertida, sin abrir la boca, actuando con cautela y pies de plomo.

Todo inútil.

—¿Sí?

—Quiero hablar contigo.

Beatriz bajó la cabeza. Le daba rabia incluso mirarlo. Era bajo, tenía ya poco pelo en la cabeza pese a no haber superado los cuarenta, y una incipiente barriga de bebedor de cerveza. Además, vestía como si todavía fuera su mamá la que le preparase la ropa cada mañana.

Se quedaron solos.

—He revisado tu examen —fue lo primero que le dijo.

No podía suspenderla. Era imposible. Su examen, dadas las circunstancias, había sido, cuando menos, bueno si no brillante.

Esperó.

—Mira, no voy a suspenderte, pero...

—Pero ¿qué?

—Con un cinco pelado vas de sobras, así que si esperabas nota para subir el promedio de cara a la selectividad...

—No voy a hacer la selectividad.

—¿Ah, no?

—No.

—¿Y la universidad?

—Prefiero leer libros y aprender por mi cuenta. —Se cruzó de brazos, desafiante—. ¿Por qué el cinco?

—No tenía por qué decirte nada, pero quería que supieras la razón.

—Dígamela. ¿Por qué el cinco?

—Tú ya lo sabes.

—No, no lo sé.

—Puedes pedir una revisión de examen si lo prefieres.

—¿Para qué?

—Es una actitud muy triste, Blasco.

—¿Por qué el cinco? —preguntó por tercera vez.

—Toda esa argumentación tuya, que si Faulkner, que si Steinbeck, que si Hemingway... Y la de los rusos, Dostoievsky, Chéjov, Tolstoi... Extravagante, ¿no crees? Muy barata. ¿No te parece un poco desmedida?

—¿Usted me lo pregunta?

—Sí, yo, ¿por qué?

—¿Usted ha leído a Faulkner o a Chéjov o a Delibes?

José María Buendía se puso rojo.

—No te tolero que te insolentes —la previno.

Quiso morderse la lengua.

No pudo.

—Yo no me insolento. Estamos discutiendo de literatura, eso que usted dice dar pero de lo que no tiene la menor idea por el simple hecho de que no lee nada y lleva anclado en el pasado desde Dios sabe cuándo. Puede que mis argumentaciones no le gusten, pero quizá sea porque no las entiende, o porque en su cuadriculada cabeza no le caben determinadas palabras.

—¡Blasco, cállate!

—Puede obligarme a callar, pero no a no pensar. Y seguiré cuestionándome su derecho a enseñarme y a evaluarme sin...

—¡A Dirección!

—¿Quiere que mantengamos esta discusión académica en Dirección?

—¡No eres más que una insolente, una rebelde sin causa! ¡Tú deberías empezar por cuestionarte qué es la libertad y el compromiso de la vida!

No sabía de dónde sacaba tanto valor. Quizá de todo un curso de tragar y tragar. Tal vez de necesitar estallar, y no acabar marchándose de allí sin que aquel memo supiera quién era ella.

Se echó a reír.

Frívolamente, se echó a reír.

—Vamos a Dirección, sí —dijo convencida—. Me encantará hacer algo más que tragar mierda estos últimos días de infierno. ¿Paso primero por ser una señorita?

Marcelo Novoa tecleaba algo en su ordenador cuando Rogelio metió la cabeza por el hueco de la puerta, que estaba entornada. No tuvo que decir palabra. El dueño de Discos Karma se dio cuenta de su presencia.

—Pasa, pasa.

Se coló en el despacho sin decir nada, y esperó a que su superior acabara lo que estuviera haciendo. No se sentó, optó por seguir de pie. Bajo la omnipresencia del sordo tecleo contempló los discos de oro y platino colgados por las paredes, los premios, los pósteres, los reconocimientos varios, y en los estantes, los *displays* o motivos promocionales empleados en los últimos años. La mayoría los había ideado él mismo, así que los conocía bien.

Era como mirar Hiroshima cinco minutos antes de que el *Enola Gay* soltara su bomba.

—¿Qué hay, Rogelio? —Marcelo Novoa se reclinó en su butaca apartándose del ordenador.

No se fue por las ramas. No era necesario. Bastante había hecho callando hasta ese momento.

—¿Qué hay de cierto en eso de que nos compra BMG Ariola?

El propietario de Discos Karma no acusó el golpe. Ni un centímetro de su piel pareció recibir el impacto de la sorpresa. La había curtido en años de resistir los embates de tantos y tantos temporales. Tampoco lo traicionó una contracción de la pupila, ni un gesto espasmódico de uno de sus dedos. Nada. Se quedó quieto, inmóvil.

Un puro bronce.

—¿BMG Ariola?

—Sí.

—¿A nosotros?

—Sí.

Alzó las dos manos con las palmas hacia arriba.

—Primera noticia.

Primera mentira.

Rogelio sintió como si alguien con una pala empezara a cavar una fosa bajo sus pies.

—Pues es un rumor que parece fiable.

—¿Y de dónde sale?

—No sé, de la calle. Ya me han llamado un par.

—¿Quiénes?

—Uno de un periódico, otro de una discoteca —mintió él a su vez.

—De verdad, no tengo ni idea.

¿Le decía que lo había oído? ¿Que no era un rumor, sino su propia indiscreción hablando por teléfono, creyendo estar solo, sin saber que todavía quedaba alguien más allí?

—Marcelo...

—¡Coño, Rogelio, que no hay nada! —se enfadó por fin.

—Sabes que no nos beneficia en nada que esto circule ahora, ¿verdad?

—¿Y yo qué quieres que le haga si alguien propaga bulos?

Se quedó mirándolo sin saber muy bien por qué derroteros mover la conversación.

—Vamos, por Dios. —Marcelo Novoa volvió a abrir las manos—. ¿Cuándo no hay rumores en este mundillo? Justo cuando intentamos colocar a un artista nuevo... Esas cosas no son casuales. Puede que sea BMG la que esté lanzando sondas, a ver qué pasa. Si Brainglobalnoise funciona, todas van a querer hincarle el diente.

—¿Cómo van las ventas?

El nuevo gesto fue de malestar. Parte de su rostro se arrugó en una mueca de desagrado.

—Menos de lo que esperábamos a estas alturas.

—O sea que mucho ruido y pocas nueces.

—Algo así. Pero tú sigue, ¿eh? Si generamos el suficiente entusiasmo, las ventas se dispararán.

Le había oído decir que aunque vendieran un millón de copias, la suerte estaba echada. Adiós a Discos Karma.

Adiós a todo.

—Marcelo, no me la juegues —lo previno.

—¿De qué estás hablando? ¿Se puede saber qué te pasa? Llevas unos días que pareces..., no sé, ido.

—Como cierres esto y te largues con la pasta que te den...

—¡Eh, eh! —El propietario de la discográfica se puso en pie de un salto—. Es mi negocio, ¿vale? Haré lo que me dé la gana, cuando me dé la gana y como me dé la gana. —Intentó calmarse a duras penas y acabó apretando los dientes y gritando—: ¡Joder, Rogelio! ¡Joder!

Se miraron como perros enjaulados.

Tres segundos.

Suficientes.

Lo último que vio Rogelio antes de abandonar el despacho fue la mezcla de ira y tristeza que, ahora sí, impulsó el ojo izquierdo de Marcelo Novoa a traicionarlo con un tic.

La madre de Gonzalo se lo dijo en voz baja, consciente de que era mejor actuar con cautela, y más con la única amiga aparente de su hijo.

—Lleva un par de días muy raro, y apenas si sale de su habitación.

Beatriz detuvo su gesto de llamar a la puerta. Asintió con la cabeza y esperó a que la mujer se retirara del pasillo. Golpeó la madera con los nudillos y aguardó a que él la invitara.

—Soy yo —dijo finalmente para reforzar el gesto.

—Pasa.

Abrió la puerta, se coló dentro y la cerró a su espalda, dejando al resto del mundo del otro lado. Le bastó con echarle un primer vistazo a su amigo para darse cuenta de que no estaba de buen humor. Su aspecto era triste, la sensación de abatimiento, general y visible, sobre todo en su desarreglo personal, y la habitación semejaba un campo de batalla.

—¿Qué te pasa? —se alarmó.

—Nada —quiso parecer fuerte él.

—Anda ya, hombre.

Gonzalo la observó dos o tres segundos. Su cara reflejó un fastidio máximo. Beatriz optó por sentarse en la cama y esperar.

Su amigo acabó rindiéndose.

—Le dije a Carlos que me gustaba.

Imaginaba que era eso, pero optó por seguir callada.

—Me dijo que no era gay, y se enfadó conmigo por insinuarlo, o por que yo creyera que sí, no sé. Luego me pidió que no volviera a hablarle porque... se sentía amenazado.

—¿Amenazado?

—Eso fue lo que dijo, sí.

—¿Y si estás equivocado?

—Lo es, pero aún no lo sabe. Y es más: creo que está luchando contra eso, lo cual es peor. Probablemente piensa que es algo malo, o que «se cura» —remarcó las dos palabras—, o tiene miedo, vergüenza, inseguridad... —Suspiró con un deje de rabia y agregó—: Es gay y me gusta, ¿vale?

Beatriz estaba preparada por si se echaba a llorar, dispuesta a acogerlo en sus brazos, a acunarlo y apoyarlo. Pero no hizo falta. Gonzalo apretó las mandíbulas con rabia, los puños con impotencia, y luego llenó los pulmones de aire y se comió sus propias lágrimas. Acabó lanzando un enorme suspiro.

—Intenta estar cerca, y cuando entienda la verdad...

—Es justo lo que pensaba hacer, pero después de su rechazo...

—¿De verdad te gusta?

—Sí.

—¿Tanto?

—Sí, tanto. ¿Tú nunca has estado enamorada?

—Así no.

—Entonces no lo has estado. Sólo se puede amar de una forma.

La palabra debía de ser «absoluta».

—¿Y ahora qué?

—¿Qué de qué?

—¿Piensas quedarte aquí lamiéndote las heridas?

—He escrito un par de canciones.

—Lo que te faltaba. Canciones de desamor, ¿no?

Gonzalo sostuvo su mirada.

—No te pongas ahora en plan «colega», ¿vale?

—¿Cómo quieres que me ponga si no? ¿Me largo y te dejo, y cuando se te pase ya llamarás? ¿Nos encerramos juntos a llorar nuestras penas? Mira: de entrada, el sábado te vienes conmigo y con Elisabet a Razzmatazz.

—¿A ver qué?

—Brainglobalnoise.

—¿En serio?

—Sí, en serio.

—Pero si los aborreces...

—Uno de la discográfica me ha invitado, y pienso comprobarlo con mis propios ojos... y oídos. Vamos a ir los tres.

—Tu amiga Elisabet está como una cabra. —Se envaró.

—Y tú eres gay, así que estáis empatados.

Gonzalo tardó tres largos segundos en forzar una sonrisa.

Luego la sintió de verdad.

—Eres una cabrona —le dijo.

—Estoy haciendo un cursillo a marchas forzadas. —Pensó en el maldito profesor de lengua—. Así que no me digas que no formamos un buen equipo.

Rogelio sorteó la cola de turistas que esperaba para entrar en la Casa de los Huesos, o como demonios llamaran los extranjeros al edificio construido por Gaudí a escasos metros de la esquina del Paseo de Gracia con la calle Aragón. La mayoría eran japoneses, pero también los había de otras nacionalidades. Una Babel ya habitual en el centro de Barcelona, con los buses turísticos a tope y la sensación de que se trataba de una invasión en toda regla. Pantalones cortos, camisetas, gafas de sol, las cámaras en ristre, gorras, bolsas, los mapas desplegados en las manos, como si el Ensanche fuera muy complicado de seguir o interpretar...

Un par de chicas muy rubias, muy ligeras de ropa, muy sensuales, lo observaron y comentaron algo entre sí. Luego rieron.

La más alta incluso le guiñó un ojo.

Volvió la cabeza y continuó caminando.

Se encontró con un insólito vendedor del top manta cerca de la siguiente esquina, bajando por el lado derecho del Paseo de Gracia. Vendía películas. Los más recientes estrenos preveraniegos estaban a disposición de cualquiera en DVD, y a un precio de risa. El hombre negro que los vendía estaba cómodamente sentado en el suelo, con absoluta impunidad. Probablemente tenía un socio en guardia, para alertarlo en el caso improbable de que apareciera la policía, algún *mosso d'esquadra* celoso de su trabajo.

Miró a su alrededor y lo localizó.

Él sí tenía ojos en la nuca, porque lo miró de inmediato, decidiendo si era peligroso o no.

Rogelio no se detuvo.

Cruzó la calle Consell de Cent y llegó a la siguiente acera.

Otro top manta.

Y éste, de discos.

No quería mirar, pero lo hizo. No quería sentir la ebullición de la sangre, pero la sintió. No quería perder la cabeza, sobre todo porque llevaba ya todos aquellos días deseando golpear a alguien, pero la perdió.

Todo de golpe.

Muy rápido.

El disco de Brainglobalnoise estaba en el centro, muy visible gracias a su impactante portada. Lo flanqueaban otros varios CD de moda, lo último, lo más vendido, lo más deseado por la gente. De hecho, un par de chicos estaban estudiando el contenido de la manta en ese momento, hablando entre sí. El vendedor, otro hombre negro, más joven que los anteriores, con la huella de la travesía del Estrecho todavía prendida de sus ojos rojizos, esperaba la decisión de los dos chicos.

Toda una vida, la de los artistas robados, la de los autores estafados, la de los vendedores de las tiendas que cerraban, la de los que trabajaban en la industria, expuesta en el suelo y a un par de euros.

Un precio muy barato por su sangre.

Uno nunca sabe cuándo va a estallar, pero después comprende que sí, que estaba a punto, que sólo era cuestión de encontrar el momento y la oportunidad.

Rogelio se plantó delante de la manta repleta de discos.

No dijo nada, se agachó y cogió el CD de Brainglobalnoise. El vendedor exhibió una sonrisa en los labios, creyendo que se trataba de una venta. La sonrisa se le congeló en la cara cuando el presunto comprador rompió el disco en dos, violentamente.

—¡Eh, eh!

Rogelio dio un paso al frente, es decir, sobre el lugar en el que reposaban los discos.

—¿Qué? —Le arrojó los dos pedazos del CD y la cubierta a la cara.

El segundo hombre negro, el que vigilaba, ya estaba allí. Éste parecía más feroz. Los dos chicos reculaban rápido, dándose cuenta de que algo anormal sucedía.

—¡Tú paga! —le gritó el aparecido.

—¡Este disco es mío, so cabrones hijos de puta! ¿Os enteráis? ¡Es mío! ¡Estoy hasta los putos huevos de vosotros!

Sabía que no eran más que empleados, el último eslabón de la cadena, y que los fabricantes con sus tostadoras eran los responsables, pero eso ya era lo de menos. No tenía a ningún fabricante a mano. A ellos y su disco sí.

Los dos hombres negros no sabían qué hacer.

—¡Llamad a la policía, venga! ¡Llamadla y vamos todos a comisaría! ¿Queréis que lo haga yo mismo? —y gritó con todas sus fuerzas—: ¡Policía! ¡Aquí! ¡Policía! ¿No hay un maldito policía, joder?

Aquello ya fue demasiado para los dos vendedores de discos piratas. El vigilante empujó a Rogelio para que saliera de encima de la manta. El vendedor tiró del hilo que alzaba los cuatro extremos y en un segundo hizo desaparecer el producto. Los dos echaron a correr.

Rogelio se quedó solo.

Con algunos transeúntes mirándolo como si estuviera loco.

El vendedor regresaría en cuanto se fuera o reaparecería en otra parte, pasados diez o quince minutos. Lo sabía.

Lo sabía.

Pisoteó los dos pedazos del CD, con rabia, y continuó su marcha Paseo de Gracia abajo, más y más furioso, más y más violento, con toda esa ira a cuestas pesándole como una losa.

Beatriz llevaba un buen rato mirando la pantalla iluminada del ordenador.

Pasó del entusiasmo de Elisabet y del hecho de haber convencido a Gonzalo para que las acompañase el sábado. Pasó de todo eso y se concentró en sí misma.

Había quedado con un tipo que le llevaba veinte años, si no más. O sea que tenía más del doble de su edad.

Iban a ver un concierto, sí, y él era de la discográfica, sí, pero acudió a su cita en el Turó Parc. Una cita a ciegas con una desconocida. ¿Por amor a su grupo? ¿Por defenderlos ante una voz opositora? ¿Y si era un pirado? ¿Cómo sabía que le había dicho la verdad? ¿Sólo por su imagen, su aspecto, por estar como un queso?

Como un queso.

Tuvo ganas de reír.

¿Desde cuándo le habían gustado los hombres guapos?

¿Era porque sus fotos en el blog prometían algo imposible de descifrar por sí misma?

Tenía una solución rápida: no ir. La menos elegante era no presentarse y ya está.

Al diablo con él.

Continuó mirando la pantalla del ordenador, su correo electrónico.

Y comenzó a escribir:

«Lo siento, no podré ir al concierto en Razzmatazz. Me queda un último y jodido examen el lunes y he de estudiar. Otra vez será. Aunque no me gusten, espero que sea un éxito y...».

¿Y qué?

¿Tenía miedo o era inseguridad?

¿Qué había sucedido en el Turó Parc durante aquellos minutos de conversación, tras haberse descubierto el uno al otro por primera vez?

¿Qué clase de extraña sensación la invadía?

Su mano arrastró el ratón hasta el lugar correspondiente al «enviar». Bastaría con pulsar ese botón y todo listo.

Adiós.

Miró los tres.

«Enviar mensaje», «Guardar mensaje», «Cancelar mensaje».

En los dos extremos estaba la diferencia.

¿Por qué en ocasiones nos damos cuenta de que hay un antes y un después de cada acto que realizamos?

Vaciló unos segundos. Sentía el corazón acelerado. Su dedo rozó el ratón, al borde del «clic». De pronto, lo movió hacia la derecha y detuvo el cursor sobre la opción de ese lado: «Cancelar mensaje». Lo presionó.

¿Quería «desechar definitivamente su contenido»? ¿«Estaba segura»?

Otras dos opciones: «Cancelar» y «OK».

Presionó «OK» y el mensaje se perdió para siempre.

Ya no hubo más.

Salió del correo, salió de Safari, apagó el ordenador y se dejó caer en la cama con *Así habló Zaratustra* en las manos.

Tres minutos después cerró el libro, porque aunque estaba leyendo, no se enteraba de nada, con la cabeza en otra parte, no muy lejos, en un banco junto al estanque del Turó Parc.

Rogelio entró primero en su correo electrónico. Tenía una mala vibración, un grito de alarma de su subconsciente. Se alegró de ver que era infundado. Los tres únicos mensajes de su servidor eran por cuestiones de trabajo. Un crítico que se excusaba de no poder ir al concierto, un comentarista radiofónico que le pedía un disco firmado por el grupo para su hija y un amigo que quería saber si podía colarlo en Razzmatazz el sábado.

Había temido...

No contestó ninguno de los tres correos. Pasó de ellos. Abrió el blog de Beatriz y volvió a mirar aquella primera fotografía que tanto lo había sorprendido. Ahora que conocía el original, que había escuchado su voz, visto sus ojos, sus labios, su cuerpo, sus manos..., todo era distinto. Parecía que la fotografía estuviese animada. Podía verla moverse, y escucharla. Podía olerla.

Aire puro.

La mayoría de mujeres usaban perfumes caros.

Ninguna permitía que aflorara su propio aroma.

Y aquella niña...

Niña.

Bajó por el texto del blog en busca de las otras fotografías o algún nuevo comentario suyo. La Beatriz que antes escribía casi a diario, llevaba días sin hacerlo, desde sus últimos intercambios con Brainglobalnoise como fondo. Entró en el acceso a sus otras imágenes y las contempló una a una. La calidad, su tono borroso, era ya lo de menos. Ahora la conocía y, lo mismo que en la que presidía el blog, podía verla y oírla. Los detalles eran distintos. Incluso se reafirmó en la idea de que era muy buena fotógrafa. Los primeros planos sesgados, el cuerpo intuido y, por ello, mucho más atractivo, el derroche de talento unido a su propio morbo.

Morbo.

¿Tenía morbo una chica tan joven?

—Sí —sonrió.

¿Cuántas modelos de quince años se asomaban a las páginas de las revistas, posando como mujeres, excitando a los hombres que ni se preguntaban su edad? ¿Cuántas tops tenían sólo diecisiete o dieciocho años? En el mundo de la moda, pasados los veinte eran «mayores», y a los treinta, «viejas».

Volvió a la primera foto, la mejor.

Luego conectó la impresora y se hizo una copia. La recortó y la colocó a un lado de la mesa, de pie, apoyada en un cubilete con bolígrafos, unas tijeras y otros utensilios de papelería.

—Estás loco —volvió a musitar a media voz.

Tenía todos los problemas del mundo y más: de entrada, una empresa a punto de ser vendida y, casi con toda seguridad, que lo dejaría en la calle, y de salida, aquella tensión que aumentaba y aumentaba, y lo desarbolaba hasta el punto de hacerlo sentir miserable, frustrado, perdido, con su padre acechando y una inexplicable soledad envolviéndolo con un oscuro manto de frialdad.

Tenía que detenerse, tomar un respiro.

Pero ¿cómo?

Miró la fotografía de Beatriz.

Tanta inocencia.

O tal vez no.

Apagó la luz y la habitación quedó a oscuras y en silencio.

Cerró los ojos.

Su mente se pobló de imágenes, porque lo que menos tenía era sueño. Una mente libre, que la hizo viajar de un lado a otro de su pequeño universo adolescente. Sentía la tensión, y sabía cuál era la mejor forma de liberarla.

Suspiró.

Desde que había descubierto los efectos terapéuticos de hacerlo se estaba prodigando quizá demasiado. Y no sabía a quién preguntar si era bueno o malo, si luego perdería sensibilidad al hacerlo con un chico o si el placer sería el mismo, o distinto, mejor o peor.

Siempre tantas dudas...

Bajó la mano derecha hacia su entrepierna y cerró los ojos.

Luego, con el dedo medio y parte del anular, encontró su clítoris y lo acarició, primero de forma suave, unos segundos, estimulándolo; después, con mayor intensidad. Se mojó rápidamente y la lubricación la hizo excitarse aún más. Sus gestos fueron más rápidos.

Le costaba poco llegar al clímax.

Y esta vez le costó aún menos.

Apenas unos minutos.

Ahogó sus gemidos volviendo la cabeza sobre la almohada, enterrando sus labios en ella para que nada trascendiera más allá de su habitación, y liberó sus energías, su cuerpo, su mente, mientras continuaba el roce de sus dedos, con más y más fuerza, deseando perpetuar aquella sensación, hacerla eterna, infinita...

Libre.

Capítulo 9
EL CONCIERTO

El camino desde la parada del autobús estaba lleno de asistentes al concierto. Un río humano inequívoco y colorista formado por chicas muy jóvenes, muchas imitando ya la estética del grupo, y chicos con el perfil más variado, como si todavía no hubiera una tribu global que los pudiera incluir a todos. Su paso era feliz, despreocupado. Sábado noche y música. La mayoría probablemente después seguiría la marcha a través de los mil rumbos de la madrugada. Y con ellos, mil historias.

Y al día siguiente, mil reflexiones.

O no.

—No puedo creerme que vaya a ver a esos pedorros —exclamó Beatriz.

Elisabet le endilgó un codazo.

—Ya —dijo.

—Hoy he escuchado el disco entero, para ver..., no sé, algo, un punto por el cual me pueda aproximar a ellos, pero, tía...

—Yo no hablo de música.

—¿De qué entonces?

—¿A que se ha puesto guapa, Gonzalo? —Miró a su derecha, porque ella iba en medio de los tres.

—Mucho —reconoció él.

Beatriz se puso roja.

—¡No seas imbécil! —protestó.

—Llevas tus vaqueros nuevos, unas zapatillas limpias, una camiseta que realza tus... encantos, el pelo fantástico...

—¡Cuando voy como me da la gana me dices que no me cuido y que parezco un adefesio, y cuando me arreglo...!

—Vale, no grites, fiera.

—¡Más te valdría que te fijaras en ti, y así, a lo mejor el tontolculo de Ricardo te hacía caso!

Había sido un golpe bajo, y lo sabía, pero es que su amiga acababa de sacarla de sus casillas.

—Delicada, ¿eh? —Elisabet puso cara de fastidio.

—Perdona, pero es que a veces...

—¿Me he perdido algo? —preguntó Gonzalo sin saber muy bien qué cara poner o qué decir.

—Cosas nuestras —suspiró Elisabet.

Dieron una docena más de pasos, en silencio. De hecho, de los tres, el que iba realmente impecable, como siempre, era él. Una elegancia natural que le hacía cuidar los detalles y confería a su aspecto un sello de clase. Beatriz siempre decía que, se pusiera lo que se pusiera, a Gonzalo le quedaba bien. Más que bien. Elisabet también tenía problemas, porque era de las que intentaba buscar el equilibrio. Ella en cambio siempre había pasado. Su amiga decía que le bastaba con ser guapa.

Esa noche sí, era cierto, había elegido su ropa con cuidado, aunque tratase de parecer tan normal como siempre. Nunca se maquillaba, pero lavarse el pelo no le parecía que fuese un acto de coquetería o presunción. Lo tenía hecho un ovillo antes de pasar por la ducha.

Se preguntaba cómo sería Rogelio en su ambiente.

Bueno, no les haría ni caso, por trabajo o porque pasaría de ellos. Los haría entrar, cumpliría su promesa de enseñarles el *backstage*, y luego...

Beatriz miró de soslayo a Gonzalo.

Parecía más animado.

¿Por qué los amores no correspondidos dolían tanto?

—Menudo trío formamos —rezongó.

—Somos estupendos —se autodefendió Elisabet.

—Ya. Y la noche es nuestra.

—Pues sí. Yo fijo que me ligo a David.

—¡Ay, Dios!

—El batería es mono —opinó Gonzalo.

Se echaron a reír, más distendidos y relajados. Los alrededores del Razzmatazz estaban ya poblados de chicos y chicas, y otros no tan jóvenes. La fauna habitual de los conciertos se palpaba en la misma calle. Vendedores ilegales de camisetas, de refrescos, de tabaco, aunque oficialmente estuviera prohibido fumar en todo tipo de sala cerrada, y los grupos de amigos y amigas que se encontraban para entrar juntos. Las puertas acababan de abrirse, porque la primera masa humana intentaba colarse por ellas cuanto antes y así ocupar los mejores sitios frente al escenario. Razzmatazz era una sala de capacidad media, dos mil personas. Beatriz nunca había estado allí. Sólo recordaba que el nombre del antiguo Zeleste provenía de una canción de Pulp.

Por mucho que le gustase la música del pasado, también había escuchado su propio presente, o los años previos a él.

—¿Adónde tenemos que ir? —preguntó Elisabet.

No tuvo que responderle. A un lado de la entrada, en el acceso de los invitados o la gente vip, descubrió a Rogelio.

Destacaba por encima del resto, y no por vestir de forma especial o...

—Ahí está —dijo Beatriz.

Rogelio se había pasado los últimos quince minutos entrando y saliendo por la puerta de los invitados, atisbando la calle de manera falsamente distraída, atendiendo de la mejor forma a los que esperaban que los dejara pasar por la cara. Los medios informativos llegaban siempre a la hora, o pasada, nunca con tanta antelación. No todos seguían los conciertos con atención. Muchos se colocaban en el bar, y entre bebidas gratis o conversaciones entre ellos, pasaban el rato hasta que caía el telón. Al día siguiente o al otro, sin embargo, sus sesudas opiniones merecían ser enmarcadas.

Brainglobalnoise era el producto ideal para que se cebaran en ellos.

Comprobó la hora una vez más. Las puertas acababan de abrirse y la primera oleada humana pasaba a través de ellas como si de una ballena se tratase. Todos querían ser Jonás. Por la calle Almogávares, el río humano aportaba más y más cuerpos al ritual, el gran espectáculo de la música en vivo. Cabía reconocer que no había nada como un show musical. Ni siquiera un partido de fútbol. Un concierto de rock, o del estilo que fuese, siempre era un punto y aparte, un acontecimiento único.

Se preguntó por enésima vez por qué estaba tan nervioso, por qué la esperaba, por qué de pronto no se la podía quitar de la cabeza.

Tan absurdo...

Pero cuando la vio, se le paró el corazón.

Aun en la distancia, se le antojó mucho más hermosa, más alta, más mujer.

Iba con la amiga prometida, una auténtica adolescente. Ella sí. No le echó más allá de dieciocho años. Pero también las acompañaba un chico. Y un chico verdaderamente atractivo, guapo, incluso de apariencia mayor. Un chico elegante y extraño.

Los ojos de Beatriz se cruzaron con los suyos.

Levantó una mano.

—Ahí está —la oyó decir.

Y los tres caminaron en dirección a él.

Las presentaciones fueron las normales. El intercambio de besos con ellas o el apretón de manos con Gonzalo también. En el Turó Parc sólo se habían tocado un par de veces: al encontrarse y cuando él la ayudó a levantarse del suelo. Ahora era diferente. Los dos besos en sus mejillas habían sido auténticos, más aún, intensos. Beatriz se dio cuenta del detalle. Puso el rostro, nada más, disparando su beso al aire, pero los labios de Rogelio se habían incrustado en su carne.

Todavía los sentía en ella.

Y sin darse cuenta estaban caminando por el *backstage* de Razzmatazz, con él a modo de anfitrión, como privilegiados de aquello que antaño se llamaba El Gran Circo del Rock.

Pobre rock.

Desde hacía años, todos se empeñaban en enterrarlo, pero la palabra seguía definiendo un mundo, un universo entero. Sin la música rock, la historia habría sido muy distinta.

—Poneos estas pegatinas. —Les pasó tres adhesivos con la palabras «LIBRE ACCESO» impresas en ellas—. Yo debo atender a los medios de comunicación y tendré que dejaros por ahí solos. Ah, y esto es para que toméis algo. —Les pasó seis invitaciones para el bar.

Elisabet estaba encandilada.

Gonzalo, serio.

—Algún día tú tocarás aquí —le cuchicheó Beatriz al oído.

—Las ganas.

—¡No seas burro!

Rogelio la miraba. No sabía qué acababa de decirle a Gonzalo, y su rostro era extraño. Un rostro cargado de interrogantes.

Se colocaron las pegatinas y se guardaron los tiqués del bar.

—¿Nervioso? —le preguntó Beatriz a Rogelio.

—Espero que no todo el mundo sea como tú. —Buscó una sonrisa cómplice, pero no halló respuesta en ella.

—Éstos están entregados. —Beatriz señaló a la gente que ya se agolpaba detrás de la valla metálica que separaba al público del escenario—. Habrá lleno, ¿verdad?

—Sí.

—Entonces me alegro por ti.

—Luego os los presento, ¿vale?

—¡Oh, sí, gracias! —Elisabet abrió los ojos.

—Hasta ahora —se despidió él—. Acaba de llegar Jordi Bianciotto, de *El Periódico.*

Lo vieron alejarse y se quedaron solos. Algunas chicas y chicos los miraban. Llevar aquellas pegatinas les confería un estatus de «¿Quiénesseránésos?» y «Quésuertetienenalgunos». Sentirse observada le molestaba. Gonzalo parecía pasar. En cambio, Elisabet lo degustaba al máximo, estaba en su salsa. Protagonista por un día.

—¿Qué hacemos? —preguntó Beatriz.

—Quedarnos por aquí —se apresuró a responder su amiga.

—Pero luego, si quieres verlos bien, habrá que ir adelante.

—Pues iremos. Pero ahora... Esto es diferente, tía.

Las cosas no parecían las mismas desde detrás o a un lado del escenario, desde luego. De entrada, no sentían los apretujones de los que aguardaban pacientemente el inicio del concierto.

Lo inevitable llegó en ese instante.

—Oye, está muy bien, ¿vale? —dijo Elisabet.

No hizo falta que le preguntara a qué se refería, porque su compañera miraba a Rogelio, visible desde allí mientras hablaba con el crítico musical de *El Periódico,* siempre reconocible por su laureada cabeza de inmaculado cabello blanco.

—No me importaría hacerle un favor —manifestó Gonzalo.

Beatriz los miró a ambos.

—Vale ya, ¿no?

—Tía, que es la verdad. Tenías razón en lo de que estaba como un queso. Tiene un aire así como..., no sé, Pierce Brosnan en sus años de James Bond, no sé si me explico.

—Te explicas como un libro abierto —dijo Gonzalo.

—Ser amiga de un tipo así tiene sus ventajas, es rentable —continuó Elisabet—. Discos gratis, entradas gratis, alguna que otra fiestorra de esas privadas...

—Si lo sé, no os traigo.

—Pero ¿por qué te pones así? ¡Eres la leche!, ¿vale?

Tuvo que reconocer que se estaba pasando, que estaba picajosa, con los nervios a flor de piel. En otras circunstancias habrían hecho bromas, más aún, habría cotilleado con Elisabet. Las dos largando, las dos metiéndose con quien fuera sin dejar títere con cabeza, que menudas eran.

En otras circunstancias. No en aquéllas.

—No me hagas caso —se excusó con su amiga.

—Si es que no me negarás que es una historia curiosa.

De nuevo la sensación.

—¿Qué historia?

Hablaba con Jordi Bianciotto, pero de reojo miraba a Beatriz. Ella y sus dos amigos seguían donde los acababa de dejar, un poco como peces fuera del agua. Después de besar las dos mejillas de la chica, se había pasado la lengua por los labios, como si quedaran huellas o sabor en ellos. Un gesto instintivo, culpable, excitante.

Sorprendente.

Tanto que ya se daba cuenta de algo, que no valía la pena disimular o negarse la evidencia.

Por lo menos consigo mismo.

—El próximo año, en el Sant Jordi —le dijo al crítico musical de *El Periódico*.

—A ver, a ver. —Fue cauto él.

—Bueno, te dejo. Voy a ver a los chicos.

Le dio un golpe suave en el hombro y, tras una sonrisa, se apartó de él. Regresó al *backstage* y pasó cerca de Beatriz, Elisabet y Gonzalo. Les guiñó un ojo. Nada más. Fue general pero la miraba a ella. Habría querido detenerse, y presentarles ya al grupo, pero antes de un concierto era mejor no distraer a los artistas. Y más en una noche como aquélla. Había demasiado en juego. Todos habrían matado por una buena crítica.

Aunque si Discos Karma se vendía... ¿Qué más daba ya?

¿Salvaría su ego profesional?

Entró en la zona de los camerinos y se encontró con el espectáculo.

Existen dos tipos de artistas justo minutos antes de la hora de salir a escena. Los que se encierran en su camerino, sin querer ver a nadie, concentrados, asimilando la importancia del acto, como si fuera el mejor, el gran o el único concierto de su vida, unos aclarando la voz, o tomando tes calientes, o haciendo ejercicios gimnásticos, y los guitarras calentando manos, digitando, lo mismo que los teclistas o los baterías; y están los que pasan, los que convierten en una fiesta el acto previo, como si todo hubiese salido ya a pedir de boca, huyendo de todo miedo o responsabilidad.

Brainglobalnoise era de estos últimos.

Los camerinos estaban llenos, a rebosar. Tres de ellos y un enjambre de chicas, todas altas, todas guapas, todas excitantes, con ropas llamativas y escasas, salidas de Dios sabía dónde. Siempre había chicas donde hubiera músicos. Formaban parte del decorado. Los tiempos de las *groupies* habían pasado, pero los de la carne femenina disponible como *atrezzo* no. Mario tenía a dos, sujetas por sus desnudas cinturas de avispa. Rocky dejaba que su mano cabalgara por encima del hombro de otra, rozando casi el pecho de la chica, mientras hablaba con la seguridad de quien ya está de vuelta de todo, pese a tener únicamente veinte años. Eliseo se estaba besando con una casi un palmo más alta que él, con otras tres riendo la gracia y, quizá, esperando turno. Faltaba David M., probablemente con su novia, quizá haciéndolo para «descargar tensiones».

Y Faltaba ZQ.

Fue a la puerta cerrada y ni siquiera llamó. La abrió de golpe.

El batería estaba iniciando el esnifado de una raya de coca, perfectamente alineada sobre un espejito.

La mayoría de los que tomaban coca así lo hacían sobre un espejo. Tal vez para verse la cara de idiotas que ponían mientras se colocaban.

ZQ levantó la cabeza, primero inquieto, después molesto por la interrupción al reconocerlo. Iba a proseguir con su acción, pero no supo ver el rictus de malestar del aparecido. Cuando se lo encontró encima ya era demasiado tarde.

El espejo con la coca salió disparado contra la pared.

—¡Pero qué coño...! —Se levantó asustado—. ¿Sabes la pasta que...?

No pudo ni acabar la frase. Rogelio lo sujetó por la camisa y lo empujó contra la misma pared a la que habían ido a parar la coca y su soporte, así como el canutillo para el esnifado. El choque fue demoledor. Tanto que una bocanada de aire se le escapó al músico por entre los labios.

—¡Maldito imbécil! —Le escupió las dos palabras a la cara.

—¡Eh, eh, para! ¿De qué vas? ¡Suéltame, coño!

—Óyeme bien, mamón soplapollas. —Rogelio pegó su cara a la del batería, de forma que la sensación ciclópea se agigantó para ambos, pero más aún para el músico por la violencia y el gesto de la cara y la voz de su agresor—. Aún no sois nadie, sois una mierda, estáis empezando... ¿Y ya así, tomando drogas? ¿Tan fácil?

—¡Era para dar el callo esta noche! ¡Tú mismo dijiste que era importante!

—¡Todas lo son! ¡No hay ni una sola noche en la vida de un músico que sea menor! ¡Hay un público, y han pagado por veros, hoy, mañana, siempre! —Jadeaba más por su ira que por cansancio—. ¿Y mañana? ¿Y pasado? ¿Es que no ves que si tomas una noche, lo harás otra y otra y otra más? ¿Quieres ser uno de los ilustres muertos del Club de los 27?

—¡Suéltame!

—¡Eres un mamón, ZQ! ¡Lo sois todos, aquí con chicas, creyendo que ya lo tenéis todo hecho! ¡Unos mamones niñatos de mierda!

—¡A mí no me...! —ZQ intentó apartarlo de una vez.

No pudo.

Rogelio lo zarandeó, le dio dos tortas y lo empujó hacia un lado. El batería cayó sobre una mesa repleta de bebidas y algunos canapés para después del concierto. La mesa se hundió y el estruendo fue tal que a los tres segundos se abrió la puerta. Mario, Eliseo y Rocky, con su cohorte de admiradoras detrás, se asomaron al caos.

Rogelio ya no esperó más.

Pasó entre ellos, empujándolos, con la misma furia con la que acababa de golpear y derribar a ZQ, dominado por la rabia que llevaba días poseyéndolo, y los dejó atrás en silencio.

—¡Salís en cinco minutos! —gritó—. ¡Puntuales!

La salida de Brainglobalnoise a escena fue saludada con un griterío ensordecedor. Griterío y entrega de fans, salutación y éxtasis, inicio de ritual y comunión. No hubo presentaciones. Ninguna palabra. Atacaron *Kontaminación*, directamente, para dejar bien alto y bien claro que sería un concierto sin concesiones, culminante desde la entrada, sin un segundo de respiro. Los fans aullaron, todo Razzmatazz se puso a brincar. Los gritos desaforados de David M., punteados por su guitarra y las de Mario y Eliseo, crearon un farragoso estruendo metálico apoyado por ZQ a la batería y Rocky al bajo. Era un sonido aplastante, decibelios al máximo. El infierno en la Tierra.

Todo menos algo celestial.

Lo primero que se preguntó Beatriz fue si aquellos cinco aspirantes a estrellas habían escuchado alguna vez a Led Zeppelin, Aerosmith, AC/DC...

Bueno, lo suyo tampoco era rock duro. ¿Cómo lo llamaban? ¿Trash-rap-hop-metal-hardcore?

Posiblemente, David M. fuera lo mejor del quinteto. El tuerto en el país de los ciegos. Su voz tenía matices, más cuando cantaba que cuando rapeaba, y más cuando rapeaba que cuando gritaba. Como guitarra era efectivo, sin alardes, por eso necesitaba a los otros dos. Mucho truco. Ninguna digitación. Perfecto candidato a darles la patada a los restantes cuatro miembros de la banda en cuanto las cosas fueran mal dadas, triunfaran hasta el punto de asentarse y estancarse o recibiera una oferta suculenta para iniciarse en solitario.

Beatriz intentó aguantar la paliza sónica con la mejor cara.

A su lado, Elisabet saltaba hecha una loca.

—¡No me digas que no son geniales! —le bramó al oído.

—¡Alucino! —le respondió igualmente a gritos.

—¿A que sí? —entendió mal su amiga.

No había escapatoria. Aunque regresara al *backstage*, las dimensiones del local hacían que la música fuera omnipresente en todas partes. Quizá fuera una vieja prematura. Todos los que estaban allí participaban de la orgía auditiva menos ella. Saltos, emoción, empatía... Para muchas y muchos, Brainglobalnoise eran lo esperado, lo que necesitaban. Para otras y otros, una válvula de escape. Ellos ponían letra a su malestar constante, a su rebeldía y su rabia. El grupo adecuado en el momento oportuno. Quizá ése fuera su mérito.

Y a pesar de todo, seguía sin creérselos.

Ni por Rogelio.

Lo buscó sin verlo, y no quiso parecer ansiosa escudriñando la sala de conciertos, algo difícil además por los constantes cambios de luz en el escenario. Elisabet vivía su noche, no paraba. Al otro lado, Gonzalo seguía el ritmo con los pies, sólo eso. Nada en él se movía más allá de esas concesiones. Tampoco era su música, pero al menos, la excusa había servido para sacarlo de su casa y de su depresión. Las canciones que componía y cantaba, así como las letras, eran preciosas. Nada que ver con los protagonistas del concierto.

De vez en cuando, Gonzalo sí miraba arriba y abajo, a derecha e izquierda.

Extrañamente, Beatriz sintió envidia.

Los gays ligaban más y mejor. Les bastaba una mirada, reconocerse, porque ésa era la clave, que se reconocían entre sí, y a partir de este punto, todo dependía de lo rápido que quisieran ir. En cambio, un hetero, chico o chica, debía seguir el ritual. Si una chica se acostaba con un chico a la primera, era una puta. Si un chico lograba seducir a una chica a la primera, era un ligón.

A lo peor, ya estaba cargada de prejuicios.

Se estremeció.

Necesitaba ser y sentirse como lo que era, alguien en la etapa final de la adolescencia, alguien a las puertas de la primera juventud, si no es que ya las había cruzado.

Hacía tiempo.

¿No decían que era «muy madura» para su edad?

—¡Hola!

Volvió la cabeza. Rogelio estaba allí, justo detrás de ella, inclinado para hablarle o quizá esperar una respuesta suya.

—¡Hola!

—¿Qué tal?

—¡Bien!

—¡No lo parece!

Beatriz le dirigió una sonrisa amable, mitad comprensiva mitad resignada. La proximidad hizo que casi se viera reflejada en las pupilas de él. Y comprendió que, en este caso, el efecto era doble, un puro *feedback*, porque él también la miró con intensidad. Era como si una extraña química se desatara estando juntos.

¿Química o... feromonas?

—¡No suenan mal, pero me siguen pareciendo unos pardillos!

—¡Son pardillos! —le dio la razón Rogelio—. ¡Pero en eso andamos, tratando de pulirles los defectos!

—¡Habrá que ir a Lourdes!

—¡Muy graciosa!

Dejaron de gritarse el uno al otro para prestar atención a la música, aunque lo cierto es que hablar era difícil si no se hacía alzando la voz junto al oído.

Beatriz siguió muy quieta.

Rogelio, detrás de ella.

Rogelio, más que respirar, aspiraba.

No era el mejor de los lugares para hacerlo, para llenarse del aroma de una mujer, por cerca que estuviese de ella. Los saltos de la concurrencia habían llenado ya el espacio de polvo y sus efluvios sudorosos se expandían con generosa profusión. Aun así, seleccionó el olor captado el día del parque, y también a la entrada de Razzmatazz, en el momento de darle los dos besos. Rozó el cabello de Beatriz con la punta de su nariz y retrocedió, temeroso de que la chica volviera la cabeza o lo notara. Pero su invitada no hizo nada, continuó inmóvil.

La música de Brainglobalnoise no era el mejor de los afrodisíacos, pero era la primera vez que podía desnudar su alma y preguntarse qué demonios le estaba sucediendo con aquella chica.

¿Por qué aquella sensación, la turbación de...?

Era algo físico, pero también anímico. Algo que procedía de su erotismo turbador y que al mismo tiempo se canalizaba a través de su dulzura. Había magia, magnetismo, intensidad, calor, emociones... un rosario de pequeñas cosas altamente seductoras, sobre todo para alguien súbitamente vulnerable como él. La descarnada violencia sexual que le motivaba contemplarla se aquilataba con la sensación de paz que le producía el efecto siguiente.

¿Era el náufrago buscando una tabla de salvación y ella lo primero real y tangible que tocaba?

¿Un espejismo?

¿Cuántas veces se había colgado de alguien y luego...?

Intentó concentrarse en el grupo. Eran su lanzamiento, y hasta el momento de escuchar a Marcelo Novoa hablando de vender la compañía a una multinacional, creía que también eran su tabla de salvación, con cuyas ventas, la discográfica volvería a estar arriba, al menos un año, dos, quizá más, algo imposible de saber en el volátil mundo del disco. Sabiendo ahora que el final era el mismo, inevitable, no tenía por qué engañarse más a sí mismo.

Tampoco sentía nada.

Brainglobalnoise era exactamente lo que había dicho Beatriz en su blog: un producto, ni más ni menos. Un artificio para vender. Una excusa como otra cualquiera, mucho ruido y pocas nueces. Justo lo que en muchas ocasiones pedía el público.

Para cosas serias ya estaban los dinosaurios como Dylan, o Cohen, o Waits.

Buscó algo más que decirle.

Pero optó por seguir callado.

Beatriz sabía que él estaba detrás, mirándola, absorbiéndola. Un par de veces había percibido un cosquilleo en el pelo, como si él se acercara tanto que la rozara, aposta o sin pretenderlo, oliéndola o acariciando su pelo con una mano. No se atrevía a cambiar de posición. No se atrevía a moverse. No quería ver ni saber. Únicamente esperaba. De hecho, lo que sucedía en el escenario ya no era cosa suya. Pasaba. Lo importante era lo que acontecía a su espalda.

Se estremeció imperceptiblemente.

¿Qué le sucedía?

Se había fijado alguna vez en algún chico, antes de descubrir que era estúpido o ya sin acercarse a él para no hacer el ridículo. Más o menos a los dieciséis había comprendido que los de su edad se le quedaban pequeños; de entrada, en el aspecto intelectual, y luego físicamente. Que tuvieran cinco años más tampoco le sirvió de mucho. Siguieron pareciéndole vacíos. Ahora era la primera vez que alguien mayor, tan mayor, le despertaba los sentidos, la zarandeaba, la obligaba a hacerse preguntas para las que no tenía ninguna respuesta porque no estaba preparada para ellas.

Y ya no era un espejismo.

En el parque tal vez sí. Por la sorpresa, por acabar de conocerse. Por la situación, el momento...

Allí no.

Allí, la electricidad era superior a la del conjunto, que se desgañitaba en el escenario intentando gustar por la vía más directa, la del apabullamiento sónico.

El roce se hizo más intenso al aproximarse Rogelio a su oído.

—¡Ha llegado el director de mi compañía, tengo que dejaros!

—¡De acuerdo!

—¡Diles a tus amigos que lo de presentarles al grupo será otro día, que lo siento! ¡Ha habido un problema con ZQ, el batería, y luego no va a estar la cosa...!

—¡Lo entiendo, tranquilo!

—¡Hasta luego!

—¡Sí!

Quiso decirle «no te vayas», pero prefirió callar. ZQ montaría la pelotera con Marcelo Novoa. Tendrían unas palabras, todos, y no estaba muy seguro de parte de quién se pondría el dueño de Discos Karma. Para bien o para mal, estaba trabajando.

Todavía tenía un trabajo.

Acarició el brazo de Beatriz con la mano, a modo de despedida, al caminar hacia el *backstage*.

No fue casual.

Ella también se dio cuenta.

El público, pidiendo «otra, otra» insistentemente, con su voz en coro y sus aplausos, los obligó a volver al escenario. Los bises por supuesto estaban pactados, aunque con un grupo que sólo disponía de un disco en el mercado no hubiera muchas posibilidades de cambiar o agregar algo nuevo. Lo habían tocado entero, alargando algunos temas por encima de la media con solos o desarrollos densos. Ahora sí, David M. saludó a la concurrencia, con el torso desnudo, bañado en sudor, y sosteniendo una botella de agua en la mano. Gritó que estaba muy feliz, que todos estaban muy felices, y que sin duda, aquélla era una noche importante, por debutar en casa, en Barcelona, en Razzmatazz, y hacerlo ya con el CD apuntando al número uno. La gente vitoreó cada una de sus palabras, sedienta de más emociones. A continuación, el cantante presentó a la banda, uno por uno.

Y finalmente repitieron *Kontaminación*.

Vuelta al paroxismo.

Saltos, manos, gritos...

Beatriz movió los ojos. Ni rastro de Rogelio.

A *Kontaminación* le siguió *Makillaje radioactivo* y, con ella, el fin, por más que los fans más enfervorizados siguieron pidiendo otros bises, con gritos, coros y aplausos. Las luces de la sala se encendieron, y los más ansiosos por pillar metros y autobuses o seguir la noche en otra parte desfilaron hacia la salida. Beatriz, Elisabet y Gonzalo se hicieron los remolones. Su pase de *backstage* les permitía acceso libre. La cara de Elisabet cambió de la alegría a la tristeza cuando su amiga le dijo que no podrían saludar al grupo por algún que otro problema.

—¡No fastidies!

—Es lo que me ha dicho Rogelio. Otra vez será.

—Nunca habrá «otra vez».

—¿Y tú qué sabes?

—¿Vas a seguir viéndolo acaso?

Era la clásica pregunta inocente, pero con un enorme doble sentido. La pilló de improviso. Ni lo había pensado. ¿Volver a verlo? ¿Por qué? Eso significaría algo inquietante, una especie de amistad contra natura.

No le gustó la expresión.

Contra natura.

—Le he comentado que estaba buscando un curro para este verano o quizá para septiembre. A lo mejor hay suerte.

—¿En serio?

—¿Por qué no?

Gonzalo había asistido al diálogo de las dos chicas sin abrir la boca. Fue él quien, al notar que ya se estaba vaciando Razzmatazz, las empujó suavemente hacia la salida.

—¿Tienes prisa? —le espetó Elisabet.

—No, pero aquí ya no hacemos nada.

—Desde luego... —Los miró a ambos—. Sois tal para cual. ¡Menudo par de muermos me han tocado! ¡Yo con esto puedo colarme, ¿no? —Se tocó el pase de libre acceso.

—Quédate.

—Sí, ya, yo sola.

—Anda, vámonos. —Beatriz se colgó de su cuello y le hizo cosquillas con la otra mano.

—¡Yo quería ligarme a David! —protestó Elisabet—. ¡Sé que soy su tipo!

—Pero si es de plástico, tía. ¡Y un mierdecilla! ¡Seguro que te lo acabas en un abrir y cerrar de ojos!

—¡Huy, sí, potente yo!

Ya caminaban hacia la salida. Cruzaron la puerta y Beatriz, lo más disimuladamente que pudo, miró hacia atrás, y luego, ya en la calle, al acceso de los vips. Ni rastro del director de marketing y promoción de Discos Karma.

Era lo lógico.

Estarían todos en el camerino, celebrándolo o lo que fuera.

Echaron a andar por la calle Almogávares, esquivando a los grupos que rodeaban a los vendedores de camisetas o de cerveza.

Rogelio se dio cuenta demasiado tarde de que el público había abandonado la sala con inusitada rapidez. La tormenta entre ZQ, el grupo, Marcelo Novoa y él todavía no se había desatado, y tenía muy pocas esperanzas de que el batería optara por callar. Esperaba que Beatriz, su amiga y su amigo aprovecharan los pases de libre acceso para colarse en el *backstage* y merodear por él, pero comprendió que no era así, que no se habían atrevido a hacerlo solos, pese al desparpajo que había intuido en la tal Elisabet.

Vaciló un instante.

Luego reaccionó.

—Ahora vuelvo —le dijo a Marcelo Novoa.

Pasó junto a Nacho Pons y Pascual Iriarte, más en segundo plano, y enfiló la salida. La marea humana poblaba la calle Almogávares, y pensó que dar con tres personas allí era como buscar una aguja en un pajar, sobre todo si habían salido de los primeros. Oteó el panorama, desalentado, hasta que de pronto los vio. Beatriz en medio, Gonzalo a su derecha, Elisabet a su izquierda. No tenía ni idea de quién era el chico guaperas, si el novio de una o de otra, pero no iban cogidos ni siquiera de la mano.

Y de todas formas ¿qué más daba?

Actuaba por instinto.

Echó a correr, driblando a los que estaban parados o a los que se movían perezosamente sobre el asfalto. Ni siquiera escuchó los comentarios. Por una vez no le importaban. Cuando estuvo a unos diez metros del trío, elevó la voz.

—¡Beatriz!

Tuvo que hacerlo una segunda vez, más alto.

—¡Beatriz!

La chica volvió la cabeza. Pudo ser la noche, la luz que la iluminaba de refilón, el susto, la alegría, la sorpresa... lo que fuera, pero creyó intuir en su gesto un rictus de contenido alivio.

Quizá fuera su imaginación.

Lo que le estaba pasando no tenía nada que ver con su vida normal.

Temió que tuviera que hablar en presencia de los otros dos, pero no fue así. Elisabet y Gonzalo dieron unos pasos más mientras que Beatriz los retrocedía para ir a su encuentro. Cuando llegaron a estar cara a cara, se sintieron solos y a salvo.

Rogelio comprendió entonces que no sabía qué decirle, que estaba allí por inercia.

—¿Qué tal?

—Bien, entretenidos.

—Ya.

—Lo siento. —Ella forzó una sonrisa de pesar.

—El directo es contundente.

—Pero no me llegan.

—Será porque tienes un gusto muy ecléctico.

—Será, pero tendré que pasarte una colección de verdaderas canciones, obras de arte, auténticas maravillas que marcaron época o crearon estilo, a ver si educamos tu gusto musical.

Lo dijo como una forma de hablar, nada más.

Para él fue una puerta abierta.

—¿Cuándo?

—¿Cuándo qué?

—¿Cuándo me pasas esos temas?

Beatriz se quedó muda.

—Escucha, tengo que volver a Razzmatazz, pero me gustaría verte mañana.

Además de muda, conmocionada.

—Tengo que estudiar... —trató de excusarse en mitad de aquel vértigo—. El lunes tengo un último examen y no está el horno para bollos...

Rogelio no dijo nada. No trató de convencerla. Sólo la miró.

Volvieron a sentir aquella misteriosa descarga emocional.

Hasta que Beatriz suspiró.

—Mañana por la tarde, a las seis, en el estanque del Turó Parc —se rindió.

El resto fue tan rápido que, pese a la turbulencia, ni la notaron. Como dos borrachos con los sentidos colmados. Los dos besos en las mejillas, igual que los del encuentro un par de horas antes, el roce de sus cuerpos, las manos de él sujetándola por los brazos y las de ella inertes, incapaces de reaccionar. Luego la separación, la última mirada de Rogelio, la inocencia en el rubor de Beatriz.

El adiós.

Uno echó a correr para regresar a Razzmatazz. La otra todavía tardó en dar media vuelta para enfrentarse a la temible Elisabet, que seguro la esperaba con una sonrisa malévola en los labios.

Capítulo 10
PREÁMBULOS

Estudiaba, porque no tenía más remedio, pero con la cabeza en otra parte, muy lejos a veces, en la calle Almogávares, y muy cerca otras, en el Turó Parc. Cada vez que miraba el reloj, pensaba que las manecillas iban hacia atrás. Y sólo habían pasado unas pocas horas. Faltaba mucho para comer. La mañana apenas si andaba por la mitad.

El madrugón, la falta de sueño, tampoco ayudaba.

El examen del día siguiente era rutinario, y prácticamente lo había aprobado por curso, pero aun así tenía mucho que perder como le saliera mal. La profesora Sanz era amiga del maldito Buendía. Más que amiga, algunos comentaban que estaban enrollados. Cosas peores se habían visto, a pesar de lo cual, Beatriz no lo creía. No pensaba que la Sanz tuviera tan mal gusto, aunque era un misterio para la mayoría, tan asténica, tan seria.

Cerró los ojos y se pasó una mano por los párpados, hasta arrancar estrellitas de colores en su interior debido a la fuerza con que lo hizo.

No podía concentrarse.

Quizá el último examen de su vida, y era incapaz de...

Se levantó y salió de su habitación sin hacer ruido. Sus pasos casi resultaban fantasmales. Al llegar frente a la puerta del cuarto de Carlota se detuvo, aplicó el oído a la madera y, al no oír nada procedente de su interior, puso la mano en el tirador y entreabrió la puerta apenas un centímetro.

Suficiente.

—¿Qué? —protestó la voz de su hermana sin levantar la cabeza del libro que tenía abierto sobre la mesa.

—Perdona —se excusó—. Creía que estabas dormida.

—Ya. Las ganas.

Beatriz cerró la puerta despacio.

Cinco pasos más la llevaron hasta el punto del pasillo desde el cual se veía la sala y también la cocina. No le extrañó que su madre anduviera ya con los preparativos de la comida, igual que cuando su padre estaba en casa, igual que siempre. La comida dominical tenía visos de ceremonia. Eso y limpiar el piso, porque entre semana no podía a causa de su trabajo. Por más que Carlota y ella la ayudaran, lo repasaba, lo volvía a limpiar o se enfrascaba en otra tarea, como ordenar armarios o cambiar muebles de sitio, pintar inesperadamente «porque no soportaba la suciedad» o hacer inventario de la ropa que ya no iba a ponerse y pensaba regalar a Cáritas. Una actividad frenética que ocultaba su fracaso.

Porque le daba pena sentirlo y admitirlo, pero su madre era una fracasada.

Sentía lástima por ella.

Su padre la había querido, toda la vida, siempre, muy enamorado, casi idolatrándola, y había sido ella la que, en algún momento, abandonó la carrera, o la lucha. Tiró la toalla. Dejó de desearlo. No de quererlo, pero sí de desearlo. Beatriz tenía grabado a fuego en su mente lo que había escuchado más de una noche, sin querer, procedente de la habitación de ellos. Su padre implorando sexo, diciéndole que llevaban dos semanas sin hacerlo, y ella respondiéndole que era un obseso, que si por él fuera, lo harían cada día, y que eso era asqueroso.

Asqueroso.

¿Cómo podía ser asqueroso amar cada noche?

Su padre le había dicho entonces que la quería, y que amar implicaba deseo; que no entendía el amor sin el roce, el contacto, el sexo, la libertad que implicaba.

No, su padre no se había ido. Era ella la que lo había echado.

Y ahora lloraba su pérdida, la soledad, la frustración.

Su padre tenía que haberse sentido muy rechazado, muy desesperado, muy muerto en vida para haber dimitido de su hogar, de ellas, hasta enamorarse de otra. Y tanto daba que fuera más joven que él. La edad no siempre era un factor determinante.

No quiso que su madre la viera, así que retrocedió y regresó a su habitación. Cerró la puerta y se apoyó en la pared contemplando su pequeño universo. ¿Qué dirían cuando se marchara de casa, cuando decidiera buscarse la vida por su cuenta y riesgo, cuando tomara las riendas de su futuro y, pasara lo que pasara, todo dependiese de sus manos, su esfuerzo, su mente? ¿Lo entenderían Carlota y su madre? Luisa vivía y dejaba vivir, su padre la apoyaría, pero su hermana pequeña y ella...

Pensarían que estaba loca, como con lo de no querer estudiar.

¿O sí quería y aún no lo sabía, por sus ganas de marcharse y vivir de verdad por sí misma?

Estudiar significaba seguir en casa, depender de ellos.

Aquel verano era decisivo, y no se sentía con fuerzas para enfrentarse a él, quizá por miedo, quizá por inseguridad, quizá porque aún tuviera las turbulencias de la adolescencia arraigadas en su cabeza, lo mismo que una neblina espesa que se niega a desvanecerse.

Y encima no dejaba de pensar en Rogelio.

¡Un tipo que le doblaba la edad y más!

Atractivo, diferente, con magnetismo, sí, pero...

—Eres idiota.

Nada tenía sentido, salvo que deseaba que llegara la tarde para verlo por tercera vez.

¡Por tercera vez!

Lo intentó, se sentó en la silla, apoyó su cabeza en las manos, comenzó a leer de nuevo el texto escolar...

Un minuto después se incorporó de nuevo furiosa, puso música y se tumbó en la cama.

A veces, la foto de Pilar le quemaba en las manos, por eso no siempre la cogía, y se contentaba con mirarla de lejos.

¿Cómo habría sido su vida si ella no hubiese muerto?

¿Estarían juntos todavía?

Sí, ¿por qué no? Discutían a veces, a causa de sus respectivos trabajos, pero les bastaba una mirada, un roce, una caricia, para caer el uno en brazos del otro, de manera irremisible, hasta acabar ebrios de amor y pasión. Por eso, su pérdida había sido tan traumática, y la soledad subsiguiente, tan amarga.

No podía, no sabía estar solo.

Y siempre se enamoraba como un adolescente, a golpes, a la primera, por un detalle o por Dios sabía qué. Amores que, por lo general, se desvanecían en veinticuatro horas, cuando despertaba, cuando reaccionaba, cuando aparecía el yo interior y se encargaba de silenciar al yo romántico que vivía en su mente y en su corazón.

Rogelio Muntadas, romántico.

Nadie lo habría dicho, salvo él mismo.

Pasó una mano por la superficie de la fotografía. Tocó el cristal frío intentando sentir el calor de aquella mirada, la dulzura de aquellos labios, la tersura de la piel. Pilar había sido la única. La sonrisa de la fotografía era como la luz. Muchas noches aún soñaba que hacían el amor, y se despertaba con una erección, dominado por la burla y la mentira para enfrentarse a lo incierto. Pero a la noche siguiente, al acostarse, suplicaba volver a soñar con ella, porque, por lo menos así, una parte de sí mismo y de su vida aún se sentía colmada, aunque fuese en sueños.

Nada había sido igual después de Pilar.

Con Elena había vivido una mentira, y los dos lo comprendieron casi al momento, por ello no prolongaron mucho su situación. Y con Concetta... ¡Ah, Concetta, su Madonna latina! Pudo haber sido distinto. Pudo haberlo salvado. Pudo haber ocupado el lugar de Pilar, aunque no sustituirla. Un amor, dos mundos, España e Italia. Ni ella quiso quedarse en Barcelona ni él podía dejarlo todo y marcharse a la dulce Florencia.

Desde entonces...

¿Era porque Beatriz se parecía un poco a Pilar?

Su sonrisa, haciéndole palmas al mundo, el tono de la

mirada, la penetrante intensidad de sus ojos, la curva de los labios, su morbosa sensualidad...

Decían que uno se enamora siempre de la misma mujer y del mismo hombre, que cambia la envoltura, algún rasgo, pero que, en el fondo, el denominador común es idéntico. Si eso era verdad, Pilar, Elena, Concetta, Beatriz, incluso sus esporádicas aventuras, como la de Amalia, eran la suma de su amor ideal y perfecto. Lo curioso era que todo el mundo lo tomaba por un soltero vocacional, un ligón profesional, un aventurero, amante de la noche y sin ética, falto de compromiso. Trabajar en el mundo del disco era la guinda. Nadie podía ser serio en un universo así. Un espacio de locos. Era lo que, sin ir más lejos, pensaba su padre.

Comprobó la hora.

Tenía una cita con una cría.

Una cría. Una cría. Una cría.

¿Cuántas veces iba a repetírselo a sí mismo?

Probablemente se le pasaría en muy poco. Y a ella, suponiendo que los signos que detectaba fueran proclives, lo mismo. Un sueño. Un *flash*. Una tentación, superada o no, para guardar en el álbum de los recuerdos.

Continuó con la fotografía de Pilar entre las manos hasta que sonó el teléfono y la dejó para cogerlo.

—¿Sí?

—Rogelio, soy Martina.

Su hermana no solía llamarlo, así que se imaginó que sucedía algo especial.

—¿Qué pasa?

—No, nada, tranquilo. Es que me gustaría hablar contigo.

—Vale, cuando quieras.

—Necesito que me ayudes con Miguel.

—¿Se lo dijiste a papá?

—No me atreví. Después de lo que me soltó mamá... Ya me dirás. No dejo de pensar en ello.

—Se les pasará. Es tu vida.

—Ya lo sé, pero... Es muy duro, ¿sabes? Y no quiero demorarlo más, o será peor, como si ellos tuvieran razón.

—Cuenta conmigo —se ofreció.

—Quería ir esta noche a casa con él, pase lo que pase. Papá, mamá, Miguel y yo. Cara a cara y sin dobleces. Pero me gustaría que antes... En fin, sé que es precipitado y un poco justo, pero... ¿Por qué no lo conoces tú primero? Sé que os caeréis bien.

—Invítame a comer. No tengo ningún plan antes de las siete.

—¿Quieres? —Halló un eco de esperanza en su voz.

—Pues claro.

—Te doy la dirección de su casa. Estaré allí con él.

—Un momento.

Tomó nota de las señas. Era en el barrio de Gràcia. No estaba cerca del Turó Parc pero tampoco lejos. En cualquier caso, no pasarían la tarde hablando si luego ellos iban a ver a sus padres. Se trataba de una comida.

—Gracias, Rogelio.

—No seas tonta. Puede que algún día tengas que apoyarme tú a mí.

No supo por qué lo había dicho.

—Siempre te he apoyado.

—Ya lo sé. ¿A las dos?

—De acuerdo. Un beso.

Colgó el teléfono y continuó sentado, pero ya no tomó de nuevo la fotografía de Pilar. Le pesaba.

Cada momento, cada día, cada noche, todo.

Faltaban todavía dos horas y no sabía qué hacer, salvo mirar a Pilar o regresar al ordenador y buscar el blog de Beatriz, o aquella imagen que había impreso de su inesperada conmoción.

Jim Morrison cantaba *When the music's over*, y Beatriz impostaba su voz sobre la del cantante, como un dueto imposible e imaginario. Se sabía muchas canciones de memoria, pero de Jim y los Doors le gustaba especialmente ésa, incluso por encima de *Roadhouse blues* o *Riders on the storm*. Y todo por el famoso verso que había definido a una generación, la que un día tomó las calles de París en mayo del 68:

> We want the world and we want it... now.
> Now?
> NOW!

¿Por qué no querer el mundo, y por qué no quererlo ya, AHORA? ¿Cuándo iba a quererse el mundo sino a los diecisiete años?

Luego te lo robaban.

Unos y otros, el FMI, los banqueros, los especuladores, los globalizadores, el Gobierno, la vida, el mercado, la falta de oportunidades, el miedo, la crisis, la bomba, los terroristas, la central nuclear de al lado, los sueldos basura, la edad, los años, los padres, el cansancio, la rendición, los hijos, la rutina, los yanquis, el vértigo vital, la enfermedad, el conformismo, la muerte...

Sobre todo, la muerte.

Total o en vida.

Había renunciado a estudiar, y acababa de gritar una de las frases más emblemáticas de la historia de la música, con rabia, así que temió que su madre entrara a preguntar o que su hermana lo hiciera para protestar. Optó por no dejarse llevar y escuchó el resto de la canción en silencio, pensando en el Jim que había muerto a comienzos de julio de 1971 y estaba enterrado en París, precisamente, en el viejo cementerio de Père Lachaise que un día visitaría, porque para ella era uno de los Santos Griales de su futuro. Una cita ineludible.

Luego apagó el reproductor.

Faltaba menos de una hora para la comida.

Acabó sentándose a su mesa de trabajo y conectó el ordenador. Hacía varios días que no escribía nada en su blog. Y eso sí era raro, sorprendente. Era la prueba más inequívoca de que algo le sucedía, algo la colapsaba y le impedía ser ella misma. Su blog era como su alma, o su diván de psiquiatra. Casi nunca tenía un tema concreto, se dejaba llevar a la hora de ponerse a escribir. Y no fue distinto en esta ocasión.

Así que vaciló a la hora de teclear las primeras palabras.

Le pasaron por la cabeza un montón de buenas frases extraídas de un montón de buenas canciones.

Cada una daba para una tesis.

Dylan había dicho: «¿Cuántos caminos ha de recorrer un hombre, para saber que es un hombre?». Y Lennon cantó: «Te mantienen drogado con religión, sexo y televisión, y te crees tan listo e independiente y libre». Y Cream gritaba: «Dormiré en este lugar, con la solitaria multitud. Me acostaré en la oscuridad, donde las sombras huyen de sí mismas». Y Bruce decía: «Nena, nacimos para correr». Y de nuevo Lennon filosofando: «La vida es eso que te pasa mientras estás haciendo planes». O Laurie Anderson con su amargo «Estábamos acostados, cuando entró el fantasma de tu otra amante». También Kevin Ayers con su no menos amargo «Te abracé fuerte pero tú te escapaste, y me quedé abrazando a alguien que no conocía». O la lucidez de David Byrne al cantar que «El amor es una máquina sin conductor». Y tantas y tantas frases que le venían a la cabeza, como alfileres, como clavos, o como martillos que la golpeaban.

El bombardeo de la lucidez.

Miró la pantalla.

Entonces tecleó algunas frases de un poema que había visto en uno de sus libros básicos de los trece o catorce años, *Rabia,* y que se había aprendido de memoria. No las puso todas, sólo las que más la afectaron entonces, y todavía ahora.

Tituló la entrada con esa misma palabra, RABIA, aunque el poema se llamaba «Poeideas, frases y voces del Nuevo Milenio»:

La libertad es una grieta en la puerta del miedo.
La libertad siempre encuentra la forma de pasar el rato.
Mi cabello es fuerte, áspero, hirsuto. Corona mi cabeza.
Mis pies tienen diez dedos. Todos van en la misma dirección.
Que no te clonen, dilo, grítalo. Que no te clonen.
Mi casa está donde pongo los zapatos, pero voy descalza.
Aquí todos lloramos mientras ángeles y demonios bailan.

Cada hombre es tantos hombres que cuesta encontrar el tuyo.
Tengo razón, la tengo siempre, y estoy equivocada.
Hay 97 formas de decir te quiero, y todas valen.
Todos los idiotas se enamoran; así que muérete, listo.
Si tu amor se aburre, llévalo a ver la luna llena.
Estoy mojada, me siento mojada, mi mente está seca.
Avísame cuando la vida empiece, quiero despertar.
Nueve, siete, cinco, abril, mayo, enero, ¿por qué?
Hay días eternos que no necesitan un número.
¿Es esto el circo de la vida? Hola, soy el payaso.
Mezcla los colores y bébete el vaso. Mira tu mierda.
Escúpele al cielo y apártate con un paso rápido.
Ahora sé mucho más que cuando era vieja.
El tiempo dibuja tu cara a golpes de escarpa y martillo.
Quiero entrar en ti, pero no quiero llamar a tu puerta.
Desnúdate, quítatelo todo, pero déjate el corazón.
Ella es caliente de día y fría de noche. Contracorriente.
Él espera de día y llora de noche. Contracorriente.
Cuando el dolor llega demasiado pronto, ya es demasiado tarde.
¿Por qué deberías olvidarme si un día me amaste?
Llevas una vida buscándome, y siempre he estado en ti.
Te haré sentir todos los placeres, pero no puedo hacerte pensar.
Sé fuerte, sé fuerte, sé fuerte, pero después cede y rómpete.
Nunca he estado aquí antes, por eso no sé qué hacer.
Estás arriba, estás abajo, estás en medio. Ninguna parte.
No puedo ver el color de tu ira si no te abres, corazón.
¿Qué hora es? ¿Qué hora es? ¿Ya ha llegado el momento?
Fui a comprar futuro al súper. Me dijeron que estaba en «congelados».
Me siento tan sola que si tuviera lágrimas lloraría.
La vida me debe algo, ¡oh, sí!, pero he perdido el resguardo.
Todos los idiotas saben que nunca se gana. Y siguen jugando.

«Adiós, tengo un empleo mejor.» Era mi ángel de la guarda.
Lee la letra pequeña. La vida es un contrato muy largo.
He bajado del tiovivo. Sólo daba vueltas en círculos.
No escribas canciones de amor si no estás enamorado.
Soy una perdedora, lo soy. He ganado el primer premio.
Soy una ganadora, lo soy. He perdido los miedos mientras vivía.
Te apuesto a que soy más infeliz que tú. ¿Doble o nada?
Tener mala suerte es mucho mejor que no tener nada de suerte.
Le asomaba el dolor por la garganta, y se lo tragó despacio.
Tu esqueleto es una gran arpa sin cuerdas.
Traía unos pocos sueños para comer, pero olvidamos el pan.
Hay un camino hacia el amor. ¿Por qué no han hecho un puente?
Adiós, mamá, me voy. Volveré si no encuentro una entrada.
Eh, tú, la del espejo, ¿puede saberse qué miras?
Abre la ventana. No, ésa no, la que da a la vida.
No pongas fotos en mi tumba, pero mantenla limpia.
No te quiero, no te quiero, pero puedes persuadirme.
Llaman a tu puerta, sal brazos en alto o disparando.
Uno de los dos se irá primero. Avísame si soy yo.
No puedes complacer a todos. Basta que te complazcas tú.
La vida es una novela que siempre acaba mal. Muere el protagonista.
Pasó una mariposa y me gritó: «Demasiado tarde».
Pero aún es pronto, aún es pronto, aún es pronto... ¿verdad?
Fíjate, ya estoy de vuelta y esto se ha terminado.

Miguel era mayor de lo que se esperaba. No le había preguntado la edad a Martina y de pronto se encontraba hablándole a un hombre de unos cuarenta y cinco o cuarenta y siete años, agradable, educado, con clase. Un hombre con cicatrices —¿quién no las tiene?— que abrazaba una segunda oportunidad única en su vida, porque sólo el amor proporciona la energía capaz de seguir adelante en muchas ocasiones, por no decir en todas.

Y nunca había visto a Martina más feliz.

Más enamorada.

Bastaba con verla cuando miraba a su novio, su cara de ensoñación, sus ojos, el lenguaje secreto de las manos, la forma y los modos de su cuerpo. Y bastaba con verlo a él cuando se dirigía a ella, cuando deslizaba la mano para acariciarla o tocarla, cuando la cubría con su vista igual que un manto de tela muy suave. Amantes. Amantes en estado puro, porque la palabra «amante» solía ser denostada y asociada a una determinada relación entre hombres y mujeres, el adulterio, pero en realidad cualquiera que estuviera enamorado era un amante.

—¿Cómo os conocisteis?

Se le antojó una pregunta obligada, y también fácilmente aceptada por ellos. El momento del primer contacto era una de las historias que más y mejor agradecían contar los enamorados.

Los amantes.

—Llovía a cántaros —inició la explicación Miguel—. Estábamos guarecidos bajo una marquesina, los dos, solos. Y llevábamos ya un buen rato, porque la lluvia se había desatado... Bueno, ya sabes cómo es eso. Nos pilló sin paraguas, sin nada... Así que ya ves, dos extraños apretaditos, porque el espacio era minúsculo, sin hablar ni para intercambiar dos palabras de compromiso o cortesía...

—Tú no parabas de mirarme de reojo —dijo Martina.

—¿Y tú qué? Lo mismo, ¡lo mismo! —Miró a Rogelio—. Yo pensaba que era como un ángel, una aparición, pero siempre he sido tímido, así que ni por asomo habría imaginado... Creí que me miraba con aire de sospecha.

—¡No es verdad! Mi mirada no era de ésas. Me decía que eras un tipo la mar de atractivo.

—¡Oh, sí, todo eso es muy fácil ahora, pero en ese momento...! Le miré la mano y no le vi anillo. Por lo menos eso sí fue un detalle.

—¿Y os hablasteis? —preguntó Rogelio.

—No, qué va. De no haber sido por el taxi...

—Paró un taxi justo delante —continuó Martina—. Un milagro. O el destino. Entonces sí nos miramos y él, muy cortés y educado, me dijo que adelante, que lo tomara yo.

—¿Qué iba a hacer? Uno es un caballero —arguyó Miguel.

—Yo le contesté que no, y se me ocurrió decirle que a lo mejor, si nuestra ruta se parecía, podíamos compartirlo. Me dijo adónde iba y sí, no quedábamos lejos el uno del otro, aunque el más cercano era él.

—Pero le dije al taxista que primero lleváramos a la señorita.

—En el taxi sí intercambiamos unas palabras.

—Pocas, de compromiso.

—Cuando bajé en casa le di las gracias, le dije adiós... No pensaba volver a verlo.

—Le tendí la mano y le di mi nombre: Miguel.

—Yo le di el mío, claro: Martina.

—Eso fue todo.

Rogelio miraba a uno y a otro alternativamente, igual que si viera un partido de tenis. Los dos disfrutaban con el relato. Quizá era la primera vez que lo contaban juntos a alguien.

—Al día siguiente recibí en casa un ramo de flores —continuó su hermana.

—¡Lo que me costó averiguar el piso! ¡Nadie quería decirme dónde vivía la tal Martina!

—Había una tarjeta y, naturalmente, tuve que llamar para darle las gracias.

—Entonces la invité a cenar, sin saber si tenía novio o vivía con alguien, convencido de que me diría que no y yo metería la pata, más lanzado de lo que nunca había sido.

—Y yo acepté. ¡Una cena gratis!

Se cogieron de las manos. Miguel tal vez fuese «plato de segunda mesa», como decía su madre, y un divorciado con su carga a cuestas, como todos los divorciados, y también un tipo mayor, quince o diecisiete años mayor que Martina, pero estaban enamorados y se les notaba.

Eran deliciosamente felices.

Como niños.

¿Cuándo el amor no era eso?

No quería hacer de hermano mayor, ni de juez, ni de censor, pero se sentía abrumado por aquel derroche físico y energético, así que se vio en la necesidad de saber más, o seguir hablando, o lo que fuera que tuviera que hacer para demostrarle a Martina que podía contar con él.

—¿A qué te dedicas? —le preguntó al novio de su hermana.

Llegó al Turó Parc quince minutos antes, porque necesitaba pasear, estirar las piernas después de pasar todo el día en casa, respirar aunque fuese el aire cálido preveraniego y pensar un poco en lo que estaba a punto de hacer.

No era una cita.

Era algo más.

Necesitaba razonar, buscar un poco de coherencia en sus actos, intentar ver dónde iba a meterse, porque de lo que estaba segura era de que se encontraba a un paso, un solo paso, de meterse en un lío que probablemente le viniese grande y no sabría cómo manejar.

Rogelio podía ser un depredador.

Un hombre como él, atractivo, sensual, ejecutivo en el tinglado musical...

Llevaba la cámara, y era domingo por la tarde, así que hizo algunas fotografías aprovechando el buen tiempo y que el parque estaba lleno. Cuatro. Dos desde relativamente cerca, y otras dos empleando el zoom para que no la vieran. Las cercanas fueron porque las dos parejas estaban inmersas en sus carantoñas, ambas tumbadas sobre la hierba. Las lejanas porque unos estaban caminando y los otros en uno de los bancos del lado de Ferrán Agulló, la zona más apartada del estanque.

No quería acercarse al lago hasta el momento oportuno.

Por esa razón le extrañó ver a Rogelio paseando exactamente igual que lo hacía ella, por debajo de la marquesina donde antaño se entraba al parque infantil, que todos los domingos por la mañana ofrecía espectáculos de marionetas y payasos, algo que le habían contado, porque ella no había llegado a verlo.

Se ocultó detrás de un matorral.

Y lo espió.

Caminaba sin rumbo, moviéndose despacio al compás de unos pasos cortos, mirándose la punta de los zapatos con las manos a la espalda. Estaba impecable. Deportivo pero impecable, como si acabase de levantarse y ducharse, porque el cabello le brillaba un poco. De vez en cuando levantaba la cabeza, oteaba el panorama a su alrededor, y volvía a su ensimismamiento. Con frecuencia —lo hizo dos veces en tres minutos—, echaba un vistazo al reloj. De vez en cuando miraba en dirección al estanque, que no era visible desde su posición, como si entablara una lucha consigo mismo para determinar si iba ya hacia él o aún no.

Faltaban cinco minutos para la hora.

Beatriz levantó su cámara, renunció a fotografiarlo encuadrándolo en la pantallita, así que miró por el visor superior para centrar más la imagen.

Luego hizo una, dos, tres, media docena de fotos.

La última con él mirando casi en su dirección, sin verla.

Se ocultó.

No se había puesto nada especial. No se había arreglado. No se había lavado el pelo. El comentario de Elisabet la noche anterior acerca de su aspecto la hizo sentirse molesta, con ella y consigo misma. Si iba hecha una princesa, él pensaría que era por la cita. Pero negarse el derecho de estar más guapa y presentable... ¿Acaso no era una estupidez supina? Para salir con cualquier chico se habría adecentado.

—Estás hecha un lío, ¿vale?

Miró la salida del parque. Por ella entraban matrimonios con hijos, abuelos con nietos, parejas de todas las edades. Por ella llegaría a su casa en tres minutos.

Luego miró a Rogelio.

El estanque.

Cerró los ojos, se guardó la cámara en el bolsillo trasero de sus vaqueros y se dirigió a su cita con el destino.

Ya pensaría luego en todo lo demás.

Capítulo 11
CONVERSACIONES

Rogelio estaba de espaldas, de cara al estanque, quieto, tal vez observando el agua, aunque pudiera estarla buscando arriba y abajo con el rabillo del ojo.

Beatriz se acercó despacio, admirando la figura masculina, la estatura, la anchura de los hombros, la consistencia del trasero.

Elisabet decía que los brazos y el trasero de los hombres determinaban el resto.

Se detuvo a dos metros escasos.

Tomó aire.

No le temblaban las piernas. De pronto volvía a estar tranquila. No sentía ya la tensión ni la nube de algodón espesándose en su mente.

No pasaba nada.

Podía ser, incluso, divertido.

—Hola.

Lo sobresaltó. Rogelio se dio la vuelta. Al verla, iluminó su rostro con una sonrisa abierta. El trasfondo tímido pareció desaparecer casi al instante. Una sombra fugaz.

Por fin, cara a cara.

—Hola —respondió.

No hubo besos en las mejillas.

Ninguno se atrevió a dar el primer y más elemental paso, habitual en otras circunstancias.

Así que echaron a andar.

Lo hicieron en dirección a la zona más tranquila, la que daba a la calle Ferrán Agulló, para huir de la de los juegos infantiles o la que vibraba en torno al estanque. Por allí, el Turó se convertía en un oasis mucho más relajado y silencioso. Claro que dadas las reducidas dimensiones del parque, uno podía llegar a cualquiera de sus extremos sin darse cuenta, retroceder y volver a cruzarlo en escasos minutos, por lento que fuera el paso.

—¿Te gusta este parque?

—Sí —admitió Beatriz ante la primera pregunta de su compañero.

—¿Porque está cerca de tu casa?

—Creo que es diferente. El amor está en el aire.

—¿Qué? —Se asombró del comentario.

—¿No lo has visto? —Beatriz abarcó el espacio verde con su mirada—. El amor está en el aire.

—Como en cualquier parque.

—No, aquí es distinto.

—¿Por qué?

—Mira a tu alrededor. Estás en el corazón de uno de los barrios más exclusivos de Barcelona, como lo llaman ahora, y en una de las zonas más pijas y selectas, como sabemos los que no nos sentimos pijos. Niños con criadas filipinas o dominicanas cuidándolos; hijos de altos cargos bancarios, ejecutivos o personajes de la *jet*; tipos con Rolex de oro, Porsche o BMW carísimos; señoras que se pasan el día en el Iradier más que en el DIR que está aquí al lado, porque es más chic y de alto *standing*; perros de lujo trotando majestuosos mientras los Fred Perry y los Farrutx de sus amos intiman sobre la hierba; ancianas que nunca pisarán un geriátrico, con sus asistentas no menos filipinas o peruanas pendientes de ellas; clase, nivel... Aquí las parejas son más auténticas. No tienen más remedio que serlo. Es fácil andar de novios en un barrio pobre, todos solidarios con todos, atrapados por las mismas miserias y agarrados a los mismos sueños. Pero serlo aquí tiene mérito. Aquí el amor es mucho más necesario. Por eso flota en el aire, queda pegado en cada banco, se mueve como un eco que arrastra cada palabra de amor pronunciada entre susurros.

Rogelio la contempló impresionado.

—¡Jesús! —exclamó—. Yo creía que era sólo un parque.

—Y es un parque, pero diferente, como te he dicho.

—¿No eres un poco dura?

—Para nada.

—Pero tú vives en este barrio.

—Nací en él, y vivo en la casa que fue de los padres de mi padre y en la que ahora vivimos mi madre, mi hermana pequeña y yo. Pero ya te he dicho que no me siento pija ni soy ciega o estúpida.

—¿Tu padre...?

—Están divorciados. Vive con otra.

—Creía que había muerto. Por la forma de decirlo...

—Es el hombre más importante de mi vida.

Se quedó sin argumentos para seguir. Un padre muerto le habría permitido decir «lo siento», que siempre son dos palabras adecuadas y útiles para todo. Un «lo siento» en el momento adecuado hermanaba, unía, daba pie a sumas emocionales más que a restas momentáneas.

Beatriz no dejó que el silencio se apoderara de ellos.

—¿Has leído el periódico de hoy?

—No.

—¿No has mirado ninguno? —se extrañó.

—No, ¿por qué?

—No dejan muy bien a tus chicos.

Se había olvidado de ellos, del concierto de la noche pasada. Inexplicable pero cierto.

—Me he levantado tarde —argumentó.

—Que se los carguen es grave, ¿no?

—En realidad, lo que dice la crítica musical nunca afecta a las ventas de discos, ni los críticos cinematográficos influyen en la asistencia a una sala para ver una película. La gente o no lee las críticas, o las lee y pasa de ellas, o quiere comprobar por sí misma las cosas, sin necesidad de que un listillo les diga si es bueno o malo. Pero así, entre nosotros, pues sí, es malo. Jode.

Beatriz dijo entonces las dos palabras que el azar le había negado a él unos segundos antes.

—Lo siento.

—¿Lo dices en serio?

—Pues claro.

—Creía que reafirmando tu valoración del grupo te sentirías feliz, o mejor, o las dos cosas a la vez.

—¿Crees que me alegra que algo o alguien fracase? —protestó ella.

—Perdona.

—Y además, no me digas que tú no lo intuías, o lo sabías de antemano.

—Es posible.

—Venga, en serio. ¿Te gusta Brainglobalnoise?

—No se trata de si me gustan o no.

—Yo creo que sí. ¿Puedo preguntarte algo?

—Sí.

—¿Algo íntimo y privado?

—Adelante.

—¿Por qué haces esto?

—Es mi trabajo.

—Pareces mucho más auténtico que todo eso.

—¿Cómo lo sabes?

—Lo sé.

—Nos hemos visto tres veces con ésta.

—Lo sé —insistió ella.

—Eres sorprendente.

—No. Sólo abro los ojos. La gente, por lo general, lleva la verdad escrita en la cara. Lo único que hay que hacer es tratar de leerla. Algunos la ocultan bajo una máscara. Pero siempre se les acaba cayendo, en un momento u otro.

Quería preguntarle la edad, saber si tenía diecinueve, dieciocho... Si era mayor de edad...

No se atrevió.

—¿Tú nunca has hecho nada en la vida en lo que no hayas creído previamente?

—Yo estoy en la edad de tragar. Cuando tenga la tuya, espero hacer lo que quiera, cuando quiera y como quiera. Ése es mi sueño.

—Un sueño difícil.

—Si vas a soltarme un rollo cargado de experiencia, cállate. Paso de él, ¿vale?

—Eres dura.

—¿Yo? Qué va.

Estaban en la parte de arriba. No podían avanzar más. Habían caminado apenas rozándose con los brazos, cruzados sobre el pecho los de ella, en los bolsillos los de él. Rogelio señaló un banco, y más allá, a lo lejos, el bar.

—¿Nos sentamos, tomamos algo?

—No, quiero caminar —rechazó Beatriz.

Y lo hicieron, parque abajo.

Nuevo curso, nuevo giro en la conversación.

—Pareces saber mucho de música.

—Me gusta.

—¿La música o saber de ella?

—Las dos cosas. Para mí es importante saber de dónde vienen las cosas, el origen. Hace más fácil comprenderlas. No entiendo cómo un chico de hoy puede amar a un cantante, un grupo, un guitarra, y despreciar el pasado o pasar de él. Seguro que ese artista ha bebido de las raíces, en una forma u otra. Cada generación se forja con lo mejor de la anterior. Nadie es tan fantástico hoy en día como para crear nada nuevo por sí mismo. Un guitarra tiene que haber oído a los grandes, Eric Clapton, Jimi Hendrix o Jimmy Page, igual que ellos crecieron con los padres del blues o el rhythm and blues, y éstos, con los pioneros que cambiaron las raíces de la música americana en la primera mitad del siglo pasado. ¿Sabes la de buena música que hay perdida ahí atrás, sin que la gente de ahora le haga el menor caso?

—La mayoría...

—La mayoría no escucha, sólo oye —lo interrumpió vehemente.

—Me gusta tu pasión —reconoció Rogelio.

—No es pasión, es sentido común.

—Pero hablas de los años 60, y los 70...

—¿Y tú me dices eso? ¿No trabajas en el mundo de la música?

—Yo soy más bien de los 80.

—No se trata de ser de los 80 o los 90, sino de saber qué pasó, cómo pasó y por qué pasó.

—Cuéntame tu versión.

—¿De veras quieres una clase teórica? —se asombró Beatriz.

—¿Por qué no? Es el momento perfecto en una tarde perfecta y en un lugar perfecto. —Abrió las manos como si abarcara el parque entero.

—El rock and roll fue el motor de cambio más importante de la historia del siglo xx. Y no lo digo yo, en plan fan o loca por la música, sino la realidad. El rock rompió con todo, hubo un antes y un después. Fue la voz de una nueva generación, la que estaba harta de que sus padres les hablasen del desembarco de Iwo Yima o Normandía. Por eso intentaron cortarle las alas sin éxito. Los pioneros eran negros, Chuck Berry, Little Richard, y eso molestaba. Cuando aparece Elvis Presley, guapo y con esa voz única, Estados Unidos se rinde al rock and roll. Lo siguen Jerry Lee Lewis, Buddy Holly y otros. Pero duró poco. Cuando Elvis se marchó al servicio militar, consiguieron desmantelarlo: mandaron a Berry a la cárcel mediante una encerrona, Little Richard lo dejó para hacerse religioso, a Jerry Lee

Lewis lo hundieron por casarse con su prima de trece años, algo normal en los estados sureños por entonces, y Buddy Holly se mató en un accidente de aviación. Los primeros años 60 fueron adulterados por blancos puros y el rock perdió su energía, hasta que los Beatles primero y los Rolling Stones después lo rescataron. Con los años 60, del 63 al 68, reinó el pop, fue maravilloso, una delicia, pero su insustancialidad hizo que los principales líderes se replantearan el futuro, así, cuando acaba el pop en 1968, la música entra en su verdadera dimensión. Ése fue el gran tiempo del cambio, Led Zeppelin, Chicago, Santana, Al Kooper, Genesis, Yes, supergrupos como Emerson, Lake & Palmer... Dios, habría dado lo que fuera por estar ahí y verlos en directo. Tuvo que ser... En 1972, la música desbancó al cine y la televisión y se erigió en cabeza de los medios de entretenimiento en Estados Unidos. La venta de discos y los grandes conciertos lo eran todo. Pero llegó la cuarta guerra árabe-israelí, porque les ponían números y todo, y se acabó la historia. Desde octubre del 73, con la crisis del petróleo, ya nada fue igual. Llegó el *punk*, autodestructor, la música disco, el resurgir pop con las nuevas tecnologías de comienzos de los años 80, y el largo declive hasta hoy. Fíjate que antes del 73 había cien estrellas, pero después... dime alguna aparte de Queen, U2 o Springsteen.

Rogelio la miró apabullado. Había sido una larga pero concisa perorata. Un manual de primera mano. Conocer a alguien como Beatriz le fascinaba, pero escucharla hablar de música, que era igual que si le abriera su corazón...

—Comprendo que no te gusten Brainglobalnoise.

—Es que hay dos tipos de artistas —protestó ella—. El que se mantiene fiel a su ideología, a su música, a aquello en lo que cree, y supera el paso del tiempo, y el que sólo vive en ese tiempo, en el momento, le da al público lo que quiere o necesita y luego pasa al olvido, porque no deja la menor huella. Si a un cantante le dicen: «Píntate el pelo de verde, viste de rojo, con una pierna al aire libre, tatúate y que tu primera canción tenga muchos tacos para ser escandalosa. Con eso tendrás el éxito asegurado», tiene dos opciones. Decir sí y convertirse en un producto manipulado, de éxito momentáneo, capaz de durar dos o tres años, o decir no, perderse ese éxito momentáneo, pero asegurarse que dentro de diez o veinte años seguirá tocando, seguirá siendo músico. Por Dios, Rogelio, que el mundo de la música tiene un pasado repleto de tumbas de tíos y tías de éxito efímero a los veinte años y de los que ya casi nadie, salvo un puñado de fans, se acordaba a los veinticinco.

—Pero tampoco se acuerda nadie hoy de muchos de los grandes de los años 70.

—¡Una cosa es la ignorancia, otra muy distinta que esa gente haya pasado al olvido!

El grito hizo que algunas personas los miraran. Rogelio bajó la cabeza instintivamente. Fue un error y lo supo, porque Beatriz se dio cuenta de ello. Habían rebasado la zona del bar, que quedaba a su derecha, y llegaban ya casi a la entrada del parque por Pau Casals.

Intentó mantener la conversación dentro del tema que tanto apasionaba a su compañera.

—¿Qué grupos te gustan? —preguntó.

—Te diría cien nombres —repuso Beatriz.

—Dime sólo diez, o veinte.

—Aparte de algunos de los que ya te he citado, como Led Zeppelin, que me parecen lo más grande del rock, están John Mayall, Traffic, Fairport Convention, Aerosmith, Brian Auger, Byrds, Deep Purple, Doors, Eagles, Fleetwood Mac, King Crimson, Mahavishnu Orchestra, Pink Floyd, Tangerine Dream, Who, Eric Burdon, Eric Clapton, Elton John, Stevie Wonder, Spencer Davis Group... y por supuesto, Crosby, Stills & Nash, o ellos mismos más Neil Young. Sin olvidar a papá Dylan.

—Jesús... —suspiró él.

—Te apuesto a que muchos ni te suenan —quiso ser malévola Beatriz.

—Pues...

—¿Has oído *California*, de John Mayall?

—No creo.

—Te la grabaré. ¿Y *Bumpin' on sunset*, de Brian Auger?

—Me suena —mintió.

—¿Y *Gimme some lovin'*, de Spencer Davis Group?

—Ésa sí. Es brutal. —Se alegró de aprobar al menos una.

—No me extraña que promociones grupos como Brainglobalnoise —completó su ataque.

—Eso no es justo. Una cosa es el trabajo y otra muy distinta los gustos de cada cual.

—¡Pero trabajas en la industria del disco, tienes una responsabilidad! —se alteró Beatriz.

—El que vende braguitas de esparto no tiene por qué saber cómo se hacen, sólo si van bien —se defendió Rogelio.

—No estoy de acuerdo. Si yo vendiera braguitas de esparto, lo querría saber todo de ellas, para así ayudar mejor al cliente. —Movió la cabeza de lado a lado, pesarosa—. Eso es lo que falla hoy en día en las relaciones humanas, que se quedan en lo superficial, y consecuentemente, trasladamos esto a nuestra vida cotidiana, a lo que hacemos, a la manera como trabajamos. Todo el mundo cree que ha de hacer lo justo, que no cobra para dar más, y se limita, mejor dicho, se autolimita y...

Dejó de hablar. Ella misma se dio cuenta de que estaba sobrexcitada, alterada, que no defendía una postura, aunque fuera consecuente con ella, sino que se defendía a sí misma, en guardia frente a un invisible ataque que no se estaba produciendo por parte de él.

Los nervios que no creía tener la traicionaban.

Se calmó de pronto.

—Perdona —manifestó.

—Me encanta oírte hablar —se arriesgó Rogelio.

—¿Por qué?

—Eres diferente.

—Oh, sí, eso ya lo sé.

—Eres una enciclopedia con patas, y una listilla, pero hablas bien.

—No se puede vivir en la oscuridad.

—Seguro que odias las películas americanas y vas a los cines, que proyectan versiones originales.

—En eso te equivocas. Voy tanto a los Cinesa o los Gran Sarriá de ahí al lado como a cualquier otro. Pero reconozco que prefiero ver cosas antiguas pero buenas en la tele o el ordenador. Sólo un corto de miras puede decir que todo el cine americano es malo únicamente porque llevan años haciendo basura en su mayor parte. ¿Y Scorsese qué? ¿Y Coppola, Pollack, Spielberg, Allen, Pakula, Scott y tantos otros qué? ¿Sabes cuál es mi película favorita? —No esperó su respuesta—: *Blade Runner*, de Ridley Scott. Es una de las pocas veces en las que el cine supera al libro, porque *¿Sueñan los androides con ovejas eléctricas?*, de Philip K. Dick, no me pareció relevante, y en cambio la peli...

Volvían a estar a la altura del bar del parque. Las escasas mesas estaban llenas. En el momento en que miraban en su dirección los ocupantes de una se levantaron.

—Ahora sí me apetecería tomar algo —dijo Beatriz.

Se sentaron uno frente al otro y los dos se acodaron en la mesa, renunciando a relajarse apoyando la espalda en el respaldo de sus sillas metálicas. La sensación de proximidad se mantuvo. El universo que abarcaba cada uno era el del contrario. No había más. Primeros planos cargados de imágenes, detalles ampliados, ojos, labios y gestos que se traducían en emociones y destellos. La conversación seguía siendo aparentemente trivial, pero ambos tenían la sensación de que, detrás de ella, se escondía algo más, como si hablaran de una cosa para enmascarar otra, aunque los dos conocieran perfectamente los márgenes de esta segunda.

—Bueno, nos hemos puesto a hablar como cotorras —hizo notar Rogelio.

—Yo me he puesto a hablar. Perdona —se excusó Beatriz.

—Ha sido muy interesante. Te lo aseguro.

—¡Oh, sí!

—De verdad.

—¿No tienes nada mejor que hacer que pasar una tarde de domingo con una antiBrainglobalnoise, o es que intentas convencer a todo el mundo como los políticos, yendo de puerta en puerta?

—¿Qué quieres que te diga, que me encanta estar aquí contigo? Pues te lo digo.

Beatriz bajó los ojos un instante, por primera vez.

—Tú también eres una sorpresa para mí —le reveló.

—¿En qué sentido?

—No sé. —Se encogió de hombros—. No me lo he planteado. Estoy a gusto y ya está. No todo tiene por qué tener un significado.

—Todo tiene un significado.

—Pues lo buscaré. —Repitió su gesto.

A veces era demasiado segura. Otras, perceptiblemente insegura. Pero con él, la seguridad avanzaba más y más, se abría paso, la dominaba. Más que una defensa o una coraza, era su valor, la energía capaz de mantenerla firme.

Y necesitaba de esa firmeza.

Se les acercó una mujer joven, de rasgos latinoamericanos, antes de que pudieran reemprender la charla. Beatriz pidió una limonada; Rogelio, una cerveza. Mientras lo hacía, ella se sacó la cámara digital del bolsillo trasero y la colocó a un lado, sobre la mesa, porque se le clavaba en la nalga. Su compañero la observó curioso.

—¿Siempre la llevas? —quiso saber.

—Sí, casi siempre.

—¿Puedo...?

—No. —Beatriz la atrapó con un gesto rápido impidiendo que él la cogiera primero.

—Perdona, no quería...

Se lo pensó mejor. No tenía nada que esconder.

—Da igual, toma.

—¿De verdad?

—Sí, en serio. Puedes curiosear.

—Gracias.

La puso en marcha y, demostrando que tenía una parecida o, al menos, conocía su manejo, colocó la pantalla en modo «reproducción». Una a una pasó las fotografías tomadas por Beatriz aquella tarde y las anteriores que aún no había borrado.

—¿Fotografías parejas en el parque? —comentó.

—Sí.

—¿Por qué?

—Te lo contaré algún día.

—Así que volveremos a vernos.

Podía decirle cualquier cosa, incluso escudarse detrás de una evasiva, pero fue sincera. Era lo mejor. Rogelio no parecía el tipo con el que se pudiera jugar, lo mismo que quizá haría con uno de su edad.

—Ya sabes que sí.

Se la quedó mirando.

Le habría gustado ponerle una mano en el pecho, para escuchar su corazón.

Rogelio continuó pasando fotos, hasta llegar a las suyas.

No habló hasta verlas todas.

—Me has fotografiado —dijo.

Beatriz asintió con la cabeza, sin decir nada.

Él ya no preguntó por qué.

Apagó la cámara y la dejó sobre la mesa, en el mismo lugar del que la había tomado. Su gesto coincidió con el regreso de la chica llevándoles sus bebidas. Colocó los dos vasos con parsimonia, como si se tratara de un restaurante de lujo, y luego escanció las dos botellas. Limonada para ella, cerveza para él. Dejó la nota bajo el cenicero y se retiró sin decir una palabra. Beatriz fue la primera en tomar su vaso y darle un largo sorbo. Rogelio lo hizo más despacio. En ningún momento dejaron de mirarse.

Ya no había sorpresa, sí intensidad.

Un desgarro emocional.

Y cientos, miles de preguntas.

—Háblame de ti —retomó la conversación él mientras dejaba el vaso en la mesa.

—No hay mucho que contar. Salvo el divorcio de mis padres, no me ha sucedido nada relevante en la vida. Aún no he tenido tiempo. Vivo con mi madre y mi hermana pequeña, tengo una hermana casada y embarazada. Acabo los estudios y no tengo ni idea de lo que haré porque lo que quiero es montarme la vida por mi cuenta, sola, y para eso necesito trabajar, aunque entiendo que si siguiera estudiando tendría más oportunidades. Un caos mental.

—No me pareces la clase de chica con un caos mental.

—Porque engaño. Te toca.

—¿Yo?

—Tú no naciste ayer.

—No, eso sí que no —resopló Rogelio.

—¿Qué pasa, te sientes mayor?

—Cuando uno se acerca a los cuarenta...

—Así que en crisis.

—No tanto. Sólo te da por reflexionar.

—Eso de la mitad de la vida no es más que una estupidez. Si te mueres con setenta, la mitad de tu vida es a los treinta y cinco, y si llegas a los noventa es a los cuarenta y cinco. No sé por qué la gente se come el tarro con eso de los cuarenta. Yo veo más peligrosos los treinta, porque esos sí marcan el final de la juventud y la llegada de la madurez.

—Ya me lo dirás cuando llegues tú.

—Si aún somos amigos, descuida.

Amigos.

Extraña palabra.

Seguía deseando preguntarle la edad y no se atrevía.

¿Qué más daba que hubiera cumplido o no los dieciocho?

¿Era por su moralidad, por el hecho de estar o no estar con una menor?

—Venga, cómo te metiste en Discos Karma —lo apremió Beatriz aprovechando su silencio.

—A los dieciséis quise ser cantante, me presenté a algunas pruebas y concursos sin decir nada en casa. Cuando comprendí que no era lo mío, que no tenía voz ni aptitudes, lo que sí quise es seguir en el mundo de la música, sobre todo porque eso era lo que más fastidiaba a mi padre.

—¿Tu padre es de los de antes?

—De los de antes de antes de antes —bufó—. Empresario de éxito, de esos que se han hecho a sí mismos, con un hijo que le dice amén a todo y otro que siempre ha sido la oveja negra voluntaria. También tengo una hermana más pequeña, Martina. Marcos está casado y espera su segundo hijo.

—¿Por qué no trabajaste con tu padre?

—Porque era lo que todos esperaban.

—Eso me gusta —asintió Beatriz—. Enhorabuena.

—¿Enhorabuena por darme contra la pared? Mi padre desprecia este mundillo, no le ve futuro, y en eso tiene razón. Aún confía en que vuelva al redil, con el rabo entre las piernas, cosa que no pienso hacer nunca.

—Bien.

—Di algunos tumbos antes de los veintitrés, veinticuatro... Estudié, no terminé la carrera. Hice algo de periodismo... Nada importante. Acabé trabajando en un montón de cosas antes de llegar a Discos Karma hace catorce años. Y hasta ahora no me he arrepentido. Han sido buenos tiempos, y hemos tenido un montón de éxitos, Marcha Atrás, Negro sobre Negro, J.J.J., Jorge Mauro, Leo Nairo...

—¿Vosotros descubristeis a Leo Nairo? —lo cortó Beatriz de pronto.

Leo Nairo había sido uno de los grandes lanzamientos de Discos Karma. Una apuesta y un descubrimiento de Marcelo Novoa. Con su primer álbum arrasó, causando una conmoción parecida a la de un Serrat en sus inicios. El segundo lo asentó y el tercero lo convirtió ya definitivamente en una de las grandes voces y uno de los mejores autores del panorama musical español. Entonces apareció la multinacional de turno, le puso un cheque descomunal sobre la mesa, le prometió el éxito internacional, comenzando por Latinoamérica, y no hubo quien se resistiera a eso. La pequeña compañía devorada, una vez más, por la pulpo-*major* de ocho tentáculos.

De eso hacía nueve años.

Leo Nairo ya no era aquella gran voz, sus canciones se habían hecho vulgares, su éxito, relativo; pero todavía se contaba entre los mejores a pesar de todo.

Como estrella en Discos Karma habría sido quizá mucho más que entre la extensa nómina de su nueva compañía discográfica.

—Sí. —Se alegró y se llenó de orgullo al ver la cara de Beatriz.

—Me encantó desde que era pequeña, aunque ahora ya no sea lo mismo.

—Sus tres primeros discos fueron nuestros.

—¿Por qué no sacáis cosas así?

—Porque no siempre es fácil dar con algo nuevo, y menos con alguien del talento natural de Leo.

—¿Y por qué lo dejasteis marchar?

—No seas inocente. ¿Crees que podíamos competir con una multinacional?

—Lo quemaron.

—No, más bien lo diluyeron. También lo aconsejaron mal. Cuando grabó «Cosas vacías» se equivocó.

—Estamos de acuerdo.

—Creo que tuvo demasiado éxito y se sintió abrumado. Su mánager también la cagó. De todas formas, el mundo del disco quema artistas como si nada. Y los fans son los peores en este sentido: cambian el póster de la habitación con una facilidad... Todo lo que hoy es fantástico mañana es viejo. Es como el mundo de las modelos: caras nuevas, caras nuevas, caras nuevas. Rapidez, cambio, vértigo. Y aun así, el mundo del disco es como un dinosaurio, o una ballena varada que se resiste a morir.

—La música no morirá jamás.

—Pero la forma de tenerla, valorarla o escucharla sí. Antes había álbumes de vinilo, elepés, con unas cubiertas hermosas. Se pasó al CD, con portadas chiquitajas. Y ahora ni eso. La música se escucha pero se ha vuelto intangible. Todo lo tenéis en el iPod, comprimido.

—Me encanta oírte hablar así.

—¿Por qué?

—Porque me oigo a mí misma.

—Me sorprende tu romanticismo.

—¿Qué pasa, que tú ya tienes la piel curtida?

—Bastante —reconoció él.

—Siempre hay tiempo para las emociones.

La mirada, el silencio, les hizo beber un poco más de sus respectivos vasos. El trago de Rogelio fue muy largo, como si tuviera la boca seca. El de Beatriz, mucho más corto. Él dejó su bebida en la mesa. Ella la mantuvo en la mano.

—Si Discos Karma no se va a la mierda, quizá deberíamos ficharte como asesora, o en calidad de Sentido Común.

—¿Por qué dices «si no se va»?

—Porque las cosas están mal. La piratería, Internet...

—Lo siento.

—Son tiempos difíciles para todo.

—A mí me iría muy bien un trabajo, ya te lo dije.

—¿No estarás conmigo por eso?

—¡No!

—Perdona.

—¿Por qué...? —Se sintió furiosa, pero no quiso exteriorizarlo demasiado y estropear el momento, la tarde—. Lo del trabajo es algo que he ido pensando cada vez más estos días.

—¿Qué estudiarías si lo decidieras?

—No sé, Bellas Artes, Literatura... Pero eso implicaría seguir en casa, aguantando a mi madre, y depender de mi padre, aunque esto último es lo de menos; él lo haría encantado.

—¿Por qué no estás bien en tu casa?

—Porque el ambiente es denso y me ahoga. Desde que mi padre se fue, mi madre entró en una fase de dolor y resentimiento perpetuo.

—¿Ella aún lo quiere?

Beatriz bebió un poco más. Miró el resto de su limonada.

¿Por qué le contaba todo eso?

¿Era lo que se esperaba de una primera cita?

¿Desnudar el alma?

—No se trata de querer, sino de necesitar —respondió—. Todo el mundo necesita a alguien, pero el amor es como los diamantes gordos en estado puro: hay pocos y cuesta dar con uno, y encima hay que tallarlo de forma especial.

—¿Cómo es que no tienes novio?

La pregunta la pilló desprevenida.

—¿Qué clase de pregunta es ésa? —Vaciló.

—Perdona.

—No estaría aquí contigo si lo tuviese. Estaría con él.

—Me refería a que una chica como tú...

—Precisamente porque soy como soy no me veo liada por el simple hecho de que la mayoría pierde el culo por uno. ¿Y tú, tienes novia?

—No.

A Beatriz le dio por sonreír, extrañamente.

—¿Debo creerte?

—Claro.

Se miraron a los ojos. Se atravesaron. Volvieron a quedarse uno frente al otro, envueltos por el silencio a pesar de los murmullos de las conversaciones de las mesas próximas.

—Sí, te creo —asintió Beatriz.

No le preguntó cómo era eso, ni por qué, ni por su historia, que seguramente sería muy larga.

No le importó.

El pasado era un camino ya transitado que conducía al presente, nada más.

Y el futuro un gran misterio.

Beatriz miró la hora.

—No puedo quedarme mucho más.

Rogelio apuró la cerveza, no porque se dispusiera a levantarse. Más bien fue una forma de evitar cualquier tipo de comentario.

La calma se hizo tensa.

—¿Cuándo me pasarás esas canciones que te gustan? —la rompió por fin.

—Esta semana.

—Te llamaré.

—No te he dado mi número.

—Dámelo.

—Apunta.

—No es necesario. Recuerdo cifras con facilidad.

Ella se lo dio, despacio, y él lo memorizó repitiéndolo un par de veces.

—Ya está —dijo.

—De todas formas, el apellido está en la guía. Blasco. Es el único de Johann Sebastian Bach.

—Bien.

La que apuró ahora la limonada fue ella.

Pero ninguno de los dos se levantó.

—Ese chico de ayer, Gustavo.

—Gonzalo —lo rectificó.

—Gonzalo, perdona. ¿Es el novio de tu amiga?

—Qué manía con eso de los novios. Estamos en el siglo XXI. Ya no hay novios ni novias, hay circunstancias, momentos, oportunidades... —Se sintió irascible—. Pero no, no están enrollados.

—Soy un carroza, vale.

—Yo no he dicho eso.

—Tendrías que oírlo.

—¿A Gonzalo?

—Sí. Canta muy bien pero, sobre todo, hace unas canciones...

—No parece tiempo de cantautores.

—Siempre es tiempo para lo bueno. También toca la guitarra de coña.

—Me gustaría oírlo.

—¿En serio?

—Si te gusta a ti, es que es bueno.

—Soy su amiga. Mi opinión no creo que cuente mucho, aunque sí, es muy bueno. Y si quieres, puedes oírlo. Pensaba colgar una de sus últimas canciones en YouTube a través de mi blog.

—Entonces lo haré.

Beatriz examinó la hora por segunda vez en los últimos minutos.

El examen.

No, no era el examen.

Quizá estaba empezando a huir.

—¿Nos vamos? —preguntó.

Rogelio examinó la nota con la cuenta. Sacó diez euros

y los dejó también bajo el cenicero. Fue el primero en levantarse. Beatriz recogió la cámara y volvió a guardársela en el bolsillo trasero del pantalón. Sin decir nada caminaron unos primeros pasos alejándose de las inmediaciones del bar.

Llegaron a los árboles.

A la intimidad más frondosa del parque.

Y allí se detuvieron.

Capítulo 12
REALIDADES

Y de pronto, el Gran Silencio.

El parque entero.

Un extraño fenómeno.

Un silencio exterior, roto interiormente por el atronador estallido de sus emociones, igual que si acabaran de penetrar bajo el amparo de una cápsula temporal. Silencio de miradas y esperas, de revelaciones y complicidades, de hechos y verdades.

Con ellos abocados al abismo.

Fue Rogelio el que lo expresó al rendirse:

—Sabes qué está pasando, ¿verdad?

Y Beatriz la que no rehuyó sus ojos.

—Sí.

—¿Tiene sentido para ti?

—Sí —repitió.

—¿Cuál?

Se encogió de hombros, pero no para ser frívola o parecer indiferente, sólo para darle mayor naturalidad a sus palabras.

—Pasa todos los días. Un tío y una tía se cuelgan el uno del otro.

—¿Así de fácil? —Se sorprendió de su simplicidad.

—¿Para qué complicarlo más?

—Creía que eras una romántica.

—Y lo soy.

—Entonces...

—El amor también da miedo.

—Amor. —Lo expresó como si fuera la primera vez que esa palabra surgía de sus labios.

—Un cuelgue es la puerta del amor. Se abre o no se abre, pero está ahí.

—Pero la palabra *cuelgue*...

—Es lo que hay. Nos hemos visto tres veces.

—¿Te había sucedido antes?

—No.

—A mí tampoco.

—Eso no es cierto —le reprochó sin dureza.

—¡De verdad!

—Tú te has colgado la tira de veces. Probablemente, todas. Quizá ésta sea distinta, no lo sé, pero lo has hecho.

—¿Cómo lo sabes?

—Eres así.

—¿Te resulto transparente?

—No, pero eres así —le repitió Beatriz.

—O sea que es malo.

—No, es algo visceral, un estallido contra el que no se puede luchar. A mí me gusta. Es la única forma de enamorarse de verdad.

—¿Y qué piensas? —se rindió Rogelio.

—¿De qué?

—De esto, de ti y de mí.

—Nada.

—¿Nada?

—No, nada. —Lo miró con placidez—. Es demasiado pronto y ha pasado demasiado rápido como para que una pueda pararse a pensar. Soy incapaz de racionalizarlo todo, y menos esto.

—No es muy halagador, ni parece muy prometedor.

—El amor no es una promesa, es una certeza. Una vez aparece... Además, tú estás más asustado que yo.

—¿Tanto se me nota?

—Sí.

—La diferencia de edad...

—Vaya. —Soltó una bocanada de aire de sus pulmones—. Por fin lo has soltado.

—Pero es que es cierto.

—Para ti —quiso dejarlo claro ella.

—¿Para ti no?

—Piensa en hoy, no en mañana. Mañana podemos estar muertos.

—¿Eso no es ser negativa?

—No, es ser realista. Yo soy una optimista reciclada, o una pesimista bien informada, como quieras. El mundo es de los pesimistas, porque ellos no tienen más remedio que hacer algo para arreglar las cosas. Los optimistas creen que se arreglarán solas y no hacen nada.

Rogelio se echó a reír, liberando algo de su tensión.

Se rió con ganas.

—Eres increíble —dijo.

—El cuelgue avanza —sonrió Beatriz.

—Venga, no seas mala.

—Yo estoy igual que tú, alucinada, sin saber muy bien qué hacer o decir que tenga sentido.

—¿Puedo besarte?

Alzó las cejas, abrió los ojos y lo miró como si acabase de proponerle viajar a la luna con él.

—No puedo creerlo —apenas si consiguió decir.

—¿Que quiera besarte?

—Que me lo preguntes.

Rogelio no supo qué añadir.

—¿Se lo preguntas a todas? —insistió Beatriz.

—No.

—Entonces ¿por qué a mí sí?

—Pues... no sé —empezó a hacerse un lío.

—Dímelo.

—¡No lo sé! Me ha salido así.

—Si quieres besarme, hazlo, porque si me pongo a pensarlo igual me da corte y te digo que no.

—No sabía si ibas a rechazarme.

—O sea que tú, a lo seguro.

—¡No!

—A tus años. No puedo creerlo.

—¡Joder! —suspiró Rogelio rindiéndose por completo.

Probablemente, lo esperaba todo menos aquello.

Que Beatriz se plantase ante él, le sujetara las mejillas con las dos manos y le hundiera los labios en la boca.

Se le aceleró el pulso, se le nubló la razón, dejó de pensar.

Lo único que sentía era aquel fuego en los labios.

Cerró los ojos.

Por un lado, se relajó. Por el otro, su adrenalina se disparó hasta llegar a cotas donde hacía tiempo no recordaba haber llegado. Posiblemente había anhelado aquellos labios desde la primera vez, cuando vio la fotografía de Beatriz en el blog, o en el momento de encontrarse con ella junto al estanque la tarde de la primera cita. Posiblemente llevase todo aquel rato deseándola.

Qué más daba.

Se estaban besando.

Los dos.

Entreabrió los labios y pasó del resto. Nunca había besado una boca tan jugosa, tan limpia, tan dulce. No recordaba nada tan sensual, la lengua cálida, la saliva todavía con el tenue sabor de la limonada...

No supo en qué momento la abrazó, para sentirla todavía más, ni si fue ella la que lo hizo primero, abandonando sus mejillas para rodearlo y apretarlo con las manos contra sí misma.

Sólo existía ese beso.

Intenso, compartido, entregado.

Alucinante.

Y todo después de haberse comportado como un cretino inmaduro y...

Le mordió el labio inferior.

Beatriz le correspondió.

Dejaron de presionarse, buscaron el roce, volvieron a fundirse en un nuevo arrebato de deseo.

Hasta ese momento, hasta ese día, Beatriz había creído que no sabía besar, que le faltaba práctica, que sus leves escarceos anteriores habían sido insuficientes, insatisfactorios y poco estimulantes.

Se le pasó la tontería de un plumazo.

La única razón de que creyera todas esas cretineces era que nunca la habían besado como lo hacía él, extrayendo lo mejor de ella, y que nunca había deseado tanto besar a alguien como lo estaba besando a él.

Punto.

Su cuerpo, levantado de puntillas sobre los pies, temblaba, vibraba, ardía, se estremecía y se aceleraba de acuerdo con los latidos de su corazón. Pensó que se arrepentiría de haber dado el paso, de haber tomado la iniciativa, pero en un segundo todo pasó al olvido, y con ello, el miedo final o la incertidumbre. Los restos de una voz interior gritándole «Loca, loca, loca» se desvanecían como una voluta de humo batida por el huracanado viento de su deseo. Porque era deseo. Irrenunciable. Deseo de fundirse con alguien y descubrir sus propios límites.

Rogelio olía bien, sabía bien, encajaba bien con ella.

Un guante y una mano.

Si estaba loca, no le importaba.

Tal vez fueran incompatibles, agua y aceite. Tal vez no encajaran. Tal vez aquello no superase la prueba del tiempo ni de su propia voluntad, como humanos batidos por tormentas exteriores.

¿Y qué?

Desde el primer momento, días atrás, al verlo en el estanque, supo que ya nada iba a ser igual.

Y que él sentía lo mismo que ella.

Se separaron dominando el impulso, mitad aturdidos mitad ansiosos por prolongar aquella sensación. Sus ojos los desnudaron. Ojos de incredulidad y alegría, de desconcierto y conmoción. Querían devorarse el uno al otro, pero también verse, descubrir, comprobar que aquella realidad fuese única y compartida. Estaban abrazados, seguían abrazados. El hecho de sentir sus cuerpos unidos, palpitando bajo sus manos, agrandaba la dimensión del momento.

Todo cobraba forma.

De pronto había un sentido, existía algo más.

La mano de Beatriz subió por su espalda de nuevo, hasta la nuca. Rogelio se estremeció. Llevó la suya hasta la mejilla de ella y la acarició. Los respectivos roces no hicieron sino prolongar el éxtasis del beso y aturdirlos.

No dejaron de mirarse a los ojos durante varios segundos.

Una eternidad.

—¿Y ahora qué? —cuchicheó él.

Beatriz forzó una sonrisa cómplice pero delicadamente juvenil.

—No lo sé, ésa es la magia. Nunca se sabe.

—¿Crees que es posible?

—¿Que nos enrollemos? —quiso bromear, aunque su voz sonó tiernamente rota—. Ya lo estamos.

—Así...

—No hagas planes. Ni digas nada más ahora. Déjate llevar.

Otra larga, muy larga mirada.

—Pareces la mayor de los dos —reconoció Rogelio.

—Dicen que uno tiene la edad de la persona a la que ama. Yo soy la mayor ahora, y tú el menor.

Quiso besarla de nuevo.

Cerró los ojos y se aproximó a su rostro.

—Espera —lo detuvo ella—. Ven.

Lo llevó a una zona más apartada, más protegida por los árboles y los matorrales. No es que fuese solitaria. Las parejas caminaban por ella, y también alguna madre con niños. Pero por lo menos, las sombras resultaban más acogedoras y la sensación de aislamiento era mayor, como si allí, un manto de invisibilidad los protegiera. Una vez bajo su amparo, volvieron a besarse con más fuerza, sin la sorpresa de uno sobre el otro como en la vez anterior. Se abrazaron y se fundieron en un solo cuerpo.

Y se quedaron así.

Unidos.

Comiéndose la boca.

Ella de puntillas y recostada sobre él. Él sintiéndola en su pecho y apretándola más y más contra sí. Con las manos llenas de caricias, por sus espaldas, sus cabezas, sus mismas almas.

Beatriz quería llorar.

Rogelio, gritar.

Volvía aquella pregunta, la única, la más importante, saber su edad. Y una voz interior le respondía a gritos que lo olvidase, que era lo de menos, que tener o no tener dieciocho años se quedaba en una anécdota ante aquella pasión súbita y desatada.

Estaba seguro de que ella era mayor.

Tan seguro...

¿O era una necesidad?

Aquella ansiedad que le cortaba el aliento...

Tardaron en separarse del segundo beso. Lo prolongaron estímulo a estímulo, gesto a gesto, intención a intención. A veces se quedaban pegados, inmóviles, con los labios quietos. Otras se buscaban incesantes, con nervio y precipitación, mordiéndose, saboreando sus esencias, como si bebieran el uno de la boca del otro.

Hasta que se rindieron.

Jadeantes.

—He de regresar a casa —susurró aturdida Beatriz.

Rogelio asintió con la cabeza.

Sólo eso.

—Tendrías que soltarme —musitó ella.

—Oh, claro.

Dejó de abrazarla, y al recuperar la vertical y el pleno dominio de sus actos, Beatriz echó a andar, dio el primer paso, hacia arriba.

El mismo parque.

Otra vida.

Caminaron juntos, despacio, rozándose las manos pero sin atrapárselas. Una con la vista hundida en el suelo. Otro sin poder dejar de contemplarla. Cada paso los apartaba del sueño, los enfrentaba a la separación, pero también los reafirmaba en su nuevo horizonte.

—¿Cuándo volveré a verte? —preguntó Rogelio.

—Mañana tengo un maldito examen y..., bueno, sólo me faltaba esto ahora para colapsarme.

—Lo siento.

—No seas tonto —manifestó llena de dulzura.

—Te llamaré.

—¿Recuerdas el número?

Se lo repitió. Una vez comprobado, Beatriz asintió con la cabeza.

—Ya te dije que tenía buena memoria.

Una docena más de pasos. Llegaban a la zona donde los perros corrían y jugueteaban mientras sus dueños y dueñas hablaban y reían, libres y despreocupados.

Quizá los perros no fueran más que excusas.

—¿Cómo te sientes? —volvió a preguntar Rogelio tomando la iniciativa o demostrando que estaba más nervioso que ella.

—En una nube.

—Es algo... Sí, te entiendo. No pensaba...

—Ahora ya está.

—Aún no puedo creérmelo.

—¿Sabes lo que es más importante en una relación así?

—No.

—No hacernos daño.

—¿Por qué habríamos de hacérnoslo? —Frunció el ceño.

—Porque cuando el amor no se ajusta a los cánones establecidos ni se mide por el mismo rasero, cuando uno tiene más años y más experiencia que el otro, casi siempre hay uno de los dos que acaba pasándolo mal.

Volvió a desarbolarlo aquella insólita madurez.

Tanta serenidad.

—¿Quién te ha dicho eso?

—Mi padre.

«Una relación».

Tenían «una relación.»

Era el momento de echar a correr o detenerse a pensar.

Y lo único que deseaba era no separarse de su lado.

—Beatriz... —susurró su nombre como en un rezo.

Llegaron a la puerta del parque, la que conducía a la plaza San Gregorio Taumaturgo. Se trataba de un espacio abierto, sin árboles, y aun así, ella se detuvo y se le colocó delante.

—No voy a dejar que me beses en la puerta de mi casa ni en la calle, así que será mejor que lo hagas aquí.

Era su tercer beso.

Y si creían que no podía ser más apasionado, más entregado y más denso que los anteriores, se equivocaban.

También fue el más largo.

Como su mirada al separarse.

Creían que temblaba la Tierra, pero eran ellos.

Caminaron por Francesc Pérez i Cabrero, rodearon la plaza por la derecha, pasando por delante de la parada de taxis, y continuaron por Johann Sebastian Bach, la frutería, la sucursal de La Caixa, la librería Pleyade...

Cuando Beatriz se detuvo, Rogelio miró el edificio.

No habían vuelto a hablar.

Una burbuja los envolvía.

—Es aquí —dijo ella.

—Vale.

—Llámame mañana por la tarde, o por la noche, o cuando quieras si es que estás liado.

—No...

—Rogelio —lo detuvo—. Cuando quieras o puedas, sin agobios.

—Bien —asintió.

No supieron cómo separarse.

No querían darse la mano, como extraños, aunque dos

besos en las mejillas pareciesen tan poco después de lo que acababan de compartir.

—¿Puedo hacerte una pregunta?

Beatriz no le dijo ni que sí ni que no.

Se la respondió directamente.

Mirándolo a los ojos.

—Cumplo dieciocho dentro de un mes.

Tercera parte:
LOS ACTOS

Amor es todo lo que hay, lo que hace al mundo girar.
Amor y sólo amor, no puede negarse.
No importa lo que pienses,
no serás capaz de hacer nada sin él.
Te lo dice uno que lo ha intentado.
Así que si encuentras a alguien que te da su amor,
mételo en tu corazón, no lo dejes pasar de largo,
porque una cosa es cierta,
que luego te sentirás muy mal, si lo tiras todo por la borda.

I threw it all away, BOB DYLAN

Capítulo 13
MOMENTOS

Había salido de su casa, todavía adolescente, para ir a una cita en el parque con un hombre, y había regresado convertida en una mujer.

Al menos, ésa era la sensación.

Como si hubiera dejado de ser virgen.

Seguía conmocionada, incapaz de estudiar. Le parecía imposible que lo que acababa de vivir le hubiera sucedido a ella. Se tocaba los labios y sentía la huella de aquellos tres besos. Se pasaba la lengua por ellos y percibía el sabor de Rogelio. Se tocaba el cuerpo y lo notaba todavía excitado, vivo, convertido en un ascua. Sabía que existiría un antes y un después de ese momento. De un plumazo, toda su vida anterior había quedado barrida por el efecto de un golpe insólito del destino.

Le dolían partes de su cuerpo que ni siquiera sabía que existían.

Quería cantar, gritar, echar a correr, subir a contárselo a Elisabet o telefonearla, pero de lo único que fue capaz, convertida en una gelatina, fue de quedarse sentada delante del libro, con la cabeza perdida en el Turó Parc.

Miró las fotos que le había tomado a él.

Una a una.

Las pasó al ordenador y las amplió.

Deslizó las yemas de los dedos por la pantalla.

Luego recordó a duras penas cada palabra, aquel largo diálogo previo al estallido de sus emociones, y los besos. Habían hablado de música, de cantantes, de discos o películas, pero en el fondo y durante todo aquel rato, no hicieron otra cosa que hablar de amor, ahora lo comprendía, porque existían muchas formas de hacerlo sin que lo pareciera. Vueltas y más vueltas para llegar al punto sin retorno.

Y aquella pregunta, tan tierna aunque desconcertante:

—¿Puedo besarte?

Beatriz se estremeció.

Temía no haber estado a la altura. Quería parecer fuerte y segura. Quería sentirse ella. Quería que la percibiera como a una mujer.

No estaba muy convencida de haberlo conseguido.

Aunque el amor convirtiera los defectos en virtudes y las inseguridades en deliciosas gracias.

—Rogelio —susurró su nombre a media voz.

Sonaba bien. Con empaque.

—Rogelio, Rogelio, Rogelio.

No iba a poder dormir, y por la mañana metería la pata en el examen. Sería una noche en vela, con la cabeza sacudida por mil ideas, mil emociones, mil sensaciones. Descubrir que la felicidad era mágica la sobrepasaba. Pero descubrir también que dolía la desconcertó. Temió que le estallara el corazón. Le faltaba el aliento. Y quedaba lo peor: la cena. Era como si llevase escrito en la cara lo sucedido, o las palabras «Me he enamorado» colgadas de su cuello lo mismo que si llevase un collar de perlas. Su madre lo vería.

Podía decirle que no tenía hambre.

No, eso sería peor.

—¡Ay, Dios! —suspiró.

Miró el libro.

Y descubrió lo mucho que odiaba estudiar.

Al ir a la cita con Beatriz no tenía ni idea de lo que iba a suceder, no sabía cómo actuaría, qué le diría o por qué derroteros transcurriría aquel rato partiendo de la postura o las reacciones de ella, pero ahora lo veía todo lógico, como si, en el fondo, hubiera sabido de antemano que eso y ninguna otra cosa fuera posible.

Sólo la verdad desnuda de sus emociones.

Llevaba un buen rato mirando por la ventana hacia una Barcelona que se oscurecía gradualmente. Los últimos días de la primavera y los primeros del verano son los más hermosos. Pasadas las nueve de la noche, todavía hay luz. Y la luz es magia. Él odiaba la llegada del otoño, cuando a las cinco y media o las seis de la tarde ya es de noche, aunque la noche formara parte de su vida.

Pilar había muerto en uno de esos anocheceres rápidos.

Abandonó la ventana y se enfrentó a su fotografía.

La miró largo rato.

—Ella es diferente —le dijo.

Pilar siguió sonriéndole desde aquella instantánea en la

que había quedado atrapada su belleza, y también el tiempo, haciéndola eterna e inmortal.

—Rezuma inocencia, frescura, y es tan luminosa...

Su voz flotó como una lluvia quieta por el aire, hasta desaparecer envuelta en aquel cadencioso silencio.

—Tiene diecisiete años —suspiró.

Y de pronto la escuchó.

Otra voz.

La de su desaparecido amor.

—Siempre te han gustado jóvenes.

—Pero no tanto.

—Siempre has sido enamoradizo.

—Pero no tanto.

—¿Entonces...?

—No lo sé.

—¿Y por qué me lo cuentas? ¿Quieres mi permiso?

—No.

Cuando Pilar le hablaba en susurros, él cerraba los ojos. Su tono era armónico, y el calor que proyectaba sobre su oído o su mejilla, un balsámico masaje. Solía hacerlo en el cine, bailando, en la cama, cuando necesitaba que la abrazara o le hiciera el amor, y después de consumarlo, cuando lo besaba.

—Estoy loco, ¿verdad?

—Depende de tu sinceridad.

—Ahora mismo...

—No se trata de ahora, sino de mañana.

—No había sentido nada igual desde que te perdí, ni siquiera por Concetta.

—No le hagas daño.

—No pienso...

—No le hagas daño.

Cerró los ojos y la voz desapareció, y con la voz, la imagen de Pilar, no sólo la que emanaba de aquella fotografía, sino la de su mente y su recuerdo.

Rogelio regresó a la ventana.

No solía apreciar los momentos. No tenía tiempo. La calle era únicamente un lugar de paso, lo que medía la distancia entre dos puntos. Las ventanas de las casas, ojos abiertos o cerrados que no le importaban porque al otro lado vivían extraños. La gente acababa siendo compradora o no de lo que él vendía.

Y ahora todo era distinto.

En las calles había vida, detrás de las ventanas, amores secretos, y las personas eran cómplices de su propio secreto.

Extraño.

¿Cómo podía cambiar tanto el mundo en un abrir y cerrar de ojos?

¿O se trataba de él?

Llegó al instituto concentrada para el examen, con el sueño pegado a los párpados y el cansancio cosido a su cuerpo. No habló con nadie, cruzó la puerta, recorrió los pasillos y se metió en el aula para dejarse caer sobre su silla. Faltaban cinco minutos para la hora. No quiso ni echar un último vistazo al libro. Esperó, quieta, rodeada de vacío, porque no hay nada más solitario que un aula sin gente.

Y lo esperaba todo menos aquello.

Que la directora metiera la cabeza por el hueco de la puerta y la llamara.

—Blasco, ven.

Se levantó y caminó hacia ella. Las dos se encontraron justo a la entrada del aula, fuera de los ojos y los oídos del pasillo. El rostro de la mujer era grave. O más que grave, expectante. Cuando tuvo que empezar a hablar se mordió el labio inferior. Luego se lo soltó.

—Vas a tener que repetir el examen de lengua.

Beatriz no podía creerlo.

—¿Qué?

—Lo del otro día con el profesor Buendía...

—Discutimos, sí, pero eso...

—Él insiste en suspenderte por tu actitud. Yo no estoy de acuerdo. Pero de alguna forma te pasaste, y hay que hacer algo al respecto.

—¡Mi examen era para nota, y me puso un cinco por un maldito matiz personal!

—Podrías pedir una revisión.

—¿Con él? ¡Por Dios, ese hombre es un retrógrado inútil...!

—Blasco —la previno.

—¿Cómo puede dar clase de lengua y literatura un tipo que no lee un solo libro con la excusa de que lo que se hace hoy es malo?

—¿Quieres volver en septiembre?

—¡No!

—Pues haz ese examen. Lo pasarás sin problema.

—¡No es justo!

—El miércoles, a primera hora. —La directora pareció dispuesta a terminar la conversación.

—¿Y si me pone un examen durísimo para catearme?

—No lo hará, te lo aseguro.

Beatriz se cruzó de brazos. Tenía ganas de llorar, pero más aún de gritar. Aquello era lo más insólito que le había sucedido en la vida.

—Esto es absurdo y usted lo sabe. La gente no se examina dos veces como no sea para mejorar nota o algo parecido.

—Escucha —la mujer soltó una bocanada de aire que pareció vaciarle los pulmones—, eres una buena estudiante, inteligente, capaz, con un nivel intelectual alto, ya lo sabes después del test de hace un año, pero hay unas normas, una dinámica escolar, unos profesores a los que hay que respetar...

—¿Y si ellos no nos respetan a nosotros?

—Déjame hablar —volvió a prevenirla—. Ni defiendo ni ataco a José María Buendía, pero aquí sois muchos, y si bien cada cual es único y diferente, todos juntos representáis algo que precisa del equilibrio para que funcione. Puedes negarte a hacer ese examen, aunque no te lo aconsejo. Si te niegas, Buendía te suspende y vuelves en septiembre. Si lo haces, te garantizo un trato justo, y yo misma me lo leeré. Sabes que he dado lengua toda la vida. Si estás para nota, tendrás nota. No quisiera tener que expedientarte por enfrentarte a un profesor, o expulsarte justo cuando acaba el curso y tus estudios. Podría ser muy malo para tus notas según lo que hayas decidido estudiar en el futuro.

—No voy a seguir estudiando. No vale la pena. Y más después de cosas así.

—No uses esto como excusa. —La directora la miró con fijeza—. Ni tires por la borda tu porvenir. Eres buena, tienes dos cosas indispensables: corazón y carácter, además de inteligencia. Supera este palo y superarás cualquier adversidad, como siempre has hecho, ¿de acuerdo?

Sonó el timbre de entrada a las clases.

El primer enjambre de compañeros y compañeras se dirigió hacia las aulas.

—Esto es una mierda —protestó por última vez.

—Es tu mierda. —La mujer le puso una mano en el hombro—. Cómetela, digiérela, y luego sácala por donde se sacan las mierdas y tira de la cadena para limpiar, ¿vale?

Eso fue todo.

La directora dio media vuelta y se alejó pasillo abajo.

Marcelo Novoa entró en el despacho de Rogelio sin llamar a la puerta, aprovechando que estaba entornada. El director de marketing y promoción estaba leyendo los periódicos, con las críticas de la actuación de Brainglobalnoise en Razzmatazz. Al notar su presencia, levantó los ojos.

—Hola, Rogelio —lo saludó el recién llegado.

—Hola, buenos días.

—Nada positivas, ¿no? —El dueño de Discos Karma señaló los periódicos.

—Lo esperado.

—Creía que, al menos, alguno destacaría el éxito de público.

—Lo hacen, aunque de forma velada.

—Muy propio de ellos.

—Ya los conoces.

—Sí, ya los conozco. —Marcelo Novoa se sentó en una de las dos butacas ubicadas a la derecha de la mesa. No parecía muy feliz. Más bien todo lo contrario. Una vez derrengado sobre el asiento, rezongó—: ¡Malditos hijos de puta, creídos y sabelotodo!

—Hay cosas buenas —quiso ser positivo Rogelio.

—¿Cuáles?

—Éste dice: «Con el disco apuntando al n.º 1 y una creciente legión de fans...». Y éste —señaló otro periódico—: «La contundencia del sonido del grupo hizo que la respuesta del público estuviese a la altura».

—Frases extrapoladas, no me vengas con hostias.

Rogelio ya no dijo nada más.

Esperó.

Sabía lo que se le venía encima.

—¿Por qué lo hiciste? —suspiró Marcelo Novoa moviendo la cabeza de lado a lado.

—Ya lo comentamos el sábado.

—En caliente, todos gritando, con ellos allí. Ahora estamos solos, tú y yo, y nos conocemos.

¿Se conocían?

¿Bastaban catorce años?

Si vendía Discos Karma a BMG Ariola y lo dejaba en la estacada, ¿de que le iba a servir esa amistad?

A la hora de la verdad primaban siempre los egoísmos.

—Todos sabemos que la vida media de un grupo es de cinco años, Rolling Stones aparte. —No era un chiste aunque lo pareció—. Comienzan con entusiasmo, son honestos, se creen su película, pelean duro, y a partir del primer éxito se inicia una cuenta atrás degradante que acaba con ellos. Si un matrimonio de dos se mata en unos años, ¿que van a hacer cinco tipos con cinco egos? Tarde o temprano el cantante se emancipa, uno se alcoholiza, el otro se droga, el otro pasa, el otro... —Hizo una pausa cargada de reflexiones—. Cuando vi a ese niñato esnifando coca...

—Es su vida.

—Es nuestro grupo. Hemos apostado por ellos con todo lo que teníamos.

Marcelo Novoa hizo una mueca con los labios sin dejar de mirarlo.

—Eres raro.

—¿Yo?

—Llevas en esto un montón de años y... ¿Nunca te has drogado?

—He pillado algún pedo, como todos, pero drogas no. ¿Las has probado tú?

—No es lo mío, pero yo soy mayor. Tú, en cambio...

—¿Yo qué?

—A las chicas les gusta, y en cualquier fiesta... —Soltó un bufido y agregó—: ¡Bah, a la mierda! ¿Qué habría pasado si le haces daño?

—No le pegué.

—Lo empujaste y lo tiraste al suelo.

—O sea que aún cree que me metí en donde no debía.

—Sí. ZQ está furioso.

—¿Y los otros?

—Hay disparidad de opiniones. Ellos te aprecian. Saben que si no fuera por ti...

—Entonces que respeten mis decisiones, y que sepan que si vuelvo a ver a uno fuera de lugar, haré lo mismo.

El dueño de Discos Karma sostuvo la mirada.

Se levantó cinco segundos después.

—Voy a ver si el concierto ha disparado las cifras de ventas esta mañana —se despidió de Rogelio.

Elisabet no podía creerlo.

—¿Me lo dices en serio?

—Sí.

—¿En pleno parque?

—Sí.

—¿Y así, sin más, de repente?

—Sí.

—¡Ay, la leche! —Tuvo que dejarse caer sobre la cama, como si sus piernas, de pronto, fueran incapaces de sostenerla.

Beatriz ocupó la silla.

—Tía, tía... —Su amiga empezó a reaccionar—. Esto es lo más fuerte que... Joder, joder...

—Tú misma me dijiste el sábado, después de que quedara con él, que había rollo.

—Ya, pero tan rápido... ¡Te has colgado de él!

—Y él de mí.

—¿Seguro?

—Sí.

—¿Te lo dijo?

—Le vi la cara y los ojos, y sobre todo, lo sentí al besarme.

—¡Mira la experta! ¿A cuántos tíos te has morreado tú, eh? ¿Y a cuántos has seducido o te han echado los tejos?

—Una sabe cuándo pasa algo.

—¡Yo me lo hice con aquel cretino, Germán!, ¿y qué? ¿Crees que vi la luz o algo así?

—Era distinto. Tú misma lo has dicho: un cretino.

—¡Pero esa noche no me lo pareció, y perdí el culo!

—Perdiste algo más que el culo —le recordó Beatriz.

—¡No me lo recuerdes! —se estremeció su amiga—. Cada vez que pienso en ello...

Había muchos fantasmas en torno a «la primera vez».

El más usual solía ser el rechazo, el dolor, el mal sabor de boca...

—Bueno, ¿vas a ser positiva o qué? —dijo Beatriz.

—¡Yo soy positiva!

—Pues dime algo agradable.

—¿No me ves la cara? ¡Me corroe la envida! ¡Tu Rogelio está inmenso! ¿Qué quieres más agradable que eso? ¡Te has enrollado con un tío de verdad!

—No me he «enrollado» con él.

—No, a ver. Os comisteis a besos por pasar el rato.

—Nadie se ha enrollado con nadie. Nos hemos... —Buscó la palabra adecuada, porque «enamorado», de pronto, se le antojó fuerte e inapropiada—. Nos hemos gustado el uno al otro y ya está.

—¿Ya está? Sabes lo que viene ahora, ¿no?

—Pues... sí.

—Llamadas, quedadas, decisiones...

—¿Qué decisiones?

—¿Crees que un tipo de treinta y ocho años se lo toma con calma? Querrá cama, rollo, y tú en eso...

—¿Por qué siempre corres tanto?

—¡Porque es lo que hay, tía! ¿Qué piensas hacer?

—Ver qué pasa.

—Si toma la iniciativa, te llevará a su terreno.

—No quiero pensar en nada, por favor. —Hizo un gesto de fastidio—. Déjame que lo disfrute tal cual, día a día.

—Por lo menos, un tío así sabe lo que quiere —ponderó Elisabet—. No es un niñato inseguro y tocapelotas.

—Yo no estoy tan segura —objetó ella.

—¿Qué quieres decir?

—Que en el fondo es un crío... Bueno, estaba más alucinado que yo. Ha debido de follar mucho, sí, ¿y qué? De sentimientos va perdido, y más conmigo.

—Te tendrá pánico.

—Más o menos. —Se echó a reír.

Tan feliz que Elisabet se lo notó.

—Mírala ella. —Levantó las dos manos, con las palmas hacia arriba, para mostrársela a un invisible testigo de su conversación—. ¡La mujer madura!

—Elisabet —calmó sus expansivos ataques de apasionada verborrea—, es sólo que me parece que ha ido un tanto perdido en estos últimos tiempos, o años, o meses, no sé. Es la impresión que da y la sensación que tengo. Su trabajo, su vida... Como si se hubiera movido en el vacío. No creo que lea nada, ni ame de verdad lo que hace, y quizá sí esté en esa crisis de los cuarenta que dicen. Me parece que tiene un enorme agujero en la cabeza y en el alma.

—¿Y tú vas a llenarlo?

—Lo llenará él solito. Si yo estoy a su lado y formo parte de eso, mejor. Mira —su tono se hizo dulce, lo mismo que su mirada—, lo único que sé es que desde el primer momento nos pasó, a los dos. En el parque, luego el sábado en el concierto, y finalmente, ayer de nuevo en el Turó. Esas cosas no pueden detenerse, ni razonarse, ni... ¡Pasó y ya está! ¡Y está pasando ahora! ¿Qué quieres que te diga, que estoy alucinada? ¡Lo estoy! ¿Y en una nube? ¡Pues sí! ¡Sólo quiero estar con él, verlo, oír su voz, besarlo y que me bese! No voy a pensar en nada más porque no quiero pensar en nada más. ¡Me siento viva!

Elisabet se incorporó.

Llegó hasta ella y la rodeó con los brazos.

—Entonces, adelante —musitó cerca de su cabeza, porque ella estaba de pie y Beatriz sentada—. Adelante y a por él. *Take no prisoners!*

Tampoco era necesario que se lo dijera.

La llamada telefónica lo pilló concentrado escribiendo el modelo de correo electrónico de agradecimiento a todos los críticos por haber asistido al concierto del sábado. Y no importaba el trato dado al grupo. Sólo la cortesía. Comprobó el número y se encontró con el de su hermana Martina.

Le vino a la cabeza de golpe algo que tenía olvidado por completo: que Martina había llevado a Miguel a casa la noche pasada, mientras él flotaba en su nube personal, para presentarlo a sus padres.

Contestó de inmediato.

—¿Sí?

—Rogelio, soy yo.

—Ya, dime.

—Fue mejor de lo que esperaba.

—¿Cómo de mejor?

—Papá estuvo correcto y mamá muy en su sitio. No hubo cohetes, pero tampoco frialdad o mal ambiente.

Suspiró, aliviado, quitándose un inesperado peso de encima. Había temido que su padre gritara, la llamara loca, o se pasara con Miguel hasta el punto de humillarlo o...

Era capaz de eso y más.

—Cuéntame.

—Nada, llegamos y, de entrada, mamá se quedó muy impresionada, porque no la había avisado ni nada. Eso la desconcertó. Digamos que la obligué a comportarse como una señora y que se mantuviera en su papel. No tuvo tiempo de prepararse, ¿entiendes? Con esa pequeña batalla ganada, llegó el momento. Pasado lo inesperado de su presencia, le dije a papá que Miguel y yo estábamos saliendo juntos desde hacía un tiempo, y naturalmente captó la idea. Hablamos un rato, hizo de «padre de la novia», lo llenó de preguntas acerca de su trabajo, qué hacía, quién era... ¡Sólo le faltó preguntarle a quién votaba! Y así, de la manera más sencilla posible, Miguel sacó el tema de sus hijos. Hasta les mostró una fotografía. La niña de diez años es un ángel, y el chico de siete es guapísimo, ¿sabes? Mamá se enterneció. Papá mantuvo la seriedad, sin dejar de mirarme a mí. Pero entre mi cara de felicidad y la seriedad y el aplomo de Miguel creo que... En fin, que no hubo temporal ni tormenta. Acabamos hablando de su ex mujer y de la situación de sus hijos. ¡Lo impensado! Mi miedo se desvaneció por completo.

—Me alegro, de verdad.

—Puede que por dentro mamá siga pensando que me conformo con eso que me dijo, lo de ser «plato de segunda mesa», y que papá crea que me equivoco, ¡y hasta que haga investigar a Miguel, porque es capaz! Pero de momento, la corrección ha imperado y las aguas están tranquilas, lo cual, para mí, es más de lo que habría soñado.

—Y cuando se marchó él, ¿qué te dijeron?

—Era el segundo momento crucial de la noche, pero tres cuartos de lo mismo. Mamá, correctísima, me dijo que «parecía un buen hombre» y hasta agregó que, si era como él decía, «había tenido muy mala suerte en su matrimonio». Ya ves. Desde luego, la ex de Miguel es una especie de arpía, interesada, egoísta, a la que sólo mueve su propio beneficio y seguridad... En cuanto a papá... Me preguntó si era feliz, le dije que sí, y asintió con la cabeza. Tuve ganas de abrazarlo y darle un beso.

—¿No lo hiciste?

—Papá es un témpano.

Rogelio no pudo contener una risita.

—¿Ninguna referencia a la diferencia de edad?

—No.

Ni siquiera supo cómo dijo aquello.

—¿Qué dirían si yo me presentara con una chica de dieciocho años?

—¿Estás de broma? —dijo Martina—. Tendría la edad de María.

María.

No había pensado en ella. Una muerte a los tres años de edad, y de eso hacía quince, era tan sólo un recuerdo doloroso, lejano, cada vez más impreciso en el tiempo, aunque para sus padres siempre estaría presente, viva, mucho más que Marcos, Martina o él.

—Tú eres la hija predilecta, y yo, la oveja negra, recuerda —bromeó sin ganas.

—Porque siempre has estado en guerra con papá.

Era un tema a discutir.

Se quedó con la pregunta que Martina no había llegado a responder completamente, salvo por su comentario.

—Tengo que dejarte —se despidió ella—. Sólo quería decírtelo, y darte las gracias por comer ayer con nosotros. Fue muy importante para los dos.

—Cuídate.

—Claro.

Los dos colgaron al mismo tiempo.

Capítulo 14
IMÁGENES

El zumbido de su móvil la alertó más o menos a la misma hora que el día anterior había estado en el parque con él.

Llevaba mucho rato deseando llamarlo, pero había preferido esperar.

Esperar.

Tomó aire, intentó relajarse y cerró los ojos al descolgar, para concentrarse mejor en su imagen y su recuerdo.

—Hola.

—Hola.

Hubo una primera pausa, breve, como si de pronto tocara ordenar, o reordenar las ideas y las palabras.

—¿Qué tal?

—Bien.

—¿Tu examen...?

—Mejor no hablar de eso.

—¿Te ha ido mal? —La voz tuvo un deje de alarma.

—No, me ha ido bien, pero quieren que repita el de lengua dentro de un par de días.

—¿Por qué?

—Menos guapo, le dije de todo al imbécil que me da clase.

—Pero ¿repetir un examen...?

—O me suspendían, o me expedientaban, o... qué sé yo. Ahora para mí es una cuestión de orgullo, ¿sabes? Ese cabrón no me conoce. Aunque me deje las pestañas, voy a sacar nota.

—Entonces ¿no podremos vernos?

—Lo siento.

—Una escapada. Al parque.

—No seas malo.

—Necesito... —No supo cómo terminar su urgencia—. Bueno, es que no sé si sucedió de verdad, ¿entiendes?

—Sucedió.

—¿Estás segura?

—Ya lo creo. De los sueños te despiertas. Esto, en cambio...

Se produjo una segunda pausa, ésta más larga que la primera, y también más llena de evocaciones.

Algo muy lánguido flotó a través de la línea telefónica. Hasta que Rogelio tomó la iniciativa.

—¿Estás bien?

—Sí, mucho. ¿Y tú?

—También.

—¿Sigue el shock?

—Claro.

—Fuerte.

—Muy fuerte.

—Te estoy grabando unas canciones para ponerte al día.

—Oh.

—Ya tengo unas cuantas escogidas, y muy variadas: *California* de John Mayall, *Both sides now* de Joni Mitchell, *Madman across the water* de Elton John, *Gypsy* y *Sara* de Fleetwood Mac, *Somebody to love* de Jefferson Airplane, *Avalon* de Roxy Music, *Find the cost of freedom* de Crosby, Stills & Nash, *Black water* de Doobie Brothers, *Running up that hill* de Kate Bush, *Solsbury Hill* de Peter Gabriel, *Babe I'm gonna leave you* de Led Zeppelin, *Do it again* de Steely Dan, *Blue lines* de Massive Attack, *Rooms on fire* de Stevie Nicks, *Layla* de Eric Clapton, *As the years go passing by* de Eric Burdon, *Like a rolling stone* de Bob Dylan, *Suzanne* de Leonard Cohen, *Magic bus* de los Who, *Nights in white satin* de Moody Blues, *A whiter shade of pale* de Procol Harum, *John Barleycorn must die* de Traffic, *The sun ain't gonna shine anymore* de Walker Brothers, *I'm not in love* de 10 C.C...

Finalmente, Rogelio no pudo evitar una limpia carcajada.

—¿Qué? —preguntó extrañada Beatriz.

—¿Me vas a pasar toda la historia de la música? —continuó alucinado.

—¡Son sólo unas canciones! ¡Tengo más de mil que considero básicas!

—¿Pretendes que haga un cursillo acelerado?

—No sé lo que va a durar esto, así que es mejor no dejarlo para después.

La tercera pausa.

—¿Por qué dices que no sabes cuánto durará esto?

—Porque no lo sé. —Fue sincera.

—¿No crees en el amor eterno y esas cosas?

—No.

—Muy dura.

—El amor es lo que tienes aquí y ahora. Lo importante es aprovecharlo. Si el aquí y ahora dura cuarenta años, perfecto. Si dura cuarenta días, lo mismo.

—Tú me pondrás al día en música, y yo a ti, en cuestiones vitales.

—¿Como cuáles?

—No sé, la vida, la experiencia, la necesidad de creer y apoyarte en algo...

—Entonces empieza.

—¿Por teléfono?

—Cuéntame cosas. —La voz de Beatriz se convirtió en un susurro.

—¿Qué clase de cosas?

—Tú sabrás. Las parejas se pasan horas hablando por teléfono.

—O en silencio, sin decir nada.

—Bueno.

Otra pausa, la más larga.

—Quiero besarte —dijo Rogelio.

—Hazlo.

—¿Así?

—Sí.

—¿Más?

—Más.

—Ayer fue muy... especial.

—Ya.

—Nunca...

—No lo digas.

—¿El qué?

—Que jamás habías besado de esa forma.

—Es cierto.

—No me mientas nunca, por favor.

—No tengo por qué hacerlo.

—Recuérdalo —dijo con el mismo tono susurrante.

—¿Por eso quieres que te cuente cosas?

—Quiero saber todas tus verdades.

—¿Qué clase de verdades?

—De ti, de tus amores...

—¿De mis amores?

—Por lo menos de uno, del que te marcó la vida y te dejó así.

Rogelio se sintió como si hubiera sido atravesado por una descarga eléctrica.

Beatriz lo comprendió.

Se aferró al teléfono, como si se hundiera y él fuese su único punto de contacto con la realidad, su tabla de salvación.

Quería salir corriendo, olvidarse de su examen y encontrarse con él.

—Murió —dijo entonces Rogelio.

No era necesario que pasara por el parque al salir del instituto, pero siempre lo hacía, dando un pequeño rodeo, para cruzar aquel territorio en el que se sentía unas veces pequeña, lo mismo que una planta o un insecto, y otras, como si fuera la dueña de su espacio.

La primavera todo lo sublimaba.

Y el inminente verano lo reafirmaba.

Llevaba la cámara en la mano, dispuesta, y a los pocos

pasos ya disparó la primera instantánea. Una parejita de jóvenes que no llegaba a los veinte, con sus caritas de susto ocultas bajo la pátina de su desafío amoroso. A la segunda la pilló caminando, ejecutivo con corbata él, veintimuchos, enfermera de bata blanca ella, veintipocos. Quizá no tuvieran más que una hora para verse, sin siquiera comer, alimentándose de besos. Suficiente para ambos. A la tercera pareja la fotografió con el zoom, porque estaba sentada en uno de los bancos que flanqueaban el estanque. De nuevo jóvenes, mucho, tal vez demasiado, una quinceañera y un quinceañero. Hablaban como cotorras, y le habría encantado grabarlos.

¿De qué hablaban los enamorados de quince años?

¿Decían las mismas bobadas que los de veinte, treinta o cincuenta?

Lo extraordinario era que siempre hubiera alguien nuevo, más y más parejas. Sólo de vez en cuando, y a determinadas horas, algunas se repetían. Sólo muy de tarde en tarde veía a un hombre o a una mujer caminando solos por los caminos que antes habían compartido unidos. Y sólo una vez había fotografiado a un chico con dos parejas distintas con tres meses de diferencia.

No se detuvo para quemar ninguna foto.

Eso debería esperar.

Los tres lugares en los que se había besado con Rogelio, de pronto se le antojaban puertas del paraíso, escenarios únicos e irrepetibles. Una especie de cápsulas protegidas en las que todo era ya posible. Y el último, el contiguo a la salida, la hizo estremecer de pies a cabeza.

Salió del parque y apretó el paso.

No huía, aunque ahora comenzaba a sentir el dolor del

amor, el de la ausencia, el de los pequeños recuerdos amontonados, el de la opresión en el pecho.

El primer miedo ante la propia vida.

Odiaba a Cervantes. Y menos mal que había sido manco, porque de lo contrario... ¿cuántas páginas habría tenido el dichoso *Quijote*?

Le costaba concentrarse, le costaba estudiar, pero ahora la motivación era muy fuerte. Nunca había sido excesivamente peleona. Tozuda, sí. Pero peleona hasta el punto de sentirse rabiosa... Quería ganar al maldito Buendía. Quería demostrarle quién era. Quería que se acordara de ella para los restos.

Iría a machacarla.

Dependía de sí misma que lo lograra o no.

Era su última contribución a la larga etapa escolar...

En cuanto oyó el primer zumbido del móvil, sin embargo, Cervantes, Buendía, la rabia..., todo desapareció de su mente.

Luego se calmó.

No era Rogelio. Era Gonzalo.

—Hola —dijo alargando la «a» con cansancio.

—Hola, Beatriz —cantó la voz de su amigo.

—Estoy estudiando. —La suya fue de fatiga.

—¿Te llamo el mes que viene?

—No, pero al menos dime algo agradable —continuó poniendo voz de dormida y de dolor de cabeza.

—Para mí lo es.

—¿Qué? —se animó.

—Nos besamos.

—¿En serio? —se despejó del todo.

—¡Sí!

—¿Con... Carlos?

—¿Con quién si no? ¿Crees que cambio de gusto de un día para otro?

—Pero ¿cómo fue? Pensaba que...

—El día que le dije que me gustaba, que estaba enamorado de él, lo dejé muy confundido. Me contestó que no era gay, que tal y cual, y como ya te dije, el único que tal vez no se diese cuenta de sus inclinaciones era él mismo. Sabes que me dejó muy mal sabor de boca. Pensaba que lo había perdido... No sé, han sido unos días muy raros. Pero finalmente, ayer vino a verme.

—¿Él a ti?

—Me dijo que estaba hecho un lío, que siempre había creído que le gustaban las chicas. Yo le dije que tal vez fuera bisexual, y se lo dije con toda naturalidad porque... bueno, estábamos serenos, calmados, hablando... Entonces me preguntó cómo lo había sabido yo, y le conté mis reacciones en la niñez, en la adolescencia, y que una vez, al besar a una chica, me quedé tan frío que... En fin, no quería que pensara que buscaba una excusa.

—Claro.

—Pero es que es la verdad. El primer beso con el que sentí algo fue... muy fuerte, ¿entiendes? Y era un chico. Se llamaba Sebastián.

—¿Entonces...?

—Me pidió que lo besara.

—¿Y?

—Le dije que si no ponía algo de su parte, no resultaría, porque un beso es algo compartido. No funciona si uno besa y el otro se deja besar. Así que me prometió entregarse.

—Lo hizo. —No fue una pregunta, sino una afirmación categórica.

—Beatriz... ¿que si lo hizo? Fue increíble.

—¿Qué dijo al separaros?

—Nada, pero por la cara vi que le había gustado. Estaba demasiado asustado para reconocerlo o echarse en mis brazos o pedirme otro. Respiró a fondo, asintió con la cabeza, despacio, un par de veces, y me dijo que necesitaba pensar en ello, y mucho. Así que me dio las gracias y se marchó.

—¿Así, sin más?

—¿Qué querías, que le pidiera ya un compromiso? Parecía muy emocionado. Tenía que digerirlo.

Beatriz se imaginó a Gonzalo, radiante, capaz de escribir una docena de canciones de amor, letra y música.

—Supongo que es un primer paso.

—Total.

No era amanerado. Nunca lo había sido. Nadie, salvo quizá otro gay, lo habría reconocido como tal. Pero esa última palabra le salió del alma con toda la ternura de su condición.

Ella sonrió.

—Parece que la primavera nos ha alterado la sangre a todos este año —aseguró.

—A Elisabet no.

—No seas malo.

—¿Has vuelto a verlo?

—Aún no.

—Si yo estoy cagadito de miedo, tú has de estar...

—Cagadita de miedo —reconoció.

—Bien, ahora todo es posible —dijo Gonzalo.

Beatriz recordó algo.

—Ya he colgado tu canción en YouTube.

—¿En serio?

—Tendría que haberte llamado. Perdona. Hice un montaje con fotos mías y ha quedado bastante aparente. Si entras en Internet y tecleas tu nombre, te sale. Si no, te mando el acceso por mail. La acabé anoche, ya tarde, cuando tenía las neuronas bizcas de tanto estudiar.

—Me gustaría que escucharas la que acabo de hacer.

—Mándamela.

—¿Quieres?

—¡No seas plasta! ¿Quién es tu fan n.º 1?

—Si algún día lo consigo, me gustaría tenerte cerca.

—¿De mánager?

—De lo que sea.

Lo pensó por un momento. Unos días antes Gonzalo estaba solo y ella estaba sola. Ahora él parecía haber hallado el camino hacia el corazón de su Carlos, y ella por su parte...

La vida cambiaba rápido.

Una caja de sorpresas.

—Hasta mañana, Gonzalo.

—*Ciao*, fan n.º 1.

El archivo de la canción de Gonzalo sonaba por quinta vez en su ordenador.

Y a cada audición le parecía más hermosa.

Más redonda.

Quizá el desamor facilitara versos desgarrados y letras apasionadamente rotas, pero el amor también daba alas a la imaginación y hacía que un corazón latiera con una armonía y una fuerza situadas más allá de la razón.

Si a ello se unía aquella delicada guitarra, y la voz llena de cadencias de su autor...

Ya se la sabía de memoria.

Le hizo el coro a su párrafo preferido:

> Quiero que te desmayes sobre las sábanas.
> Así, lánguida, estremecida,
> con sabor a mí en tu boca,
> mi orgasmo en tus carnes,
> el tuyo en mis oídos.
>
> Quiero vivir entre tus brazos,
> así, siempre al límite de los sueños,
> con tus susurros en mi alma,
> mis suspiros en tu vientre,
> cien mil noches sin mañanas.

Era extraño que Gonzalo fuese gay y en cambio su canción le hablase del amor a una chica.

Extraño...

El toque de los nudillos en su puerta coincidió con la voz de Carlota.

—¿Beatriz?

—¿Qué?

—¿Puedo?

—Sí, pasa.

Su hermana metió la cabeza por el hueco. Su cara era de sorpresa.

—¿Quién es? —quiso saber.

—¿Te gusta?

—Mucho.

—Ven, entra y escúchala bien.

Su hermana la obedeció. Llegó junto a la mesa y se quedó de pie, mirando el ordenador, mientras ella detenía la audición y volvía a iniciar el archivo de la canción.

—Es de mi amigo Gonzalo —le dijo con cierto orgullo—. Se llama *Plenitud*.

Capítulo 15
VIGILIAS

En el blog había un nuevo texto, bellísimo, sobre el amor, la conmoción que causa, los efectos que produce sobre el cuerpo y la mente. No era muy largo, pero sí tremendamente sincero y vital, con un punto de sensualidad absolutamente erótico. Tanto que le atravesó la mente y se apoderó de su ánimo. Y quizá fuera eso lo que más llamaba la atención de Beatriz, su intensidad oculta, su erotismo apenas perceptible, salvo que uno atravesara sus defensas naturales y llegara directamente al corazón de su sensibilidad. Algo fuera de lo común en una chica tan joven.

Tan joven.

¿Y si él era su primer amor?

Apenas si empezaban a conocerse, a descubrirse.

Por eso le encantó aquel pequeño poema.

Te conocí mañana.
Te amé ayer.
Te necesito hoy.
Cariño, juguemos con el tiempo.

> Hagamos del espacio nuestra cama.
> Te busqué mañana.
> Te encontré ayer.
> Te poseo hoy.
> Cariño, vivamos en una burbuja de colores.

Rogelio continuó leyendo. Además de la reflexión de la mujer que acababa de cambiarle el rumbo, la vida, metiéndose en su mente lo mismo que una obsesión adolescente, el blog incluía un texto muy especial de Julio Cortázar titulado «Toco tu boca».

No lo leyó con su voz, sino que lo escuchó con la de Beatriz.

> Toco tu boca, con un dedo todo el borde de tu boca, voy dibujándola como si saliera de mi mano, como si por primera vez tu boca se entreabriera, y me basta cerrar los ojos para deshacerlo todo y recomenzar, hago nacer cada vez la boca que deseo, la boca que mi mano elige y te dibuja en la cara, una boca elegida entre todas, con soberana libertad elegida por mí para dibujarla con mi mano en tu cara, y que por un azar que no busco comprender coincide exactamente con tu boca que sonríe por debajo de la que mi mano te dibuja.
>
> Me miras, de cerca me miras, cada vez más de cerca y entonces jugamos al cíclope, nos miramos cada vez más cerca y los ojos se agrandan, se acercan entre sí, se superponen y los cíclopes se miran, respirando confundidos, las bocas se encuentran y luchan tibiamente, mordiéndose con los labios, apoyando apenas la lengua en los dientes, jugando en sus recintos, donde un aire pesado va y viene con un perfume viejo y un silencio. Entonces mis manos buscan hundirse en tu pelo, acariciar lentamente la profundidad de tu pelo mientras nos besamos como si tuviéramos la boca llena de flores o de peces,

de movimientos vivos, de fragancia oscura. Y si nos mordemos el dolor es dulce, y si nos ahogamos en un breve y terrible absorber simultáneo del aliento, esa instantánea muerte es bella. Y hay una sola saliva y un solo sabor a fruta madura, y yo te siento temblar contra mí como una luna en el agua.

Al acabar de leerlo tenía una erección.

Cerró los ojos y evocó a la causante de todas sus nuevas bendiciones y sus repentinos males. La evocó y la sintió, también, como en el texto que acababa de leer, en su boca y en sus manos. El golpe de su olor y su sabor regresó y la erección se hizo mayor, incontenible. Su despacho en Discos Karma no era el mejor lugar para ir empalmado, así que trató de recuperarse y volvió a abrirlos, pero fue incapaz de salir del blog de Beatriz.

Había algo más.

Un acceso a YouTube para ver «al mejor nuevo artista del mundo».

Entonces recordó al amigo del que le había hablado ella.

Gonzalo.

Llevó el cursor hasta el acceso y la pantalla cambió por completo. Entró en YouTube y esperó a que se cargara el vídeo. No tuvo que marcar el inicio. Él mismo se puso en marcha.

Un suave murmullo de guitarra introdujo el tema, cadencioso, limpio, bien digitado. Casi al momento las imágenes, fotografías de Beatriz tomadas en el parque, se convirtieron en una especie de juego de espejos, parejas de enamorados con la cara pixelada, el esplendor de la primavera, el Turó Parc rebosante de vida. La melodía era preciosa y el trabajo de ella montando las imágenes, muy bonito. En el momento de aparecer la voz, sin embargo, tuvo un estremecimiento.

La voz y la letra de la canción.

No quería dejar de mirar las fotografías tomadas por Beatriz, pero la fuerza, el influjo del tema, se apoderó de él.

El tal Gonzalo era bueno.

Muy bueno.

Por segunda vez cerró los ojos y lo que hizo fue concentrarse al máximo en lo que estaba escuchando. Música, letra y voz armonizaban como si se tratara de un ensamblaje perfecto. La suma de las tres partes daba como resultado una canción sugerente, fresca, contagiosa aun siendo un tema de amor. No había ningún desperdicio, ninguna palabra fuera de lugar. Estaba escuchando una de esas raras perfecciones que se daban de vez en cuando en el mundo de la música.

Y donde había una buena canción quizá hubiese más.

Cuando terminó, abrió los ojos y la escuchó una segunda vez.

Una tercera.

Descubrió que ya era capaz de tatarearla, y que el estribillo se le quedaba sin esfuerzo.

Ya no hubo una cuarta audición.

Rogelio paseó su mirada desnuda por el despacho y se sintió súbitamente frustrado, vencido. Discos Karma se moría. No del todo, porque pasaría a formar parte de una multinacional, pero sí dejaría de ser lo que durante mucho tiempo había sido, y languidecería como un sello más en un fondo editorial hasta convertirse en un recuerdo marcado por unos años de esplendor. De no ser por eso, habría salido corriendo para hacer que Marcelo Novoa escuchara al amigo de Beatriz. De no ser por eso, ya lo estaría llamando a través de ella para pedirle un *pendrive*, más canciones, y querría escucharlas personalmente para comprobar si en vivo sonaban igual y si él tenía el magnetismo que se imaginaba, capaz de ofrecer al público también una imagen para acompañar aquella maravilla sonora.

Pensó en Brainglobalnoise.

En Leo Nairo.

En la diferencia abismal entre ellos y él.

¿Cuándo habían dejado de apostar por la calidad para centrarse en la pura música de consumo rápido y beneficios inmediatos?

Beatriz se lo había dicho, con su cara de sorpresa y emoción:

—¿Vosotros descubristeis a Leo Nairo?

Sí, Discos Karma.

Pensar en grabar al amigo de Beatriz era como matarlo en vida, «suicidarlo».

No había apuestas de futuro.

No había ni siquiera futuro.

La llamada telefónica no procedía de su móvil, sino del teléfono de Discos Karma. Y cometió el error de descolgarlo sin preguntar quién era, ni verificar el número en la pantallita.

—¿Sí?

—Rogelio, soy yo.

Demasiado tarde.

—Hola, Amalia. —Contuvo todas sus emociones negativas.

—¿Cómo estás?

—Con trabajo.

—No me invitaste a lo de Razzmatazz.

—No creo que sea tu tipo de música.

—Sabes que no es por la música.

—Amalia...

—No, Amalia no —lo cortó con una enorme carga de fatiga soterrada en la voz—. ¿Qué pasa? Ni una llamada. Nada. ¿Es eso lo que soy ya para ti, nada? Pensaba...

—Debes entend...

—No, déjame hablar a mí. ¿Te imaginas lo humillante que me resulta hacer esto? Parece como si te estuviera suplicando... amor, compañía, y sabes que podría tener a los hombres que me diera la gana, ¡lo sabes!

Era cierto. Había pocas mujeres como ella, tan atractivas, tan poderosas, tan excitantes y libres en la cama.

La cama.

Ahora ese recuerdo le pesaba.

—No creí que... —intentó decir.

—¿No creías que me diera tan fuerte? ¿Es eso?

—Iba a decir que no creí que llegáramos a tanto.

—Pero ¿tú te crees que yo me acuesto con el primero que me apetece porque voy salida o falta de sexo o... qué sé yo? ¡Si lo hice contigo fue por dos razones. La primera, que me sedujiste hábilmente, y la segunda, que me enamoré.

—No digas eso.

—¿Lo de la seducción o lo del amor?

—Lo segundo.

—Es la verdad, y deberías saberlo. Bastaría una palabra tuya y dejaría a mi marido.

Se pasó una mano por los ojos.

—Lo siento —se hundió.

—¿Que lo sientes? —Parecía a punto de llorar, de quebrarse en mitad de su vértigo, pero logró contenerse—. ¿Qué es lo que sientes, haberlo hecho o que ahora el señor haya decidido unilateralmente terminarlo? La otra noche...

—La otra noche... —Iba a decir que casi fue una violación, pero no habría sido justo con ella—. No, nada.

—¿Te has cansado o hay otra?

Podía mentirle.

—Hay otra, pero antes de que apareciera ya sabía que lo nuestro no era más que un espejismo.

Les sobrevino una breve pausa.

—Eres un mierda —dijo Amalia.

—Vamos, por Dios, ¿qué esperabas?

—Que fueras un hombre y supieras valorar tu suerte, o lo que la vida te ofrece.

—Lo valoro.

—¡Te estoy diciendo que sería capaz de abandonar a mi marido!

—Vamos, Amalia, sabes que eso es una locura.

—¿Es por el sexo? ¿Algo ha ido mal?

—Sabes que no.

—Entonces... —Su tono volvió a ser suplicante.

—Creo que soy tu excusa.

—¿De qué me estás hablando?

—Soy tu excusa disfrazada de amor para dejar a tu marido, y no necesitas ninguna para hacerlo. Si ya no lo amas, si ya no sientes nada con él ni por él, déjalo, pero sin necesidad de tener a otro esperándote. Arriésgate.

—Tú no sabes nada.

—No, no sé nada, ni lo conozco. Me basta contigo. Me gustaste nada más verte, sí, de acuerdo, pero luego... Lo hacías conmigo y te ibas a casa, a dormir con él.

—No lo hacía con él.

—Da lo mismo. Dios..., ni siquiera sé por qué lo discutimos.

—Quiero verte.

—No, Amalia, no.

—¡No puedes pasar de mí de la noche a la mañana!

—No me conviertas en una obsesión, por favor.

—No te la juegues conmigo —siguió insistiendo ella—. No voy a esperarte demasiado.

No lo escuchaba. Hablaba de sí misma, nada más.

Se juró que Amalia había sido su último error.

Y de pronto necesitó más que nunca a Beatriz.

—Cuídate —le deseó sinceramente.

No hubo respuesta, sólo una respiración densa, prolongada. Un fuego que abortó colgando el teléfono sin más palabras.

¿Cuánto hacía que no sostenía diálogos de enamorado por teléfono?

Ni lo recordaba.

En el parque, ella le había dicho que se tiene la edad de la persona a la que se ama.

Beatriz era la adulta, y él, el joven.

Largos silencios, suspiros, voces apenas susurrantes, preguntas tontas como «¿Qué llevas puesto?» o peticiones del tipo «Descríbeme tu habitación». La noche era cálida e invitaba a muchas cosas. Quería decirle que mientras hablaba con ella, se estaba acariciando a sí mismo. Quería preguntarle si mientras hablaba con él, se acariciaba ella. No lo hacía porque tres besos no eran un pasado demasiado contundente, sólo una puerta. Tampoco quería parecer demasiado osado. La idea de acostarse con una menor de edad le martilleaba el cerebro.

Un mes para los dieciocho.

¿Había alguna diferencia?

Y no se trataba del aspecto legal, sino del personal.

—Estoy tumbada en la cama, viendo la noche a través de la ventana.

—Yo también.

—La luna es la misma para todos los que se aman, ¿verdad?

—Es lo único que se comparte.

—La energía también. Flota y nos acoge a todos.

—Nunca había pensado en términos energéticos.

—¿Crees en algo, Rogelio?

—¿Algo como qué?

—Dios y esas cosas.

—No.

—Yo tampoco. Yo creo sólo en la energía, aunque algunos dicen que eso es como creer en Dios, porque basta con una cosa para que Él esté representado en ella. Pienso que la vida es esto, aquí y ahora, y que tenemos una única oportunidad.

—Estoy de acuerdo.

—Me gustaría ir al cine contigo —cambió de tema sin más.

—Iremos.

—A mí me gusta sentarme en las primeras filas, para meterme en la película de lleno. A lo peor tú eres de los que se sienta al final, o por el medio.

—Del medio hacia adelante.

—Tendremos que pactar eso.

—¿Veremos la película?

—Por supuesto que la veremos. Yo no pago la pasta que vale una entrada para hacer en el cine lo que puedo hacer fuera.

—¿Qué más te gustaría hacer conmigo? —la provocó.

—Aún no lo he pensado. Te lo diré cuando te vea.

—Mañana por la tarde, después de tu examen.

—Sí.

—¿En el parque?

—Sí, a la misma hora.

—Tengo muchas ganas.

—Yo también. —La voz casi desapareció al hacerse más y más tenue.

Rogelio no quiso excitarse más.

—¿Y tu madre?

—Viendo la tele.

—¿No pueden oírte?

—No.

—¿Y tu hermana?

—Tampoco. ¿Tienes miedo?

—No.

—Sólo lo saben Elisabet y Gonzalo.

El nombre de su amigo lo hizo reaccionar.

—He visto lo que colgaste de él en YouTube.

—¿Y qué tal? —se animó ella volviendo a su tono más natural.

—Es muy bueno.

—Sí, ¿verdad?

—Más que bueno, es genial. ¿Tiene más canciones como ésa?

—La tira. —Parecía que acababa de hacerla muy feliz—. Bueno, menos mal que no se te ha estropeado el gusto con Brainglobalnoise y cosas así. ¡Podríais hacerle una prueba para tu compañía!

—Discos Karma no es ahora mismo lo mejor, ni edita ese tipo de música, y tampoco es cosa de que se precipite él o nos precipitemos nosotros, créeme.

—Pero si dices que es genial...

—Dame tiempo, ¿de acuerdo?

—Vale —pareció resignarse.

Otro silencio. La noche. La calma.

—Rogelio. —Beatriz recuperó su íntima dulzura.

—¿Qué?

—No te lo dije pero... gracias por hablarme de Pilar.

Ni siquiera sabía por qué lo había hecho.

Por más que ella le preguntara.

Pero se sentía libre después de ello.

—¿Tienes una foto suya en tu habitación? —musitó Beatriz a través del teléfono, envuelta en aquella inocencia que convertía todo, hasta lo más delicado, en algo natural.

Acababa de cortar la comunicación, después de casi una hora de charla telefónica con ella, cuando el nuevo zumbido lo sobresaltó por lo inesperado y por la hora. El amable letargo en el que se había sumido desapareció de golpe y fue substituido por la sombra de la sospecha. Sin saber el motivo, pensó en Amalia. La conversación de la tarde había sido todo menos tranquilizadora o cordial. Le daba miedo.

Demasiado miedo ahora que era feliz.

Comprobó el número.

Martina.

Su hermana llamándolo casi a medianoche, cuando ella era de las que se acostaba como mucho a las once porque madrugaba.

—¿Sí?

La andanada verbal lo asustó aún más.

—¡Rogelio, por Dios, llevas una hora al teléfono! ¿Dónde estás?

—En casa.

—¡Pero si ni siquiera has cogido el fijo!

—Estoy en mi habitación, y desde aquí ya sabes que no lo oigo... —Se dio cuenta del estado de excitación y desasosiego de su hermana y se olvidó de las explicaciones para preguntar—: ¿Qué pasa?

—Es papá... —Vaciló.

Pensó en ella y en Miguel, en una pelea, en un cambio de actitud respecto a su relación.

No en aquello.

—Ha tenido un infarto, Rogelio. Ven cuanto antes, por favor. Estamos en el Hospital de Barcelona...

Capítulo 16
CITAS

Se encontró a su padre en la calle, cuando iba a entrar en el edificio.

—¡Papá!

—Hola, tesoro. —El hombre le pasó un brazo por encima de los hombros, la besó en la mejilla y la atrajo contra sí unos segundos, hasta que la soltó para que ambos pudieran caminar libremente en dirección al ascensor—. ¿Qué tal ese dichoso examen?

—Bien, muy bien —proclamó con orgullo—. Se la he metido con vaselina al cabrón ese.

—Beatriz...

—¿Qué? Es la verdad. A ver cómo se lo monta para no ponerme algo más que nota. He estado brillante.

—Faltaría más —se burló él mientras miraba hacia arriba calculando lo que tardaría el aparato en llegar abajo.

—Oye, ¿tú de qué parte estás?

—Siempre de la tuya. —Puso las dos manos por delante, a modo de pantalla protectora—. Pero es que a veces olvido que eres Leo.

—Cállate, Escorpión.

El ascensor llegó al vestíbulo, entraron en él y subieron a su piso. Su padre sonreía de una forma especial, diferente, y lo notó.

—¿Qué te pasa?

—Te lo cuento en casa.

—Huy. —Puso cara de escepticismo.

—Tranquila.

Llegaron al rellano, abandonaron el camarín y él abrió la puerta. Mati todavía no había llegado. De la habitación de Teresa llegó una música atronadora, así que su dueña no se enteró de su presencia en la casa. Su padre la cogió entonces de la mano.

—Ven.

La condujo hasta la sala, y la hizo sentar en una de las butacas. Beatriz se sentía expectante, aunque no asustada ni con incertidumbres, porque su padre continuaba sonriendo y en sus ojos centelleaba una luz hermosa.

Dulce.

—¿Qué, qué? —lo apremió al ver que no decía nada.

—Mati está embarazada.

No fue un golpe, fue algo muy distinto, pero lo acusó igual.

Una maravillosa noticia que, sin embargo, implicaba muchas cosas.

De entrada, que iba a tener... un hermanastro.

De salida, que su madre, tal y como estaba, podía reaccionar de manera imprevisible.

—¿No dices nada?

—¿Qué quieres que diga? —Se sobrepuso.

—No sé, «enhorabuena, papá», «qué bien», «¿estáis

contentos?», o... todo lo contrario, «estás loco», «a tus años», «¿cómo se te ocurre?»...

—¿Lo queríais?

—Lo queremos ahora. Antes ni lo pensábamos. Nos ha pillado por sorpresa.

—Entonces bien, ¿no?

—Cariño, esto no es algo que nos afecte sólo a Mati y a mí.

—¿Lo dices por mamá?

—No, por ella no, lo siento. —Fue tan sincero como categórico—. Lo digo por ti, por tus hermanas, y por la hija de Mati. Tu madre y yo nos divorciamos y eso acabó. En cambio, todas vosotras...

—Espero que esta vez hagas un chico —quiso bromear sintiéndose apurada.

Su padre la miró con algo más de gravedad.

Hasta que ella se puso en pie y lo abrazó fuerte, muy fuerte.

—Perdona, es que me has dejado...

—Es natural. Imagínate cómo estoy yo.

—Todo irá bien —suspiró ella.

—Me asusta mucho pensar en Luisa y en Carlota; sobre todo, en Carlota.

Beatriz se separó de él, pero no volvió a sentarse.

—Tarde o temprano reaccionará —dijo—. Cuando lo digiera.

—Han pasado muchos años. Tendría que haberlo hecho ya. —Su tono se hizo crepuscular—. Si supiera cuánto la echo de menos...

—Yo seré Leo y tú Escorpio, pero es que Carlota es Acuario, tozuda como una mula.

—Ésa era la noticia. —Hizo entrechocar sus manos—. Esperaba que vinieras para dártela en persona.

—Llama a mamá.

—No, díselo tú.

—Papá, al menos le debes eso. No hagas que se entere por mí, y menos, por cualquier otra persona.

—No puedo, Beatriz.

—No puedes pero debes hacerlo.

—¿Por qué?

—¡No lo sé, pero tienes que hacerlo! Ella sigue encerrada en casa, pensando en ti, como si fueras a volver.

—¿Por qué no lo pensó antes de perderme?

—No quiero hablar de eso. —Se estremeció con desagrado.

—La llamaré —se lo prometió.

—Bien.

Se quedaron unos segundos en silencio. La música continuaba inundando el ambiente, una especie de banda sonora procedente del excesivo volumen que emergía de la habitación de Teresa. Con toda seguridad, la chica seguía creyendo que aún estaba sola en casa.

—¿Cómo se lo ha tomado ella? —Beatriz movió la cabeza en dirección al pasillo.

—No estoy muy seguro. Por un lado, bien, pero me cuesta imaginar lo que pasa por su cabeza. Ya sabes cómo es la adolescencia.

—¡Oh, sí! —Asintió con la cabeza como si fuera una experta en el tema en lugar de alguien recién salido de esa etapa—. Voy a verla.

—Vale.

Abandonó la sala y fue hasta la puerta de la habitación

de Teresa. Tuvo que golpearla un par de veces antes de que la música se apagara por completo.

—¡Pasa!

Metió la cabeza por el hueco. La cara de la chica cambió al verla. Parecía haber estado bailando desaforadamente, al ritmo de la música, porque estaba jadeando y sudada. O eso o hacía gimnasia.

—Ah, eres tú.

—Hola.

—Cierra, cierra —la apremió para que acabase de entrar—. Como me pille una corriente de aire sudando, me resfrío. ¿Qué hay?

—Acabo de saber la noticia. —Movió la cabeza en dirección a la sala.

—¿Han llegado?

—Mi padre sí, tu madre todavía no. —Aún se le hacía raro hablar así.

—Fuerte, ¿verdad?

—Yo he alucinado.

—Pues anda que yo... Porque, a fin de cuentas, será tan hermanastro tuyo como mío, pero donde vivirá será aquí. Imagínate. ¡Un crío en casa, lloreras, sarampiones, pañales...! —Se estremeció vivamente y sin ambages—. Me tocará pringar, seguro.

—No seas egoísta.

—Ya. Cuando me pidan que haga de canguro ya te llamaré para que me sustituyas o me vengas a ayudar, ¿vale?

—Hoy tengo un poco de prisa. Sólo quería ver cómo estabas.

—¡Con ganas de pillar una playa en vacaciones y olvidarme del mundo...!

Carlota y Teresa habrían sido amigas. Se parecían. Lástima que los abismos que impedían a su hermana pequeña perdonar a su padre no pudieran ser salvados.

—Cuida a tu madre —le dijo—. Los embarazos a ciertas edades suelen ser delicados.

—¡Encima! —Teresa se puso brazos en jarra.

Llegaba a su casa cuando sonó el móvil.

Rogelio.

Se detuvo en la calle, a menos de diez metros de la entrada, y tras mirar a su alrededor, para ver si estaba sola, contestó sintiendo un zumbido muy intenso en las sienes.

—Hola.

—Hola, cariño.

Cariño.

La primera vez que lo escuchaba de sus labios.

—Vaya —suspiró.

—Escucha, ha sucedido algo... —Él pasó por alto el comentario—. Esta tarde no podremos vernos.

Sintió que se quedaba sin aliento.

—¿Por qué?

—Anoche mi padre sufrió un infarto —se apresuró a tranquilizarla—. Parece estabilizado, fuera de peligro, pero han de pasar entre cuarenta y ocho y setenta y dos horas para que estén seguros. Hemos ido toda la noche y lo que va de día de puto culo.

—Lo lamento.

—Lo sé, y también yo. Ha sido un aviso muy serio.

—¿Estás bien?

—Salvo por no haber dormido, sí.

—¿Vas a quedarte a su lado?

—También están mi hermano mayor y mi hermana, pero sí, supongo que me toca. Y no hago más que pensar en ti. Esto me ha dejado...

—No te sentirías cómodo estando conmigo con tu padre en el hospital.

—Claro, pero...

Calló de improviso, sin llegar a exteriorizar sus sentimientos. Beatriz se apartó un poco más de la puerta del edificio al ver salir a una de sus vecinas. Por suerte, enfiló calle arriba. No valía la pena hablarle de su examen. Ahora el mundo quedaba reducido a su pequeña y amarga realidad.

—Beatriz.

—Sí.

—Me gustas mucho.

—Bueno —susurró invadida por una oleada de calor.

—Te quiero.

El calor se hizo explosión solar.

Tuvo ganas de llorar.

Era la primera vez que alguien profería estas palabras refiriéndose a ella. La primera vez que recibía un impacto semejante. Jamás habría creído que le sucedería a ella, y menos tan pronto. Creía que, pese a su romanticismo, el amor le quedaba muy lejos, en mitad de un universo todavía por vislumbrar, por intuir.

Rogelio se desmenuzaba a través del teléfono.

—Sé que te parecerá extraño, precipitado, absurdo... pero te quiero, y necesitaba decírtelo.

—No me parece extraño. Aunque...

—¿Qué? —la apremió al ver que se detenía.

—Eres un antiguo. —Forzó una sonrisa que intentó ser firme.

—Supongo que sí.

—Y estás bajo el influjo de lo de tu padre.

—No es sólo por eso.

—Como diría el mío, «no la cagues».

Rogelio lo asimiló.

—No pienso hacerlo —dijo.

—¿Me llamarás?

—Esta tarde o esta noche. Si no, mañana.

—Podría llamarte yo, pero me da miedo pillarte en mal momento.

—Lo del parque parece tan lejano...

—Sí.

—Necesito...

—Yo también.

—¿Te molesta que te haya dicho que te quiero?

—No.

—Entonces te lo diré otra vez: te quiero.

—Quiero que me lo digas mirándome a los ojos.

—Lo haré. —Su respiración cambió de intensidad—. Tengo que dejarte. He salido un momento para llamarte porque en la habitación no podía y en los pasillos está prohibido.

—Vale.

—Te quiero —le dijo por tercera vez.

Se lo pensó un momento.

Breve.

Hasta que se rindió.

—Yo también, cariño.

El teléfono sonó no mucho después de que acabaran de comer.

Beatriz no quiso cogerlo. Sabía que era su padre. Temía tanto el momento como lo esperaba. Lo temía por ella, por su madre, por el golpe definitivo que la noticia le asestaría. Pero lo esperaba porque quizá reaccionase y se enfrentase a la vida de una vez. Casi era mejor que lo odiara, con todas sus fuerzas, a que se consumiera en aquel dolor eterno y más y más amargo.

—¡Beatriz! —la oyó llamar.

Corrió sin hacer ruido y sólo pudo meterse en el cuarto de baño. Con la puerta entornada, mientras el timbre desgranaba su tercera llamada, le respondió:

—¡Estoy en el lavabo, no puedo!

Contuvo la respiración.

Cuarto tono.

Quinto.

Su madre descolgó el inalámbrico antes de que estallara el sexto.

Entonces cerró la puerta y ya no quiso escuchar nada más.

Se sentó en la taza y se dobló sobre sí misma hasta taparse los oídos con las manos. Para aislarse aún más, canturreó una canción. Se preguntó cómo se lo diría él, cómo lo recibiría ella, si discutirían por teléfono, si se pelearían, si habría lágrimas... Su padre no era como otros, se portaba bien, les pasaba el dinero prometido, cumplía.

Las quería, por más que Luisa se mantuviera a la defensiva y Carlota lo rechazara visceralmente.

—Papá, por favor... —suplicó—. Por favor...

Apartó las manos de los oídos. Hasta ella no llegó el

menor sonido. Por si acaso, pulsó el vaciador de la cisterna. La caída del agua primero, y el siseo de la misma al volver a llenarse, ocuparon su entorno durante los siguientes quince segundos. Se puso en pie y se lavó las manos. Todo impulsivo. Todo mecánico.

Ni siquiera se lo había dicho a Carlota, porque tal y como estaban las cosas, era asunto de su madre.

Cuando ya no pudo más, tres o cuatro minutos después, entreabrió la puerta del cuarto de baño.

Nada.

Toda la casa estaba en silencio.

Se atrevió a salir, descalza, caminando casi de puntillas. El baño «de las chicas» estaba en un extremo, junto a sus habitaciones. El de la habitación de matrimonio, al otro. Atisbó la cocina, la sala. El teléfono estaba en su sitio.

No se atrevió a llamarla en voz alta.

Le quedaba un único lugar por examinar.

Y no tuvo que entrar en él.

La puerta de la habitación de su madre, antes compartida con su padre, estaba cerrada. Aplicó el oído a la madera y el sollozo, nítido, desgarrado, la alcanzó de lleno pese a la barrera que la separaba del interior. La constatación de esa certeza la aplastó, la convirtió en una suerte de fina arenilla que cualquier brisa inesperada habría barrido del suelo. Por un momento pensó en abrir la puerta y entrar, pero fue tan sólo una idea pasajera. No había consuelo posible.

Así que la dejó con su dolor.

Sola.

Fue al baño, recogió sus zapatillas, y luego se metió en su habitación, asustada.

Muy asustada.

Cada vez que creía haber superado la adolescencia, y se sentía más mujer, más segura y fuerte, parecía surgir algo que la atrapaba y tiraba de ella hacia abajo, para devolverla a las catacumbas del pasado.

—Rogelio... —susurró.

Y entendió por qué, de pronto, lo necesitaba tanto.

En el exterior, por detrás del cristal que separaba el centro de control de la Unidad de Cuidados Intensivos de la habitación ocupada por su padre y de las restantes habitaciones, distribuidas en círculo en torno a él, los rostros formaban una fila uniforme y dolorosa. Tanto, que a Rogelio le dio por pensar que si su padre abría los ojos y los veía, se moriría de un segundo y definitivo infarto.

No faltaba nadie, a excepción de Lidia, que estaba con los padres de la mujer de su hermano. Incluso Miguel acompañaba a Martina.

Todos pendientes del cabeza de familia.

Como a él le gustaba.

Miró la figura del hombre, entubado y sedado, o quizá dormido. Incluso en una cama de hospital, convertido en un residuo de su humanidad, conseguía impresionar. De niño, si bien la palabra no era miedo sino respeto, siempre se había sentido inseguro en su presencia. Su tono de voz, que parecía evidenciar un enfado perpetuo, su mirada, siempre fija y con latentes dosis de agresividad, su talante, circunspecto; todo se conjugaba para dotarlo de aquel aire de fiereza, de perfecto dominio escénico.

Solía decir que la vida no te regala nada, que tú no puedes coger lo bueno sin más: has de ganártelo siendo el mejor, el más listo, el más rápido.

¿Cuánta gente debía de odiarlo?

¿Y cuánta debía de quererle?

No sabía nada de su mundo.

Ni de él.

Casi un extraño.

Y en eso, la culpa no era únicamente de su progenitor, sino de ambos.

—Rogelio, ¿podemos hablar?

—Sí, claro.

Su hermano se apartó del grupo de manera discreta y él lo siguió. No dijo nada. Marcos caminó por el pasillo en dirección a la sala de las visitas, y al encontrarla demasiado llena, optó por salir al exterior, entre los ascensores y la escalera. Esperó a que Rogelio se detuviera, y una vez cara a cara, no perdió el tiempo.

—¿Qué opinas? —quiso saber.

—Que saldrá de ésta.

—Pero no será el mismo.

—¿Por qué?

—Ha tenido un infarto, por Dios.

—Mucha gente tiene infartos y sigue con su vida, trabaja, hace el amor... Ya no es como antes.

—¿Pretendes que vuelva a trabajar, como si tal cosa?

—Si es lo que quiere, es lo que hará. Y ni tú ni nadie va a impedírselo, que menudo es.

—¿Y si el médico se lo prohíbe?

—No sé. —Fue sincero—. Pero no veo a papá en casa, sin hacer nada. Es de los que preferirían morir con las botas puestas, en su despacho.

Creían poder hablar solos y libres, pero no fue así. Por el acceso apareció Martina.

—¡Ah!, ¿estáis aquí? ¿Qué sucede? —Los miró a ambos extrañada—. ¿Reunión familiar pasando de la hermana pequeña? ¿O es que el médico os ha dicho algo que yo no...?

—No se trata de eso —la tranquilizó Marcos—. Intentaba decirle a Rogelio que las cosas van a cambiar, y que lo necesito.

Lo esperaba todo menos aquello.

—¿Cómo que me necesitas?

—Tienes que venir a la empresa.

—No.

—¡Yo no podré hacerlo solo, ni cargar con todo!

—Claro que podrás.

—¡Es demasiado!

—Tienes a Martina. —Miró a su hermana—. ¿Por qué no se lo pides a ella?

—Tiene su vida.

—¿Se lo has preguntado? —insistió—. La tienes aquí delante.

Marcos la miró irritado.

—Martina, sabes que no es por...

—Puedo ayudar —contestó abarcándolos a ambos—, pero salvo echar una mano...

—¿Lo ves? —insistió Rogelio—. Yo también lo haré, cuando pueda y como pueda, pero nada más.

Una cuarta figura emergió de la zona hospitalaria y se materializó ante ellos.

Su madre.

—¿Qué hacéis aquí? ¿Es que...?

—No, mamá —la calmó Marcos—. No hay ninguna

mala nueva. —Se resignó a lo evidente, o tal vez aprovechó su presencia allí para acabar de poner el dedo en la llaga—: Hablaba con Rogelio del futuro de la empresa.

—Desde luego, tu padre no vuelve —quiso dejar claro ella.

—¿Cómo vas a impedírselo, atándolo? —rezongó Rogelio.

—Él se quedaría en casa, feliz, si tú ayudaras a tu hermano.

—¿Qué es esto? ¿Un contubernio?

—¿Qué estás haciendo en ese lugar en el que trabajas, por Dios? ¡La música es cosa de veinteañeros, tú vas a cumplir los cuarenta!

—Marcos tiene razón —lo apoyó su madre.

—Pero es mi vida.

—¡Se lo debes!

El tono fue airado, excesivo. El rostro de la mujer se acabó de convertir en una máscara. Incluso en momentos como aquéllos, su madre era un ser impecable, digno y distinguido. Ni un cabello fuera de lugar, ni una arruga demasiado maquillada, ni un desdoro en su atuendo. La fuerza de sus ojos no tenía nada que envidiar a la de los ojos de su marido.

—Yo no le debo nada a nadie, mamá —dijo despacio—. Y no se trata sólo de la música, sino de mi libertad.

—¿Trabajar en la empresa de tu familia es como estar en la cárcel?

—Simplemente no es lo que me gusta.

—¿Y quién habla de que te guste o no? ¡Eres un Muntadas! ¡Y somos una familia! ¡Es ahora o nunca!

Rogelio intentó decir algo.

No pudo.

Las siguientes palabras de su madre fueron como un flagelo helado restallando en su alma.

—Luego no vengas pidiendo nada.

—No lo haré.

Martina impidió lo que fuera a suceder; el conato de ira, la pelea, los gritos o el quebranto anímico del que, tal vez, ya no salieran jamás.

—¡Basta, por Dios! —Levantó las manos con desesperada exaltación—. Es que... —Miró primero a Rogelio, pero después se dirigió a su madre y a Marcos—. ¿Es que no podéis respetar a los demás? ¿Es que nadie puede tener ideas propias en esta casa? ¡Haremos lo que podamos, todos, pero ni papá está muerto ni...

Su madre no la dejó terminar.

—Sois tal para cual —exclamó con vehemencia aferrada a su orgullo.

—¡Mamá!

No se dignó responderle. Dio media vuelta y regresó a la Unidad de Cuidados Intensivos, donde ahora la figura de Miguel aparecía solitaria como único testigo de la inmovilidad del hombre al que había conocido tan sólo unos días antes.

Rogelio tampoco se quedó con ellos.

No quería seguir discutiendo, ni aun contando con el apoyo de Martina.

Tarde o temprano tenía que preguntárselo, y mejor hacerlo estando las dos solas, sin la presencia de su madre. Esperó a que ella saliera para buscar a Carlota.

Su hermana pequeña tenía los ojos todavía vidriosos.

Se la quedó mirando con una mezcla de amargura y dolor.

—Veo que ya lo sabes —dijo Beatriz.

—Sí.

—¿Qué te ha dicho?

—Que papá ha embarazado a la puta esa.

—¿Te lo ha dicho así?

—No, lo de «puta» es mío.

—No es una puta.

—Una que le quita el marido a otra es una puta.

—No se lo quitó, papá...

—Da igual. —Carlota se encogió de hombros—. No quiero discutir ni pelearme contigo. Tendré un hermano bastardo y nada más. ¿Qué más quieres?

—Saber cómo está mamá.

—¿Por qué no se lo preguntas tú misma?

—Porque ella no me ha dicho nada a mí.

—Tú ya lo sabías.

—Sí.

—¿Desde cuándo?

—Desde este mediodía. Yo le he dicho a papá que llamara a mamá.

—Genial. —Su cara de asco se acentuó—. A veces me pregunto por qué eres tan diferente a Luisa y a mí.

—Las tres somos diferentes. Luisa está siempre a la expectativa, es cauta. Tú lo radicalizas todo y yo intento entender a los demás. Eso no es bueno ni malo.

Carlota se mordió el labio inferior. Un asomo de nuevas lágrimas pareció a punto de desbordar los lagos de sus pupilas. ¿Cuánto hacía que no se abrazaban, que no se sentían verdaderamente hermanas? Una vez, su madre, siendo Carlota pequeña, le preguntó si la quería, y ella le respondió que no, sinceramente. Entonces, su madre le dijo: «Da lo mismo, siempre será tu hermana».

Quizá la culpa, a pesar de todo, era suya, porque no en vano, en ausencia de Luisa, ella era la mayor.

Carlota necesitaba una mano.

Y también ella.

—¿Cómo está mamá? —repitió su pregunta.

—Fatal.

—¿Qué te ha dicho?

—Me ha dicho: «Fíjate, otro hijo, a su edad, como si fuera tan sencillo empezar de nuevo».

Beatriz tragó saliva.

—¿Se han peleado?

—No que yo sepa.

—¿Sabes si se lo ha dicho a Luisa?

—Ha ido a verla.

—Carlota...

No encontró las palabras adecuadas. Le costaba hablar con ella.

—Venga, ¿qué? —la apremió.

—Debemos estar unidas.

—¿No lo estamos?

—No.

—Pues no sé.

Sólo compartiendo algo grande, algo verdaderamente importante, lograría acercarse a ella como amiga más que como hermana. Lo supo de repente.

—Te necesito —le confesó.

—¿Tú a mí?

—¿Tan extraño te parece?

—Tú siempre has ido por libre.
—Pensaba que no contaba contigo.
—Ni yo contigo.
—Estoy enamorada.
No pareció afectarle lo más mínimo.
—Es normal.
—No tanto.
—¿Qué pasa, que él no lo está de ti?
—A él también le ha dado fuerte, según parece.
—Entonces...
—Tiene treinta y ocho años.
La chica abrió unos ojos como platos.
—Dios..., eso ya no es normal, aunque sí propio de ti.
Beatriz no dijo nada, pero esbozó un leve atisbo de sonrisa buscando un eco en Carlota.
Lo encontró.
Tibio, pero lo encontró.
—¿Está separado?
—Soltero.
—Vaya. —Pareció apreciarlo en su justa medida—. No cuadra pero...
—No pasa nada.
—Tú ten cuidado.
—Ya.
—Debe de sabérselas todas.
—Un poco, supongo. Trabaja en el mundo de la música.
Eso la hizo reflexionar, aunque no más allá de tres segundos. Había cosas más importantes de que hablar en ese instante.
—¿Quieres que te apoye con mamá llegado el momento?
—No, sólo quería que lo supieras.

Carlota asintió. Primero levemente. Después con mayor insistencia. Su sonrisa se hizo más firme.

Inesperadamente dio un paso al frente y la abrazó.

La que estuvo a punto de echarse a llorar entonces fue Beatriz.

La vida tenía extraños caminos que se cruzaban, unas veces a distintos niveles, y otras, formando encrucijadas imposibles de evitar.

Viernes. Un anochecer con visos de tormenta.

Marcó el número sin esperanzas, más cansado que temeroso. Ella debía de estar con sus amigos, aquella loca de Elisabet o el guaperas del músico, Gonzalo. No iba a esperarlo días tras día, hora tras hora. Ni se atrevía a telefonearla.

Quizá lo estuviera poniendo a prueba.

Quizá toda aquella inocencia fuese a fin de cuentas el mayor de los frenos.

Lo único que sabía él era que no podía más.

Ni un minuto más.

—Hola. —Lo envolvió la dulce cadencia de la palabra, surgida del fondo de una emoción incandescente.

—Beatriz... —suspiró.

—Creía que te habías olvidado de mí.

—No digas eso.

—¿Cómo está tu padre?

—Mejor. —Se relajó dejándose caer hacia atrás en la butaca—. Ha superado la crisis y ya no está en la UCI. Mi hermano se queda esta noche con él, y mañana lo hará mi hermana.

—Me alegro.

—Y yo.

—Debes de estar agotado.

—Quiero verte.

—Yo también.

—Necesito verte.

—Y yo a ti.

—¿Puedes salir?

—Claro, vaya pregunta. No soy una cría.

—Perdona. Aún no sé...

—Suelo pasar los viernes por la noche de marcha, hasta el amanecer.

—Bien. Es que... Hace una eternidad desde lo del parque, ¿verdad?

—Una eternidad, sí.

—Me cambio y te recojo donde me digas.

—Va a caer una buena, lo han dicho —le informó ella—. No quiero esperarte en la calle, ni que nos abracemos dentro de un coche, que me parece un lugar de lo más sórdido para abrazarse, y menos, bajo la lluvia. Tampoco me apetece meterme en un cine, ni en una discoteca, ni en un bar lleno de gente que nos impida hablar.

—Pues no quedan muchos sitios.

—Me gustaría ver tu casa.

Su sinceridad lo abrumó, le dejó el alma en carne viva. Tanto que tardó demasiado en responder.

—¿Puedo? —preguntó Beatriz.

—Por Dios, claro. Me parece tan increíble que...

—¿Por qué tiene que serlo? —Su voz era muy natural—. A mí me gustaría que vieras mi habitación. Es importante situar a la otra persona en su marco, su ambiente.

No quiero imaginarte, quiero saberte. Dame tu dirección.

Se la dio.

Quería «saberlo». Una dulce forma de decirlo.

—Ni siquiera queda lejos —manifestó ella al otro lado del hilo telefónico—. Puedo estar ahí en quince minutos.

—Entonces ven en diez.

—Déjame que me vista.

No le preguntó si estaba desnuda o si es que llevaba ropa informal, de estar por casa.

Sólo se despidió.

—Hasta ahora.

Capítulo 17
EMOCIONES

La tormenta era de tal intensidad que le sorprendió oír el timbre anunciando su llegada. No el de la calle, sino el de la misma puerta del piso. Esperaba oír de un momento a otro la llamada telefónica diciéndole que se había refugiado en alguna parte para aguardar a que amainara la descarga de los cielos.

Y de pronto estaba allí.

Corrió desde la sala, víctima de su propia agitación, y no se detuvo hasta que se sintió ridículo y nervioso en el último momento, el decisivo.

Luego abrió la puerta y se encontró con Beatriz.

Calada hasta los huesos.

—¡Pero...! —se alarmó.

—Hola —lo saludó ella.

Tenía el pelo mojado y pegado a la cabeza, la blusa como una segunda piel sobre su cuerpo, los vaqueros brillantes por la humedad. Una imagen que la acercaba más a la adolescencia que a la juventud, a la inocencia que a la madurez de una mujer enamorada. Él se quedó casi paralizado.

—¡Estás empapada, por Dios!

—Me pilló casi al final. Pensé que podría llegar bien pero...

—Vamos, pasa.

Cerró la puerta.

Y entonces tanto dio que estuviera mojada.

Se abrazaron.

Fuerte, muy fuerte. Y se besaron.

Apenas un momento.

Hasta que Beatriz lo apartó con suave firmeza.

—No, espera —dijo.

—¿Por qué?

—Deja que te mire.

—De acuerdo.

Fue algo más que una mirada. Primero sí, lo cubrió y lo bañó con sus ojos deliciosamente lánguidos. Después alzó la mano derecha y siguió las líneas secretas de su rostro. Deslizó las yemas de sus dedos por la frente, los arcos ciliares, la nariz, las mejillas, los labios. Rogelio se quedó quieto. Continuaba abrazándola, porque pensaba que si la soltaba, ella se desvanecería, pero la dejó jugar con su piel hasta hacerlo estremecer. El rostro de Beatriz se le antojó lo más puro y limpio que jamás hubiera tenido delante en una circunstancia como aquélla.

—He tenido que mirar tus fotos para recordar tu cara —susurró envuelta en cadencias—. Se me había desvanecido de la memoria.

—Sigo siendo yo.

—No —sonrió—. El amor es como un amanecer. Cada día es distinto siendo igual.

Rogelio volvió a inclinarse sobre ella y, esta vez, Beatriz ya no rehuyó el beso, intenso, fuerte, prolongado.

Los dos se olvidaron de lo empapada que estaba.

Se apretaron, se dieron, se penetraron con sus lenguas, como si cada cual buscara ocupar el espacio del otro, y acompasaron sus respiraciones cuando, tras la primera oleada de turbulencia, sus corazones marcharon al unísono, siguiendo un camino común marcado por la ansiedad saciada. Rogelio recordó el texto de Julio Cortázar leído en el blog de Beatriz. Algunas de sus frases: «Las bocas se encuentran y luchan tibiamente, mordiéndose con los labios, apoyando apenas la lengua en los dientes, jugando en sus recintos», «Nos besamos como si tuviéramos la boca llena de flores, o de peces, de movimientos vivos, de fragancia oscura», «Y hay una sola saliva y un solo sabor a fruta madura, y yo te siento temblar contra mí como una luna en el agua»...

La suerte de los escritores era que ellos podían expresar con palabras las emociones que para otros eran sólo eso, emociones sentidas, imposibles de ser contadas.

Mucho después, se impuso el sentido común cuando Beatriz se estremeció.

—Vas a pillar algo. —Él se separó apenas unos milímetros de su boca para poder hablar.

—No he temblado de frío, sino de placer.

—Aun así... —Él acabó de separarse—. Vamos, tienes que quitarte esa ropa mojada.

—¿Tan rápido? —Sonrió todavía más.

—No seas mala.

—Vale. —Puso cara de niña buena.

—Ven. —Rogelio la tomó de la mano—. Te daré una camiseta y unos pantalones cortos, aunque te vendrán muy grandes.

Fue muy rápido. La condujo hasta el cuarto de baño y la dejó allí. Luego se metió en su habitación y apenas si tardó medio minuto en salir de nuevo con una camiseta de un grupo de rock, rabiosamente roja, y los pantalones prometidos, una suerte de prenda deportiva horriblemente blanca. Beatriz seguía en la puerta del baño.

—¡Venga, métete dentro y sécate, por Dios!

Se abrazó a él y le dio otro beso, más rápido.

—Tú también tendrías que ponerte algo seco. Te he mojado.

No quiso decirle cuánto.

—Puedes ducharte si quieres. —Logró apartarse de su tentadora imagen.

Beatriz cerró la puerta y se quedó frente al espejo.

Sola.

Todavía estremecida.

Comenzó a desnudarse, despacio, sin querer pensar en nada, pero con la mente llena de ideas, sueños, fantasías. Primero los zapatos, a continuación la camiseta, luego los vaqueros, finalmente el sujetador y las braguitas. Sus braguitas más hermosas, del color de la carne, con unos lacitos en la parte superior. Se había vestido en su casa pensando que no pasaría nada, y también pensando que sucedería todo. Una parte de sí misma lo anhelaba, la otra lo temía. Una esperaba, otra no quería hacerlo. Cuando estuvo desnuda, se miró otra vez.

Era alta, tenía un bello cuerpo y lo sabía, un precioso cabello, unos pechos medidos, una cintura delicada, unas nalgas redondas, unos muslos perfectos y unos pies hermosos.

Se sentía bonita.

Una sensación nueva que sólo el amor podía dar.

Adiós a las inseguridades propias de la adolescencia, los temores, las comidas de coco, las depresiones, los malos rollos. Adiós a todo.

—Sigues estando loca —le dijo su otro yo desde el espejo.

—Sí, ¿y qué? —le respondió ella.

—¿Qué esperas?

—Que se porte bien. Que se porte mal. Todo. No sé.

—Sí sabes.

—Entonces bien, de acuerdo. —Se encogió de hombros.

No quería ser racional.

Miró sus labios, su pecho, su sexo.

Aquel triángulo oscuro y desconocido que sólo conocía ella.

Cerró los ojos, suspiró, y cuando volvió a abrirlos buscó un secador para no quedarse con el pelo mojado. Lo encontró en un armarito, bajo el lavamanos. Los siguientes cinco minutos los empleó en devolver a su masa capilar un aspecto más natural. De todas formas, no quiso pasarse más tiempo del necesario arreglándose.

Necesitaba salir de allí.

Volver a él.

Todavía tenía el pelo ligeramente húmedo, sobre todo en las puntas, cuando dio por finalizada su vuelta a la normalidad.

Se puso la camiseta roja con el anagrama del grupo de rock. Le llegaba hasta casi las rodillas. Cuando lo intentó con los pantalones blancos descubrió que se le caían sin remisión, así que pasó de ellos.

No llevaba nada más encima.

Salió del cuarto de baño.

Descalza.

Rogelio también se había cambiado, de camisa y de pantalones. La esperaba en la sala, inmóvil, de pie. Al verla aparecer, en silencio, como si flotara, supo que jamás iba a olvidar esa imagen ni ese momento. La camiseta roja le confería un hálito de llamarada viva. El largo cabello negro, desbocado por encima de los hombros, la hacía sensual y exuberante aun sin ser una mujer en la plenitud. Sus piernas eran exquisitas.

Pero de lo que se quedó colgado fue de sus pies.

Quiso tocarlos, besarlos...

—No lo digas —le suplicó Beatriz acercándose a él para fundirse en sus brazos.

—¿Que no diga qué?

—Que soy preciosa.

—Lo eres. Me acabas de dejar...

—Parece como si nunca hubieras visto a una mujer.

Una mujer.

—No como tú.

—Cómo sois los tíos.

—¿Cómo somos?

—Cállate.

Hundió la boca en la suya.

Al otro lado de los ventanales, la tromba de agua arreciaba. Era algo más que un murmullo. Era una catarsis. El estruendo, sin embargo, era incapaz de ahogar sus gritos. Gritos del corazón y la mente. Gritos de caricias y jadeos. Gritos del cuerpo en la crecida de la pasión.

Por primera vez en su vida, Rogelio no supo qué hacer.

No era la primera mujer que estaba allí, antes y después de Pilar. Pero sí la primera que era diferente.

La voz lo martilleó.

«Diecisiete años, diecisiete años, diecisiete años.»

¿Y qué?

¿Sería distinto en el caso de tener dieciocho?

La estrechó más contra sí, como si quisiera fundirse con ella. Beatriz se dejó, hasta que echó la cabeza hacia atrás y entonces él buscó su cuello, su hombro, apartando la generosa camiseta mientras sus labios seguían los inexplorados caminos de su carne. Deshizo el camino para alcanzar el lóbulo de su oreja, la mejilla, y nuevamente halló aquella boca cálida y húmeda entreabierta para su deseo.

Un rayo retumbó en el cielo, los iluminó de refilón.

Toda la casa tembló con él.

—Noche de perros —musitó ella.

—De ángeles.

—No vamos a poder salir.

—No.

—¿Te importa?

—No.

—Rogelio...

—¿Qué?

—No, nada. Sólo quería decir tu nombre.

—Beatriz...

Dejaron de besarse y se quedaron inmóviles, abrazados. Rogelio sentía su desnudez bajo la camiseta. La excitación era mucho más que imparable. Era lujuriosa. Podía bajar la mano y alcanzar sus nalgas hechas de carne viva.

Se contuvo porque no quería perder el escaso dominio de sus emociones que le quedaba. Sentía los pechos de Beatriz, duros como manzanas, pegados a su cuerpo. Cerró los ojos. Quería explorarla hasta el último límite, acariciar cada pliegue de su piel, besar cada hueco o promontorio, llenarse de su sabor.

De alguna forma imposible consiguió decir:

—¿Tienes hambre?

—No.

—¿Qué quieres...?

No le dejó terminar la pregunta.

—Enséñame tu casa —le pidió ella.

—Bien.

Por una parte, se alegró de poder hacer algo. Por la otra, se sintió desnudo. Más de lo que estaba ella. Sentía dos fuerzas poderosas y muy opuestas luchando dentro de sí.

La quería.

Se había enamorado de un ángel.

Y eso implicaba respeto.

Pero ¿cómo anteponerlo al deseo?

—Ésta es la sala. —La abarcó con su mano libre, mientras con la otra la retenía suavemente.

Había quitado la fotografía de Pilar.

Y ahora se arrepentía.

—Ven.

La condujo hasta el despacho que utilizaba para trabajar, con el ordenador, los discos, su pequeño universo personal. Luego pasaron por dos habitaciones pequeñas, una llena de trastos, maletas y cosas en desuso metidas en cajas, ordenadas, y otra con una cama individual. Lo penúltimo fue la cocina. Lo último el dormitorio principal, con la cama grande y arreglada.

Beatriz la miró.

Su rostro era indefinible.

Sabía que si la besaba allí, su mundo sucumbiría, no habría vuelta atrás.

Apretó las mandíbulas.

—Volvamos a la sala —le pidió.

Lo hicieron, cogidos de la mano, él delante, ella detrás. Los ventanales ejercieron de espejo y reflejaron su imagen envuelta en aquel halo de provocadora sensualidad. Los pechos de Beatriz parecían querer taladrar la camiseta. Dos montañas circulares, dos promontorios puntiagudos, dos botones erectos. Rogelio volvió a mirarle los pies.

Sucumbía.

Así que, de alguna forma, quiso castigarse.

—He quitado la fotografía de Pilar antes de que llegaras —le confesó.

No le preguntó por qué lo había hecho.

Sólo le dijo:

—¿Puedo verla?

Abrió el mueble situado entre las dos butacas y extrajo el marco con la fotografía de Pilar. La foto que siempre sostenía entre las manos. La foto con la que hablaba tan y tan a menudo. La foto que lo unía al pasado mientras buscaba la forma de proyectarse hacia el futuro.

Se la tendió a Beatriz.

Durante unos segundos, diez, quizá quince, ella la contempló, mitad seria, mitad apacible. Cuando acabó, lo miró, y sin devolvérsela, comentó:

—Era muy guapa.

—Sí —manifestó él.

—Tuvo que ser duro, ¿verdad?

—Aquel maldito loco borracho y sin carné... —Chasqueó la lengua—. Murió al instante. No pude hacer nada, ni siquiera consolarla, ni decirle..., no sé, algo, lo que fuera. Creo que ni se enteró, lo cual no deja de ser un consuelo.

Ahora sí le entregó el marco.

Rogelio ya no lo ocultó en el mueble. Lo colocó en su sitio.

—Tengo sed —dijo Beatriz.

—Oh, perdona... ¿Qué quieres?

—Agua.

—¿No te apetece...?

—Sólo agua.

Lo vio salir de la sala y entonces se sentó en el sofá, en cuclillas, con la camiseta cubriéndola casi por completo. Agitó su cabello con violencia, para expandirlo y liberarlo. Todavía sentía algo de humedad, sobre todo en las puntas. La temperatura era agradable y se sentía bien, cómoda.

En paz.

Ningún nerviosismo.

Algo extraño.

Como si toda la vida hubiese sido la misma que era ahora, con Rogelio.

El dueño de la casa reapareció casi al momento. Llevaba un vaso de agua para ella y una cerveza para él. Le tendió el vaso y se sentó a su lado, con el cuerpo vuelto hacia la muchacha. Beatriz apuró la mitad y luego lo dejó en la mesita. Rogelio bebió dos sorbos de su cerveza y, en su caso, puso la botellita en el suelo.

Tocaban más besos.

Más caricias.

Quizá por esa misma razón volvieron a hablar.

O a intentarlo.

—Me alegro de que estés aquí.

—Y yo.

—¿No te da miedo?

—No —aseguró relajada.

—Desde el primer momento, esto ha sido tan extraordinario...

—En casos así, lo mejor es cerrar los ojos y dejarse llevar.

—Eres increíble.

—No te ciegues.

—Lo que te dije por teléfono...

—No, cállate. Ven.

Le abrió los brazos para que él volviera a hundirse en su cuerpo, y los dos buscaron sus bocas para reemprender aquel mudo diálogo hecho de besos. Beatriz le acarició el rostro, la nuca. Rogelio persiguió por primera vez su carne, subiendo por su brazo hasta el hombro, la espalda. Creyó enloquecer cuando escuchó aquel leve gemido y Beatriz tembló.

La caricia se hizo ansiedad.

Retiró la mano de la bocamanga de la camiseta, y la deslizó hacia abajo. Cuando la introdujo por el hueco rozó el muslo, duro, y lo presionó suavemente. No estaban cara a cara, fundidos, sino de lado, así que su mano pudo moverse libremente. La cintura, la curva lateral, el vientre plano, la hendidura del ombligo, el pecho de Beatriz.

Ahora el que gimió fue él.

Tan delicado...

—Cuidado —musitó ella—. Los tengo muy sensibles...

—Sí —jadeó.

Todo lo empujaba. Todo menos aquella voz que le hablaba desde una distancia cada vez más pequeña.

Rozó el pezón súbitamente endurecido.

—Rogelio... —El aliento le golpeó la cara.

—¿Qué?

—No pensaba que esto pudiera suceder.

—Yo tampoco.

—Ni siquiera sé si estoy... preparada. —Ahogó un profundo suspiro que le subía desde lo más profundo de su ser.

La cabeza le daba vueltas.

—Soy yo el que no lo está —admitió él.

La presión menguó. El pezón quedó libre de pronto, mientras la mano retrocedía, bajando por el seno, el vientre, el ombligo, la cintura, el muslo...

Beatriz apoyó la frente en sus labios, sin dejar de temblar.

—Dios... —exhaló Rogelio—. Tienes diecisiete años.

—¿Si tuviera dieciocho sería distinto?

—No lo sé. —Se mordió el labio inferior y reaccionó—. Sí, supongo que sí.

—¿Temes que te denuncie por violación de una menor? —quiso bromear sin ganas.

—He hecho muchas locuras en la vida, muchas, demasiadas. Pero nada por lo que deba avergonzarme o de lo que pueda sentirme culpable.

—La culpa —desgranó Beatriz—. El gran dilema de las parejas de hoy. Uno duda, el otro siente su peso. Alguien la definió una vez como una de las lacras más absurdas de la religión católica.

—Pero sin culpa habría..., no sé, no existiría la contención...

—¿Cuándo se contienen los enamorados?

—Beatriz..., te deseo tanto que...

—Sigue.

—Necesito... —Volvió a quedarse sin palabras.

—¿Tiempo? —Lo envolvió en una sonrisa cálida—. ¿El día de mi cumpleaños?

—No quiero que me odies.

—El otro día colgué un poema en mi blog. Una de sus frases dice «No odies a quien hayas amado».

—Lo leí.

Beatriz le acarició la mejilla. No estaba enfadada. No estaba triste. Sólo estaba allí. Le bastaba con eso. El deseo también formaba parte de sí misma.

De pronto, todo parecía haberse detenido.

El tiempo.

Su ritmo vital.

—Ha dejado de llover —le hizo notar—. Vámonos a alguna parte donde no haya un sofá o una cama cerca ni yo me sienta tan desnuda y...

Fue la primera en levantarse, abandonando su posición en cuclillas. Rogelio la secundó, aunque sin soltarla al menos de la mano. No pensó en su ropa mojada, y en que allí no iba a encontrar nada que le pudiera servir.

Sólo quería apartarse de él y de lo que sentía, aquella turbulencia erótica, desconocida y tan poderosa como un canto de sirena. Caminó en dirección al cuarto de baño, igual que si flotara, con sus pies descalzos acariciando el suelo.

Sus pies descalzos.

No pudo dar más allá de tres pasos.

Rogelio la atrajo de nuevo hacia sí y la besó.

Entonces ya no hubo vuelta atrás.

Palabras o culpas, sentimientos o guerras, razones o normas. Todo se desvaneció.

Cayó el último tabú.

Apenas si consiguieron llegar a la cama.

Le quitó la camiseta roja en el pasillo, y cayó al suelo como una bandera rendida. Verla completamente desnuda lo enloqueció. Era el cuerpo más joven y esbelto que recordase haber acariciado. Un reto para los sentidos. Si Miguel Ángel la hubiese conocido, no habría esculpido su David. La habría inmortalizado a ella. La locura le hizo perder el aliento. Deseaba mirarla, deseaba tocarla, deseaba fundirse con su esencia. Y quería tener cuatro, ocho manos, para llegar a todos sus rincones y sentirla.

Beatriz apenas si consiguió liberarlo de la parte superior de su ropa.

—Lo siento... —murmuró al no poder quitarle el cinturón con la misma facilidad.

Entraron en la habitación de manera atropellada. No como en las películas, exageradas siempre, imposibles y demenciales. Pero sí moviendo sus manos arriba y abajo, caminando a ciegas entre besos, desplazándose por un espacio sin fronteras y al mismo tiempo muy pequeño.

Sólo los detuvo la cama.

Él hizo que se tendiera.

Ella quedó boca arriba, con los brazos en alto, recortada su silueta blanca sobre el fondo oscuro de la sábana, con el cabello aureolando su cabeza.

Otra imagen para la memoria.

—Beatriz. —Quiso pronunciar su nombre para imprimirlo en el aire.

Se quitó los pantalones, apresurado, y los calzoncillos, en un último gesto de libertad.

Beatriz lo miró.

Lo admiró.

Tendió los brazos hacia él y Rogelio la sepultó fundiendo su cuerpo con el de ella. Sus bocas atraparon una bocanada de aire final antes de quedar unidas. Por primera vez descubrieron sus geografías.

De Norte a Sur. De Este a Oeste.

Hasta que ella pronunció aquella palabra.

—Despacio...

—Sí.

—Por favor...

La miró. Tenía los ojos húmedos.

—Cuidado —le suplicó con fragilidad.

Rogelio lo comprendió.

—¿Eres... virgen?

No hizo falta que le diera ninguna respuesta. Le bastó con verle los ojos. Le costó cerrar los suyos para besarla, abrazarla y acallar el grito final de su conciencia.

No podía más.

Beatriz se abandonó.

Sintió la boca y la lengua de Rogelio por todo su cuerpo. Los labios, los senos, el vientre, el ombligo, los muslos, los pies, dedo a dedo, y finalmente, el sexo.

Su sexo, que era un lago ansioso.

Tembló tan sólo dos veces más.

La primera cuando él dejó de besárselo.

La segunda cuando lo sintió dentro.

Entonces lo abrazó con todas sus fuerzas y le ocultó las lágrimas.

Capítulo 18
AMANECER

Abrió los ojos sobresaltado, temiendo haberse quedado dormido el resto de la noche, y descubrió con alivio que no era así. Los dígitos luminosos del reloj de la mesita de noche marcaban las cinco de la mañana. Todavía faltaba mucho para el amanecer.

Entonces volvió la cabeza y se encontró con ella.

Beatriz dormía boca abajo, desnuda. La imagen lo atravesó de nuevo, como horas antes al quitarle aquella camiseta roja como el fuego. Con la cabeza vuelta hacia él, el cabello, alborotado, se le desparramaba por encima del rostro y parte de la almohada. Los labios, entreabiertos, vivamente sensuales, como si los besos los hubieran hecho aumentar de tamaño, sobresalían por entre la maraña capilar como un grito hecho de promesas. Tenía un brazo doblado y apoyaba la mejilla en el dorso de la mano. El otro seguía la línea del cuerpo, indolente, con la palma abierta hacia arriba. Se incorporó despacio para no despertarla, y absorbió aquella forma plácida, no mucho antes convertida en una turbulencia bajo el despertar de la vida. El cuerpo de Beatriz se ondulaba en curvas convexas y cóncavas: espalda, cintura, nalgas y piernas, con una de ellas también ligeramente doblada hacia arriba.

Habría contemplado esa imagen quieta el resto de su vida.

Entonces comprendió el daño que podía causar la belleza.

El dolor del amor.

Tan inesperado.

No osó tocarla. Se olvidó de volver a poseerla. La miró, sin aliento, tan feliz como asustado, tan herido como vivo. La piel brillaba de una forma opaca bajo la tenue luz que provenía del pasillo y se colaba por la puerta abierta de la habitación. Un claroscuro brutal por su intensidad. Muchas veces había atrapado la belleza, y había hecho el amor con lujuria y el placer de los sentidos al límite. Sin embargo con Beatriz era distinto. Comprendía que su belleza era inatrapable, y que toda aquella lujuria y aquel placer se convertían en ternura y entrega, vocación de amar y formar parte de un todo unívoco. Beatriz era el cielo, el ángel de la vida.

Siguió sentado en la cama, reteniendo segundo a segundo aquella visión poderosa.

Jamás había buscado la eternidad, salvo en ese momento.

Tuvo que levantarse por algo tan humano y tan inaplazable como ir al lavabo a orinar. Lo lamentó, pero su vejiga le gritaba que estaba en su punto máximo. Bajó de la cama despacio, sin mover el colchón, y caminó en dirección al cuarto de baño. Antes de abandonar la habitación, la miró una vez más.

Acababa de abrir una puerta por la que una ráfaga de aire fresco y libertad se había colado en su vacía existencia.

Ahora tenía que saber qué hacer con ella.

Y no era sencillo.

La dejó sola y se precipitó hacia el baño a toda prisa.

Beatriz entreabrió los ojos y por entre la maraña de su cabello, caído en informal cascada sobre su rostro, llegó a ver como Rogelio salía de la habitación.

Se desperezó de golpe.

Buscó el reloj, lo encontró en la mesita de noche.

Las cinco y diez minutos.

Le quedaba poco, y no quería llegar después de amanecer a su casa, por si acaso. Su madre siempre protestaba por sus salidas, y más por sus llegadas. Tenían algunos roces debido a ello. Solía decirle que si pensara «hacer algo» no necesariamente tenía por qué hacerlo de noche. Y su madre le respondía que «de noche, todos los gatos son pardos», una frase hecha y convencional.

Además, las madres solían ser brujas.

Igual llegaba a su casa y tenía grabado en el rostro lo sucedido.

«Lo-he-he-cho.»

Volvió a dejarse caer boca abajo y extendió una mano para tocar el lugar aún caliente en el que acababa de estar él.

Acompasó la respiración.

Y el alud de sensaciones de la noche se agolpó en su mente.

Cada beso, cada caricia, cada gemido, cada grito, la forma en que Rogelio había sublimado su cuerpo. La manera en que ella había descubierto el suyo. Todo inolvidable. Los detalles de algo que ya pasaría a ser parte de sí misma. El día en que sí, por fin, se había sentido mujer, con todas sus consecuencias.

Pero sobre todo, por el amor.

Esa pequeña diferencia.

Se dio la vuelta y quedó boca arriba.

Miró la habitación, memorizó cada detalle. El guante perfecto, aunque lo importante era la mano, el contenido, él y ella.

Su corazón se aceleró.

Bajó una mano por su pecho, rozándolo, y la pasó igual que una caricia por su vientre, su ombligo, hasta llegar a su sexo. Con las piernas entreabiertas se lo acarició con suavidad, sin ninguna intención, sólo para sentirlo y hacer más intenso el recuerdo. Estaba llena de él, de su sabor, de su sudor, de su saliva, de las huellas de sus manos, de cada beso o caricia. Cuando se toca el cielo, volver a la Tierra es casi una burla. Los enamorados saben que el tiempo es un océano que separa las islas de sus encuentros, y que esas islas son como pequeños mundos siempre diferentes, siempre únicos.

Por eso, los enamorados que no saben nadar se ahogan.

A veces, de isla a isla, la distancia parece enorme.

Estuvo a punto de llamarlo para que regresara a su lado y la abrazara. Necesitaba justo eso: un abrazo, sentir la protección de sus manos.

Como una niña.

Dejó de acariciarse el sexo y se llevó los dedos a la nariz.

El último abandono.

Continuó quieta, con los ojos cerrados, meciéndose entre aquel éxtasis de paz y la turbulencia de cada recuerdo grabado a fuego en su mente.

Hasta que oyó un roce, el imperceptible movimiento del aire, la sensación de no encontrarse ya sola.

Rogelio estaba de nuevo allí.

Sus ojos se encontraron llenando la penumbra de luz.

—Buenos días —le deseó.

—Aún no —gimió ella.

Rogelio se sentó en la cama. Llevaba un vaso en la mano.

—Te he traído agua, por si tenías sed.

—Mucha —reconoció Beatriz con la garganta súbitamente seca.

Se sentó también en la cama, se apartó el cabello y aceptó el vaso. Rogelio hizo lo mismo, se acomodó. Los dos quedaron frente a frente, en cuclillas, separados apenas por un palmo, desnudos y apacibles, aunque en el fondo habrían querido volver a sucumbir al deseo que ahora parecían frenar por la necesidad de la partida.

Mientras Beatriz bebía, él la miró.

Y ella lo miró a él.

Sonrió al devolverle el vaso para que lo dejara en la mesita de noche.

No sentía la menor vergüenza. Creía que sí, que de pronto, estar desnuda frente al hombre con el que acababa de hacer el amor por primera vez la desarmaría, la haría dar un paso atrás. Y no era así. Todo formaba parte de una sorprendente naturalidad. Sus cuerpos ya no eran secretos, habían dejado de ser un misterio. Por eso, quizá, esa primera vez fuese tan crucial, tan hermosamente diferente. Después de compartir el amor en su expresión más pura y natural, a través del sexo, las personas tenían que cambiar, por fuerza. Nada podía ser ya igual.

Volvió el juego de miradas.

Hasta que Rogelio le acarició las piernas.

Y viajó por ellas hasta la parte más blanda de su geografía. La más próxima también a la zona púbica.

—Amanecerá dentro de poco —susurró.

Beatriz captó la súplica.

—Sí.

—¿Seguro que has de estar en tu casa a esa hora?

Su madre la mataría.

Vale, ¿y qué?

Un mes para los dieciocho era como tener dieciocho.

La maldita edad...

—Da igual.

—¿De verdad?

—Sí. —Sus ojos se iluminaron.

La mano de Rogelio ascendió hasta su rostro. Se lo acarició. Ella llevó las suyas a su encuentro, la cogió y la trasladó a sus labios para besársela.

El siguiente paso fue aproximarse más el uno al otro y abrazarse.

El silencio era un bálsamo.

—¿Por qué me preguntaste si era virgen?

—Perdona.

—No, dímelo.

—No sé. —Intentó parecer sincero—. Creía que hoy en día a los quince o dieciséis ya...

—Algunas sí. No todas. ¿Creías que ya lo había hecho?

—Sí.

—Parecías muy sorprendido.

—Bueno, en ese momento...

—¿Habrías preferido que tuviera experiencia?

—No es eso.

—Pensaba que te gustaría ser el primero.

Era un concepto antiguo, machista. Pero descubrió, de pronto, que sí, que le gustaba, que la idea de que ella hubiera estado con otro o con otros, antes, le producía una pésima sensación, un horrible sabor de boca.

—Dicen que lo importante no es ser el primero, sino el último.

Continuó el abrazo, delicado, con el único movimiento de sus manos deslizándose por sus espaldas en busca de sus propias huellas o los inexplorados terrenos en los que todavía no hubiesen estado.

—Una vez estuve a punto —habló de nuevo ella.

—¿Qué pasó?

—Casi cometí el error de hacerlo por hacerlo, por probar. Una gilipollez. Justo cuando nos quedamos desnudos y nos tocamos, él se corrió.

Rogelio tuvo ganas de reír, pero se contuvo.

—Puedo comprenderlo —dijo—. A mí casi me pasó anoche.

—No seas burro.

—Verte desnuda es algo... increíble, cariño.

Beatriz no respondió a su comentario.

—¿Quién era él? —preguntó Rogelio.

—Nadie. —Se encogió de hombros—. Ya te he dicho que fue una estupidez. La carita que puso... fue todo un poema. Creo que se quedó traumado de por vida. No mucho después, una amiga me contó su propia experiencia y entonces me alegré de que hubiera sucedido así.

—¿Elisabet?

—No, otra. Una del instituto. Me dijo que lo había hecho tres veces, por probar, por sentir algo nuevo más que por un verdadero deseo sexual. Y resultó de lo más frustrante y descorazonador. La primera vez le sucedió casi como a mí, aunque en su caso sí hubo penetración. Poca, pero la hubo. El chico duró diez segundos y ella ni se enteró. En la segunda aguantó más, aunque entonces él le hizo mucho daño, no fue nada delicado. Ella estaba nerviosa, cerrada. Por último, en la tercera, sin saber cómo ni por qué, se echó a llorar y él se vino abajo.

—Menudo drama.

—El sexo es delicado. Suele marcar. Por eso yo tenía mucho miedo.

—¿Y ahora?

—Ya no. Gracias.

—¿Gracias?

—Fuiste muy amoroso y tierno, las dos veces. Sobre todo en la primera lo hiciste despacio, de manera tan dulce... La segunda también, pero la primera ha sido la más importante. Eso hizo que me relajara y dejara de estar tensa. Me dolió un poco al comienzo, luego...

—Estaba acojonado —reconoció él.

—También lo notaba. Pensaba que lo de la virginidad te haría comerte el tarro.

—No.

—¿En serio?

—Eres una mujer, te siento como una mujer. La virginidad es un concepto. La edad no. La edad es una realidad.

—Si yo pensara lo mismo...

—¿Qué?

—No me habría acostado con un viejo de treinta y ocho años.

—Vaya. —Le hundió una acerada mirada de disgusto.

—Ah. —Beatriz se encogió de hombros con falsa inocencia—. Se siente.

—Ven aquí. —La abrazó con mayor intensidad.

El deseo reapareció de pronto.

Rogelio estaba desnudo, así que no podía ocultarlo. Beatriz lo expresó con su jadear, su estremecimiento al ser besada en el cuello. Sin apenas resistencia, uno y otra se vencieron de nuevo sobre la cama. Sus piernas se entrelazaron. Sus labios se buscaron con la avidez del reencuentro.

Lo último que vio ella antes de cerrar los ojos y abandonarse fue el maldito reloj.

Las cinco y veinte.

Amanecería pronto.

Y estaba tan lejos de su casa como la Tierra de la Luna.

Cuarta parte:
LAS CONSECUENCIAS

El amor necesita un corazón
y yo necesito saber
si el amor necesita un corazón
como el mío.

Love needs a heart, JACKSON BROWNE

Capítulo 19
ECOS

No detuvo la moto delante de su casa. Lo hizo en la esquina, en la parada de taxis de la plaza, vacía a aquella hora. Cuando se quitaron los cascos, ella agitó la cabeza y liberó el pelo. Dejó su casco en el asiento de atrás, y antes de que él hiciera lo mismo, lo abrazó y lo besó.

La claridad del día era hermosa.

Un día cálido, presidido por un radiante cielo azul que de momento aún era cárdeno.

—No digas nada —le susurró al oído.

—Yo...

—Sssh... —Le tapó la boca con la suya.

El último beso fue el de la entrega.

La rendición.

Luego ella se separó de él y echó a correr, dobló la esquina y se perdió calle Johann Sebastian Bach arriba.

No volvió la vista atrás ni se detuvo. Corrió y corrió hasta alcanzar el portal. Todavía sentía la ropa ligeramente húmeda. Pero más lo estaba su cuerpo. Húmedo y al mismo tiempo sediento. Cada vez que lo tocaba, experimentaba aquella sensación, como si pudiera derretirse. De pronto era como una ciega que abría los ojos y veía por primera vez la luz, los colores.

Quería más.

Insaciable.

Subió en el ascensor, llegó a su rellano y abrió la puerta con sumo cuidado. Una vez dentro, se dirigió a su habitación. Volvió a sentir aquel miedo irracional, casi convertido en culpa, como si realmente llevara escrito en el rostro lo que acababa de hacer. Iba a meterse en su cuarto cuando la alcanzó la voz de su madre.

Sólo la voz.

—¿Beatriz?

—Sí, mamá. —Se resignó a lo inevitable.

Una pausa.

Un lamento.

—Vaya horas, por Dios...

—Tranquila.

No hubo más. Logró sentirse a salvo. Se desnudó lo más rápido que pudo y renunció a ir al cuarto de baño. Había orinado en casa de Rogelio, y desde luego no quería lavarse, ni tan sólo los dientes. Necesitaba sentirse impregnada de él, y notarlo en su boca.

Se acostó desnuda.

Ni siquiera habría soportado un pijama.

Desnuda para cerrar los ojos e imaginarse en su cama, o a Rogelio a su lado allí.

Había salido de su casa hacía mil años, y ahora ya nada era como antes, se trataba de otro tiempo, y tampoco era la misma. Al igual que el día del parque, el de los tres besos, el de la revelación y el descubrimiento, estaba ante un nuevo amanecer. No tenía sueño, estaba desvelada, ansiosa, nerviosa, pero aunque lo hubiera tenido, no habría dormido. Quería recordar cada detalle para hacerlo inmortal y eterno. Quería gritar y llorar.

Quería...

Todo.

Sonrió y estiró su cuerpo con pereza.

Luego susurró su nombre:

—Rogelio.

Beatriz se había ido hacía no menos de cinco minutos y Rogelio todavía seguía allí.

En la esquina de Johann Sebastian Bach, mirando la calle, mirando el portal por el que ella había desaparecido, imaginándosela en su pequeño mundo, desnudándose, acostándose.

Su mente era un torbellino.

Si echaba la vista atrás, en las últimas horas, desde el instante en que ella le había sugerido ir a su casa hasta este momento, lo sucedido se le antojaba tan mágico como irreal, porque Beatriz seguía resultándole irreal, demasiado buena para ser verdad, demasiado increíble para imaginar que aquello le estuviese sucediendo a él, demasiado perfecta para una vida imperfecta como la suya.

Había hecho el amor con una adolescente.

Se lo repetía una y otra vez, y el susto aumentaba.

La sensación se apoderaba de él.

Su fortaleza naufragó.

—Estás colado —se dijo—. Y ella también.

Colado.

Se había resistido. Le ganó una primera batalla al deseo. Casi lo había logrado.

Casi.

Después...

—No es la edad —se repitió en voz alta—. Es algo más. Está viva y es auténtica.

Si vivía, se lo debería a Beatriz. Si caía, la arrastraría.

Y eso sí sería imperdonable.

—Respira. —Llevó aire a sus pulmones—. Calma. Ahora no pienses, porque no puedes ser ecuánime estando tan lleno de ella. Respira...

Y respiró.

Más y más.

El amanecer brillaba. En un día normal y corriente, el tráfico ya sería implacable, sobre todo la corriente que subía por Ganduxer. En sábado, en cambio, no circulaba ningún coche, nada alteraba aquella paz casi idílica. Ningún caminante se dirigía a su trabajo. Ninguna tienda subía prematuramente la persiana.

Era el único habitante de aquel reino.

Volvió a la moto.

Si iba a su casa y se acostaba, aunque no durmiera, quizá recuperase los olores, los sabores, las sensaciones.

Quizá la sábana todavía retuviera el calor de Beatriz.

Guardó en el maletero de la poderosa moto el casco que ella había utilizado. Se encasquetó el suyo. Luego la puso en marcha y el motor tronó emitiendo un poderoso rugido.

Enfiló Johann Sebastian Bach arriba.

Pasó por delante de la casa del oscuro objeto de su deseo.

Pronunció cuatro palabras:

—Buenos días, mi amor.

Y se alejó igual que un ladrón, hasta acelerar Calvet abajo hecho una furia.

Elisabet la metió en su habitación a empellones. Más que eso: la empujó sobre la cama, como si temiera que ella se escapara. Podían haber hablado en la calle, con mayor libertad, pero su amiga no quiso perder ni un segundo. Faltaba demasiado poco para la hora de sus respectivas comidas. Su rostro estaba atravesado por una suerte de expectativas marcadas por la avidez y la fascinación.

—¿Qué? ¿Qué? —Aumentó el tono con la segunda palabra.

—Bien. —No sabía de qué manera contárselo Beatriz.

—¿Sólo bien? ¡No jorobes, tía! ¡Venga, suéltalo ya! ¿Lo hicisteis?

—¿Por qué tenía que hacerlo?

—¡Fuiste a su casa, y llegaste empapada, acabas de decírmelo! ¡No me vengas con chorradas ni te hagas la interesante!, ¿vale?

—No me hago la interesante, pero es que aún me cuesta hablar de según qué cosas.

—¡Eh, eh! —Se le puso delante, en una postura muy ridícula, con las rodillas dobladas y el cuerpo ladeado, y agitó las dos manos en alto—. ¡Soy-yo-o, tuam-mi-ga!

Beatriz se rindió.

Era cierto, no quería hacerse la interesante, es que todavía sentía aquel pudor.

Contar lo más íntimo de una vida siempre resultaba delicado.

—Lo hicimos.

—¿Sí? —Elisabet abrió unos ojos como platos.

—¡Sí, lo hicimos! ¡Tres veces!

Las pupilas casi se le cayeron de las órbitas.

—¡Ay, la leche! —Tuvo que dejarse caer de rodillas al suelo, delante de ella—. Tía, tía, tía... ¿En serio? —La miró con el mayor de los respetos y mucha envidia.

—Sí.

Soltó una bocanada de aire.

—Detalles —pidió.

—¡Venga ya!

—¡No vas a dejarme a medias! ¿Qué te hizo? ¿Qué le hiciste?

—Pero ¿estás loca?

—¡Joder, tiene treinta y ocho años, no es un pardillo, seguro que sabe la tira!

—Fue genial. —Abrió las manos como si eso fuera todo.

—¿Tuviste un orgasmo?

—¡Hala!

—¿Lo tuviste o no?

—Sí. —Se puso un poco roja.

—¿En serio?

—La tercera vez, esta mañana.

—Dios, Dios, Dios... ¿Te lo hizo con la boca?

—Sí. Me corrí..., bueno, ha sido cuando..., y luego lo ha hecho él.

—¿Es bueno?

—¡Y yo qué sé!

—Has flipado, ¿no?

—Mucho.

—Entonces es bueno. —Cerró los puños como si se dispusiese a animar a su equipo para ayudarlo a marcar o celebrara ya el gol—. ¡Lo sabía! ¡Lo sabía!

—También es muy dulce, Elisabet. Dulce y tierno. Cuando me mira con esa carita de no creérselo...

—Hostia, lo colada que estás —suspiró su amiga.

—Es que lo que siento es muy fuerte.

—No irá de listo, ni de ligón, ni...

—No.

—¿Cómo lo sabes?

—Lo veo en sus ojos. Estaba tan muerto de miedo como yo. O más. Cuando le dije que era virgen, casi no lo hace.

—¿Se lo dijiste?

—Sí.

—O sea que volvió a salir el tema de la edad.

—Para él aún soy menor de edad.

—Serás menor de edad, pero eres una tía de pies a cabeza, y centrada. Rogelio ha tenido suerte de pillarte. Bueno, y tú también de pillarlo a él.

—No hables de suerte. Es amor. El sexo necesita amor.

—¡No seas tan romántica!

Elisabet se detuvo al ver la humedad en sus ojos.

—¡Eh, eh! ¿Qué pasa? —Se incorporó y se sentó en la cama, a su lado, para abrazarla.

—Es que casi no puedo ni respirar —le confesó Beatriz.

—¡No puedo respirar yo, y sólo me lo estás contando!

La hizo reír. Un poco. Lo suficiente para que no naufragara en mitad de sus emociones.

—Ha sido todo muy repentino, y muy fuerte, ¿entiendes? Ni yo puedo creer lo que me está pasando, y mucho menos lo que he hecho. No me reconozco. De repente, soy como dos personas, una que mira a la otra desde el exterior, y la que está dentro, aturdida, sin entender demasiado...

—Sí que lo entiendes.

Beatriz unió los labios formando una O y expulsó una larga bocanada de aire, igual que si estuviera hiperventilando. Elisabet continuó pasándole un brazo por encima de los hombros. Con la otra mano le sujetó las suyas, que las tenía unidas en su regazo.

—¿Es tan cariñoso y dulce como dices o le ves todas las cualidades habidas y por haber?

—Lo es. Me lo ha hecho como... como si temiera que yo fuera a romperme.

—¿Y tú?

—Yo he hecho cosas que jamás habría imaginado, que no sé ni de dónde las he sacado o cómo he podido... Me sentía tan libre... Tan entregada y libre...

—Ese tipo te quiere —asintió Elisabet—. Otro habría ido a saco, pasando de todo. Te quiere y seguro que está como tú de asustado.

—Quizá eso es lo que me aterra.

—No te entiendo.

—Que siga viéndome como una adolescente, no como una mujer.

—Se le pasará en dos días. Dale tiempo.

—La duda se domina y se vence actuando. La culpa no. La culpa tiene que ver con muchas cosas, y todas son malas si no se apartan de uno y se superan. —Hizo un gesto de impotencia—. Dios..., cuando estamos juntos es todo tan... intenso, tan fuerte... —Volvió a soltar una bocanada de aire aprisionado en su pecho—. Esta mañana yo flotaba. En cambio ahora...

—Aceptar lo que te está pasando no es fácil. Te acaba de cambiar toda la vida.

—¿Y si hemos ido demasiado de prisa?

—Una no va de prisa o despacio. Simplemente va de acuerdo a las circunstancias. Anoche todo te fue de cara, para bien o para mal. La lluvia, su casa... Yo diría que fue inevitable. Y tal vez sea mejor así. No has tenido tiempo de pensar. Ni él tampoco. Ahora ya sabéis dónde estáis.

—¿Y dónde estamos?

—Viviendo un sueño.

—Los sueños siempre son efímeros. Uno acaba despertándose.

—Pero sin sueños nadie podría vivir, ni dormir. Todo el mundo quiere soñar, de una forma u otra.

Beatriz se apoyó en la pared.

Les sobrevino un breve silencio.

—Vas a tener que ser muy fuerte —lo interrumpió Elisabet.

—¿Por qué? —la miró dudosa su amiga.

—Porque me parece que de los dos, tú eres la que realmente sabe lo que quiere, aunque lo dudes —aseguró Elisabet haciendo gala de gran serenidad.

La comida del sábado era distinta, por un lado silenciosa, por el otro, triste. No habían querido anularla, aunque tampoco se celebraba en casa, sino en el comedor del hospital. Su madre se había empeñado en mantener la costumbre de comer todos juntos en honor al cabeza de familia, que aguardaba en una de las habitaciones del edificio. En un par de días ya estaría en casa.

Aunque ya nada fuese lo mismo.

No había ninguna silla vacía, pero eso era lo de menos. El recuerdo del que faltaba seguía muy vivo, muy presente.

Rogelio apenas si había hablado.

—Esto es una porquería —protestó su madre con cara de asco mientras miraba su plato con animadversión.

—Aquí la gente viene a comer lo que puede, señora Montserrat —dijo Sonia—. No es más que un lugar de paso.

—Pues por lo que vale podrían tener un respeto, digo yo —insistió ella.

—Podríamos haber ido aquí al lado. Hay un par de restaurantes —objetó Marcos.

—¿Y dejar a tu padre solo?

—Está solo igual.

—Pero si pasa algo, bajan y nos lo dicen. —Miró a Rogelio—. Has dicho que estábamos aquí comiendo, ¿no?

—¿Qué quieres que suceda, mamá?

—Pero bueno —se escandalizó—. ¡Ni que hubiera tenido la gripe!

—El peligro ha pasado.

—Después de un infarto, el peligro es diario.

—Tiene que intentar hacer vida normal. Si le recuerdas a cada momento esto...

—Santo Dios... —Puso cara de mártir empujada a los leones—. Cómo se nota que sois jóvenes. Vuestra despreocupación es... —Apartó el plato definitivamente, con la comida a medio tocar, y rezongó—: ¡Esto no hay quien se lo tome!

Volvió un incómodo silencio. Sonia terminaba ya con el postre, con buen apetito. Martina, Marcos y Rogelio se concentraban en lo que habían pedido, sin hacerle ascos, aunque a menor ritmo que el empleado por la mujer de Marcos. Rogelio los observó, uno a uno. Marcos era una fotocopia de su padre, aunque sin su carácter. Martina vivía su sueño de amor. Sonia era una esposa sumisa y complaciente.

¿Qué harían, qué dirían si les presentaba a una chica de dieciocho años?

La comida se le alborotó en el estómago.

Y la digestión empezó a estropeársele.

Sintió un retortijón.

Martina había logrado pasar la prueba del algodón con Miguel. Treinta años ella, cuarenta y muchos él. Pero era distinto. Se trataba de dos adultos. Para una familia como la suya, Beatriz nunca sería una adulta, aunque tuviera veinte años, aunque tuviera veinticinco. Siempre la verían como a..., ¿a qué? Pensarían que él era un cuarentón en busca de emociones, mantenerse joven con una jovencita al lado, y con ella podían llegar a ser muy crueles. Pensarían que era una listilla, o una loca, o una desaprensiva buscando un buen partido, o incluso una tonta capaz de volverlo tonto a él.

Todos creerían que era por sexo.

Joven, guapa, con aquel cuerpo...

Un buen polvo.

El segundo retortijón fue más agudo que el primero, y hasta hizo retumbar los cimientos de su cuerpo.

Dejó de comer.

—¿Qué? —lo observó su madre—. No me digas que

está bueno porque es indecente. Seguro que te habrá sentado mal.

—No he dormido bien esta noche —mintió.

—Ya se te ve en la cara. Tienes ojeras. Yo tampoco he pegado ojo. —Se hizo la digna—. Bueno, yo llevo días sin pegar ojo.

¿Por qué no se lo decía, allí mismo?

«Me he acostado con una chica que va a cumplir dieciocho años, ha sido lo más increíble de mi vida y estoy enamorado como un colegial.»

—A vuestro padre nada de disgustos ahora, ¿eh?

Marcos y Rogelio intercambiaron otra mirada.

Hasta que el segundo se levantó.

—Voy al cuarto de baño.

—Podías ir al de la habitación de tu padre —objetó su madre—. A saber quién se meterá en el baño de aquí.

Se apartó de ellos y buscó la señal de los servicios.

Empezaba a huir.

Quizá tuviera que aislar a Beatriz, protegerla y protegerse.

Olvidarse de la familia.

El tercer retortijón le hizo acelerar el paso.

La culpa. Era la culpa. Estaba allí, fuerte, firme y poderosa. La culpa que convertía cualquier momento de felicidad terrena en un miedo imposible de dominar. La culpa que penetraba en las mentes y las almas hasta convertirse en un cáncer implacable. La maldita culpa que acechaba por todos lados. Ella unida al tiempo. Beatriz lo había dicho, con su serenidad, con la simpleza de lo evidente: «El gran dilema de las parejas de hoy. Uno duda, el otro siente su peso. Alguien la definió una vez como una de las lacras más absurdas de la religión católica».

¿Y si no era culpa? ¿Y si era... madurez, responsabilidad, ética?

¿Era un cerdo por haberse acostado con una menor?

Acababa de vivir la noche más hermosa y feliz de los últimos tiempos, y lo había hecho después de unos días en los que parecía tocar el cielo con las manos, desde que conoció a Beatriz. ¿Por qué se castigaba ya de aquella forma?

¿Qué clase de montaña se estaba formando en su mente?

Se metió de cabeza en el servicio. Cogió un poco de papel y limpió el borde. Finalmente se bajó los pantalones y se sentó para vaciar todo lo que se había descompuesto en su interior.

Cuando cerró los ojos y apoyó la cabeza entre las manos, intentó dejar la mente tan en blanco como esperaba dejar su ruidoso estómago.

El grito procedente del piso de arriba la hizo salir de su habitación asustada.

Su madre también lo había oído.

—¿Otra vez se las tienen? —le preguntó la mujer a su hija con preocupación.

—No lo sé. —Cerró los puños con ansiedad.

—Antes has estado con Elisabet, ¿no?

—Todo estaba tranquilo.

—Bueno, ya sabes que saltan a la mínima. Yo no sé cómo lo aguantan.

Dejaron de hablar. Durante diez segundos casi ni respiraron. Pareció volver la calma, quedarse en un conato, o en un arrebato de mal genio. Beatriz miró en dirección a la habitación de su hermana al notar su ausencia.

—¿Y Carlota?

—Ha salido con sus amigas, que ya le tocaba después de tanto estudiar. Tú en cambio...

—¿Yo qué? —acusó el comentario.

—Me gustaría saber qué haces toda la noche cuando sales. ¿Qué pasa, que si os acostáis antes del amanecer ya no es lo mismo?

—Mamá, toda la gente joven se evade los viernes y los sábados por la noche.

—O sea que hoy... —Se puso aún más seria.

—No lo sé. Todavía no he hecho planes.

—Luego os pasáis toda la mañana durmiendo, sin dar un palo al agua.

—Te he ayudado con la casa —le recordó.

—Ya.

Se dio la vuelta y Beatriz sintió una oleada de furia.

Tenía dos opciones: dejarla, olvidarse, o no renunciar a su derecho de mantener su individualidad e independencia. En otras circunstancias habría hecho lo primero. Ahora, de pronto, todo cambiaba. Si no marcaba distancias, si no demostraba ya, en su propia casa y con su madre, que era una persona adulta, se quedaría siempre supeditada a un papel de niña pequeña.

—Mamá, yo no quiero morirme aquí encerrada contigo, ¿vale?

Fue un disparo certero, realizado a conciencia, con las palabras precisas. La mujer se detuvo en la puerta de la cocina.

—Yo no estoy encerrada —proclamó.

—No hablas salvo para meterte conmigo o quejarte. No sales con amigas, no vas a ninguna parte. ¿A eso lo llamas no estar encerrada? Te refugias en ese mutismo tan lleno de dolor que a veces es irrespirable.

—Vas a cumplir dieciocho años. Si no estás a gusto...

—¡No digas lo que no sientes! ¿Ahora vas de dura? Los padres de Elisabet se pelean, y a ti no se te ocurre nada mejor que decir que «no sabes cómo lo aguantan». ¿Quieres que se divorcien también, para hacer una causa común con ella? —Señaló más allá de la ventana más próxima—. ¡Hay un mundo entero ahí fuera, y vida, y nuevas oportunidades! ¿Por qué no sales a comprobarlo?

—¿Qué te pasa a ti hoy? —Su voz reflejó toda su inseguridad.

—Pasa que te estás quejando siempre cuando hablas, y cuando no... ¡Por Dios!, ¿crees que me gusta verte así?

—Tú no sabes...

—¡Yo sí sé! ¡Claro que sé! ¡No soy una niña, ni una ingenua! ¡Ya está bien, mamá! ¡Ya-está-bien! —lo recalcó con énfasis—. ¡No quiero más reproches por salir a divertirme, ni por intentar ser feliz, sólo porque tú te hayas encerrado aquí y te hayas negado el derecho de serlo!

—Qué fácil es para ti decir esto —exhaló con amargura.

—¿Fácil? —Detuvo un conato de echarse a llorar—. ¡Llevo cinco años viéndote morir en vida, callando, y callando, y callando, sin hacer ruido, midiendo mis palabras, todo para no herirte o molestarte! ¿Y mientras tanto qué has hecho tú? ¡Nada! ¡Sufrir y callar como víctima de tu propia desgracia! —Sus manos se iban crispando a medida que estallaba—. ¡Has perdido cinco años esperando

Dios sabe qué! ¿A que volviera papá? ¡Pues no volverá! Ahora dime, ¿vas a perder el resto de tu vida ahogándote en tu amargura?

—No sabes de qué estás hablando. Cállate —Se dio media vuelta y se metió en la cocina.

Beatriz la siguió.

Y se colocó en la puerta, acorralándola.

—No puedo callarme. ¡Estoy harta de callar!

—¡Tú no sabes lo que es estar sola! ¡Ni que te abandonen!

—¡Papá no te abandonó, tú lo apartaste de tu lado!

Su madre se quedó conmocionada, igual que si la acabase de abofetear. Parpadeó un par de veces mientras su mente intentaba razonar aquella aseveración tan opuesta a lo que sentía.

—¿Qué... estás diciendo?

—¿Nunca has pensado, sinceramente, que fuiste tú la que lo abandonó a él?

—¡Se marchó con otra, Beatriz!

—¡Yo os oía de noche!, ¿sabes? —Por segunda vez detuvo las lágrimas en la ribera de sus párpados—. ¡Papá implorándote amor y tú negándote! ¡Y no digas que era sexo, porque no es verdad: era amor! ¡Papá estaba loco por ti!

—¿Que nos... oías?

—Yo no quería, me tapaba los oídos, pero a veces... —Ya no se detuvo ni se echó para atrás—. Siempre estabas enfadada por algo, o cansada, o le decías que te dolía, o que no te apetecía. Y cuando lo hacíais a veces le preguntabas por qué tardaba tanto, o suspirabas con expresiones como «¿aún no estás?». Una noche papá estalló, salió de vuestra habitación dando un golpe y se metió en el baño. Tú no te moviste de la cama, pero yo lo oí llorar, ¿vale? ¡Lo oí llorar de desesperación!

—¿Y qué tenía que hacer, abrirme de piernas y ya está cada vez que le apeteciera? ¿Ésa es tu dignidad femenina?

—El amor necesita de dos, mamá. El sexo no es más que una parte, pero representa la sublimación de ese amor, porque es lo máximo. Compartir siempre es lo máximo. —Su voz se acompasó—. Papá te quería con locura, y para él fue una hecatombe darse cuenta de que tú ya no lo amabas igual. ¿Encontró a otra que sí? De acuerdo, ¿qué querías que hiciese, que se quedase aquí consumiéndose? Fue valiente. Tú querías un marido, no un hombre.

—¿Qué sabrás tú?

—Estoy aprendiendo.

—Ningún matrimonio se pasa la vida igual.

—Papá me dijo que ni de recién casados lo hacíais a diario, que siempre tenía que estar regulado, dos veces a la semana, el sábado... Como si el amor pudiera programarse y el deseo sólo funcionara en determinados momentos.

—¿Así que todo es culpa mía?

El tono de su voz fue abrasador.

Beatriz ya no le respondió. No era necesario.

Jamás se había enfrentado a su madre.

Y no le gustaba haberlo hecho, pero, de alguna forma, sabía que acababa de quitarse un peso de encima al hacerlo.

Un enorme peso.

El zumbido de su móvil, reclamándola desde su habitación, la hizo salir corriendo, a la estampida, para recibir la llamada.

Rogelio contó los tonos.

Uno, dos, tres...

Hasta que la voz de Beatriz irrumpió en la línea.

—¿Sí?

Le hizo una sola pregunta.

—¿Esta noche?

Capítulo 20
CICATRICES

Llevaban un rato mirándose, frente a frente, mientras sus dedos jugueteaban unos con otros en un mudo diálogo cargado de dulzuras. Beatriz estaba recostada sobre su lado derecho. Rogelio sobre el izquierdo. Sus cuerpos desnudos habían recobrado la calma después de la intensidad de la tormenta. Sus sudores se habían serenado hasta desaparecer de la piel. Bañados por la luz que llegaba de lejos, mortecina, a través de la puerta abierta del dormitorio, la paz y serenidad que los envolvía los inundaba de un balsámico relajamiento.

—Estás precioso —dijo ella.

—¿Precioso? —le sorprendió la palabra.

—Sí.

—Entonces ¿qué puedo decirte yo a ti?

—Lo veo en tus ojos.

—¿Qué ves?

—Amor.

—¿Has leído muchos ojos?

—No, pero libros sí.

—No es lo mismo.

—Eso lo dices tú. Leer un libro es como hacer el amor. Lo que compartes con él es único.

—Leí esto en tu blog.

—Esta tarde he entrado en él y... no he sabido qué escribir.

—¿Eso es malo?

—Siempre he sabido sobre qué escribir. Me basta con poner una palabra y el resto sale solo. Pero hoy...

—¿Colapsada?

—Enamorada.

—Creía que eso era bueno.

—No lo sé —fue sincera—. Me gustaría poder contar todo esto, expresarlo con palabras, y me doy cuenta de que no tengo las suficientes, ni sé lo bastante. No hay palabras para explicar este sentimiento.

—Beatriz.

—¿Qué?

—Nada. —Hizo un gesto dulce—. Me gusta tu nombre.

—A mí también el tuyo. Suena a caballero andante.

—Y el tuyo, a princesa.

—Mi príncipe...

Se acercó un poco a él, hasta darle un beso en la punta de la nariz. Luego ya no retrocedió, se quedó así, más cerca, con sus alientos mezclándose en la tierra de nadie que apenas si los separaba.

Su segunda aproximación fue para lamerle los párpados.

Antes de que él pudiera volver a excitarse recordó algo.

—¿Y tu padre?

—Bien.

—¿Volverá a casa pronto?

—Sí.

—Vas a estar liado cuando lo haga, ¿verdad?

—Espero que no. Mi hermano Marcos trabaja con él. Yo sólo soy la oveja negra de la familia.

—¿Por qué?

—Porque me aparté de ellos, porque no quise meterme en el negocio familiar, porque mi padre nunca creyó en mí y llevo toda la vida intentando valerme por mí mismo y demostrarles de lo que soy capaz... sin conseguirlo.

—Claro que lo has conseguido.

—Para ellos no. Trabajo en un mundo desconocido como es el de la música. Lo ven como algo... inconcreto, absurdo, lleno de gente rara, drogatas, famosos...

—Las familias oprimen, ¿verdad?

—Mucho. La tuya...

—Imagínate. Mi padre casado con otra, esperando un hijo, mi madre sola en casa conmigo y con mi hermana pequeña, tragándose toda la mierda que ella misma ha ido amontonando en su vida. Mi hermana mayor casada y pasando. No es una situación ideal. Esta tarde me he peleado con ella.

—¿Con tu madre?

—Sí.

—Lo siento.

—No importa. —Se encogió de hombros—. O al contrario. De pronto me siento fuerte, capaz de todo, incluso de decirle lo que nunca le había dicho y ya tocaba.

—¿Crees que las personas, cuando se enamoran, cargan también con los problemas del otro y con sus familias?

—Los problemas del otro pasan a ser propios, se comparten —asintió Beatriz—. Las familias... no sé. Supongo que tiene que haber un equilibrio, pero eso es todo. Si una pareja no se hace fuerte en sí misma, y no está dispuesta a luchar por su amor, su libertad y su independencia contra quien sea, padres, madres, abuelos o hermanos, entonces apaga y vámonos. Seguro que acaban separados. El amor no puede tener fisuras.

—Radical —sonrió él.

—Sí. El amor debe ser absoluto.

Lo dijo muy seria.

Rogelio dejó de jugar con la mano de Beatriz. Colocó la suya en la curva de su cintura y luego la subió por el redondo promontorio de su cadera hasta coronarlo.

Otra docena de segundos mirándose a los ojos.

Todavía bañados por la sorpresa de su realidad.

—Te he traído un regalo —dijo entonces Beatriz.

Se levantó de la cama y salió de la habitación seguida por los ojos de Rogelio. Bañada por el contraluz de la puerta, su silueta adquirió por un instante tintes mágicos. Alta, estilizada, con el cabello salvaje y despeinado, los pechos como pequeñas manzanas, la justa proporción de sus formas juveniles...

Esperó su regreso.

No tardó.

Reapareció en la puerta, de frente, y saltó sobre la cama quedando de rodillas ante él. Llevaba en las manos media docena de discos.

—Hoy comienza tu nueva formación musical —le dijo.

—Gracias.

—En cada cajita hay información de los temas. Dentro de una semana te hago el primer examen.

—¿Y si suspendo?

—Te quedas sin esto. —Se señaló a sí misma con los dos dedos índices de sus manos.

—Entonces tendré que emplearme a fondo.

—Bien. —Se inclinó para besarlo fugazmente.

Rogelio la cogió y la echó sobre la cama. Los discos se le escurrieron de entre las manos y quedaron a un lado. Beatriz quiso resistirse, pero no lo consiguió. La sujetó para dominarla y buscar sus labios, así que ella se puso a pelear como una gata.

—¡Déjame! —soltó un pequeño grito.

—No.

—¿Dos días y ya me maltratas?

—Empiezo a volverme loco.

—¡Ah!

La lucha fue breve. Beatriz consiguió soltarse una mano y le hizo cosquillas. Rogelio se dobló sobre sí mismo riendo de forma incontenible.

—¡Tienes cosquillas!

—¡No!

—¡Sí!

La pelea se decantó del lado de ella. Logró incluso colocarse encima. Cuando Rogelio se rindió, entre más y más risas, se apartó de su lado y se puso en pie por segunda vez.

—Bruto. Salvaje —le dijo.

—¿Yo? Casi me rompes las costillas.

—Tengo que defenderme.

—Ven.

—No, espera. Vamos a escuchar música.

—Después.

—¿Dónde está el reproductor?

—En la habitación no tengo.

—¡Pues menudo amante eres tú! ¿No te gusta escuchar música haciéndolo?

—Contigo sí. Ven.

—Voy a ponerlo en la sala, o en tu despacho, que está más cerca.

—¿Quieres venir aquí? Quiero hablarte de Gonzalo.

Eso la hizo detenerse.

—¿De Gonzalo?

—Quiero verlo.

—¿Para oírlo cantar?

—Sí.

Beatriz dejó la media docena de álbumes que había vuelto a coger sobre la mesita de noche y se sentó a su lado.

—¿Lo dices en serio o sólo porque es mi amigo y quieres hacerme feliz a mí?

—Lo digo en serio.

—¿Quieres ficharlo?

—No. Ya te dije que Discos Karma no está en condiciones de lanzar algo así, y además es posible que nos absorba una multinacional.

—Ahí va. —La noticia la hizo ensombrecerse de golpe.

—Tranquila. —Movió la mano para apartar su último comentario—. Quiero oírlo yo, nada más, por si se me ocurre algo.

—Se te ocurrirá —dijo contundente—. Es muy bueno. —Y cambió de nuevo para insistir—: ¿De verdad que tu compañía va a ser devorada por un pulpo?

—Un calamar gigante.

—Pero tú serías un pez gordo igualmente con ellos, ¿no?

—Más bien no.

—¿Te quedarías sin trabajo?

—No lo sé.

—Pase lo que pase no te irás con tu padre, ¿verdad?

—No. —Le sonrió con valor.

—Podríamos irnos de viaje.

El comentario hizo algo más que desconcertarlo. Lo hizo sonreír.

—¿Hablas en serio?

—¿Por qué no? Yo acabo el bachillerato, cumplo dieciocho, me tomo un año sabático. Mi madre se muere del susto y a tu padre le da otro infarto, así que matamos dos problemas de un tiro. ¿Qué tal?

—De película.

—Pues eso. Cada cual es el director de su propia película.

—¿Y al volver...?

—No sé. Tal vez estemos más locos el uno por el otro o tal vez hayamos descubierto que no, que sólo fue un cuelgue.

—¿Y tú eres la que cree en el amor? —Sintió una punzada en el pecho.

—Te lo dije. En el amor sí. En la eternidad no.

—A veces me das miedo.

—¿Por qué? —Volvió a inclinarse sobre él con dulzura y lo besó en la frente antes de recuperar su tono de niña bramala—. Debería darte miedo siempre. —Se cruzó de brazos sobre el pecho de Rogelio y acomodó su cabeza sobre ellos, incrustando la barbilla entre las manos—. Tú me llevas toda la ventaja del mundo, en edad, experiencia... Si no puedo desconcertarte...

—¿Es tu defensa?

—Un poco. Siempre he creído que era muy previsible, y me encantaría ser todo lo contrario, y más ahora.

—¿Por qué?

—Porque una buena relación se ahoga en la rutina, mientras que lo imprevisible la refuerza. Te mantiene la mente ágil.

—Beatriz.

—¿Qué?

—Esto no es... un juego, ¿verdad?

Alargó la cabeza, estiró el cuerpo y buscó sus labios. El beso fue apenas un roce. La intensidad de su mirada hizo el resto antes de decirle:

—No.

—Cuando te dije que te quería...

—Yo también me he enamorado, Rogelio —susurró con ternura—. Pero hacer planes para el futuro hoy en día... no sirve de nada. No quiero pensar en el mañana. Sé lo que quiero, eso sí. Y quiero que sepas que soy de las que se entrega al máximo, al cien por cien, en todo, y más en algo tan fuerte como esto. Pregúntate tú si es un juego.

—Te juro...

—No jures —lo detuvo—. Sólo mírame.

—Ven.

—Mírame.

La obedeció. Intentó no poner cara de bobo, ni parecer un tonto enamorado, pero comprendió que eso era lo más difícil. Lo que sentía por ella era tan grande y tan fuerte que le desbordaba el ánimo. Beatriz quizá fuese la peor droga del mundo. La única que iba directa al corazón.

—Espera, no te muevas —le pidió de pronto ella quitándose de encima de él.

—¿Adónde vas?

—¡No te muevas!

Volvió a salir de la habitación, a la carrera, recortando de nuevo su silueta en el contraluz de la puerta. Esta vez tardó aún menos en regresar. Llevaba su cámara digital.

—Pero ¿qué...? —intentó protestar él.

—¡Sssh...!

Se volvió a tender encima de él, de lado, como antes, con la barbilla apoyada en su pecho, y preparó su cámara.

—Pon esa cara.

—¿Qué cara?

—La cara con la que me mirabas hace un momento.

—No sé qué cara tenía.

—Vuelve a mirarme.

Disparó una, dos, tres fotos. Luego se colocó a su lado, con la cabeza pegada a la suya, estiró el brazo al máximo e hizo otras dos desde las alturas. Cuando lo bajó, puso la cámara en posición para ver las imágenes y se las mostró.

—¿Qué tal? —dudó Rogelio.

—Tú, muy guapo, y nosotros..., hermosos, ¿no crees?

Contempló la última fotografía, sus rostros unidos mejilla contra mejilla, su media sonrisa de duda contrastando con la abierta y diáfana de ella.

Hermosos.

Entonces Beatriz se levantó y quedó de pie sobre la cama, con las piernas abiertas una a cada lado de él.

Lo enfocó.

—¿Qué haces? —vaciló Rogelio.

—Quiero recordarte así.

—¿Desnudo?

—Sí.

—¡No! —Se tapó con las manos.

—¿Por qué no? —se extrañó Beatriz.

—No me sentiría cómodo.

—No seas crío. Aparta las manos, venga.

—Que no.

—Rogelio... —Volvió a enfocarlo.

—¡Que no!

—¿Crees que las colgaré en Internet o algo así?

—No, pero...

Beatriz seguía de pie. Desde abajo, Rogelio la contempló como si fuera una diosa repentinamente perversa. Ella lo descubrió frágil.

—A mí no me importa que el hombre que amo me fotografíe desnuda.

—Entonces dame la cámara.

—¿Quieres?

—Sí.

—Vale. —Se la tendió—. Si te portas bien, te las mandaré por mail.

—¿No tienes miedo?

—¿De ti? No. ¿Por qué iba a tenerlo?

—Puedo ser malo.

—Todos podemos ser malos. En la medida que resistamos podremos descubrir que somos mejores.

Le tomó una primera foto desde abajo.

—Tiéndete —le pidió.

Beatriz lo obedeció. Ni siquiera posó o pretendió ser voluptuosa. Sólo se quedó quieta, dejándose acariciar por la cámara y por la mirada de Rogelio. De repente necesitaba sentirse libre, y aquellas fotografías marcaban un nuevo límite de esa libertad. Rogelio le tomó imágenes de su rostro, su cuerpo, su sexo...

Hasta que ella le cogió de nuevo la cámara de entre las manos.

Y lo enfocó.

De medio cuerpo para arriba.

Rogelio se inclinó para besarla y ella lo recibió con avidez.

Dejó la cámara a un lado para poder abrazarlo.

—Me has dado la vida —le susurró él al oído.

—Y tú a mí.

—No, tú ya estabas viva antes.

Beatriz le acarició la mejilla, le pasó una mano por el pelo, hundió los dedos en su nuca.

—A veces, uno está muerto sin saberlo —musitó—. Yo lo estaba hasta que te conocí. Muerta y perdida. No sé por qué, ni la razón, ni si son las personas o nuestras químicas que de pronto se disparan. No tengo ni idea, pero ahora me siento viva, y tan fuerte... El amor es una completa locura.

—Yo me estaba acartonando. Me sentía perdido. Ya ni siquiera me reía.

—Bueno, dame tu seriedad y yo a cambio te daré mi risa.

—Eres tan inocente...

—¿Y tú?

—Yo siempre he sido un egoísta.

—Entonces es hora de que empieces a compartir. —Una vez más se incorporó de la cama—. Vamos, ven.

—¿Adónde?

—Me apetece bailar.

Al concluir el apoteósico final de *Want to know what love is*, con sus coros llenos de contagiosa energía, se hizo el silencio en la noche.

Pero ellos continuaron bailando.

Abrazados.

Desnudos.

—Cada vez que oiga estas canciones tendré una erección —suspiró Rogelio.

—Es lo menos.

—Hablo en serio.

—Yo también.

Sentían sus labios enormes, grandes, hinchados. Labios cargados de besos. Labios más y más ávidos de los labios del otro. Beatriz se los entregó una vez más.

—¿Quién cantaba esto último? —Se los rozó con los suyos.

—Foreigner.

—Me sonaba.

—Es de 1984.

—Claro.

—Tu época adolescente.

—¡Huy, sí!

—Un día tienes que enseñarme fotos de tu vida.

—Puedo enseñártelas ahora.

—No, me tengo que ir.

—¿Ya?

—Sí, lo siento.

—Falta mucho para que amanezca. —Intentó un conato de protesta.

—Ya me las tuve con mi madre por lo de anoche y fue suficiente. No quiero líos ni peleas en casa estos días.

—Quédate.

Beatriz sonrió ante su cara de súplica.

—No seas malo.

—Quiero que seas lo primero que vea al despertar mañana.

—¿Crees que no me gustaría que tú fueras lo primero que viera yo?

Se apartó de su lado y él quiso retenerla sin éxito, porque ella se zafó con agilidad de su mano. La ropa estaba caída por la sala, allá donde se la habían quitado sin esperar a llegar a la habitación. Reunió todas sus prendas bajo la atenta mirada de Rogelio, que buscaba la forma de retener cada instante de su visión.

Beatriz se puso las braguitas, del revés, para que la parte usada quedara abajo, y el sujetador.

Entonces Rogelio comenzó a recoger su propia ropa.

—¿Qué haces? —preguntó ella.

—Te acompaño.

—No seas bobo. Sé ir sola.

—Entonces coge un taxi. Ahí tienes mi cartera.

—Que no. Me gusta caminar.

—No pienso dejarte ir así, sin más, a estas horas, con la de colgados que hay por todas partes.

—No seas crío —se disgustó.

—Antes lo llamaban ser caballeroso.

—Voy sola.

—No. —Empezó a vestirse lo más rápido que pudo para que ella no tomara la iniciativa y se marchara escaleras abajo sin darle tiempo a terminar.

—Vale —se rindió.

—En la moto vamos y vuelvo en cinco minutos. Así llegas antes y tu madre no te monta el pollo.

Beatriz se sentó para calzarse sus zapatillas deportivas. Rogelio salió de la sala para ir al cuarto de baño y a su habitación a por unos calcetines limpios. Al terminar, ella apoyó la espalda en la butaca. Las luces seguían amortiguadas. Los dígitos del reproductor de música iluminaban con sus tonos verdes lo que había sido su pista de baile. Rogelio tal vez tuviese una erección cada vez que escuchase aquellas canciones, pero en su caso, lo más probable es que acabase mojada.

Mojada como lo estaba a cada momento, al pensar en él, al tocarlo, al mirarlo, al escuchar su voz.

Quizá todo era demasiado rápido.

Aquel vértigo...

Movió la cabeza hacia la izquierda y se encontró con la fotografía de Pilar.

Toda una mujer.

Y tan guapa.

A veces se puede luchar contra una persona viva, pero contra el recuerdo y el fantasma de una persona muerta...

La muerte inmortaliza.

Idealiza.

Se sintió incómoda por primera vez a causa de sus propios pensamientos. Habían bailado allí mismo, desnudos, besándose, envueltos en abrazos densos y jadeos cargados de deseo. Habían hecho el amor. Ni siquiera había mirado la foto hasta ese instante.

La sonrisa de Pilar, desde el más allá.

—El amor es un espejismo, ¿verdad? —le dijo—. No existe el siempre, ni el mañana, ni siquiera el hoy. Con suerte, existe el ahora, y lo más probable es que todo acabe en un tal vez, un quizá...

Rogelio reapareció en la sala.

—¿Nos vamos?

Salieron a la calle cogidos de la mano, pegados el uno al otro. La noche era hermosa y muy agradable. La moto de Rogelio estaba en la acera, no en el garaje, justo frente a la puerta del edificio. Antes de que él abriera el maletero para extraer los cascos, se abrazaron y se besaron una vez más, como si ya se despidiesen, o como si acabasen de encontrarse. La clase de beso que los envolvía y los catapultaba hacia un estadio superior, con niveles de adrenalina desatados y cárdenos.

—Mi niña...

—Si vuelves a besarme, acabaremos otra vez arriba.

Volvió a besarla.

Beatriz gimió.

Luego lo apartó para que procediera con el ritual.

Rogelio abrió el maletero. Sólo entonces, mientras esperaba, reparó Beatriz en el coche aparcado al otro lado de la calle, y en la mujer que, en ese momento, salía de él y caminaba en dirección a ellos.

Una mujer muy atractiva, exuberante, que vestía con suma elegancia.

Toda una señora.

Aunque su paso, en cierta forma vacilante, indicara que tal vez no estuviese del todo sobria.

—Rogelio...

No pudo responderle. La mujer se detuvo a un metro de la moto y de ellos. Se cruzó de brazos. De cerca se le notaba la edad, los cuarenta y algunos años. Pero eso no menguaba ni su clase ni su belleza, la profundidad de los ojos, la fuerza de los labios. Tenía un cuerpo privilegiado, modelado en un gimnasio, cuidado o quizá operado. Tanto daba.

Beatriz supo que algo iba a suceder.

Mejor dicho, que algo estaba ya sucediendo.

Rogelio se quedó pálido al levantar la cabeza y encontrarse con ella.

Fue la primera en hablar.

—Así que ahora te gustan las niñas. —Miró con desprecio en dirección a Beatriz.

El silencio fue amargo.

Como lágrimas caídas del alma.

—Amalia, por favor... —consiguió romperlo él con cansancio.

—Eres patético, ¿lo sabes? —farfulló la aparecida.

—Yo no soy la que está borracha a estas horas, delante de mi casa, espiándome.

Amalia se mordió el labio inferior. Sus ojos iban de Rogelio a Beatriz una y otra vez. A ella la miraba con desprecio. A él con amargura no exenta de odio.

—Mi marido está ahora mismo con una no mucho mayor que ésta —manifestó agotada.

—Lo siento.

—Él es un cerdo. Tú...

—Vete, por favor. No te hagas más daño.

—¿Daño? —Dio un paso más y quedó casi pegada a él—. Tú no sabes qué es el daño, querido. Daño y dolor son conceptos que te resbalan. —Hundió sus ojos rojizos y húmedos en Beatriz un segundo antes de volverlos a depositar en su ex amante—. ¿Folla bien? ¿Ya le has pedido que te haga todo lo que te hacía yo? ¿Has tenido que enseñarle o ya están preparadas? A esa edad no sé si aún se mean en la cama.

—¡Cállate, Amalia!

La mujer regresó a Beatriz.

—¿Y a ti, cielo? ¿Te ha follado bien? ¿Estás contentita?

Rogelio quiso dar por terminado el encuentro.

—Ya está bien, se acabó. Vete a casa, por favor.

Amalia no se movió.

—Estás montando el número por nada. —Intentó apartarla.

La bofetada estalló en mitad de la noche.

Seca.

Beatriz se llevó una mano a los labios. Rogelio se quedó muy quieto. La escena se congeló apenas tres segundos, hasta que él dio un paso atrás, cogió finalmente los cascos, le pasó uno a Beatriz y se colocó el otro. Acto seguido cabalgó su máquina y la puso en marcha.

—¡Eres un cabrón! —le gritó Amalia.

Rogelio miró a Beatriz. Ella parecía paralizada. Le bastó un movimiento de los ojos, visibles a través de la visera del casco, para hacerla reaccionar.

—¡Cabrón, hijo de puta...!

Ya con los dos encima de la moto, ésta en marcha y

Beatriz agarrada a su cintura, Amalia intentó golpearlo por segunda vez.

Fracasó en el intento, trastabilló y cayó de rodillas al suelo.

Su último grito rasgó la noche.

—¡Rogelio!

Se confundió con el rugido de la BMW alejándose a toda velocidad.

Agarrada a él, asustada porque de pronto conducía como un loco, Beatriz ni siquiera pudo volver la vista atrás para ver a la mujer.

Rogelio pasó dos semáforos en ámbar y otro en rojo.

Se apretó un poco más contra él. Subió la mano derecha para presionarle el pecho, a la altura del corazón. Era la única forma que tenía de mandarle un mensaje.

«Estoy aquí.»

Rogelio redujo la velocidad.

No se detuvieron hasta llegar a la plaza San Gregorio Taumaturgo. La parada de taxis volvía a estar vacía, y las calles, desérticas, a excepción de la reducida intensidad de los que circulaban Ganduxer arriba. Algunos conserjes de los edificios de ambos lados de Johann Sebastian Bach conversaban en un reducido grupo a la altura de los números 3 y 3 bis.

Beatriz se quitó el casco y lo dejó directamente en el suelo, para poder abrazarse a él de inmediato.

Rogelio apenas si pudo quitarse el suyo.

—Lo siento —fue lo primero que dijo.

—No —le susurró ella al oído.

Tuvo que dejarlo a su espalda, en el asiento trasero, porque ella no le soltaba.

—Beatriz...

—No tienes que decirme nada.

—¿Cómo que no? —Logró apartarla lo justo para mirarla—. Aunque no se pueda matar el pasado, tienes derecho...

—Está bien, ¿quién era?

—Una estupidez.

—Una estupidez enamorada.

—No, no lo está —le negó—. Se ha querido asir a un clavo ardiendo, nada más. Y por supuesto yo la cagué. Te juro que únicamente...

—¡Eh, eh! —Se puso seria—. No tienes por qué darme explicaciones.

—¡Quiero dártelas!

—Tienes treinta y ocho años. Ya imagino que no habrás sido un santo, y menos desde la muerte de Pilar.

—Ser un santo o un demonio no tiene nada que ver. Lo que más me importa ahora mismo es que no te sientas humillada.

—¿Humillada? —Frunció el ceño—. Nadie puede humillarme si yo no me dejo humillar. Lo único que siento por esa mujer es pena, porque debe de ser muy duro llegar a su edad y suplicar amor. —Mientras decía estas palabras pensó en su madre sin pretenderlo.

—¿No estás enfadada? —se extrañó él.

—¡No!

—¿Ni un poco?

—Sorprendida sí, enfadada no. Creía que esos números los montaban las chicas de mi edad por celos y cosas así.

Ya sabes, lo de la mejor amiga que te quita el novio y todo ese rollo. Pero esa señora... —Sonrió malévola y le preguntó—: ¿Qué pasa, que no puedes salir con mujeres de tu edad? ¿Has de saltar de las mayores a las jovencitas?

—No digas eso. —Puso cara de dolor.

Beatriz miró una fracción de segundo a la esquina de la plaza con su calle. Como si su madre pudiera aparecer de un momento a otro. Luego lo besó en la boca, con rápida densidad.

Rogelio trató de retenerla antes de que se soltara, pero no pudo.

—Ven.

—No. Las ventanas tienen ojos.

—Vamos ahí abajo. —Señaló la esquina opuesta.

—Vete a casa, y si todavía está ella...

—Entraré por el garaje, pero no creo que esté.

—Yo tampoco.

—Te quiero.

Beatriz ya se encontraba a unos metros.

Ingrávida.

Rogelio pensó que se estaba yendo y ya la echaba de menos.

Ella quiso correr de nuevo a su encuentro y besarlo.

La distancia se hizo mayor.

—Yo también. —Le lanzó una última sonrisa.

Ni siquiera habían quedado para volver a verse.

Capítulo 21
AGITACIONES

Puso el ordenador de manera que si su madre o Carlota entraban sin llamar, algo improbable aunque era mejor ser precavida, no pudieran ver la pantalla y tuviera tiempo de cambiar la imagen, sustituyendo las fotos por otra cosa.

Las fotos.

Rogelio solo, Rogelio y ella, ella sola y desnuda.

Era consciente de haberlas hecho, y de haber dejado que él se las tomara. Consciente del momento, del placer de fotografiar y ser fotografiada en sentimiento y carne viva, sin miedos, sin falsas vergüenzas, aunque él no se hubiese dejado hacer ninguna de cuerpo entero por aquel extraño pudor. Consciente del morbo que representaban sus propias desnudeces en el contexto de su recién nacido amor.

Consciente de todo ello y más.

Sin embargo, las contemplaba absorta.

Las descubría.

Y se descubría a sí misma en otra dimensión.

La cara de bobo enamorado de Rogelio, y la suya, la excitante belleza que de pronto captaba en sí misma...

Amplió detalles, recordó palabras, buscó sensaciones. Rogelio era guapo, pero en aquellas fotos, su imagen trascendía por completo la belleza. En cuanto a sí misma... Era la primera vez que veía su cuerpo de aquella forma, atrapado en un momento. Cuando se miraba en el espejo se movía, se hablaba, entraba y salía de cuadro. El espejo era cotidiano. Cada día se asomaba a él. Las fotografías no. En aquellas imágenes nacía y se consolidaba su esencia de mujer. Veía la luz de su rostro mirándolo a él, las delicadas curvas de su silueta, el poder de su cabello y de sus ojos, la línea de sus labios, la forma del pecho, la mórbida oscuridad de su sexo, aquel triángulo que ya no era un rincón oculto y perdido de su anatomía, sino un continente entero explorado por el afán del hombre que lo había hecho suyo.

¿Le faltaba un mes para cumplir los dieciocho? No, de repente tenía treinta años. Por lo menos.

Volvió a pasar todas las fotos, una a una.

Hasta que, al final, buscó aquellas en las que aparecían juntos.

Seleccionó una.

La miró intensamente, para estar segura.

Cada detalle, por ínfimo que pareciera.

Cuando despejó la última duda, la imprimió.

No había dormido del todo bien.

Tuvo pesadillas.

Ahí estaban todas, mezcladas, Pilar, Concetta, Elena, Aurora, Amalia...

Todas menos Beatriz.

La había estado buscando, incluso en el sueño aparecía Martina convertida en una especie de ángel de la guarda que lo guiaba y acompañaba. Finalmente, Amalia lograba apartar a todas las demás y lo besaba...

Agradeció despertar.

Se quedó en la cama largo rato, pensativo, sin importarle que el día estuviese ya en su mitad y fuese casi la hora de comer. La cama se había convertido en su palacio de verano, su reducto. La huella de Beatriz seguía impresa en las sábanas y la almohada. Su olor lo atravesaba tanto como lo hacía su sabor en la boca. Miraba la puerta y esperaba verla reaparecer, con los discos o con su cámara.

Al final tuvo que obedecer a las leyes fisiológicas y levantarse.

Ya no regresó a la cama.

Aunque no cambió mucho su actitud, porque se desplomó en la butaca de la sala.

El reproductor de música continuaba encendido.

Tomó el mando a distancia y seleccionó aquella canción de Foreigner, la última que habían escuchado horas antes.

Mientras la música lo envolvía hizo algo más.

Alzó la mano y agarró la fotografía de Pilar.

La sonrisa de la mujer a la que había amado lo internó por una senda plácida, aunque a ambos lados se abrieran los precipicios que más temía.

—Pilar —exhaló.

—¿Qué? —le respondió ella.

—¿Tú qué opinas?

—Siempre te has enamorado igual, a lo bestia, sin darte un respiro.

—Esta vez es distinto.

—¿Por qué?

—Porque ella es distinta.

—Pero tú eres el mismo.

—He cambiado.

—No se cambia en unos días.

—¿Así que estoy loco?

—Siempre lo has estado. —La voz fluía como un río caudaloso por su mente—. Eso fue lo que más me gustó de ti.

—Es tan... inocente.

—Es una mujer. No te confundas. Si piensas así, la perderás, o te perderás a ti mismo porque no sabrás qué hacer. Olvídate de su edad. Olvídate de la culpa.

La culpa.

Pilar también le hablaba de la culpa.

El maldito cáncer de los sentimientos.

—¿Crees que le haré daño?

—No lo sé.

Le pesó el marco, la fotografía, y lo dejó caer sobre sus rodillas.

Si le hablaba a una imagen y escuchaba su voz como respuesta, sí que acabaría volviéndose loco.

—Tengo miedo —reconoció.

Cerró los ojos y apoyó la cabeza en el respaldo. Había sido un error guardar la foto de Pilar en un cajón la noche que llegó Beatriz. Ahora era un error conservarla allí.

Tenía que ordenar su casa y limpiar su vida.

Por lo menos, lo de Amalia parecía haber terminado.

De una vez.

Por lo menos.

Una única foto.

La de sí misma con Rogelio.

Unos días antes, ni lo habría imaginado. Unos días antes habría estado segura de que el amor era una senda intransitable, situada en un paraje imposible de ser alcanzado. Unos días antes, ella fotografiaba a desconocidos, jugaba a ser bruja, interpretaba sus rostros y sus sentimientos, y quemaba esas imágenes siguiendo un ritual difícilmente lógico o razonable.

Ahora, el juego la alcanzaba a ella.

Se contempló a sí misma y a Rogelio, sus rostros, su pelo alborotado, su desnudez, aunque la cámara suspendida en lo alto sólo hubiera captado la cabeza y la parte superior del pecho. Y contempló lo que había intuido en la pantalla del ordenador.

El amor.

No habría quemado la foto de existir la menor duda.

Y no tenía ninguna.

Había amor en su expresión, su sonrisa, sus ojos, en la dulce cadencia de sus posturas.

Amor bajo la luz de la sorpresa.

Así que aquélla era la fotografía más importante de cuantas hubiera quemado.

La sujetó con la mano izquierda. La derecha prendió el mechero. La llamita brotó de su extremo con su coloración rojiza y azul, rojiza en el centro, azul en el borde. La aplicó al papel y contempló cómo éste se abrasaba rápidamente, cómo se consumía a sí mismo, retorciéndose hacia adentro mientras las cenizas de lo quemado caían al suelo.

El primer rostro en desaparecer fue el de Rogelio.

Todavía no soltó el papel, lo retuvo hasta casi el final.

En cuanto comenzó a sentir el calor abrasándole los dedos, lo dejó ir.

La involución fue plena, flotó en el aire y dejó de existir. Una voluta de humo suspendida en torno a las últimas cenizas. Lo último que vio Beatriz fue su propia sonrisa.

Tuvo un estremecimiento.

Porque esa sonrisa era mucho más grande que la real.

Continuó arrodillada frente al estanque sin darse cuenta de que la vida dominical aleteaba a su alrededor.

¿Cuánto rato llevaba hablando por teléfono con Juan Pablo?

¿Quince, veinte minutos?

Una charla intrascendente, entre amigos. Una próxima salida. Una cena. Y junto a todo ello, flotando en medio de la conversación, la presencia de Beatriz. Hablaba sin darse apenas cuenta, de manera mecánica. La veía y la sentía en todas partes.

Por eso le dijo aquello, sin siquiera pensarlo.

Necesitaba cómplices...

—Me ha sucedido algo.

—¿Algo importante?

—Sí.

—Pues venga, suéltalo.

¿De verdad tenía que compartirlo con alguien?

¿Por qué?

—Estoy saliendo con una chica.

—No sería ninguna novedad si no fuera porque el tono con el que me lo cuentas...

—Es algo muy fuerte, sí.

—¿Te has colado?

Había muchas palabras para definir el primer estallido emocional del amor. Beatriz había empleado uno: cuelgue. Ahora Juan Pablo utilizaba otro: colarse. ¿Cuántas más debían de existir?

—Del todo.

—¿Y ella...?

—Lo mismo.

—Entonces bien, ¿no?

Una voz interior le gritaba que no lo hiciera, que se callara. Otra le recordaba que él era su amigo, que sería al primero a quien querría presentársela. Las dos voces se ahogaron una a la otra y se quedó solo, con aquel vacío en su mente.

—Tiene dieciocho años. —La elevó ya de categoría para hacerla más mujer.

—¿En serio? —El tono de Juan Pablo fue de incredulidad.

—No es una cría, te lo aseguro. Físicamente parece de veinte o más. Y mentalmente...

—¿No decías que se habían acabado las jovencitas?

—Eso fue antes incluso que lo de Pilar. Esto es distinto.

—¿Cómo de distinto?

—Nunca me había sentido igual.

—Rogelio...

Llegó la irritación.

¿Qué esperaba?

Juan Pablo ni tan sólo la conocía.

—Te juro que es más de lo que pueda contarte.

—No, si te creo, pero...

—Pero ¿qué?

—Soy tu amigo.

—Por eso.

—No quiero que te cabrees conmigo.

—Así que no lo ves bien.

—Ni bien ni mal. —Pareció buscar las palabras adecuadas—. Es como si estuvieras desorientado y cualquier asidero se te antojara perfecto para relanzarte. No sé si me explico.

—Te repito que no es una niña.

—Pero visto desde fuera... Joder, tío, la vida es algo más que cama o vivir un sueño. Luego está el día a día, salir, la familia, los amigos...

—No, el día a día es Beatriz, como tú con Laia. Yo ya no vivo con mi familia.

—Tienes treinta y ocho años —le recordó—. Veinte más que tu Beatriz. No son cinco ni diez, ¡es más del doble! A los dieciocho años, el mundo no es lo mismo que a los treinta y ocho. Por lo tanto, la diferencia no es únicamente física, sino mental, situacional. ¿Quieres hundirle la vida a esa chica?

—¿Yo a ella?

—Tú estás de vuelta. Ella posiblemente ni siquiera haya empezado a ir.

—Si lo sé, no te lo cuento —rezongó.

—Tenías que contármelo y lo sabes.

—Nunca le haría daño.

—Pues igual ya has empezado, inconscientemente, por supuesto. —Hubo una breve pausa—. Eres mi amigo, pero...

—Pero ¿qué?

—Si pierde la cabeza por ti y luego pasa algo...

Empezó a sentirse irritado.

No necesitaba escuchar una conciencia externa. Bastante tenía con la suya.

—También te puede pasar a ti con Laia, y tenéis hijos. ¿Quién está seguro sentimentalmente hoy en día?

—Mira, Rogelio, sólo te digo que tengas cuidado.

—Sí, papá.

—¡No jodas, hombre! ¡En una relación dispar, uno de los dos debe pensar con la cabeza, y no vas a pretender que sea esa chica!

—Cuando dos personas se encuentran es porque se necesitan.

—¿Necesitar?

—Es todo lo que quiero.

—Si no te cansas de ella tú, ¿cuánto crees que tardará en bajar de su nube? ¡Un tío de treinta y ocho años, que además trabaja en el mundo del disco! ¡Fascinante! ¡Pero aparecerá un veinteañero guapo y adiós, o se cansará o...!

—¡No la conoces, Juan Pablo!

—Eres alucinante.

—Te lo he contado porque necesitaba una voz amiga, compartir algo importante para mí. —La irritación aumentó de tono—. Lo que menos esperaba era que te pusieras en plan moralizante, o emocionalmente castrador.

—No, me lo has contado para que alguien te diga lo que ya sabes, para quitarte la responsabilidad. Tú mismo eres consciente de lo que está en juego, no me vengas con hostias. Debes de estar más asustado que...

—Espero que cambies de idea cuando la conozcas —quiso terminar la conversación.

—Mira —suspiró su amigo—. Ojalá fuera todo maravilloso y te saliera perfecto. Te lo digo en serio: ojalá. Pero para este tipo de relaciones hacen falta dos personas muy seguras y muy enteras.

—¿Y yo no lo soy?

Cerró los ojos a la espera de la respuesta de Juan Pablo.

Seguía sentada en el suelo, frente al estanque, observando los lotos que flotaban sobre las aguas. La quema de su foto con Rogelio la había sumido en una apacible melancolía. Ni siquiera buscaba a otras parejas. Su mente vagaba por los recuerdos del fin de semana.

Un tropel ingente de sensaciones.

Cada beso, cada caricia, cada gemido, cada grito...

El viernes ni tan sólo habría pensado...

¿O sí?

¿Había ido a su casa para hacer el amor, para entregarse?

¿Importaba ya mucho?

Con un verano por delante, con el amor recién instalado en su existencia, necesitaba reordenar, reorganizar su vida.

Todas sus prioridades.

El hecho de que no fueran una pareja típica, y mucho menos normal, lo agitaba todo.

Y...

—Hola.

Volvió la cabeza. Ziberaxes, alias Benigno, o al revés, estaba allí, a su lado, con el mismo aspecto de las otras veces.

—Hola.

—Venía a despedirme.

—¿Ah, sí?

—Ya tengo la nave reparada y con el depósito lleno. Vuelvo a casa.

—Me alegro por ti.

—Gracias por todo. Fuiste de las primeras en ayudarme.

—Sólo te di un euro.

—Simbólicamente es mucho. Y además cambiaste mi suerte. Hablaré de ti en Urko.

—Un honor.

—Si un día volvemos, tú o tus descendientes seréis tratados con honores.

—Si regresas antes de setenta u ochenta años, aquí estaré.

—Bueno, ya sabes que el tiempo cambia en el espacio.

—El tiempo cambia en todas partes.

Ziberaxes meditó estas últimas palabras.

Por alguna extraña razón, sus ropas parecían más sucias y astradas. Y pese al calor, continuaba llevando aquella gabardina hasta los pies.

—¿Sigues quemando fotos? —le preguntó de pronto.

—Sí.

—Estás loca. —Le mostró la suciedad de sus dientes—. De todas formas, también lo dicen de mí, y ya sabes que no es cierto.

—Desde luego.

—¿Puedo darte un beso de despedida?

Se estremeció.

—Bueno. —Le ofreció su mejilla.

El mendigo se agachó y apenas si la rozó con sus labios.

—¿Por qué no me haces una foto? Igual te haces rica. Serías la primera en haber fotografiado a un extraterrestre.

—De acuerdo, Ziberaxes.

Sacó la cámara del bolsillo de sus vaqueros, la abrió y encuadró al mendigo. Una vez pulsado el disparador volvió a cerrarla. Su compañero pareció feliz. Levantó una mano en señal de paz y despedida.

—Bueno, pues adiós.

—Suerte.

—Suerte tú, que vives en este planeta tan raro.

Raro.

No sabía si lo volvería a ver, pero lo observó con simpatía y la misma curiosidad de la primera vez.

¿Tendría unos padres, unos hermanos? ¿Habría amado a alguien o alguien lo habría amado a él? ¿De dónde venía y adónde iba?

¿Y no eran ésas, casi, las mismas preguntas que se hacían todos los humanos?

Ziberaxes, alias Benigno, salió del Turó Parc.

En el blog de Beatriz había un poema.

Sólo eso.

Rogelio tuvo que leerlo tres veces. La primera, atropellado, fue incapaz de absorberlo. La segunda vez percibió su belleza, su tono apasionado. Con la tercera, ya más despacio, se llenó de él.

De noche navego
por la luminosa trama
de tu cuerpo.

Deshago tus nudos
    me deslizo por tus avenidas
    y escalo tus montañas.
Me he detenido
    en todas tus quebradas
    explorado tus valles.
He surcado los ríos
    de tus húmedos pantanos
    buceando bajo tus aguas.
Y al llegar cada mañana
    me niego a despertar
    aferrada a este sueño.

De noche navego
    por los océanos de tu tierra
    con rumbo enloquecido.
Camino por tu piel suave
    te abrazo en la tormenta
    vuelo sobre tu horizonte.
Entro en tu alma
    y vibro con el terremoto
    de tu agitación.
Exploro las lunas
    del Sistema Solar de tu universo
    abrasado por tu fuego.
Y al llegar cada mañana
    me resisto a abrir los ojos
    para seguir contigo.

De noche navego...

Desde que renunció a ser cantante, nunca había escrito un poema de amor. Ni para Pilar. Lo suyo no era precisamente hilvanar palabras. Y sin embargo, en alguna parte guardaba aquellas letras juveniles, emotivas. Canciones que nadie iba a cantar jamás y que hasta él había olvidado.

Beatriz tenía que haber colgado aquello hacía muy poco rato, al levantarse quizá.

Tenía que llamarla.

Quizá pudieran verse por la noche.

Otra noche casi en vela.

Amándose.

Tal vez bastase con salir a dar un paseo, tomar algo, cenar.

Si se ahogaban en sexo...

—¡Joder, Juan Pablo! —suspiró.

Sentía el mal sabor de boca de su charla con él.

Pero de pronto, todo cuanto deseaba tenía un nombre.

Beatriz.

Abrió el correo electrónico, tecleó la dirección de ella y sin darse cuenta se puso a escribir.

No, ya no hacía canciones ni poemas, pero le bastaba con imaginarla para, al menos, ser capaz de volcar en unas líneas sus sentimientos. Desnudarse anímicamente, con toda naturalidad y sinceridad.

Así que empezó a escribir.

«Te sueño desnuda...»

La señal telefónica sonó cuatro veces antes de que Gonzalo contestara.

—¿Sí? —Oyó su voz rodeada de un cierto clamor.

—Soy yo —le anunció Beatriz—. ¿Dónde estás?

—En la cola del cine.

—¿Con Carlos?

—Sí.

—Entonces te llamo por la noche.

—No, no, tranquila. Aún nos falta mucho para la taquilla. ¿Qué hay?

—Todo bien.

—Me alegro. Ya me contarás.

—Sí. —Recuperó el hilo de su llamada—. Escucha, Rogelio quiere verte.

—¿En serio?

—Tendrás que hacerle un miniconcierto con lo mejor que tengas.

—Vale.

—No piensa en su compañía, sólo quiere ver tus posibilidades. —Fue sincera ella—. Por lo visto, Discos Karma no va del todo bien y va a ser absorbida por una multinacional.

—Bueno, después de lanzar a grupos como Brainglobalnoise y de lo que han estado haciendo los últimos tiempos... Yo tampoco veo mi música en un lugar así.

—Pero está bien, ¿no?

—Claro.

—Quiero decir que aunque sólo sea por su interés, ya vale la pena. Él conoce gente, lleva muchos años metido en ese mundillo. Puede aconsejarte.

—Que sí, que sí —convino Gonzalo—. De todas formas, aún alucino un poco.

—No seas tonto. Sabes que eres muy bueno. ¿Has hecho algo más?

—Desde que todo va tan bien compongo bastante. Siento como un volcán cada noche.

—Te entiendo. Yo también he escrito un poema hoy.

—Tú dices que yo canto y toco la guitarra bien, pero ya sabes lo que opino de tus textos, en prosa o poéticos. También eres muy buena.

—Cuando seas famoso haremos un disco juntos; yo, la letra y tú, la música.

—Vale.

—Te dejo, debes de estar llegando ya a la taquilla.

—Aún faltan media docena de chicos y chicas, de esos que pagan cada uno su entrada y quieren estar todos juntos.

—Te avisaré cuando quede con Rogelio.

—Gracias.

—¡Un beso a Carlos!

—Se lo daré.

Beatriz cortó la comunicación.

Se quedó mirando el móvil.

¿Lo llamaba ella o esperaba a que lo hiciera él?

¿Y si estaba en el hospital, con su padre?

Mejor esperar.

Esperar.

Esperar.

Acabó de enviar el correo electrónico y entonces cogió el móvil para llamarla.

Lo que acababa de escribir era tan intenso, tan emocional, que a su alegría por haberle salido de manera tan natural se unían la excitación y el deseo por volver a estar con ella.

¿Para qué fingir?

¿Un paseo, tomar algo, cenar?

No, quería hacerle el amor.

Sentirla.

De pronto, Beatriz se convertía en una droga dura.

No tuvo tiempo ni de entrar en la memoria del aparato para recuperar el número y pulsar el dígito de llamada. El teléfono sonó en su mano.

Comprobó la pantallita.

Y no reconoció la identidad de quien quería hablar con él.

Estuvo a punto de pasar.

No lo hizo.

—¿Hola?

—¿Rogelio?

No identificó la voz.

—Sí, ¿quién eres?

—Quique —dijo la voz masculina—. Quique Mira.

—¡Vaya por Dios! ¿Cómo estás?

—Bien, bien. Cuánto tiempo sin hablar, ¿eh?

Un conocido más. Tenía demasiados. El mundo del disco era un universo de pequeñas parcelas, compartimentos estancos a veces incomunicados entre sí. Se conocían, pero escaseaban las amistades sinceras. Dominaban los intereses. «¿Dónde estás y qué puedes darme, dónde estoy y qué puedo sacar de ti?» Y él daba en ocasiones su número de móvil a personajes que no tenían por qué tenerlo.

—Ya sabes cómo es esto —se excusó.

—Eso de Brainglobalnoise... Funciona, ¿no?

—Parece. En eso andamos.

—Oye, me alegro. Tal y como están los tiempos... que algo funcione es todo un lujo.

—Y que lo digas.

La primera parte de la conversación, la intrascendente, el puro formulismo, parecía agotada.

—Te he llamado porque..., bueno —la voz se hizo más opaca y oscura, casi fúnebre—, tú conocías a Amalia Garrigós, ¿verdad?

Se envaró.

Tuvo deseos de mentir.

—Sí, vagamente —admitió inseguro.

—Una tía potente, seductora, en plan leona.

—Sí, sí. —Un malestar inesperado reapareció en su garganta.

—Pues mañana la entierran, tú.

La mente se le quedó en blanco.

—¿Cómo dices?

—Increíble, ¿no?

—Pero cómo...

—Anoche tuvo un accidente de coche. Se saltó un semáforo y se encontró con un camión de la basura. Encima eso. Mierda por partida doble. —No se rió de su chiste fácil—. Según dicen, iba a toda leche, y encima con unas copas de más. Tuvieron que sacarla a pedacitos. ¿Te imaginas? Cuesta creer que una señora así, de pronto...

No sólo fue la mente. También la vista, su horizonte. Dejó de sentir las manos mientras su estómago se le retorcía y le acalambraba el cuerpo entero.

—Rogelio, ¿sigues ahí? —preguntó Quique Mira.

Capítulo 22
CULPAS

Al anochecer ya no lo resistió más.

Cogió el móvil y marcó el número de Rogelio.

Debería haberlo hecho en el parque, o en la calle, antes de subir a su casa. Pero ya daba igual. Si tenía que salir, saldría. Los exámenes eran historia. Podía empezar a vivir. Quería hacerlo. Y si tenía que enfrentarse a su madre, lo haría.

Nada ni nadie la detendría.

Miró por la ventana. El cielo se encriptaba entre azules intensos y oscuridades que progresaban con rapidez. En unas horas sería lunes, fin de la escuela, llegaba el verano con la gran noche de San Juan y su verbena. La noche del año en que más noviazgos se establecían en Barcelona. La noche más mágica del calendario.

La señal sonó una vez.

Cerró los ojos y se dispuso a escuchar su voz.

Aquella espera.

La señal sonó una segunda vez.

Le palpitaba el corazón. Un dum-dum armónico e intenso. La sangre fluía a borbotones por todo su ser.

Tercera.

Tardaba. Se mordió el labio inferior. ¿Y si metía la pata? ¿Y si su padre había muerto?

Cuarta.

No contestaba. No contestaba. No contestaba.

Iba a cortar la comunicación, sin esperar a más.

La quinta señal.

Y de pronto...

—Soy Rogelio. Déjame tu mensaje.

No supo si hablar o no.

Pero no era una intrusa. Era ella.

Beatriz.

—Hola —musitó después del tono que iniciaba el buzón de voz—. Quería oírte, nada más. Llámame, ¿vale?

La cena era silenciosa, como tantas y tantas veces. Su madre presidía una mesa coja, en la que las dos ausencias pesaban más que las tres presencias. Luisa se había ido por razones de edad y para iniciar su propia vida. El cabeza de familia por razones anímicas y para reiniciar la suya. A la derecha se sentaba Beatriz. A la izquierda, Carlota. Frente a la mujer, nadie.

Un horizonte mudo.

En lo único que pensaba Beatriz era en volver a su habitación y repetir su llamada, o confiar en que él la telefonease.

Y entonces su madre dijo aquello:

—Tengo que hablar con vosotras. —Apartó el segundo plato, ya vacío, y se cruzó de brazos, como si estuviera dispuesta a iniciar una batalla.

—Ay —tembló Carlota.

No le hizo caso.

—He estado pensando en este verano —anunció ella mirando fijamente a Beatriz—. Y he decidido que no vamos a pasarlo en Barcelona.

—¿Que lo has... decidido? —vaciló su ahora hija mayor.

—Nos iremos al pueblo, con la abuela. Ya sabéis que cada día está peor, y aunque la cuida la prima Eulalia... Desde que se rompió el brazo no anda fina.

—¿Todo el verano? —alzó las cejas Carlota.

—Sí, ¿qué pasa? Si quieres estudiar, puedes hacerlo allí. No veo ningún problema. Y nos irá bien descansar, respirar un poco de aire puro...

—Mamá, habla por ti —objetó Beatriz sin aliento.

—No quiero discutirlo —se cerró rápidamente en banda.

—¿Que no quieres discutirlo? Pues me temo que vamos a tener que hacerlo, porque yo no pienso ir.

—¿Cómo que no piensas ir?

—¿Encerrarme dos meses en un pueblo perdido?

—Cuando eras niña bien que te gustaba y se te hacían cortas las vacaciones.

—¡Cuando era niña, mamá, por Dios! ¡Ahora tengo dieciocho años!

—¡Diecisiete!

—Dieciocho y mi propia vida. —No quiso gritar.

—¡No voy a ir con Carlota y dejarte aquí sola, ni lo sueñes!

—Estaré con papá.

Había palabras que la atravesaban. Y conceptos que la herían. Su madre no hizo nada por resistir la conmoción.

—¡Tu padre bastante tendrá con lo que se le viene encima!

—Mamá, por favor...

—¿Por favor qué? ¿No querías que saliera? ¡Pues voy a hacerlo!

—¡Ir al pueblo no es salir, es cambiar de concha y nada más!

—Beatriz tiene razón —la apoyó Carlota.

—¿Tú también? —La fulminó con una mirada de disgusto.

—Yo iré contigo. —Carlota miró a su hermana mayor en un rápido viaje ocular de ida y vuelta—. Pero deja a Beatriz aquí.

—¡Ni hablar!

—¡Mamá!

—¿Qué, Beatriz, qué? —Ahora sí gritó, fuera de sí misma—. ¿Cómo vas a quedarte dos meses sola, dime? Si ahora ya haces lo que te da la gana, ¿cómo esperas que me vaya con tu hermana y esté tranquila? ¡Soy tu madre, y te vendrás conmigo lo quieras o no! ¡Y si, dentro de un mes, la señorita quiere emanciparse porque será mayor de edad, se emancipa, pero entonces ya puedes irte a vivir con tu padre o buscarte la vida!

Continuó sentada, las manos engarfiadas en la mesa, la cena alborotada en su estómago, la cabeza llena de Rogelio.

—Mamá, por favor, no me hagas esto —suplicó por primera vez.

—¿Hacerte qué? ¡Nos vamos de vacaciones, por Dios! ¡Barcelona está muerta en verano, y este barrio aún más en agosto!

—Allí ni siquiera tengo Internet...

—¡Antes no había nada y se vivía igual!

Buscó una última complicidad en Carlota, pero ya era una batalla perdida. Su hermana la había apoyado incluso sacrificándose. Lo único que le quedaba era decirle que tenía novio.

Y eso sería peor.

La angustia creció y creció más, hasta dispararse.

No quiso llorar delante de su madre. Se levantó de la mesa y se dirigió a su habitación, impotente, con los puños cerrados. El mejor fin de semana de su vida acababa de romperse de una forma absoluta y demoledora.

—¡Beatriz!

Necesitaba hablar con Rogelio.

Ver a Rogelio.

Huir con Rogelio y dejar todo atrás.

La medianoche la sorprendió tan atenazada como despierta.

Y tan inquieta como asustada.

Había llamado tres veces a Rogelio. Tanto al fijo como al móvil. Ninguna respuesta. Silencio en uno, el buzón de voz en otro. No le quedaba ninguna otra opción. Si se escapaba de casa cuando su madre durmiera y él no estaba en su piso, haría el viaje en balde. Si oía los mensajes, la llamaría.

La llamaría.

Luego pensó en su padre.

¿Quedarse con él todo el verano? ¿Dónde? ¿Compartiendo la habitación con Teresa?

Era el momento de las decisiones, y se sentía incapaz de tomarlas sola.

Pero lo de Rogelio era tan reciente...

Si lo agobiaba con sus problemas de buenas a primeras...

Se sentó a la mesa y contempló el ordenador.

Fue su instinto el que le hizo conectarlo y comprobar su correo electrónico. Necesitaba mover las manos, no hundirse en sus pensamientos. Ni siquiera esperaba nada, y sin embargo...

Allí estaba.

Un mensaje enviado por él.

Por la tarde, antes de su primera llamada.

Lo abrió y se encontró con un texto, no una comunicación formal. Un texto abstracto pero tremendamente emotivo. Toda una declaración de amor.

Amor y pasión.

> Te sueño desnuda, con ese cuerpo en perfecta sintonía que contiene tu espíritu. Veo ese triángulo invertido que forma tu espalda de guitarra, y la armónica curva de violín de tus nalgas partidas por el desfiladero de mis besos negros. Siento en mis manos la delicada firmeza de tus muslos, la suavidad de tus pies o el destello apenas perceptible de tus pechos. Imagino tus pezones entre mis dedos, jugando con mi lengua o acariciándome el rostro. Y bebo tu miel. Eres un prodigio natural, equilibrio entre vida y dimensión, forma y contenido, escultura y fantasía forjada por la imaginación de un artista perfecto. Y real. Te sueño tan desnuda como te poseo, y te poseo tan vital como ansío. Y más y más real. Percibo la humedad de tu sexo con sabor a deseo. Humedad densa en la que naufragan mis dedos, mi propio yo erecto o mi lengua. Nunca vi más luz en una sima oscura, ni más pasión

en un grito de placer. Nunca estremecimiento alguno me produjo más gloria de hombre o hambre de niño jugando a descubrir el universo. Porque cuando tiemblas se cambia el orden planetario. Te anhelo desnuda, te percibo desnuda, te siento desnuda, y por ello te visto a la búsqueda del candor olvidado y la pureza que rompiste en mi alma para volver a desnudarte una y mil veces. Teclado de infinitas teclas, blancas, negras, azules, rojas, violeta. Sinfonía de ballet inacabada. Pentagrama cósmico en el que trenzar la música de un cometa milenario.

Te sueño desnuda.

Te siento vestida.

Te veo gitana, de bronce esculpida.

Comenzó a llorar más o menos en la mitad de la lectura, sin darse cuenta. Y casi al final, cuando las lágrimas que resbalaban por sus mejillas saltaron y le mojaron las manos y el teclado, emborronándole la lectura, tuvo que frotarse los ojos para concluir el texto.

Le dolía el pecho.

Tenía el cuerpo y la cabeza del revés.

Aquello era lo más hermoso que jamás le hubiera dicho o escrito alguien.

Y era suyo.

Por primera vez tenía algo que perder y le dolía.

Lo primero que oyó fue una voz pregrabada que le anunció:

—Nuestras líneas están ocupadas. Por favor, espere. En breve le atenderemos.

Y esperó.

Una música «de ascensor», o de «llamada telefónica en espera», que era lo mismo, le martirizó el oído durante unos diez segundos. Pensó en cortar la comunicación e intentarlo más tarde, pero tuvo suerte.

Dejó de oírse la música y en su lugar irrumpió la voz de una chica.

—Discos Karma, ¿dígame?

—Por favor, con Rogelio Muntadas.

—El señor Muntadas no ha venido esta mañana. ¿Quiere que le deje algún recado?

Camino cortado.

—¿Sabe si volverá pronto?

—No, lo siento.

—¿O dónde está?...

—No ha dejado ninguna nota ni ha llamado. ¿Quiere...?

—No, gracias. Ya volveré a llamar —se despidió.

Cortó la comunicación y miró el tráfico.

Ni en casa, ni en el móvil, ni en el trabajo.

—¿Dónde estás?

¿Por qué no la telefoneaba?

Ni siquiera sabía el teléfono o la dirección de sus padres. ¿Cómo iba a saber eso? Ni el hospital al que habían llevado a su padre, y al que tal vez hubiese vuelto en el caso de una recaída. Pero ¿tanto costaba hacer una simple llamada para tranquilizarla?

Dominó la ansiedad.

Las malas vibraciones.

Estuvo tentada de coger un taxi. Cambió de opinión al recordar lo magro de su economía. Y para ir en autobús o en metro, mejor caminaba. Más directo y probablemente igual de rápido.

Hizo el trayecto en mucho menos de lo esperado, porque al final ya no caminaba, corría.

Corrió acelerada, nerviosa.

Llegó a casa de Rogelio sudando, muy agitada, suplicando a los cielos que estuviese allí. La moto no estaba en la calle, así que la imaginó dentro del garaje. Cuando pulsó el timbre exterior, contuvo la respiración.

Los segundos se hicieron interminables.

Y su desazón la situó al borde del abismo al no encontrar respuesta.

—Mierda, Rogelio..., ¡mierda!

Buscó al conserje o a la portera. Lo encontró en la rampa del garaje, regando el camino de goma oscura. Era la primera vez que lo veía, así que el hombre no la conocía de nada.

—Disculpe, estoy buscando al señor Muntadas.

—No está.

—Ya lo veo. He llamado...

—Ha salido esta mañana temprano.

—Oh.

El hombre esperó una nueva pregunta, o algún mensaje.

No lo hubo.

—Gracias —se despidió Beatriz.

—No hay de qué.

Continuó mojando la rampa.

Ella, en cambio, estaba seca.

La madre de Gonzalo insistió en que pasara y se tomase algo fresco, porque el calor apretaba y a ella se la veía muy congestionada. Beatriz consiguió zafarse a duras penas de su insistencia.

—Sólo quería verlo un momento... Gracias, es que tengo algo de prisa.

—De acuerdo, querida. Este hijo mío... ¡Ay, deberíais haceros novios!

Beatriz se echó a reír sin ganas.

Puro compromiso.

Mientras bajaba la escalera, pensó en qué dirían los padres de su amigo cuando conocieran sus inclinaciones sexuales, qué harían cuando un día les presentara a «su pareja», de qué forma reaccionarían o si serían capaces de entenderlo.

El mundo estaba lleno de caminos infinitos, algunos cerrados, otros que no iban a ninguna parte, la mayoría con piedras, casi todos difíciles.

Caminos que se entrecruzaban, pero no siempre se unían.

Llegó a la calle y tuvo un ramalazo de inspiración.

El Turó Parc presentaba su mejor aspecto, como si fuera domingo. Los más pequeños seguían al cuidado de sus amas, institutrices o criadas, como las llamaran ahora. Pero los mayores, libres de la escuela, dominaban con sus gritos el ambiente. Una poderosa sensación de libertad lo impregnaba todo. Por delante, un verano, un mundo por llenar. Tiempo de luz.

Gonzalo no estaba leyendo, ni paseando, ni en el estanque, ni en la zona de los juegos infantiles, ni mucho menos en la de los perros. Creyó que se había equivocado y se disponía a regresar a su casa cuando se detuvo con una nueva intuición que complementó la primera.

Entonces lo localizó.

En la parte más cerrada, donde ella misma había estado la tarde en que Rogelio y ella se besaron.

Gonzalo y Carlos no se besaban. Ni tan sólo iban cogidos de la mano. Pero estaban allí, hablando, ajenos a todo.

No quiso acercarse.

No quiso molestarlos.

Fueron apenas cinco, quizá diez segundos, observándolos, felices, risueños, antes de dar media vuelta y apartarse de su horizonte.

Si quería hablar con alguien, únicamente le quedaba Elisabet.

—No hay muchas opciones y lo sabes, ¿verdad?

—Sí —concedió Beatriz.

Elisabet cerró la mano izquierda y luego liberó los dedos pulgar, índice y medio. Los mantuvo así mientras desgranaba sus teorías.

—O le ha pasado algo a él, o a su padre, o es un cabrón.

—No digas eso.

—Tía, a ver... —Quiso ser consecuente, buscando las palabras menos agresivas—. Aparece una señora, y según tú, ¡qué señora!, os pilla, le monta el pollo y después de dejarte en casa... ni una palabra más hasta ahora.

—Sí.

—Pues ya me dirás.

—Me lo contó. Esa mujer estaba loca.

—Loca o no, es lo último que recuerdas de anteanoche. No me digas que esa falta de noticias no es coincidente.

Beatriz pareció desinflarse.

—Tengo una extraña sensación, eso es todo —le reveló a su amiga.

—Pues fíate de tu instinto.

—¡Pero es que no se trata de...! —Se quedó de nuevo sin las palabras adecuadas y acabó profiriendo un expresivo—: ¡Es que no sé!

—En primer lugar, cálmate —le sugirió Elisabet—. Ya lo has llamado, le has dejado mensajes, has telefoneado a su oficina. No puedes hacer nada más, salvo comerte el tarro. Y eso no es bueno. Cuando una chica se come el tarro por un chico, es el principio del fin. Como pisar mierda. Y si él nota que te agobias, peor. Te tendrá en un puño. Ahora pasemos a lo evidente: Te has acostado con él dos noches seguidas. —Lo expresó despacio, con cautela—. Según tú, fue algo... —Movió las manos en señal de apoteosis—. Entonces aparece la abuelita y ¡pum! ¿Qué quieres que te diga? Cualquiera pensaría lo más elemental.

—¿Y qué es lo más elemental?

—Bien que lo sabes.

—No, dímelo tú.

Elisabet no se calló.

—Pues que os ha dado demasiado fuerte, sobre todo a ti, que estás deslumbrada, y ahora él igual se está arrepintiendo, o haciéndose caquitas en los pantalones, o empezando a pasar.

—¡Él no es así! ¡Su mundo sí, pero él no!

—¿Cuánto hace que lo conoces?

—¡No tiene nada que ver!

—¿Ah, no? Yo diría que sí. No sabes nada de él.

—¡He visto sus ojos, y su expresión haciendo el amor!...

—¡Beatriz, tía, despierta! ¿Cómo crees que hacen el

amor los tíos, serios, cantando por bulerías? ¡Todos ponen cara de carnero degollado, y cuando se corren, son capaces de gritar lo más absurdo o decir lo más insospechado!

—La experta.

—¡Más que tú, sí!

—Pensaba que te pondrías de mi lado.

—¿Y qué es lo que estoy haciendo?

—No lo parece.

—Si supieras adónde ir y me pidieras que te acompañara, te acompañaría. ¿Qué más quieres?

—Nada. —Se encogió de hombros.

—Mañana...

—No puedo esperar a mañana. —Fue terminante—. Tendrá que ir a casa a dormir.

—¿Y si no es así?

Ya no tuvo respuesta para tanto.

Estaba cansada.

Y decidida a quemar hasta su última oportunidad.

Se quedó momentáneamente quieta en la acera opuesta, mirando el edificio con aprensión. No era muy tarde, aunque sí de noche. Su madre y ella se las tendrían cuando regresara a casa porque, desde luego, no estaría allí a la hora de la cena. Eso, unido al tema de las vacaciones, desataría la guerra, encendería todavía más el conflicto.

Y le importaba una mierda.

Lo único que necesitaba era...

Cruzó la calzada y no tuvo que llamar al timbre exterior. Una mujer salía del portal y lo aprovechó para detener la puerta y colarse dentro. La mujer le lanzó una mirada de desconfianza al no reconocerla como vecina.

—¿A qué piso va? —le preguntó.

—Rogelio Muntadas.

—¡Ah! —Esbozó una sonrisa.

Eso fue todo.

Unos segundos después estaba en el rellano, frente a la puerta de Rogelio.

No tuvo que aplicar el oído a la madera.

Want to know what love is sonaba atronadora desde el interior del piso.

Beatriz suspiró.

Rogelio estaba allí.

Tomó aire. Su mano derecha tembló al dirigirse al timbre. Lo pulsó dos veces, muy cortas.

La música no menguó.

La canción se hallaba en su parte álgida, los coros finales.

Repitió su gesto, ahora con mayor intensidad. Pulsó el timbre de forma más prolongada.

El mismo resultado.

En su tercer intento mantuvo el dedo apretando el timbre durante bastante rato. Hasta que la canción de Foreigner cesó. El eco de la llamada se esparció entonces en un viaje de ida y vuelta por el lugar.

Golpeó la puerta con la mano.

Temió lo peor, lo más extraño y absurdo: que él no abriera.

No fue así.

De pronto estaba delante de él, recortado contra el fondo iluminado del piso, mitad vacilante mitad perplejo.

Beatriz ni tan sólo se había dado cuenta del momento en que la maldita puerta había sido franqueada. Lo veía únicamente a él.

A él.

Borracho, sin afeitar, hecho un guiñapo, como si los cielos le hubieran vomitado encima.

—Rogelio... —apenas si pudo proferir.

Hundió sus ojos vidriosos en ella.

—¡Oh! —fue su parca exclamación.

Se apartó de la puerta y, sin más, echó a andar hacia el interior de la casa.

—¡Rogelio!

Beatriz cerró la puerta. Después de la atronadora descarga decibélica, porque el reproductor debía de estar puesto a todo volumen, el silencio dominaba ahora el lugar. Rogelio se encontraba ya en el centro de la sala, bamboleante, sin saber muy bien qué hacer, si poner otro CD o alcanzar la botella de whisky, de la que apenas si quedaban dos dedos de bebida.

Había otra botella en una de las butacas.

Vacía.

—Rogelio, ¿qué te pasa? —gimió asustada.

El dueño del piso se volvió despacio. La descubrió de nuevo. La reconoció. Arqueó las cejas y bajó la barbilla, igual que si llevase unas imaginarias gafas y la viera por encima de los cristales. Sus gestos fueron imprecisos.

—Tú por aquí —farfulló de una manera muy aséptica.

—¿Por qué no has contestado a mis llamada? ¿A qué viene... esto?

Plegó los labios. Pareció dudar. Todo lo hacía con un ligero efecto retardado, lleno de afectación. Sus ojos eran dos ascuas flamígeras. Beatriz tuvo que contenerse para no abrazarlo y arrastrarlo al sofá. Algo le decía que no lo hiciera, que primero tenía que averiguar qué estaba sucediendo. Sentía sus manos desnudas. Tanto como aterrada tenía el alma.

—Soy un mierda —dijo Rogelio.

—No es cierto.

—Oh, sí —insistió—. Un completo mierda.

—¿Y por qué eres un mierda? —intentó dialogar con él.

La pregunta lo hizo moverse. Un paso a la izquierda. Dos a la derecha. Acabó más o menos en el mismo sitio, inmerso en otra dura diatriba personal y mental. Abrió una mano buscando lo evidente.

—¿Qué precio hemos de pagar por la felicidad? —dijo.

—La felicidad lo vale todo.

—¿Estás segura?

—¿Vas a decirme qué ha sucedido? ¿Es tu padre?

—¿Mi padre? —Su risa fue sardónica—. El hijo de puta... No, no es mi padre. Es ella.

—¿Quién es ella?

—Amalia. —Otro gesto evidente—. ¿Quién va a ser? Amalia...

—¿La mujer de la otra noche?

—La otra noche. —Asintió con la cabeza—. La última noche.

Beatriz sintió más frío.

—No fue la última —musitó.

—Oh, para ella sí, ¿no lo sabías? —Más pasos imprecisos—. No, claro, tú qué vas a saber. Tú eres inocente. El cabrón soy yo. Tú...

—Me dijiste que había terminado.

—Está terminado —asintió de nuevo—. Se mató al irse de aquí, ¿sabes? —Puso las dos manos juntas, como si condujera un volante—. La muy loca absurda... —Unió las palmas y emitió un ruido sordo con los labios—. ¡Pushhh...!

A Beatriz se le doblaron las piernas.

—Dios..., no —exhaló.

—Se mató —dijo sin ambages—. Con un camión de la basura. —Eso hizo que alzara la comisura del labio—. ¿Qué te parece? Un poco más y sale reciclada. —Su chiste le hizo gracia—. Reciclada.

Intentó llegar hasta él. Ahora sí.

Rogelio dio un paso atrás, firme. Levantó las dos manos. Fue una señal inequívoca. Más alta y fuerte que mil palabras. Su rostro adquirió un tinte de dureza situado más allá de toda razón.

—Rogelio, déjame...

Él mantuvo la misma actitud, el mismo gesto.

Un Rogelio situado a años luz del que conocía.

—Fue un accidente —suplicó Beatriz.

—Murió.

—Pero tú no tienes la culpa.

—Oh, la palabra.

—¡Es cierto! ¡Ella fue la que...!

—¿De veras lo crees? —Hablaba mejor, más seguido, con menos incoherencia—. Es curioso: cuando la seduje, por vanidad, porque era fácil, porque sabía que era algo así... —chasqueó los dedos de la mano derecha—, temporal, pasajero..., me pareció excitante. Y dejé que se enamorara. Mucho mejor, ¿no? El amor lo hace todo más sencillo, más directo. No hay pasión sin amor, sólo sexo. Lo hice, y ahora me hablas de... —Ya no pronunció de nuevo la palabra.

—Esa mujer era una insatisfecha. Seguro que pedía guerra y fuiste tú el que caíste. Pero pudo haber sido otro.

—Fui yo, y por la razón que fuese... me quería.

—Eso no es verdad y lo sabes.

—No seas niña...

—¡No me llames niña! —estalló por primera vez con los ojos inundados de lágrimas—. ¡No te sientes culpable por ella, sino por mí!

—¿De qué... estás hablando?

—¡Estás proyectando lo que le ha sucedido a ella sobre mí, sobre nosotros! ¿Qué diferencia hay? ¡Una mujer de cuarenta y pico y una chica de diecisiete! ¡Ésa es la cuestión! ¡Y tú en medio!

—No es tan sencillo.

—Te lo dije. —Apretó los puños empujada por su impotencia—. La culpa es poderosa. La muerte de Amalia te ha puesto delante de un espejo y tú has caído en él, como Alicia.

—Vete —le pidió.

—¿Quieres que me vaya?

—No quiero hacerte daño.

—¡Deja que sea yo quien decida eso!

—Dios... —Ahora el que gimió fue él—. Eres lo mejor que me ha pasado en la vida.

—Entonces ¿de qué tienes miedo? ¡Afróntalo! Cuando una persona le dice «te quiero» a otra, se está comprometiendo. Son palabras mayores. ¡Tienes que saber qué significan! ¡«Te quiero» lo es todo, Rogelio! Abarca el mundo entero.

—Es tarde. —Su gemido lo quebrantó todavía más,

aunque se mantuvo en pie, tan lejos de ella como si un abismo los separara.

—Me necesitas.

—No.

—¿Y lo que yo te necesito ahora?

—Somos espejismos, ¿no lo ves?

—¡Deja de actuar! —La crispación llegó al máximo—. ¡Mi madre quiere que me vaya con ella a pasar las vacaciones al pueblo, con mi abuela, y tendré que ir, lo quiera o no! ¡Necesito saber que tú estarás aquí cuando vuelva!

Parecía el *Titanic*.

Y ella, el iceberg causante de su hundimiento.

—Marcelo Novoa quiere que vaya con Brainglobalnoise, que los acompañe en la gira las próximas semanas, para vigilarlos, ocuparme de... Han echado al *road manager*. —Su tono se hizo más y más patético—. Quiere que organice las ruedas de prensa, la promoción... Y éste es mi trabajo. Mi...

—Yo he de irme con mi madre porque no tengo más remedio. Pero tú estás huyendo.

—No, Beatriz...

De pronto fue él el que intentó abrazarla.

Y ella la que dio un paso atrás.

Como si el mundo hubiese girado 180°.

—¿Un último polvo? —consiguió articular.

—No digas eso —protestó Rogelio.

—Si quieres destruirte, hazlo solo. —Señaló las botellas de whisky—. Ahora mismo yo ya no sé...

—Espera, no te vayas.

—No me voy, Rogelio. Ni te dejo. Tú me has echado hace rato. Incluso antes, ayer, hoy.

Dio media vuelta y mantuvo su paso firme hasta la puerta. Ningún grito la retuvo. Ninguna mano trató de detenerla. Ninguna súplica torpedeó sus actos. Cuando salió a la escalera supo que iba a desmoronarse, así que contuvo la arcada y entonces sí echó a correr, saltando los escalones de dos en dos, bajo un silencio opresor.

Vomitó en la calle, al pie del edificio, sola.

Luego sí corrió, aunque sabía que jamás se alejaría lo bastante de allí.

Era una autómata.

Cuando se cansó de correr intentó pensar. Cuando se cansó de intentar pensar se abandonó. Cuando reaccionó se encontró, sin saber cómo, en el exterior del Turó Parc.

Se aferró a la valla metálica.

La luna se reflejaba en el estanque.

Una hermosa luna.

Allí, en alguna parte, estaban las cenizas de su foto con Rogelio.

Allí, en alguna parte, flotaba su amor por el aire.

Todo mentira.

Las fotografías que tomaba eran mentira.

Ninguna pareja tenía asegurado el amor con sólo mirarse, besarse o mostrar esos detalles que ella había querido interpretar. El amor dolía.

Dolía tanto...

Y no había nada tan duro como el dolor invisible.

¿Por qué empezó a tomar aquellas fotos?

¡Qué estúpida!

Ziberaxes, Benigno, estaba loco, pero su locura tenía incluso más sentido que la de ella, porque él era inocente, ella no. Ella había creído de verdad en lo que hacía.

Y había creído en Rogelio.

La edad era lo de menos.

Acababa de convertirse en una vieja.

Como aquella infeliz.

Amalia.

Las dos se habían entregado a un hombre, como sólo saben entregarse las mujeres enamoradas.

No tenía más lágrimas.

Así que regresó a casa para enfrentarse a su madre, derrotada, sin lo más básico de toda su vida.

Otra ilusión.

La esperanza.

Quinta parte:
VERANO

Tengo miedo a perder la maravilla
de tus ojos de estatua, y el acento
que de noche me pone en la mejilla
la solitaria rosa de tu aliento.

Tengo pena de ser en esta orilla
tronco sin ramas; y lo que más siento
es no tener la flor, pulpa o arcilla,
para el gusano de mi sufrimiento.

Si tú eres el tesoro oculto mío,
si eres mi cruz y mi dolor mojado,
si soy el perro de tu señorío,

no me dejes perder lo que he ganado
y decora las aguas de tu río
con hojas de mi otoño enajenado.

Soneto del amor oscuro, FEDERICO GARCÍA LORCA

Capítulo 23
PUEBLO

Lo peor del verano no era el calor, sino la sensación de pereza, aquella lasitud que abotargaba y minaba cualquier ánimo de hacer algo, lo que fuera, incluso leer bajo la sombra de un árbol.

Dos semanas parecían una eternidad.

—¡Beatriz!

—¿Qué, mamá?

—Me voy a buscar a tu hermana a la piscina. ¿Vienes?

—No.

Su madre metió la cabeza por la puerta del patio.

—Hija, si es que ni siquiera te ha dado el sol, por Dios.

—Mamá, ya sabes lo que pienso de la piscina del pueblo, y le hago un gran regalo semántico llamándola piscina.

—No está tan sucia como dices.

—No se ve ni el fondo, y no veo yo que ninguno de esos enanos gritones vaya mucho a los servicios a hacer pis, ni que se duchen antes de meterse en el agua untados con los potingues que les ponen sus madres.

—Y prefieres pasar calor.

—No, prefiero estar sana.

—Eres imposible —rezongó la mujer—. Ahí te quedas.

Se quedó nuevamente sola, tumbada en la hamaca, con el botijo a un lado y el libro sin abrir en el otro, con la visión del bosque, ubérrimo y cerrado, a menos de cincuenta pasos de ella, y por encima de las copas de los árboles, la montaña, crecida, rota, hundiendo más y más el valle en una suerte de retorcida herradura por la que transitaba el río.

De niña, cuando no había piscina, se bañaban en el río y era mucho mejor. Allí guardaba muchos de sus mejores recuerdos.

De niña.

Intentaba no pensar, pero era difícil. De noche soñaba con él. De día lo apartaba de sus pensamientos. De noche se despertaba a veces jadeando, sintiéndolo a su lado, como si la tocara, y era tal la avidez de sus besos y caricias, que apenas si conseguía dominar la excitación con la que se quedaba su cuerpo y tenía que masturbarse. De día se arrepentía, porque sentía una dependencia que no quería, que le hacía daño. Odiaba expresiones como «el primer amor», que los que ya no eran adolescentes afirmaban que marcaba esa parte inicial de la vida y las relaciones. La odiaba y, sin embargo, se sentía presa de él, aunque no tuviera nada que ver el amor de una mujer de dieciocho años y un hombre de treinta y ocho con el amor de dos adolescentes de catorce o quince.

Dos semanas de catarsis.

Primero, el pueblo había sido una cárcel. Enfrentada a su madre, dispuesta a pelear por todo, deseosa de hacerle la vida imposible por arrastrarla hasta allí. Luego, poco a poco, aquel calor pirenaico, aquella pereza, aquel abandono y su propia rendición... Todo había contribuido a dejarla inanimada, a convertirla en una aprendiz de pasota.

A la mierda con ellos.

Estaba sola.

Sola y prácticamente incomunicada.

Por no haber, no había conexión a Internet, ni un lugar desde donde pudiera conectarse, entrar en su blog, ver el correo electrónico. Para eso tenía que meterse en un autobús de línea e ir al pueblo más cercano, a doce kilómetros. Allí sí había un cibercafé. Pero incluso eso le daba igual.

Como tampoco le importaba que su viejo móvil no tuviera a veces la cobertura necesaria, y para llamar sin que se cortara, dependiendo del día y de las condiciones climatológicas, fuera casi obligatorio subir a la montaña más alta.

No, mejor aislarse. En Barcelona habría sido distinto. Allí tenía a Gonzalo, a Elisabet, a su padre. En el pueblo lo idóneo era aceptar esa burbuja.

Quizá fuese lo mejor para recuperarse.

Volver a sentirse ella misma.

Lo peor sería el regreso.

¿Qué haría?

¿Cómo?

¿Cuándo?

¿Estudiar, irse de casa, trabajar?

Movió una mano presionando en la pared para que la hamaca se bamboleara un poco.

Luego cerró los ojos.

Su madre y Carlota tardarían al menos una hora en regresar.

Una hora para estar tranquila, pasar del mundo entero, dormitar, evadirse, soñar que aquella espantosa burbuja estallaba, o no, se hacía eterna y la atrapaba en su interior.

¿Por qué no?

Se descalzó en la orilla del río. Se quitó las sandalias y sumergió los pies en el agua, fría, muy fría, y tan cristalina que le apeteció desnudarse del todo y meterse en ella de cabeza, con entera libertad. Lo habría hecho de haber estado segura de que por allí no había nadie.

Aunque... ¿importaba mucho eso?

Bueno, sí. Podían irle con el cuento a la abuela de que su nieta se bañaba desnuda.

Más de un vecino que años atrás la llamaba niña, ahora la miraba de otra forma, por discreta que fuera ella, con el cabello recogido o pantalones largos para no enseñar las piernas, sin ropa ajustada ni, por supuesto, maquillaje alguno. Si fuera a la piscina, ni siquiera podría ponerse un biquini, aunque eso tal vez fuera lo de menos, porque en traje de baño su cuerpo resaltaba igual. Los comentarios que le hacían a su madre iban dirigidos todos en el mismo sentido:

—¡Cómo se ha puesto tu hija!

—Pero ¿a quién ha salido, tan guapa y tan alta?

—¡Seguro que trabaja de modelo!, ¿verdad?

—¡Ese pelo...!

—Demasiado delgada... ¡aunque tiene un cuerpo...!

Le incomodaban tanto.

Los aborrecía tanto.

Tres años antes era un palillo, sin pecho, sin formas, con complejo de bicho raro. Se sentía desgarbada, incluso fea. No recordaba de qué manera su cuerpo había cambiado tanto. Tres años. Ahora era capaz de mirarse y reconocer la evolución, o mejor llamarla mutación. De patito feo a cisne. Por esa razón, Rogelio se había fijado en ella. Y por esa razón ella se había enamorado de él. La naturaleza fijaba sus pautas, marcaba cánones, seleccionaba a las especies. Hacían buena pareja. Los dos.

Tenía cada hora de aquel fin de semana marcada a fuego en su alma.

Y cada vez que habían hecho el amor.

Se arremangó los pantalones y avanzó un poco más, para que el agua le llegase a las pantorrillas, la mitad de los gemelos... Introdujo las manos en aquel frescor y se las pasó por la cara, los brazos, la parte superior del pecho. Las ganas de desnudarse y darse un chapuzón aumentaron. Total, luego se ponía la ropa aunque su cuerpo estuviese mojado, y se iba a casa.

¿Por qué no había cogido una toalla?

Volvió la cabeza en dirección al bosque, para comprobar si estaba sola, y descubrió que no.

—Hola. —Él le sonrió con cierto desparpajo al verse descubierto.

Tardó un poco en reconocerlo.

—¿Víctor?

—Sí. —La sonrisa se hizo más abierta.

Habían jugado juntos en la infancia. Se habían dado juntos sus primeros besitos de prueba. Y él se le había declarado una noche de fiesta mayor cuando ambos tenían doce años. Como eso fue al final de aquel verano, no llegó a decirle ni que sí ni que no. Al año siguiente, él no fue al pueblo de vacaciones, porque vivía en Girona, y después...

No sólo había cambiado ella.

—¿Cómo estás?

—No tan bien como tú. —Se acercó a la orilla.

—Espera, que salgo —dijo Beatriz.

Le dio la mano para ayudarla y ella la asió. Metió los pies en las sandalias para no tenerlos encima de las piedras y hacerse daño. Quedaron cara a cara, reconociéndose, estudiándose, movidos por la sorpresa.

—No sabía que estabas aquí —comentó Beatriz.

—Llegué anoche. Yo tampoco sabía que habías vuelto. Esta mañana he visto a tu madre y a tu hermana.

—¿Y quién te ha dicho que estaba aquí?

—Solías venir a este rincón del río.

—Los viejos tiempos, ¿eh?

—Sí, los viejos tiempos —asintió él.

Era tan alto como ella, y relativamente atractivo, sin desmesuras. Cabello corto y algo rizado, ojos marrones, nariz recta, labios prominentes, hombros anchos, brazos musculados y piernas de deportista, con los muslos marcados y las venas recorriendo su geografía. Llevaba una camiseta holgada que no impedía ver la rotundidad de sus pectorales y unos pantalones cortos por encima de las rodillas.

—¿Cómo te va? ¿Qué haces?

Odiaba hablar de esas cosas, pero estaba acorralada. Aunque emprendieran el camino de regreso al pueblo en ese instante, iban a ser diez minutos de charla, mitad intrascendente mitad de compromiso. Había que ponerse al día.

—He terminado el bachillerato y estoy en una especie de paréntesis —fue lo más rápida que pudo—, ¿y tú?

Lo escuchó durante dos o tres minutos. Lo escuchó pero no dejó que nada de lo que oía le penetrara en la cabeza, porque le importaba muy poco su historia. Su caminar era lento, cansino. Víctor parecía feliz, alegremente despreocupado. Le habló de los estudios, de deporte, de cosas reales que a Beatriz se le antojaron irreales. Y sin embargo, comprendía que el mundo de verdad era aquél.

Tuvo miedo.

Miedo de que no fueran ya posibles otros mundos.

—Pensaba que me aburriría —reconoció el chico—. Ni siquiera sé por qué he venido con mis padres, porque hay que reconocer que esto... Me alegra mucho que estés aquí.

Quizá él esperaba que le correspondiera.

No lo hizo.

¿Por qué había ido al río?

¿Por qué exponía su vulnerabilidad?

—Mañana hemos organizado una fiesta, mitad bienvenida mitad excusa para encontrarnos todos. En casa de los Serra, por la noche. Vendrás, ¿no?

—No lo sé —vaciló.

—¿Cómo que no lo sabes? ¡Claro que irás! ¡No vas a perderte lo único interesante que habrá por aquí en muchos días! ¡Voy a por ti y te saco de tu casa a rastras!

¿Un poco de diversión?

¿Un paréntesis?

Allí estaba atrapada. Era un pueblo. Una cagadita de mosca en mitad de los Pirineos. No tenía adónde ir.

—No me gustan mucho las fiestas —dijo sin demasiada convicción.

—¡Vamos, Bea!

Nadie la llamaba Bea. No le gustaba.

Víctor siempre la había llamado así.

Su madre sacó a relucir el tema en la cena.

—He visto al hijo de los Cabestany.

Beatriz continuó comiendo, como si la cosa no fuera con ella.

—Ha pegado un estirón —dijo la mujer—. Y se ha puesto muy guapo y muy hombre.

—Y es un pedante y un creído —intervino Carlota.

—¿Y tú qué sabes? —objetó su madre.

—Mamá, toda la familia es pedante y engreída. Aquí toda la vida han sido «los Cabestany», o sea, ¡oh!, ¡ah! —exageró la forma de decirlo—. No saben hablar de nada más que de su dinero y de lo bien que les van las cosas a todos, como si hasta su mierda oliera a rosas.

—Desde luego...

—¿Qué?

—Ya me gustaría a mí que una de las dos pescara a «un Cabestany», como dices.

—¡Puaf! —Carlota puso cara de asco.

—¿A ti también te caen mal? —La mujer se dirigió a Beatriz.

Ella se encogió de hombros.

—Víctor siempre te estuvo rondando. Y erais amigos.

—Eso fue hace mucho tiempo.

—Oh, sí, la prehistoria.

—He estado esta tarde con él.

—Menos mal. Ni siquiera sabía que habías salido.

—He ido al río.

—¿No te habrás bañado desnuda?

—Sí, ¿por qué?

—¿No te habrá visto Víctor?

Tuvo ganas de decirle que sí, pincharla, provocarla, pero tampoco era necesario tanto. Bastaban su actitud y su tono.

—No.

—¿Quieres darle un disgusto a la abuela?

—Que no.

—Aunque te viera desnuda, no sabría qué hacer contigo —se burló Carlota.

Su madre alargó la mano para darle un cachete en la cabeza, pero ella fue más rápida y se apartó. Miró a su hermana mayor y las dos sonrieron con picardía.

—A veces me ponéis...

—¿Te ha contado que ha ganado no sé qué campeonatos pegando saltitos y que su equipo de fútbol ha sido el primero en la liga juvenil, o regional o qué-sé-yo, y que él ha sido el máximo goleador? —preguntó Carlota.

—Sí. —Beatriz mantuvo su sonrisa.

—Es que sólo les falta ponerlo en un bando. Y eso que llegaron ayer. ¿Vas a ir a la fiesta?

—¿Fiesta? ¿Qué fiesta? —quiso saber su madre.

—No.

—¿No irás? —se asombró su hermana pequeña.

—No me apetece.

—Mujer, será lo único decente de por aquí. Aunque sólo sea por echar un vistazo y cotillear... Ojalá pudiera apuntarme yo, pero no quieren menores de quince años.

—¿De qué fiesta estáis hablando? —insistió su madre al ver que pasaban de ella.

—En casa de los Serra, mañana por la noche —le explicó Carlota en plan terminante.

—¿Y por qué no quieres ir? —La mujer miró a su hija mediana.

—Pues porque no.

—Tienes que ir, Beatriz. A ver si además de decirme que tengo una hija rara, porque no se le ve el pelo, van a decirme que estás loca.

—¿Podré llegar al amanecer? —Le lanzó una mirada burlona.

—Aquí sí.

—O sea que si me acuesto con Víctor, perfecto, porque como es un Cabestany y estamos en el pueblo, a salvo...

—¡Beatriz, ya basta!

El golpe en la mesa, con la mano abierta, hizo que todo vibrara.

—Vas a despertar a la abuela —la recriminó Carlota.

—¡Si es que ya no puedo más! —gritó su madre—. ¿Se puede saber qué te pasa?

—Tú quisiste que viniera, mamá.

—¿Y por eso vas a pasarte todo el verano de morros, y encerrada en casa?

—Es lo que hay.

—Pero ¿qué tienes, hija? —Su expresión se volvió dolorosa—. ¿Qué es lo que te pasa? ¿Por qué no me lo cuentas? ¡Soy tu madre! ¡No puede ser sólo que te haya hecho venir al pueblo!

Rozó su propio estallido.

Se contuvo.

Su vida era privada. Íntima.

—Mamá, no quiero discutir, ¿vale?

—¡Yo sí!

—Carlota tiene razón: como se despierte la abuela... Para un día que coge el sueño temprano...

—¿Y ya está, eso es todo? —se desesperó su madre.

—Ya te lo he dicho: es lo que hay.

La madre se sintió desfallecida. Sus ojos se enturbiaron. Miró a Carlota. Miró a Beatriz. No halló en ninguna de las dos un nexo, una complicidad. Incluso la pequeña estaba cambiando, apoyaba a su hermana. Se estaba perdiendo algo y no sabía qué.

—No sabéis lo sola que me siento estando con vosotras —se echó a llorar de pronto.

La abuela Victoria era un reducto.

Militaba en la resistencia.

Tenía la piel apergaminada, arrugas que se cruzaban y entrecruzaban formando un pequeño territorio arado por el tiempo, los ojillos mortecinos que, a veces, brillaban con una inusitada intensidad, el cabello gris, siempre recogido en un moño, las manos huesudas y deformadas. Era menuda, vestía de riguroso luto desde la muerte de su marido y decía que si Dios existiera, no habría permitido que se fuera él, y de forma tan dolorosa, antes que ella. En el funeral había sacado a patadas al cura por su panegírico en honor del fallecido. Desde entonces, el sacerdote la evitaba, cruzaba la calle si la veía aparecer y se santiguaba como si fuera el diablo. Su leyenda de mujer dura y fuerte contrastaba con lo mucho que se la quería en el pueblo, siempre dispuesta a ayudar, a compartir, sin egoísmos propios de su edad. Por si todo ello fuera poco, hacía gala de un carácter inquebrantable y firme. No veía la televisión. Opinaba que todos los programas eran para retrasados mentales. Prefería leer.

Y leía.

Novelas de amor.

Decía que los sentimientos son lo único importante de la vida, y que las novelas de amor estaban llenas de ellos, exagerados o no.

Algo extraordinario en una mujer que únicamente había estado con un hombre en su vida.

—¿Beatriz?

Estaba a su lado, junto a la hamaca, sentada y con un vaso de limonada en la mano. Se lo pasó a su nieta.

—Gracias.

—Está fresquita y recién hecha.

—Eres un sol.

—Y tú, una luna.

—¿Llena?

—No sé. —Puso cara de duda—. Dímelo tú.

—No siempre se puede estar llena. A veces hay cuartos menguantes, cuartos crecientes...

—¿Qué te pasa, cariño?

—Nada, abuela. —Bebió un largo sorbo de limonada.

—Yo no soy tu madre —le recordó—. Que ella tire su vida a la basura es cosa suya. Tuvo su oportunidad. Pero tú... —Alargó una mano y le acarició la frente.

Una mano de seda.

—A ti te gusta esto, es tu casa, tu pueblo. Pero yo cumplo dieciocho años en unos días y... Habría preferido quedarme en Barcelona.

—¿Tienes novio?

—No.

—Beatriz...

—Que no.

—Pues será lo que sea, pero conozco esa expresión.

—Sólo falta que le digas eso a mamá.

—Lo que hablemos tú y yo se queda entre tú y yo.

—Así que tengo cara de enamorada.

—No, tienes cara de padecer lo peor del amor.

—¿Y qué es?

—El despertar.

—No sabía eso.

—No es malo, pero sí inquietante. Despertar no quiere decir renunciar, o romper, o cambiar. Las personas se enamoran, y cuando lo hacen pasan a otra dimensión en la que se vive una utopía. Eso puede durar días, semanas, meses... incluso años. Tarde o temprano llega entonces ese despertar, y es el momento de ver si nuestro amor es fuerte y firme. Las virtudes que le veíamos a la persona amada se convierten en defectos, lo que nos atrajo de ella lo cuestionamos, nos preguntamos quién es en realidad. —La miró con delicada ternura—. Tú estás triste, mi niña. Más allá del dolor, estás aplastada por una tristeza que te paraliza. Puede que estar aquí la aumente, pero eso no cambia nada. Y aunque te pese, recuerda únicamente una cosa: tienes diecisiete años.

—Voy a cumplir...

—Sí, ya sé. Pero ahora tienes diecisiete años. El mundo puede parecer un lugar horrible y oscuro a tu edad. Pero piensa en la mía. Mi oscuridad es la de la muerte que me acecha y me ronda. La tuya pasará. Te lo juro. Pasará, volverá, pasará de nuevo y renacerá tantas veces como quieras. Depende de ti. Y tú siempre has sido fuerte, diferente. Tienes mucho más carácter que tus hermanas. Supongo que porque te pareces a tu padre.

—¿Cómo sabes tanto? —quiso bromear un poco.

—Porque leo. —Le guiñó un ojo—. Todo lo que te he dicho está sacado de una novela, ¿qué te crees?

—Estoy segura.

—Tu hermana me contó lo que le habías dicho a tu madre antes de veniros aquí.

No supo qué decir. No era una pregunta. Era un comentario.

—Me alegro de que lo hicieras —asintió su abuela.

—No fue fácil.

—Nunca es fácil plantarles cara a los padres, enfrentarse a ellos, algo inevitable con los años. Puede que tu abuelo y yo no supiéramos educarla mejor, que se nos escapara de las manos, pero quizá debas saber algo acerca de tu madre.

—¿Qué es?

—De niña, más o menos a la edad de Carlota, tuvo un trauma sexual.

—¿Mamá?

—Tu abuelo y yo no lo supimos, ella no nos lo contó, por miedo, ya que se escapó de casa aquella noche, por vergüenza, porque eran otros tiempos, porque él era uno de los hombres importantes de estas tierras, qué sé yo. Hace muchos años de eso. Y sucedió aquí, en el pueblo, en las fiestas. —Tomó aliento para continuar—. Lo que voy a contarte no lo sabe nadie más que tu madre y yo, ¿entiendes?

—Sí —apenas si pudo balbucear.

—Una noche, uno de aquí la asaltó. Iba borracho. La toqueteó, por arriba, por abajo, y no llegó a consumar la violación porque Dios no quiso. Cuando iba a hacerlo, eyaculó, y entonces ella le pegó y se fue. Tu madre regresó a casa y al día siguiente nos dijo tan sólo que se había caído. —Suspiró y reanudó su insólita confesión—. Cada vez que tu madre veía, aunque fuera de lejos, al hombre que le había hecho aquello, enfermaba. Y sin embargo calló, calló, nunca quiso decirlo hasta que él tuvo un accidente y murió. En los funerales, ese mal nacido de cura, lo mismo que dijo cosas de tu abuelo que no eran y yo me encargué de él, ensalzó de tal forma la figura del muerto que tu madre ya no pudo más y en un momento dado, al pasar cerca, escupió al ataúd. La única que lo vio fui yo.

—¿Te lo contó entonces?

—Sí.

—Pero demasiado tarde.

—Así es.

—¿Y tú qué hiciste?

—Ya era tarde para ayudarla, como bien has comentado. Los traumas sexuales matan la vida y aprisionan la libertad. Lo tenía muy adentro. No había tenido novio, no soportaba que un hombre la tocara, ni siquiera en el baile. Con el tiempo, conoció a tu padre y se casó con él, enamorada, sí, pero yo sabía que nunca sería una mujer completa. Llevaba todos sus demonios con ella, y aún los lleva. Lo que tú le dijiste es cierto, Beatriz: no supo defender su matrimonio, retener al hombre que amaba pero al que quizá nunca había deseado, y es que no estaba preparada para eso. Creyó que bastaba con tener hijos y ser una buena esposa.

—Sin deseo no hay amor, ¿verdad?

—Es como un termómetro.

¿Cuánto se habían deseado ella y Rogelio?

Era imposible ansiar más.

Y ese deseo no podía morir porque ya anidaba en sus corazones.

Sintió un pequeño vértigo.

Su abuela seguía mirándola con aquella expresión de ternura.

—¿Por qué me lo has contado? —preguntó Beatriz.

—Porque no sé lo que te pasa, ni querrás compartirlo conmigo y lo entiendo, pero has de entender que, sea lo que sea, no has de dejar que te marque y te atormente el resto de tu vida. A tu edad, la mayoría de las cosas giran en torno a unos pocos temas, el futuro, las inseguridades, los complejos... Pero el amor se lleva la palma. Cuando sentimos la vida, nuestro cuerpo, y aparece esa descarga emocional que nos vuelve el cerebro del revés, lo demás ya no importa. Pasa a un segundo plano. Sin embargo, recuerda esto: hay más frutas en el árbol. Ama cuanto quieras, sin reservas, y no dejes de entregarte nunca, pero cúrate las heridas y no mires las cicatrices, porque son como un abismo que siempre nos incita a caer.

Mantenía el vaso de limonada en la mano. El frío del cristal y el calor exterior habían hecho que un millar de gotitas de humedad afloraran por fuera. Beatriz sintió los dedos mojados.

Bebió un largo sorbo.

La abuela se apoyó en la hamaca y le dio un beso en el brazo.

—Intenta divertirte un poco, aunque sea en esa fiesta y

con el engreído de Víctor Cabestany —le dijo dando por cerrada su charla.

Fue el grito de Carlota lo que la hizo salir de su habitación y asomarse al lugar en el que su hermana veía la televisión.

—¡Están hablando de Brainglobalnoise! —Señaló la pantalla.

Allí estaba el grupo, disfrutando de su éxito. David M., Mario, Eliseo, ZQ y Rocky. Se les veía felices, en una especie de rueda de prensa, haciendo bromas.

—Qué susto me has dado —se quejó.

—Pensé que querrías verlos.

El intercambio de sus miradas fue más explícito que lo no dicho, porque, en realidad, Carlota no la había llamado por la banda, sino por si las cámaras enfocaban en algún momento a Rogelio.

Y las dos lo sabían.

Beatriz contuvo la respiración.

De la rueda de prensa se pasó a unas escenas de los cinco miembros en la calle, luego a unos camerinos y, finalmente, al escenario. La voz en *off* del locutor llenaba el aire con el característico derroche de vacuidad de los programas del corazón y culto a los famosos.

—... y por la noche, en el concierto, con lleno absoluto, Brainglobalnoise demostró por qué son el grupo de moda este verano. Con un sonido potente, la originalidad de su propuesta y un directo feroz, tremendo, los cinco jóvenes arrollaron...

Ni rastro de Rogelio.

Ni cerca de ellos ni a lo lejos, ni en la rueda de prensa ni en el *backstage*.

Pero tenía que estar allí, próximo a su «producto», en algún lado.

Así que la televisión bordeaba su infarto.

Porque de pronto supo que no estaba respirando.

Soltó todo el aire retenido en los pulmones.

—Lo siento —admitió Carlota.

—No importa.

—¿Lo has visto?

—No.

El reportaje de Brainglobalnoise tocaba a su fin.

—... quedan las grandes citas de Barcelona y Madrid como colofón a la gira, pero esto será en septiembre. Por ahora, el grupo se pasea por toda España con noches como la de ayer en Pamplona...

Se dispuso a regresar a la habitación.

—¿Irás a la fiesta?

—Supongo que sí. —Se encogió de hombros.

—Diviértete por mí.

—Te he visto un par de veces con un chico.

—Mono, ¿no?

No tuvo más remedio que sonreír ante la inocencia de su hermana pequeña.

—No está mal.

—Para un rollete de verano...

Un rollete de verano.

¿Era realmente una vieja o es que nadie hablaba ya de amor?

El pueblo era pequeño, se encontraba lejos de Barcelona e, incluso, de Girona, pero la media docena de grandes casas de las familias más poderosas tenían su sello propio, su identidad. Los Cabestany, los Serra, los Montflorit... Casas de montaña, refugios, islas privadas dentro del océano pirenaico. Unos por haber nacido allí y haber hecho fortuna en Barcelona sin renunciar a sus raíces, otros por haber construido un lugar en busca de paz y sosiego, la élite formaba parte del lugar manteniendo su propia idiosincrasia.

La fiesta en casa de los Serra reunía a unos cincuenta chicos y chicas de entre dieciséis y veinte años, la mayoría residentes estivales en el pueblo, aunque no faltaban algunos llegados de Girona que, a su vez, habían traído a otras amistades. La zona principal era la que rodeaba la piscina, dominando el amplio y cuidado jardín con el bosquecillo recortado sobre una loma a unos treinta metros del agua. Todas las luces de la casa estaban encendidas, y también las de la caseta con los aperos de la piscina y los vestuarios y duchas. Las farolas del jardín, así como los focos acuáticos de la piscina acababan de dar al conjunto un aspecto impresionante. Hollywood a la catalana. Una mesa con comida y bebida instalada en las escalinatas del chalé procuraba el aporte final. La música, alta, los bañaba a todos gracias a los cuatro altavoces diseminados por la zona.

Ningún adulto.

Su noche.

—¿Te das cuenta de cómo te miran?

Se había dado cuenta. Pero no se lo dijo a Víctor.

—No.

—Estás impresionante.

—No, no lo estoy. Ni siquiera me he arreglado.

—Tú no necesitas arreglarte.

Le hablaba al oído. Para los demás, era como marcar territorio. Y hacía cuanto podía por apartarla del núcleo duro de la fiesta, los que bailaban sobre las maderas colocadas en la hierba. A Beatriz no le importaba. Le daba lo mismo. Intentaba disfrutar de la música aunque el precio a pagar fuese la verborrea de Víctor.

—¿Quieres más? —Le señaló su vaso, dispuesto a ir a buscar otra bebida.

—No, gracias.

—Un poco de chispa no viene mal, mujer.

—Tú ya la tienes —le hizo ver.

—¡No! —Su gesto fue de suficiencia—. Aguanto mucho.

—Creía que los deportistas no bebíais.

—Estamos en verano. —La abarcó con una sonrisa interminable en la que brillaron sus dientes perfectos—. ¡Tiempo de locura!

Quizá tuviera razón.

Algunas de las parejas lo harían más tarde, podía apostar el alma por ello. En cualquiera de las habitaciones, en el jardín, donde fuera que los invadieran sus instintos. Colofón a una noche perfecta. Sexo libre. Sí, el verano era el tiempo de las locuras, de la adrenalina a tope, del despertar erótico. Todos los amores breves, las infidelidades cortas, actuar primero y arrepentirse después... Todo se disparaba entre julio y agosto. Bastaba con mirarlas a ellas, guapas, luciendo sus pieles bronceadas, sus pequeños vestidos, camisetas de lujo o pantaloncitos, braguitas marcadas o insinuadas, emergiendo por encima de sus nalgas apretadas, sus manos cuidadas, sus pies perfectos. Y bastaba con mirarlos a ellos, siempre a punto, ansiosos por añadir una muesca más a su arma, elegantes, intentando parecer más adultos de lo que su edad marcaba.

Beatriz miró a Víctor.

Era guapo. Absurdo pero guapo. Bebería de más, y antes o después lo intentaría. Ése era el juego.

Dependía de ella.

¿Le serviría de algo un revolcón?

¿Se vengaría así de Rogelio, de su mala suerte, de la incertidumbre?

¿Probar lo que era el sexo con otra persona?

—Tráeme algo más, sí. —Le tendió su vaso vacío.

—¿Fuerte?

—Tanto da.

Lo vio alejarse en dirección a la mesa con la bebida. Un par de chicos, mayores, miraron hacia ella. Temió que uno se arriesgara. No pasó nada porque en ese momento, una de las chicas más jóvenes se cayó al agua, o se lanzó, o la empujaron.

Acabarían todos en la piscina, vestidos, en traje de baño o desnudos.

Beatriz pensó en irse a casa ya.

Continuó inmóvil, viendo como Víctor regresaba con su vaso, bailando ridículamente, convencido de que era seductor y de que ésa era su noche.

Cuando la besó no sintió nada.

No se movió. Hacía rato que lo esperaba. Simplemente dejó que sucediera. Allí estaban sus labios.

Víctor peleó por abrírselos, pugnando con su lengua.

El chico acabó mirándola. Tenía ya los ojos muy enrojecidos. Su expresión era incierta.

—Eres preciosa —comentó.

No dijo nada.

—Preciosa y turbulenta.

—¿Turbulenta? —Le hizo gracia el término.

—Pareces tan fría, y sin embargo...

—Soy fría.

—No. Yo estoy a cien, y es por ti.

—No seas tonto.

—Déjame...

Volvió a besarla, y Beatriz reaccionó igual. Mantuvo los labios cerrados. Ni siquiera pensó en excitarse, porque sabía que eso era imposible.

Ni pensando en Rogelio.

Era como si nunca pudiera volver a sentir nada.

—Cuando te vi en el río...

¿Mataría sus fantasmas si se acostaba con él?

¿O despertaría al día siguiente odiándose a sí misma?

Quizá no le iría mal un poco de odio.

Sólo que eso era autocastigarse.

Y ella no había hecho nada.

—Pensé en hacértelo allí mismo... —jadeó Víctor—. Nunca he visto nada más sensual que tú con los pies en el agua...

Cerró los ojos.

—¿Te acuerdas de cuando éramos niños?

Sintió la mano del chico en su pecho, por encima de la ropa, buscando la forma de atravesarla y alcanzar su carne. Tenía un cien por cien de sensibilidad en sus senos, sobre todo en sus pezones. Podía perder la cabeza.

Se los tocó.

Y lo que sintió fueron náuseas.

No era Rogelio. No era nadie. Así que difícilmente podía sentir algo hermoso.

La lengua le abrió los labios. Buscó las profundidades de su boca. La mano le acarició el pecho. También se apretó contra ella, contra su pelvis, para hacerle notar su erección.

Beatriz no había vomitado desde aquella noche.

Al salir de casa de Rogelio, la última vez que lo había visto.

Tuvo que apartarlo de un empujón, para no vomitarle encima. Lo hizo justo a tiempo, mientras se doblaba sobre sí misma y expulsaba la cena, los canapés de la fiesta, la bebida...

—Pero ¿qué...? —Víctor dio un paso atrás, invadido por el asco.

Beatriz se arrodilló. No tenía ningún punto de apoyo. Víctor tampoco se lo ofreció. Continuó sacando la papilla de su interior hasta que no quedó nada. Y aun así, expulsó más y más bilis, babas, hasta quedarse vacía, mareada.

Y también liberada.

—Joder... —exclamó Víctor.

Ella se puso en pie.

No tuvo que mirarlo. No hizo falta.

Dio media vuelta y se encaminó hacia la salida del jardín sabiendo que él no la retendría.

Capítulo 24
CAMBIOS

La primera llamada fue de Elisabet, a las diez de la mañana.

Casi le sorprendió escuchar el sonido del móvil, porque el día anterior había estado completamente mudo, fuera de cobertura.

La voz de su amiga la atronó nada más descolgar, sin darle tiempo a decir nada.

—¡Cumpleaños feliz, cumpleaños feliz, te desea tuammiii-gaaa, cumpleaaañooos feeeliiiz! —le cantó a pleno pulmón.

—Gracias. —Se desperezó.

—¡Dieciocho, tía!

—Por fin.

—¡Ahora sí que el mundo es tuyo!

—¿Ha sido tuyo desde que los cumpliste tú?

—Del todo. Que Ricardo pase de mí no significa que no me haya sentido una auténtica depredadora. Esta semana...

—¿Está semana qué?

—Cuando vuelvas te lo presentaré.

Se puso las pilas aún más rápido.

—¿A quién?

—¡Ah! *Surprise, big surprise* —contestó en inglés.

—¡Venga ya, tía!

—Es un cielo. Se llama Damián. A su lado, Ricardo es una gamba congelada.

—¿En serio?

—¡Síii! —volvió a gritar Elisabet.

—Vaya, me alegro.

—No me pidas que te lo describa. Tienes que verlo.

—O sea que a ti también te ha dado fuerte.

—¡Estamos en pleno verano! ¡Uao! —A través de la línea se oyó algo parecido al chasqueo de sus labios—. ¡Fuerte es poco! ¡No sabes lo mucho que te echo de menos! ¡Y lo que falta! ¿Qué tal por el pueblo?

—Igual.

—¿Tan muermo?

—Sí.

—El próximo año ya pasas, consuélate. Si ya no estoy con Damián nos vamos las dos por ahí. Y si estoy, los tres. O los cuatro. Tiene un hermano gemelo, ¿sabes?

—¿Lo tienes por duplicado?

—¡Y además es monísimo! ¡Guapo de morirse! ¡Oh, Beatriz, dieciocho y sin fiesta de cumpleaños!

Dieciocho y todavía no sabía qué hacer con su vida.

Salvo que pasaría de estudiar.

Quería volar libre.

Trabajar.

—¿Estabas todavía en la cama?

—Ajá.

—¿Te he despertado?

—No. Estoy perezosa. He engordado un kilo.

—Jo, no me extraña.

Se quedaron sin conversación de golpe. Beatriz se la imaginó en su habitación, frente a Johann Sebastian Bach, cerca del Turó Parc, en medio de un barrio con las tiendas cerradas y escasos coches aparcados en la calle. Un sueño.

Miró por su ventana, hacia el bosque y la montaña.

—¿Sabes algo de él?

¿Se lo había preguntado Elisabet o era su propia voz, flotando libre por su cabeza?

—No, nada.

—Cerdo...

—No digas eso.

—Pues ya me dirás tú.

—He estado pensando mucho en lo sucedido aquella noche, la de su borrachera.

—¿Y?

—Hay más cosas además del miedo o la culpa.

—¿Como cuáles?

—Intentaba protegerme.

—¿De qué?

—De sí mismo.

—¡Anda ya!

—Sí, de sí mismo y de mí misma, y de la locura que desata el amor y desatamos nosotros esos días en los que estuvimos ciegos de pasión.

—Dios —pareció estremecerse Elisabet—. Ciegos de pasión. Gran frase.

—Fue pasión, y eso quema. Devora. ¿Viste aquella película de un chico que se queda paralítico y entonces corta con su novia para que ella no se ate a él, para que sea libre? Lo que hace es demostrarle lo mucho que la ama, renuncia a su egoísmo. Prefiere que sea feliz sin él a que se sienta desgraciada con él.

—O sea que tu Rogelio se merece una corona de espinas por haber renunciado a ti.

Dicho por ella sonaba muy crudo.

—Esa mujer murió accidentalmente, pero sé que él se está castigando por ello. Si no se libra de esa carga, lo sepultará. —Pensó en las palabras de su abuela contándole la historia de su madre—. Me gustaría tanto saber qué hace, cómo se encuentra...

—Llámalo.

—No, eso no.

—¿Por qué no?

—No puedo.

—¿Y cuando vuelvas?

—Ni idea.

Faltaba tanto todavía...

Cada día era como una losa que debía apartar de sí misma para echar a andar.

—Estás muy aislada ahí, ¿verdad?

—Mucho.

—Llámame. Yo es que no sé...

—Necesitaba un tiempo de soledad y reflexión.

—Vale, lo entiendo.

—¿Y tus padres?

Por la línea oyó un suspiro.

Las estadísticas decían que en verano se producían más separaciones, por el calor, el roce continuo, el deseo sexual más a flor de piel.

—Estuvieron hablando hace unos días. Dijeron que no podían seguir así, y que por lo menos, debían intentar no pelearse por todo. De momento lo están cumpliendo. Ya veremos.

—Ojalá salga bien.

—¿Me lo dices o me lo cuentas? —bromeó su amiga.

—Oye, ¿y cómo conociste a tu Damián? ¡Si es que no puedo dejarte sola!

Se retrepó en la cama dispuesta a escucharla. Conociéndola, sabía que sería una larga explicación, detallada y completa. Y además, le apetecía que fuera así, y escucharla, y volver a pensar que la vida seguía, allí y en otras partes. En el mismo Turó Parc.

Elisabet empezó su relato.

La segunda llamada le llegó a media mañana.

Esta vez sí que la esperaba, así que no se había movido de la zona para no perder la cobertura. Carlota ya se había ido a la piscina. Y tanto la abuela como su madre, a hacer la compra.

Contestó, feliz.

—Hola, papá.

—Feliz cumpleaños, cariño.

—Gracias.

—¿Cómo estás?

—Aburrida, pero bien.

—Tengo tu regalo.

—Ya lo sé. ¿Qué es?

—No puedo decírtelo. Pero son dieciocho, así que...

—¿Una tarjeta VISA oro? —bromeó.

—Vaya, ¿cómo lo has sabido? Aunque no es oro, es superplatino.

Los dos se rieron.

Brevemente.

—Me habría gustado ir a verte.

—Y a mí que lo hicieras.

—Pero sabes que no sería bien recibido.

Tal vez si quedaran a la entrada del pueblo.

—No, claro.

—¿Y tu abuela?

—Como un toro. Incombustible.

—¿Habla de mí?

—Ya sabes que no. Suiza total.

—¿Qué te han regalado?

—No lo sé. Esta noche habrá cena especial. ¿Cómo lleva Mati el embarazo?

—Muy bien. Hace calor pero es soportable. Vamos a la playa y todo eso.

—¿Y Teresa?

—Si quieres, luego te la paso.

—Bueno.

Lo mismo que con Elisabet, les sobrevino un silencio cargado de nostalgias y ternuras, marcado por la distancia y los días pasados sin verse.

Hasta que ella se lanzó.

Era tan buen momento como cualquier otro.

—Papá.

—¿Sí, cariño?

—No voy a seguir estudiando.

Una pausa.

—¿Lo has meditado bien?

—Sí. A fin de cuentas, puedo volver. No pasa nada si pierdo un año o dos. Sabes que no te miento. Si descubro que me he equivocado, lo aceptaré y punto.

—¿Qué dice tu madre?

—Aún no se lo he dicho a ella.

—¿Esa decisión tuya de trabajar tiene que ver con tus ganas de emanciparte?

—Sí.

—¿Tanto te pesa seguir en casa?

—Quiero vivir sola —rectificó—. Necesito vivir sola.

—Sabes que es un riesgo.

—Claro.

—Y muy duro.

—No me da miedo.

—Te ayudaré a buscar un trabajo. Tengo contactos.

—Dicho así pareces uno de la mafia. —Se echó a reír antes de recuperar la seriedad—. En realidad, lo que sí necesito de ti es saber si puedo contar contigo.

—No tienes que preguntármelo.

—Debo hacerlo, papá. Necesitaré dinero para empezar, adelantar los meses que me pidan del alquiler de un piso, comprar lo más indispensable, una cama, una mesa...

—Cuenta con ello. Tu madre me matará pero cuenta con ello.

—¿Cuántas veces te ha matado ya, papá?

—¡Uf, la tira!

—Entonces no viene de una ni será el fin del mundo.

—Pero ésta va a ser gorda. Me culpará de apartarte de su lado.

—Hablaré con ella.

—Suerte cuando lo hagas.

—Sólo quiero manejar mi propia vida. Lo necesito.

—Siempre he estado orgulloso de ti, y lo sabes.

Se preguntó si su padre sabría lo del incidente sexual de su madre en la adolescencia. Si conocía las causas íntimas de que ella fuera como había sido a lo largo de su vida de casados. Si en algún momento se lo contó, para justificarse, o para descargarse, o para...

Le dio vergüenza hablar de ello por teléfono.

Sobre todo, por si le decía que no lo sabía.

—Feliz cumpleaños, cariño —repitió su padre—. Te paso con Teresa.

No tenía acceso a Internet, pero en determinados días sentía la necesidad de escribir algo, soltarse, vaciarse.

Y ése era uno de ellos.

Así que cogió el bolígrafo, se inclinó sobre la hoja de papel, y comenzó a trenzar las palabras con mesurada calma, extrayéndolas del fondo de su corazón. Las colgaría en cuanto le fuera posible.

Probablemente, el mismo día de regreso a casa.

Lo primero que le salió fue un poema nostálgico.

Desgarrador.

No puedo dejar de pensar en ti.
No puedo dejar de amar tu luz.
No puedo dejar de desearte tanto.
El amor es esclavo de la pasión.
El amor es el tormento y el éxtasis.
El amor es como vivir en la locura.
No puedo dejar de sentir al diablo.

No puedo dejar de ver tu cielo.
No puedo dejar de buscarte en mis sueños.
El amor es como un paraíso blanco.
El amor es pintarlo de colores.
El amor eres tú con tu nombre.

Siguió escribiendo, ahora febril, sacudida de repente por una furia inquieta. Las palabras se encadenaban a los sentimientos y éstos se convertían en breves poemas, ráfagas, disparos de una ametralladora mental que fluía sola.

Me desnudo en tu boca.
Ves mi cuerpo ávido con tu lengua.
Es la dimensión del estruendo.
La que te rompe en pedacitos de cristal.
Saberte mío en el instante es lo enorme.
Profanarte al borde del camino.
Como péndulos danzantes se agita mi pecho.
Y quiero transformar mi lengua en brocha.
Para lamer la trama de tu piel y salpicarte.
Humedecerte, encenderte hasta el amanecer.

Miró en dirección a las montañas. Formaban un muro, casi una cárcel. La tarde se desvanecía. Con la llegada de la noche tendría ya dieciocho años y un día.

No quiso pensar más en Rogelio. No quiso escribir otro poema teniéndolo a él en la mente. Por alguna extraña razón, viajó hasta el Turó Parc, el estanque de aguas plácidas.

El mar.

Ese mar que no cesa,
        no cesa.
En oleadas vivas me desborda,
inunda las riberas de mi tierra,
y sumerge bajo sus aguas mi horizonte.
Ese mar,
        a ese mar,
le doy la frontera de mi ansiedad.
Cada lágrima sube la marea.
La luna no se refleja en su calma,
la devora para sus criaturas,
monstruos que suben por mi espalda,
ríos muertos de afluentes vivos.
Mi mar,
atrapado entre montañas blancas
y valles verdes de pasión.
No se detiene.
El sol no calienta su corazón frío.
Su fondo me acoge en paz.
Sereno.
Mi mar es mi sudario.
Eterno.

Y de pronto no pudo más.

¿Para qué fingir?

Los labios de Rogelio, el cuerpo de Rogelio, el sexo de Rogelio, las caricias de Rogelio...

Esa brasa que es tu boca,
        abrasa.
Me toma con tu lengua hecha de amor,
me inunda cada poro de la piel,
moja mi alma y la hace tuya.

Esa brasa húmeda de carne generosa,
    hermosa.
Devora mis labios y los derrite,
muerde mi tierra desnuda,
lame mis dientes hambrientos.
Esa boca, tu boca, mi boca,
deja que la penetre
con mi aliento.

Su último poema, o lo que fueran aquellas líneas apresuradas, la hizo romperse en pedacitos, hasta acabar convertida en una arenilla capaz de ser borrada con sólo una ligera brisa.

Amor de momentos,
hecho de pedazos de tiempo,
días robados, horas intensas,
minutos de gloria, segundos de paz.
Amor, amor de momentos,
y entre ellos la nada,
distancias hechas de sueños,
anhelos y esperanzas que pasan,
a la espera de más momentos.

Creía que no iba a llamarla. Anochecía y sólo faltaba él. Llevaban tantos días sin mantener contacto debido a su ostracismo y su deseo de apartarse del mundo que no sabía ya de quién era la culpa, si suya por no telefonearlo o de Gonzalo por no interesarse por ella, a pesar de haberle dicho al marcharse al pueblo que necesitaba aislarse y reflexionar.

Por eso, al sonar el móvil y ver el número en la pantallita suspiró con alivio.

—¡Gonzalo!

—Hola, Beatriz.

—¡Qué alegría oírte! —suspiró.

—Felicidades.

—¡Gracias!

—¿Qué tal sientan?

—No lo sé. Soy la misma. Te lo diré a mi regreso.

—¿Te lo pasas bien?

Fue sincera.

—No.

—Yo tampoco sin ti.

—Tienes a Carlos.

—No es lo mismo. Su sensibilidad musical está a la altura de un zapato. Estos días te he necesitado más que nunca.

—¿Por qué? ¿Has estado componiendo?

—Mucho.

—Cántame algo.

—¿Por teléfono?

—Sí, ahora. Será tu regalo de cumpleaños.

—¡Pero se oirá fatal!

—¿Quieres cantarme algo o no, pesado?

—Un momento, que cojo la guitarra.

La dejó en suspense. Luego imaginó que había colocado el teléfono en algún soporte, cerca de su voz, para tener las manos libres y así poder tocar la guitarra.

—¿Preparada?

—Sí.

—Es mi última canción. Se titula *Necesito.*

Escuchó los primeros acordes de la guitarra, una entrada acústica, la melodía, el guante siempre perfecto para que la voz transitara por ella.

Necesito un ángel de la guarda
para hacerle el amor día y noche
que cuide mi alma en celo
y aplaque mi lujuria encendida.

Necesito que sus alas me turben
envolviendo mi sexo de seda
el placer de las horas vividas
el dolor de tus largas ausencias.

Necesito un orgasmo tan vivo
que me rompa en pedazos el norte
y gritar por pasiones tan sucias
que me alcen a cielos en llamas.

Necesito de su furia sincera
que desgarre mi paz y me quiebre
sus besos de fuego y espinas
sus caricias de manos sin tiempo.

Necesito un demonio que cante
y me arrastre al infierno gritando
para resucitar entre brasas
y volver a la vida a tu lado.

Necesito un espacio sin fondo
y mil años de locas torturas
tocar con el vientre el deseo
agotar con mi sed tus pantanos.

Necesito un ángel de la guarda
que tenga tu rostro y tu voz
tus manos, tus pies y tu piel
tu cuerpo de diosa hechicera.

Concluyó la canción y Gonzalo recuperó el teléfono.

—¿Qué tal?

—Impresionante.

—Tengo que retocar la letra, hay frases que no me encajan del todo bien. Pero la idea es ésa.

—Sinceramente, y no es pasión de amiga, creo que ya estás maduro y preparado para intentarlo. Podrías grabar la tira de discos con el material que tienes.

No hubo respuesta inmediata. El silencio fue tal que miró el teléfono por si se había cortado la línea debido a una súbita falta de cobertura.

—¿Gonzalo?

—Sí, sí, es que...

—Cuando vuelva te ayudaré, tranquilo.

—No es eso —el tono se revistió de dudas—, es que juré no decirte nada y... sinceramente, no puedo fingir que...

—¿Qué sucede? —se alarmó.

—No sabes nada de Rogelio, ¿verdad?

Se quedó muy fría.

Helada.

—No, ¿por qué?

—Su compañía, Discos Karma, fue vendida a BMG Ariola, y él se quedó en la calle, aunque de todas formas ya había tomado la decisión de irse.

No supo qué decir. Era la crónica de una muerte anunciada. Habían hablado de ello.

—Rogelio vino a verme, Beatriz.

—¿Lo hizo?

—Sí. Me llamó, quedamos, le canté mis canciones... Y no una o dos, sino una docena o más. La tira. Cuando acabé, porque ya era tarde, me preguntó si lo aceptaría de mánager.

Seguía helada, pero ahora, además, estaba boquiabierta.

—¿En serio?

—¡Sí!

—¿Qué le dijiste?

—¿Qué querías que le dijera? —El repentino entusiasmo de Gonzalo rayaba en la felicidad absoluta—. ¡Pues que sí! ¡Él sabe de este tinglado, es mi oportunidad! ¡Se ha movido en el mundo de la música y conoce compañías, responsables de programas de la tele o de salas para actuar...! Dios..., si es que, cuando me lo propuso, lo habría besado. Desde entonces hemos estado trabajando, escogiendo canciones... Le han soltado una buena pasta en Discos Karma, ¿sabes?, y va a producirme mi primer disco.

—¿Vas a grabar?

—¿Por qué crees que te he dicho que te necesitaba a mi lado estos días? Tú has sido la primera siempre, en todo. Sin ti me siento perdido. ¡Eres mi mejor crítica!

Se alegraba por Gonzalo.

Mucho.

Pero ¿cómo iba a encajar ella en semejante ecuación?

Rogelio...

—Felicidades, Gonzalo.

—No es todo. Hay más.

—¿Más?

—Debuto en Barcelona el 9 de septiembre, en una de las salas pequeñas de Razzmatazz. Un concierto en solitario, para presentarme a los medios informativos y todo eso. Un sueño. Para entonces tendremos el disco ya casi a punto. Según Rogelio, nos lloverán las ofertas de las grandes compañías, porque... bueno, dice que ahora mismo no hay nadie como yo.

—Te lo dije.

—Ya lo sé.

Contuvo sus deseos de llorar. De felicidad. Pero llorar al fin y al cabo. Una fuerza desgarradora inundaba su pecho. Había intentado no pensar en él, desmarcarlo de su futuro. Y de pronto reaparecía.

Como una curva en mitad del camino, imposible de evitar.

—Tienes que estar a mi lado, Beatriz —susurró Gonzalo.

—No sé si podré. —Acompasó su respiración con dificultad.

—¡Todo te lo debo a ti!

—No es verdad. Te lo debes a ti mismo. Si no hubieras conocido a Rogelio por mí, habrías conocido a otro de cualquier otra forma.

—Sea como sea, no puedes fallarme ahora. No es que vaya a necesitar secretarias o qué sé yo. Te voy a necesitar a ti, porque eres mi única amiga y la única persona en la que confío.

—¿Puedo preguntarte algo?

—Claro.

—¿Me responderás con sinceridad?

—Siempre lo he hecho.

—¿Habéis hablado de mí?

Otro silencio, breve aunque contundente.

—No.

El de Beatriz fue mayor.

—De acuerdo.

—Dale tiempo.

—No es fácil.

—Pero ahora será inevitable que os encontréis, y entonces ¿qué?

Había preguntas sin respuesta posible.

Ésa era una de ellas.

Capítulo 25
REGRESO

Otros años, de niña, el regreso a casa después de las vacaciones de verano solía ser triste. Fin del esparcimiento, de la vagancia, del calorcito... Y vuelta a la rutina, con la amenaza del colegio, el invierno, los libros...

Esta vez era distinto.

Con el fin del verano llegaban los primeros pasos de su futuro.

Todavía no había hablado con su madre.

Mejor hacerlo cuando todo estuviese ya en marcha.

Carlota se metió directamente en su habitación y cerró la puerta. Su madre empezó a abrirlo todo, para que se ventilara la casa, dispuesta a empezar a limpiar con el mayor de sus frenesís. Beatriz dejó su bolsa sobre la cama y vaciló entre llamar a Gonzalo o ir a verlo, y también entre eso y subir a casa de Elisabet para decirle que ya estaba allí.

—¡Beatriz!

—¿Sí, mamá?

—O limpias tú y voy a comprar yo, porque como es

lógico no hay nada de comida en la nevera para hacer la cena, o limpio yo y vas a comprar tú.

—¿Por qué no va Carlota?

—Porque vas tú y ya está.

Beatriz metió la cabeza por la puerta de la habitación de su hermana, sin llamar. La vio tumbada en la cama, tal cual, boca arriba.

—No estoy de humor —le advirtió.

A Beatriz le dio por sonreír.

Después de todo, era la vuelta a la normalidad.

—Trasto. —Cerró la puerta.

Iría a comprar. Y mientras, ya pensaría en qué hacer luego, o al día siguiente, al despertar.

Ni siquiera sabía de dónde salía su buen humor.

Teresa había cambiado durante aquellos dos meses. Parecía un poquito más mujer, y estaba muy guapa, con la piel bronceada y los reflejos del verano impregnándola. Mati también mostraba su cambio, en este caso debido al embarazo.

En momentos como aquél sentía un poco de envidia.

Un hogar feliz.

Hecho con dos mitades, sí, pero feliz.

Descubrió que su padre quería hablarle de algo a solas, en privado, cuando de pronto desapareció Teresa y a los diez segundos lo hizo Mati.

—¿Te ha gustado mi regalo?

—Mucho.

Se tocó el pequeño diamante colgado ya de su cuello. No era enorme. Era del tamaño justo para ella, pequeño, pero muy bonito. Brillaba como cien soles. Su primer regalo de mujer. Estaba engarzado sobre una base de plata, triangular, y la cadenita también era del mismo metal. Nunca se había interesado por las joyas, pero aquello era muy especial.

—Quería hablar contigo —dijo él tras el primer comentario evasivo acerca del regalo.

—Lo imaginaba. Sois de un discreto... —Beatriz señaló la puerta por la que habían desaparecido Mati y Teresa—. ¿Pasa algo?

—No. —Su padre hizo un gesto relativizando la cosa—. Es acerca de lo que me comentaste el día de tu cumpleaños.

—¿Lo de independizarme?

—Sí.

—¿Has hablado con mamá?

—No, no. Si no me llama ella y me echa a los perros..., no tengo por qué hacerlo. Es tu vida y estás en tu derecho. Sin embargo...

—¿Qué?

—Tienes demasiado talento para desperdiciarlo.

—Yo no tengo talento.

—Tenía que haberte regalado un cilicio —exhaló el hombre—. ¡Pues claro que lo tienes! ¡Sólo necesitas encauzarlo!

—¿Y qué sugieres?

—Si te pones a trabajar pensando que tendrás tiempo de volver a estudiar en uno o dos años si te apetece, te aseguro que no lo harás. Acabarás en una dinámica diferente, querrás ganar dinero para esto y aquello, te liarás con alguien... En cambio, si lo compaginas...

—¿Trabajar y estudiar?

—Sí.

—Tendría que encontrar algo que fuera lo bastante

flexible y me dejara tiempo. Y tal y como están las cosas, con gente dispuesta a echar horas y más horas por una miseria al mes...

—Te dije que te ayudaría.

—No quiero que ningún amigo tuyo me meta en su empresa para hacerte un favor, y olvídate de que trabaje contigo.

—Sé que trabajar conmigo te impediría volar por tu cuenta, y lo respeto —concedió él—. Lo de mis amigos... Tampoco se trata de un favor. Si sé de algo, te lo digo y vas a verlo, sin compromiso.

Estudiar de noche.

Todo un día trabajando y luego...

Siempre se le había antojado algo muy duro, que acotaba aún más la vida, restando tiempo para disfrutar.

—Tú siempre habías dicho que harías Bellas Artes, o Literatura —le recordó él.

—Se me da mejor lo segundo.

—Adelante entonces.

Bajó la vista al suelo. Su padre la ayudaría, hiciera lo que hiciera. No pretendía chantajearla. Pero estaba claro que se preocupaba, y buscaba lo mejor para ella.

—Piénsatelo. Tampoco corre ninguna prisa, salvo que quieras irte de casa de tu madre ya mismo.

—No, no es eso —reconoció.

—En la vida es bueno tener una formación.

—Ya lo sé.

—¿Puedo decirte algo, cariño?

—Claro, papá.

—Estás guapísima.

—Gracias.

—No me gustaría que acabaras de modelo, pero...

—¡Papá! —proclamó con disgusto.

—Aunque te empeñes en disimularlo, lo eres. Lo que hagas con ello es cosa tuya. —Levantó las manos con las palmas hacia afuera a la altura del pecho.

Qué diferente sería todo si él siguiera en casa.

Un matrimonio normal y corriente.

La vida era tan fascinante como inquietante.

Teresa reapareció en el comedor, en silencio y de manera tímida. Los dos la vieron meter la cabeza por la puerta, atisbando el lugar.

—Pasa, pasa —la invitó su nuevo padre.

La breve charla había terminado.

Las escaleras de los multicines Cinesa Diagonal eran un hervidero por las tardes, especialmente los días de fiesta o las vigilias. Once salas equivalían a muchas personas en busca de entradas, sin olvidar los restaurantes de la zona de Santa Fe de Nuevo México, siempre llenos. Niños corriendo por la plazoleta interior, frente a las taquillas, trepando por la pared escalonada de la rampa paralela a la escalinata, grupos de chicas que se citaban, grupos de chicos que quedaban, parejitas, matrimonios más maduros... Una selecta fauna desparramada por la zona de ocio, quizá más poblada también porque el mundo entero había regresado a casa después de las vacaciones, y las películas estrenadas en verano todavía no las habían visto.

Ellas estaban sentadas en la mitad de la escalera, dominando el panorama aunque sin formar parte de él.

Elisabet le pasó una mano por encima de los hombros.

—Te echaré de menos.

—Caray, que no vamos a dejar de vernos.

—Pero no será lo mismo que vivir tú abajo y yo arriba.

—Vente a vivir conmigo.

—Sabes que ahora no puedo. Mis padres parecen haber encontrado el camino. No quiero dejarlos solos. Nunca he creído que un matrimonio deba seguir unido por los hijos, pero en este caso no puedo fallarles. —Fue sincera al agregar—: Y tampoco tengo tanto valor como tú.

—No es valor, es necesidad.

—Pues que tu necesidad te dé un techo cuanto antes.

—¿Por qué? —La miró con malicia.

—Porque Damián y yo lo tenemos crudo para hacerlo.

—¿Vas a convertir mi futuro piso en un picadero?

—¡Si es que los dos vivimos con nuestros padres!

Beatriz se echó a reír.

—Tengo unas ganas de conocer a tu Damián. —Remarcó el posesivo previo al nombre.

—Y yo de que lo conozcas.

—Lo malo es que después de lo que acabas de decirme no me podré contener la risa. —La mantuvo en su rostro a duras penas.

—Ya le he hablado tanto de ti que es como si te conociera. Y con lo cachondo que es...

—¿Y su gemelo?

—Igual.

—¿No han intentado confundirte?

—No pueden. —Le guiñó un ojo—. Son idénticos, pero Damián tiene una pequeña cicatriz aquí. —Se tocó la barbilla por el lado izquierdo—. Una caricia de un perro siendo niño.

Dejaron de hablar momentáneamente y, ahora sí, otearon el panorama, por simple inercia. Unos escalones más abajo, y a la derecha, dos chicos las observaban. O mejor dicho, la miraban a ella, directamente. Beatriz se dio cuenta y los ignoró sin más.

—Monos —apuntó Elisabet, que se había dado cuenta.

—Me da miedo conocer a Damián, porque a veces tienes un gusto...

—Pues a mí me parecen monos. El del pantaloncito corto no está mal, tiene unas piernas decentes.

—Creerán que estamos hablando de ellos, y como se acerquen...

—Es que estamos hablando de ellos —dijo Elisabet.

Nueva dosis de silencio. Los dos chicos bajaron por la escalera y se colocaron en una de las colas. Una docena de chicas de entre doce y trece años se pusieron a gritar enloquecidas justo en mitad de la placita. Nadie dejó de mirar hacia ellas.

—¿Y Gonzalo?

Habría sido peor que le preguntara directamente por Rogelio.

—Bien, grabando su disco.

—¿Has ido a verlo?

—No.

—¿Y cómo sabes...?

—Me lo cuenta por teléfono.

—¿Por qué no vas al estudio de grabación?

—Porque está él, ya lo sabes. Es el productor.

—Tú lo harías mejor.

—Anda ya —proclamó sin el menor énfasis—. Puede que sepa más de historia, pero Rogelio habrá estado en muchas grabaciones y seguro que sabe lo que se hace. Además, la mayoría de canciones sólo tienen voz y guitarra, aunque en otras ya le han añadido bajo, batería y algo de teclados.

—¿No has escuchado nada?

—Gonzalo me canta cosas por teléfono, sobre todo las que tienen nuevos arreglos, porque de hecho ya las había oído antes todas. Tienen tanto miedo a la piratería que me imagino que no dejan salir nada del estudio.

—¿Ningún comentario?

—No.

—O sea que Rogelio...

—Nada, y cállate ya, ¿quieres?

No lo hizo.

—Tarde o temprano...

—Ya sabe lo que siento. Es él quien debe dar el primer paso.

—Ya, pero...

—No, Elisabet —intentó cortarla en seco—. Sigo enamorada, vale. Lo que pasó fue... turbulento, rápido, excesivo si quieres..., pero sigo enamorada. Me marcó, y para siempre. Si él me ama, si comprende que tenemos una oportunidad y podemos luchar por ella, volverá. Si su miedo y su culpa son superiores... entonces adiós. Yo no puedo hacer nada contra eso.

—Ayudarlo a reflexionar.

—Si me presento ante él perderá su única oportunidad. Sería demasiado fácil, ¿comprendes? Llego, le lloro, o simplemente me ve... ¿y ya está? ¿Lo deslumbro? ¿Pura seducción carnal? Eso es lo sencillo. Lo difícil es que cada cual se enfrente a sus fantasmas y salga adelante. —Llenó los pulmones de aire y luego lo soltó hasta casi vaciarse por completo—. Debe hacerlo él solo.

—¿Y si no lo hace?

No respondió. No era necesario.

—Te quedarás sola, lamentándolo siempre —manifestó Elisabet.

—¿Y qué quieres que haga, que lo llame y le suplique? Tampoco lo quiero a mi lado porque sienta pena, o porque lo haga dudar, o porque crea que vamos a darnos unos cuantos revolcones más y hay que aprovecharlo. Lo quiero para que me ame, por encima de todo y sin reservas, como debe ser el amor.

—Tú y tu sentido romántico.

—Vale, la vida no es ideal, pero si encima no hacemos lo posible para que lo sea... Lanzarse a ciegas es fantástico. Lo complicado es abrir los ojos luego. Ahora toca abrir los ojos.

—Te la juegas.

—¿Y quién no se la juega hoy en día, a cada momento? —Extrajo de su interior un soplo de energía marcado por el agotamiento.

No esperaba reencontrárselo. O tal vez sí. En el fondo no le habría extrañado nada que Ziberaxes, alias Benigno, fuera quien decía ser y estuviese ya de vuelta en Urko.

—Vaya —dijo Beatriz al detenerse uno frente al otro, delante de la puerta sur del parque.

—¿Cómo estás? ¿Todo bien?

—Te imaginaba muy lejos de aquí.

El mendigo miró a su alrededor con suspicacia.

Bajó la voz.

—He regresado —dijo.

—Ya lo veo. ¿Y por qué?

—Descubrí algo importante. —Bajó todavía más la voz—. Mi planeta es fantástico, pero chica... nada como la Tierra. Aquí se vive mucho mejor.

—¿En serio?

—Oh, sí. —Movió la cabeza de arriba abajo—. Me entró una nostalgia, un no-sé-qué, y un buen día cogí mi nave y regresé. Menos mal que la relación espacio-tiempo no ha alterado demasiado el pasado y el futuro. Prácticamente he vuelto a donde estábamos, ¿verdad?

—Yo diría que sí.

—Ahora debo ir con mucho cuidado.

—¿Por qué?

—Tengo tras de mí a la CIA, el FBI, el MI5, la NASA, el CESID... Todos quieren echarme el guante, abrirme en canal e inspeccionarme el cerebro.

—Son cosas que pasan.

—¿Tienes un euro? —Le tendió la mano sin más.

—No. Acabo de regresar de vacaciones y estoy seca.

—Lástima.

—¿Por qué pides dinero ahora?

—Quiero fundar una sociedad de pensamiento cósmico universal —manifestó muy serio—. Un puente cultural con las estrellas. Necesitamos refundarnos como especies vivas.

Seguía siendo un personaje interesante.

La prueba de que la vida volvía a su cauce después del paréntesis estival.

—Nos veremos por el parque —se despidió Beatriz.

—No puedo entrar ahí. —Hizo un gesto de fastidio con su rostro.

—¿No te dejan?

—Es el primer lugar donde van a buscarme. De todas formas sí, nos veremos. Tú eres una de mis fuentes de inspiración.

—¿Yo?

—Eres especial. Basta con ver tu aura.

—¿Ves mi aura?

—Sí. Tan roja... Un faro de amor.

Lo expresó con admiración.

¿Quién dijo una vez que los locos eran seres capaces de ver lo que otros no podían? En algunas partes, en la antigüedad e incluso en el presente, se les respetaba y veneraba.

Un faro de amor.

—Suerte con tu sociedad —le deseó.

Los dos levantaron la mano en la despedida.

Beatriz se internó por el parque.

No lo había hecho desde aquellos días, antes de las vacaciones de verano.

Había incorporado al blog lo escrito en el pueblo, sin cortar nada, sin cambiar nada. Textos, poemas, pensamientos... Un reencuentro cálido, sin importarle que apenas hubiera mensajes, porque de lo que se trataba era de mantener su ventana abierta sobre el mundo, no de que el mundo se colara por su ventana. Por lo menos, un entusiasta le preguntaba la causa de su silencio.

Si creía que tendría algún correo electrónico de Rogelio, también se equivocó.

Silencio.

De no ser por Gonzalo, no sabría nada de él.

Y según su amigo, era feliz, se le veía animado, dispuesto a empezar aquella nueva vida con todas sus energías. Convertirse en mánager y producir un disco tenía que ser... excitante.

Aunque eso le impedía a ella formar parte del futuro de Gonzalo.

Miró la pantalla y comenzó a teclear copiando una serie de frases que había apuntado horas antes, leyendo en una revista una entrevista a Woody Allen. En un recuadro se enmarcaban algunas de las más geniales. Ella se quedó con las relativas al amor y el sexo:

> El sexo sin culpabilidad es malo, porque casi se convierte en placer.
> ¿Es sucio el sexo? Sólo cuando se hace bien.
> Hoy en día la fidelidad sólo se ve en los equipos de sonido.
> La inactividad sexual es peligrosa: produce cuernos.
> La única manera de ser feliz es que te guste sufrir.
> Si no te equivocas de vez en cuando es que no lo intentas.

Como colofón, y aparte, tecleó:

> Mi favorita es ésta:
> Me interesa el futuro, porque es el sitio en el que voy a pasar el resto de mi vida.

Pasó los siguientes cinco minutos quieta, con las manos inmóviles. A veces la pantalla le hablaba. A veces era ella la que vomitaba el magma que ascendía por su interior, hacia el volcán de su mente.

Se puso a escribir de nuevo.

Hoy quiero hablaros del amor.

Sí, ya sé, esa cosa.

Como diría Woody Allen, «esa sobrevalorada cosa»

¿Qué es el amor? ¿Un estado de ánimo? ¿Una situación individual que busca ser dual? ¿Una droga? ¿Un veneno? ¿Una insatisfacción que busca perpetuarse? ¿Una paja mental? ¿Una reacción ante el miedo de la vida? ¿Un grito frente a la desesperación de la muerte?

Mi abuela lee novelas de amor.

Dice que son como la vida misma, por exageradas o culebronas que resulten.

Un hombre y una mujer (o dos hombres, o dos mujeres), se conocen y sus feromonas interactúan. Sus flujos físicos y químicos entran en reacción. No hay nada más natural. Física y química, así como las matemáticas, crean la estructura de la vida, del mismo universo. Pero lo llamamos amor, para no ser fríos y decir que ha habido «una reacción». Una chica entra en un club; hay veinte tíos, el segundo de la derecha está buenísimo, pero ella se fija en el quinto de la izquierda. ¿Por qué? Nadie lo sabe. Sólo la física y la química de sus cuerpos. Un chico entra en una discoteca, hay veinte tías, la tercera de la izquierda está de muerte, pero él se fija en la novena de la derecha. ¿Por qué? Por lo mismo.

¿Y de qué se alimenta el amor?

Primero, por mucho que la vista sea elemental y se produzcan esas reacciones, por el olfato. Es el olfato el que nos abre el camino, el que hace que él se excite y tenga una erección o ella se moje y desee tenerlo entre sus brazos o entre sus piernas. Tras el olfato llega la voz, la seducción auditiva. Después, el tacto. Tocar una piel humana que deseas es como llegar al primer orgasmo de los sentidos. Por último nos queda el sabor. La primera vez que besas la boca que deseas te quedas con su gusto para siempre. Y esperas emborracharte de él.

Una vez completados los cinco sentidos, el amor se alimenta de sexo. No queramos disimularlo. El sexo es la bendición que lo funde todo, vista, oído, tacto, olfato y sabor. Por eso es pecado, porque es tan bueno. Por eso entraña tantos riesgos, porque es peligroso. Por eso gritamos en el instante supremo, porque nos invade el miedo de no saber cuándo volveremos a sentirlo.

Hay gente que está enamorada del amor.

Y es que tiene un sentido trágico.

Morir de amor y esas cosas.

Sufrir.

Al amor lo perseguimos como desesperados, lo deseamos hasta enloquecer, suspiramos por él. Y cuando lo tenemos nos duele, nos mata, nos impide vivir y al mismo tiempo nos impide morir. Si lo mantenemos sin alimentarlo, el tiempo lo convierte en rutina. Si lo perdemos, nos sentimos tan vacíos como aterrada se queda una mente al pensar en la muerte, en la eternidad sin uno. Hay personas capaces de olvidar un amor en unos días, y cambiar de pareja en mucho menos. Mirad las revistas del corazón. Hay personas que pasan toda su vida juntas. Mirad esos ancianos que pasean cogidos de la mano como enamorados. Hay personas que simplemente despiertan una mañana y sonríen. Mirad a los novios en los parques.

Creo que la mejor definición del amor la dio el que dijo: «Es un reflejo».

Comienza por quererte un poquito a ti mismo.

Perdónate.

Aunque no creas en nada, cree en la esperanza.

Sin ella sí que no hay futuro.

El director de la escuela dio por concluida la conversación y se puso en pie, con la mano extendida hacia ella. Era un hombre joven, de entre treinta y treinta y cinco años, afable, escaso cabello, gafas redondas.

—Bienvenida pues —le dijo.

—Gracias.

—Te gustará, ya lo verás. Dicen que los colegios se han vuelto territorio zulú, pero no es cierto. Todo depende de las circunstancias y de lo que nosotros pongamos de nuestra parte. Aquí las cosas van bien.

—Lo imagino.

—Te acompaño. —Rodeó su mesa para situarse a su lado.

Salieron juntos del despacho. Los pasillos estaban vacíos, a la espera de que comenzase el curso en un par de semanas. El lugar parecía un gigantesco mausoleo por la ausencia de gritos o cuerpos yendo de un lado para otro. Las aulas mostraban orden. Al pasar por delante del inmenso comedor, el hombre se detuvo.

—Ésta será tu zona laboral.

Ayudar, vigilar, cuidar, especialmente a los más pequeños.

Un trabajo como cualquier otro.

Quizá un poco diferente, porque trataría con niños.

Y lo más importante, con un horario que le permitiría estudiar por las tardes y por las noches.

Continuaron la marcha hacia la puerta principal. Dejaron atrás la biblioteca, el patio, la recepción... El director le tendió la mano por segunda vez.

—Beatriz...

—Hasta pronto.

Se la estrecharon con calor y eso fue todo. Una sonrisa final antes de que ella echase a andar por la calle. La puerta se cerró a su espalda. De todas formas, no caminó demasiado. A unos cincuenta metros aparecieron unos bancos, anclados en el suelo y llenos de pintadas. Se sentó en el primero, solitaria, y desplegó sobre sus rodillas el periódico que llevaba doblado bajo el brazo.

Mejor asegurarse antes, no fuera que luego encontrara una dirección justo en la zona que acababa de abandonar.

Los anuncios de pisos eran abundantes.

Los que compartían habitaciones, menos.

Primero le echaría un vistazo al periódico. Después pasaría por algunos lugares, la Escuela Massana, la universidad, sitios en los que cualquiera podía colgar un anuncio en el tablón correspondiente.

Mejor vivir sola, aunque fuera en un miniapartamento con una sola habitación. Pero se adaptaría a lo que fuera. Lo primero, el trabajo, ya lo tenía. Lo segundo, la puerta de su emancipación, lo buscaría sin precipitarse.

Lo último, hablar con su madre.

Ésa era otra historia.

Paseó sus ojos por los anuncios, uno tras otro, leyéndolos despacio, enmarcando con un bolígrafo los que le llamaban la atención, y con dos círculos los que le parecían interesantes.

En lo único que no quería pensar era en el concierto de Gonzalo.

Capítulo 26
FUTUROS

Por un lado, quería que llegara. Por el otro, no.

Que llegara por Gonzalo, porque se trataba del comienzo de su carrera, el inicio de algo hermoso y ganado a pulso. Y que no llegara porque esa noche quizá fuese también la más triste de su vida, o la segunda más triste, después de la última en que había visto a Rogelio.

Sentía el corazón dividido.

Pero no sabía si tenía más miedo que incertidumbre.

Pasaba de una euforia desmedida, extraña, a una tristeza absoluta y demoledora. De un clima de expectación a otro de sumisión. Los altibajos propios de las depresiones, o de los estados esquizofrénicos. Pensaba que se hundiría de un momento a otro, y sin embargo sus gestos eran firmes, decididos. Quizá se estuviese forzando, obligándose a sí misma, para no caer en el abismo.

Y no podía aferrarse a nada, salvo a su eterna esperanza.

Siempre ella.

Por primera vez en mucho tiempo quiso estar guapa.

Cuidarse.

El cabello lavado, suelto y salvaje. Un poco de maquillaje, muy poco, sólo para resaltar la dimensión de sus ojos y la línea sensual de sus labios. Un sujetador que elevara su pecho, una camiseta ajustada. Y falda. Por extraño que pareciera, falda.

Quería, necesitaba estar muy femenina.

Mientras se ponía el colgante regalado por su padre, se miró al espejo y se gustó. Por alguna extraña razón, se sentía la mujer que siempre había querido ser.

Aunque esa noche, probablemente, acabase de rompérsele el corazón.

Claro que lo vería. Era inevitable. Era el mánager de Gonzalo, y su productor. Por mucho trabajo que tuviese atendiendo a los medios de comunicación en la hora de su primer lanzamiento, lo vería, estarían cara a cara. Entonces ¿qué? ¿Se darían la mano? ¿Dos besos en las mejillas? ¿Fingirían que no pasaba nada? ¿Serían cordiales el uno con el otro? ¿Estarían serios? ¿Rehuiría él su mirada? ¿Le diría algo?

¿Algo... como qué?

¿Un «lo siento, Beatriz» que ella no resistiría?

Creía estar preparada para el dolor, pero se dio cuenta de que nadie está preparado para el sufrimiento. Sólo para la felicidad.

Fuere como fuere, ya no habría dudas.

Nada más verle los ojos sabría si lo suyo había sido un sueño, el cuelgue del que hablaron.

Salió de casa y se dio el lujo de parar a un taxi.

Como si el metro o el autobús pudieran contaminarla.

Le dio al taxista la dirección de Razzmatazz, en la calle Almogávares, aunque el concierto se celebraba en una de las dos salas pequeñas, con capacidad para unas ochocientas personas y con entrada por la calle Pamplona. El hombre puso el coche en marcha y la observó un par de veces por el espejito retrovisor interior. Era un tipo de unos casi cuarenta años, como Rogelio, pero en las antípodas de él. Bajo, fondón, calvito, cara redonda. A la tercera mirada, Beatriz se sintió incómoda.

—¿Hay concierto esta noche? —le preguntó.

Odiaba las conversaciones con taxistas.

—No lo sé —mintió—. Voy a ver.

Su tono fue conminatorio.

El taxista ya no volvió a decirle nada y ella se entretuvo oteando el panorama mientras su mente entraba y salía de su tormenta interior.

Gonzalo le había dicho que daría su nombre a los encargados de seguridad de la puerta de invitados. Cuando el taxi la dejó en la calle, en la esquina de Almogávares con Pamplona, se dirigió directamente al único acceso de las salas pequeñas. De hecho no había puerta de invitados, sólo un control. Elisabet y Damián iban a ir por su cuenta, así que no tenía que esperarlos. Pese a que la actuación tendría lugar en una de las salas pequeñas, había ya mucha más gente de la que pensaba teniendo en cuenta que se trataba de un artista nuevo al que nadie conocía porque ni siquiera tenía un disco a la venta. Rogelio hacía aquello mucho más para buscar compañía que para promocionarlo ya entre el público.

Le tocó el turno.

—Beatriz Blasco.

—¿En qué lista estás?

—En la de Gonzalo Vergés.

Su nombre era el primero.

—Pasa. —Le franqueó el acceso el de seguridad.

Cruzó el umbral y accedió a la sala.

Faltaban quince minutos para la hora fijada como inicio del concierto. Eso suponiendo que fueran puntuales. Quince minutos en los que no podía ni quería esconderse, pero tampoco quedarse allí, en medio de ninguna parte, bajo la mirada de unos y otros.

Tuvo suerte.

Primero habló con la familia de Gonzalo.

Después aparecieron Elisabet y su Damián.

«Su» Damián.

Se alegró de que estuvieran solos, es decir, de que no hubieran ido los tres, ella, él y su gemelo. Damián era simpático, pero en modo alguno su tipo. Y Dimas, lo mismo. Damián y Dimas. A veces, los padres podían llegar a ser muy crueles sin darse cuenta. En el fondo eran como un chiste.

Se dio cuenta de que hablaba con Elisabet pero no la escuchaba.

Ni siquiera sabía lo que ella misma decía.

Oía su voz al margen de sus pensamientos.

El miedo empezó a avanzar.

¿Cómo estaría Gonzalo? ¿Nervioso? No, por teléfono le había parecido muy calmado. La nerviosa era ella. Cada minuto era una carrera, un obstáculo salvado. En otras circunstancias no estaría allí, como una más, sino en el *backstage*, con su amigo, apoyándolo.

En otras malditas circunstancias.

¿Acaso nunca más podría ver a Gonzalo?

Eso no sería justo.

Pero si Rogelio estaba con él, siempre...

Se pasó una mano por los ojos.

—¿Estás bien? —quiso saber Elisabet.

—Sí, tranquila.

Y continuó la espera.

La sala ya estaba llena, la mayoría amigos o conocidos de Gonzalo. Los desconocidos tal vez fueran los cazatalentos, directores de promoción y otros especímenes del mundo del disco. En el fondo, aquello parecía una subasta. Cuando todas aquellas personas descubrieran lo bueno que era Gonzalo, se pelearían, se matarían por él, seguro. Rogelio era un lince.

Miró el escenario.

La hora.

Y el peso de toda aquella soledad empezó a superarla.

Se apagaron las luces y la sala quedó a oscuras. Hubo algunos gritos de apoyo, algunas voces, y finalmente los primeros aplausos cuando surgió una luz cenital en mitad del escenario y bajo ella, sentado, los espectadores pudieron ver a Gonzalo.

De inmediato sus manos iniciaron el rasgueo de la guitarra que sostenía en su regazo, con el cuerpo doblado sobre ella, como un amante solícito.

La Ovation diseminó la pureza de su sonido por el lugar.

Beatriz sintió los ojos llenos de lágrimas.

Por primera vez se olvidó de Rogelio.

Allí estaba su amigo, su mejor amigo, de la misma forma que Elisabet era su mejor amiga. Allí, encima del escenario, culminaban años de sueños. O comenzaban.

La digitación era perfecta. Se dio cuenta de la serenidad con la que tocaba. Serenidad no exenta de pasión, devoción, entrega... Sus manos volaban, extraían toda la armonía y la belleza contenida en aquellas cuerdas.

—Dios... —gimió Beatriz arrebolada por aquella magia.

Cuando Gonzalo empezó a cantar, las dos lágrimas detenidas en sus párpados se desbordaron y cayeron por sus mejillas.

Te quiero en silencio.
Te deseo en silencio.
Te busco en silencio.
Te intuyo en silencio.
Te veo en silencio.
Y en silencio te hablo.
En silencio te escucho.
En silencio me muero.
En silencio.

Había oído sus canciones muchas veces, y allí sonaban distintas, eran distintas, procedían de otra dimensión.

El gran salto.

Se abrazó a sí misma para envolverse con aquel sonido y aquella voz.

Acabó el primer tema, envuelto en una dulzura catárquica, y bajo el torrente de aplausos, Gonzalo inició el segundo. Una canción que había escrito un año antes, con ella.

Una canción que al final decía:

Sé siempre fuerte, pero cede.
Sé siempre grande, pero aprende a empequeñecer.
Sé siempre dulce, pero déjate un punto amargo.
Sé siempre hermosa, pero sobre todo por dentro.

El amor es un fantasma transparente.
Envuélvete en él y escúpele al odio.
Perdona siempre a quien hayas amado.
Y no olvides que un día fue tuyo.

Enciende tus pasiones cada día.
Descubre quién eres cada noche.
Amanece como si fuera la última vez.
Acuéstate libre de odios.

Ámame cuando estemos juntos.
Olvídame cuando me vaya.
Siénteme cuando hagamos el amor.
Mátame cuando me muera.

Gonzalo las cantaba todas. Sus «grandes éxitos». Quizá fuese la única que las conocía de memoria. Beatriz las susurraba una y otra vez. A su lado aparecieron dos chicas jovencitas, de unos quince o dieciséis años. Se fijó en sus ojos. Lo miraban embobadas. No era lo mismo ver a alguien en un escenario, bañado por los focos, que en mitad de una calle, como cualquiera. Hasta el más raro de los seres humanos brillaba con luz propia si cambiaban sus circunstancias.

Las primeras fans.

Una volvió la cabeza en su dirección al sentirse observada.

Su rostro estaba orlado por un aura de felicidad.

—Es monísimo, ¿verdad? —suspiró.

Beatriz le devolvió la sonrisa.

—Un dulce —suspiró la fan remachando su comentario inicial.

Eso fue todo.

Cuando acabó la siguiente canción, ella y su amiga aplaudieron, gritaron y dieron brincos.

Fue la última del *set* acústico. Gonzalo se levantó de la silla y saludó. Pareció buscar algo entre los asistentes sin encontrarlo. Beatriz se empequeñeció un poco. La iluminación del escenario aumentó y entonces salieron del *backstage* cuatro músicos más y se repartieron por los instrumentos diseminados en torno al micrófono central. Había un bajo, un batería y un teclista.

Otra dimensión.

Cuando el cuarteto inició el siguiente tema, también conocido por Beatriz, se quedó alucinada.

Rogelio estaba haciendo un buen trabajo.

Aquello era sencillamente grandioso.

Se esforzó por no volver a llorar.

La audiencia, ya entregada, se puso a dar saltos ante la inusitada fuerza del nuevo tema.

Beatriz ya no buscaba.

No había ni rastro de Rogelio. El *backstage* estaba limpio, tanto el que envolvía el escenario como el de la parte de abajo. Sólo reconoció a Carlos, el compañero de Gonzalo. La fuerza del concierto actuaba como revulsivo. Nada parecía más importante.

Vivía un éxtasis absoluto.

Quizá sí, camino de la fama, Gonzalo la necesitase a su lado, como amiga, secretaria, consejera... lo que fuese.

Le gustaría.

Le gustaría acompañarlo, viajar, compartir lo mismo que habían compartido aquellos años...

Regresó el vértigo.

Y más en aquel punto.

Gonzalo dejó que la guitarra colgara de su mano, se acercó al borde del escenario y, tras esperar a que el público acabara de aplaudirlo, comenzó a hablar, despacio. Llevaba el micrófono inalámbrico sujeto a su cabeza, con el extremo frente a su boca. Se lo ajustó por enésima vez, a modo de tic.

—Esta canción —comenzó a decir—, está dedicada a mi mejor amiga...

Beatriz se quedó sin aliento.

—Ya, sí, «su mejor amiga» —comentó la chica que seguía a su lado.

—Ya está pillado —lamentó la otra.

—Las hay... —concluyó la primera.

Beatriz suplicó que, desde el escenario, Gonzalo no la señalara.

No lo hizo.

—Sin ella no estaría aquí —acabó de anunciar el nuevo artista.

No hizo falta decir el título.

La primera palabra era «Beatriz».

> Beatriz...
> A veces digo tu nombre en voz alta
> y es como si gritara.

A veces digo tu nombre en voz baja
y es como una oración.
A veces digo tu nombre hablando
y es como si despertara.
A veces digo tu nombre en sueños
y se convierte en canción.

La voz, dulce, suave, la envolvió por detrás.

Una voz que la hizo estremecer.

Y abandonarse.

—La compuso hace apenas una semana, ni siquiera está montada, pero le pedí que hiciera lo posible por cantarla esta noche.

Beatriz cerró los ojos.

No se volvió.

Entonces él la rodeo con sus brazos, por la cintura, y hundió la boca en su pelo.

Pronunció una sola palabra:

—Perdona.

En el escenario, Gonzalo cantaba su canción, de nuevo solo, sin el acompañamiento del grupo.

La suya.

Para siempre.

Gritaré tu nombre al viento
y lo hará su prisionero.
Si lo guardo para adentro
me abrasará entero.

Beatriz no quería llorar. Quería gritar. Gritar muy alto y muy fuerte.

Las manos de Rogelio subieron por su cuerpo. Intentó detenerlas, colocar las suyas encima, pero su gesto fue imparable. Cuando la primera alcanzó su rostro la obligó a darse la vuelta.

Despacio.

Llegaba el instante más temido.

«Perdona» no era más que una palabra, expresaba una emoción, un sentimiento.

Faltaban los ojos.

La mirada.

Quedó cara a cara frente a él.

Y bañados de refilón por las luces del escenario y la voz de Gonzalo, se enfrentaron el uno al otro.

Los ojos de Rogelio eran un libro abierto. Habían pasado poco más de dos meses, y era un hombre distinto siendo el mismo de entonces. Distinto porque en el interior de sus pupilas descubrió océanos y montañas, valles y cielos, soles y paces.

Paces.

Unos ojos libres de culpa, de lazos, de ataduras.

Unos ojos sin edad.

—Te quiero —dijo él de nuevo.

Beatriz no tuvo que decir nada.

Bastó con dejar de mirarlo, cerrar los suyos y entreabrir los labios.

Era capaz de recordar cada beso, los tres del parque, los de sus noches de pasión, y todos eran distintos. El mismo sabor, el mismo poder, la misma turbación, pero siempre con algo que los hacía diferentes.

Aquel beso fue el de la entrega.

Sin reservas.

El beso del valor y la decisión.

Entonces, ya sí, Beatriz se rindió.

Mientras la voz de Gonzalo entonaba los versos finales de su canción.

> Beatriz...
> Cada poema eres tú.
> Tantas horas compartidas
> mi hermana, mi amiga
> corazón hecho canción.

CRÉDITOS DE LOS POEMAS, LAS CANCIONES Y LOS TEXTOS

La expresión «Dormido sobre los espejos» (capítulo 1) aparece en el poema «La sombra», incluido en *Así habló Zaratustra*, de Friedrich Nietzsche. La canción del mismo título la escribí en 1998 y se incluye en la novela *Rabia*, editada por SM en castellano y Cruïlla en catalán en 1999. *When the music's over* (capítulo 10) está escrita por Jim Morrison y grabada por The Doors. El fragmento de «Poeideas, frases y voces del Nuevo Milenio», pertenece igualmente a la novela *Rabia*. Los poemas y las canciones de los capítulos 14, 15 y algunos del 24 fueron escritos en Nueva York, los días 10 y 11 de mayo de 2008. «No puedo dejar de pensar en ti» y «Me desnudo en tu boca», del 24, son de algún momento entre 2003 y 2008. Los poemas «De noche navego» (capítulo 21) y «Necesito» (capítulo 24), fueron escritos en junio de 2004. «Tu boca» (capitulo 15), de Julio Cortázar, forma parte del capítulo 7 de la novela *Rayuela*. El primer poema del capítulo 26 se titula «En silencio» y es de fecha desconocida, el segundo es un fragmento de «Elegía #1», de 2000, y aparece en la novela *Buscando a Bob*, publicada por Anaya en catalán y castellano en 2003 y 2005 respectivamente. El último poema del libro fue escrito el 2 de noviembre de 2008. En los fragmentos que acompañan el titular de cada una de las cinco partes ya constan los autores. Mi gratitud a Jordi Bianciotto por dejar que apareciera como personaje real en estas páginas y su colaboración «razzmatazzera».

Jordi Sierra i Fabra
Santa Marta (Colombia), junio de 2008
Barcelona, octubre de 2008

Otros títulos de la colección que te pueden interesar